MCL 主编：褚潇白

中世纪经典文学译丛

農夫皮爾斯

中世纪梦幻文学精选

张晗 编译

浙江大学出版社
ZHEJIANG UNIVERSITY PRESS

本丛书出版承郑明君先生慷慨资助，谨致谢忱。

编译者序

初接到这部文集原稿的时候，我就不禁被其独特的体裁和叙事方式所吸引，于是搜集阅读了许多有关梦幻文学的资料。所谓梦幻文学，是中世纪盛行的一种文体，源于古典文学传统和《圣经》文学传统。《圣经》中有很多关于先知门徒梦幻的描写。虔诚的教徒相信可以通过修行、冥思或梦境得到上帝的启示或感召。这类颇具神秘色彩的事件记载流传下来，形成了所谓的宗教幻景传统。从形式上看，《十字架之梦》属于非常典型的梦幻诗，《农夫皮尔斯》和《珍珠》也属不可多得的经典之作。这类文学关注的都是精神层面，所涉及的也多是神秘的、形而上的内容，所以大量运用了梦境或幻景。

《农夫皮尔斯》以乡村荒野为背景，描写作者进入梦境后通过在梦中的一系列奇遇来认识真理，赞美上帝，其中以梦幻、寓言和象征为主。全诗由两大部分组成：威廉的农夫皮尔斯之梦与威廉的梦之行善、多行善和行大善。第一部分中最打动我的是第五节七宗罪的忏悔，每一宗罪都以拟人化的形象出现，在上帝面前忏悔自己的各种罪过，描写生动逼真，语言幽默风趣；而第二部分中给我印象最深的是第十一节中自然引领诗人从世间的奇迹中获取智慧，通过万物生灵来认识热爱造物主，读起来就像一首寓意深刻的优美的散文诗；还有第十五节灵魂关于仁慈的演讲充满了讽喻性的阐述，飞鸟走兽喂养隐士的故事把古代先贤的修行上升到一个脱俗而令人神往的境界。全书把一个说教论理型的故事诠释得生动有趣，让读者欲罢不能。

《珍珠》是一首演绎经院哲学主题和神学论辩的梦幻诗。我手头的两个版本都把这首诗歌阐述得尽善尽美，韵味十足，单独看每一句都有头韵诗的韵律，而每一诗节的末句也都在某种程度上重复和强调，读起来朗朗上口。珠宝匠遗失的珍珠幻化成珍珠少女与其在梦中的山谷偶遇，通过双方的辩论，表明每一个基督徒都是上帝的珍珠，被收藏在天国里享受极乐，而俗世之人应抛开对凡间财富的贪爱，为主发光，做纯洁的珍珠。

《十字架之梦》是以基督救赎人类为主题的作品，被认为是“盎格鲁-撒克逊宗教诗歌了不起的创作成就”，具有深刻的独特性。通过十字架开口说话，以道成肉身的基督在十字架上受难为中心，把基督的人性和神性结合起来，结构紧凑，形象生动。

我在翻译这些诗歌的时候，更多关注诗歌的思维情绪和寓意，可能没有很好地体现出诗歌的音乐性和格律形式，这不能不说是一种遗憾。希望以后能有更好的翻译作品来体现英国中世纪诗歌的美妙。

张　晗

2012 年 9 月 13 日

目 录

农夫皮尔斯

作者介绍

威廉·朗格兰是十四世纪一名寂寂无闻的牧师。当代没有关于他的记载，他的个人生平也无人知晓。关于《农夫皮尔斯》的著作者，现存唯一可靠的证据[1]，来自于其中一部手稿的最后一页：在其反面的出处里，有作者的名字和出身。除此之外，我们只能从此后各种版本的诗歌中获取线索，来证实这些梦境的做梦人就是作者本身。在此，我们无法确定，因为诗歌不能被当作心灵的自传。做梦人首先是一个戏剧化的人物，就像其他中世纪的梦幻诗歌一样，其作用是在读者和幻想之间架起一道桥梁。尽管作者透露其受洗名字是威廉，但在第十五诗节，他却用隐晦的方式说出了他的全名（这是中世纪诗歌中一个常用的署名办法）；而在后来版本的诗歌中，他专注于生动逼真的现实状态。毫无疑问，此文有明显自传体成分。根据这些，我们可以大概了解诗人的生活状况。

他很有可能出生于什罗普郡（Shropshire）的克劳伯里·莫蒂梅尔（Cleobury Mortimer），从1332年起一直生活到那个世纪末。他是牛津郡巫婆岭下舍普敦德斯潘塞的佃户斯塔西的儿子（可能是私生子）。他很有可能是在大马尔文修道院里接受的教育，在那里，他完成了一个牧师所应接受的神学训练。但是由于其赞助人离世，他只能在教堂里担任较低的职位。W. A. 潘亭（W. A. Pantin）[2]说朗格兰属于不享受圣俸的低阶神职人员。不管是从社会地位还是经济地位上看，这个阶层的人都必须和高尚而有学问的人区分开。然而，朗格兰的例子说明大部分受过完整训练的神职人员在智力上不输给任何人。

朗格兰曾经游历过很多地方，并与各种不同的人交往。他在伦敦创作诗歌，对那里非常熟悉。他告诉我们，他和妻子凯特、女儿克利特生活在康希尔的小木屋里，靠为富有的赞助人祈祷来赚取微薄的收入，他必定深刻地体味了贫穷的滋味。我们也知道他有个绰号叫“高个威尔”，指的是他又瘦又高的身材。他过着一种不入流的生活，落魄得像个乞丐；他看不起自以为是的人；他还经常忘我地投入到诗歌写作中，而被有些人视为疯子。

朗格兰一生中一定花了大量的时间来修改和充实他的诗歌，因为存留下来的手稿明显分为代表诗人在三个不同时期的三种观念类型，这就是A、B、C三个文本，其中以B文本尤为著名，因此被选来做当前的翻译文本。

A文本包含序言，描写农夫皮尔斯梦境的八个诗节，和“行善”的四个诗节，最后写到做梦人被学问和《圣经》拒绝，但没有结尾。B文本包含一个序和20个诗节，C文本是修改增订版，包括序言和23个诗节。朗格兰把他的诗歌称作诗节，表示每一步的想法是发展的论证过程。

J. A. W. 贝内特教授曾提出有力的证据证明[3] A 文本写于 1370 年左右，B 文本的校订本成稿于 1377 年和 1379 年之间，而 C 文本一定创作在 1390 年之后的某个时间。关于诗歌有多名作者的争论现已不存在了，学习这首诗歌的学生可以确信这三个文本出于同一作者。

从现存的大量手稿中可以断定，《农夫皮尔斯》在当时是非常轰动的作品，在整个十五世纪到十六世纪被广泛传读[4]。但是在十六世纪后半期，英格兰中部方言开始出现严重的问题。朗格兰的语言变得晦涩难懂，他被看成是一个愤世嫉俗的人物——一个因辛辣讽刺罗马教会而被崇拜的改革先驱。在 1561 和 1813 年之间，《农夫皮尔斯》没有再被印刷，但它的声誉却基本保持不变。无论何时，此书都被当作一部讽刺文学。T. D. 华特克尔博士，朗格兰作品的第一个现代编者，认为朗格兰是第一位英国讽刺文学家，特别赞赏他笔下贺加斯(Hogarthian)风格的富裕的中世纪生活画面，而更多富有寓意的部分则被认为是枯燥乏味的。

把朗格兰当作他那个时代的英语诗人的杰出代表，就像把斯宾塞、弥尔顿、华兹华斯或叶莰当作他们那个时代的英语诗人的伟大代表一样，对其进行全方位的重新发现，是一个缓慢的过程。困难和偏见一直存在，都需要克服。在十九世纪，广大读者仍然认为朗格兰的形象像严厉的威克利夫(Wycliffite)传教士，并把他的讽喻看作是一种抽象概念。甚至在 19 世纪里，关于边缘议题的争论，对讽喻限制性的误解，还有许多毫无道理的假设造成了人们认为朗格兰的作品过于草率，而他不能被称为艺术家，这种种偏见屡次遏制了对朗格兰的重新发现。直到二十世纪五十年代，翻译学家翻译这个版本的时候，大量现有的学术性资料竟然没有什么帮助，也没有最新版的文本。所以我必须在诠释诗歌许多被忽略的部分上做大量的开拓工作，其中一些包含在长篇引言和附录里，这其中大部分在现代版里已被省略，因为适当的评论如今已屡见不鲜。

同但丁的《神曲》和弥尔顿的《失乐园》一样，《农夫皮尔斯》是与人们最终命运休戚相关的人生意义这个主题的集大成者。像弥尔顿一样，朗格兰试图向人们证实神的道路才是正确的。但是他的观点有别于但丁和弥尔顿。他既没有让我们游历世界，没有让我们从地狱、炼狱和天堂的角度回首人生；也没有像弥尔顿一样，把我们带到一个遥远的有利地势来俯瞰人类历史。朗格兰的诗歌没有华丽的辞藻，他的梦幻始于十四世纪的英国，终于十四世纪的英国。因生活在真理之塔和虚假地狱之间的中土世界中，他的朝圣之路就像约翰·班扬一样，是个人生活和社会生活相结合的人生历程。像英国作家布莱克一样，朗格兰关注社会状况，关注人类灵魂净化心灵、寻求真理的心路历程。对于朗格兰来说，这意味着他要把自己的梦幻在各个方面诠释成能直接应用于现实生活的艺术。《农夫皮尔斯》被编进说教式的中世纪道德寓言里，成为与现实生活息息相关的精神之旅。尽管它发生在一个不现实的做梦人的一系列梦境里，但诗歌在内容上富有预言性。这种形式涵盖了各种时间跨度，在不同的时间段里有不同的含义，这些时间跨度或者是并排的，或者是层层叠加的。首先是诗人在字面意义上的生命期限。最初他以一个懒惰的流浪汉或普通旅人的形象出现，对真理的兴趣多少要大于无聊的好奇。但是在梦里，他从一个新颖的视角来看世界，这使他开始严肃地思考，并促使他从神圣教会出发，去寻求只有通过学会爱的法则才能找到真理的朝圣之路。因此他必须不断地经历和理解现实的各个方面，从他关注的物质方面、经济方面、社会方面的和政治方面提升到关注道德和心灵的层面上。

尽管朗格兰在知识与理解力方面的增长为诗歌提供了一种连贯性的叙述，但它却不是普通的循序渐进的形式。就像生命本身，有被各种形象的感觉充斥的时候，有充满新的感悟而孤独的时候，有冥思苦想而不得其解的时候，它是不规则和不可预测的。在第十一诗节里，诗人以讽刺的手法跳过了做梦人四十五年的岁月，就像这四十五年从来没有存在过一样，就这样他从早年的人生历程过渡到老年。他古怪、固执，还经常不识好歹，不得不经常折回他的人生轨道上重新发掘他之前一知半解的事情。

与弥尔顿和布莱克不同，朗格兰是缔造喜剧效果的大师。他幽默地解说这个世界，时而嘲弄，时而戏耍，更多时候是嘲笑和讥讽。因此朝圣之路在一定程度上是具有讽刺性的，做梦人过于好奇，有失稳重，这使他遭遇很多挫折。他和他梦中的人物戏剧性地见证了在面对永恒的无法妥协的要求时，人类境遇的荒诞性。朗格兰在此结合了两种相反的特质：一方面，是一种对于绝对性的痴迷始终贯彻在每一个暗示里，紧贴主题，直到被寻求的真理得到最终结论；另一方面，是对人类几乎无药可医的愚蠢与自以为是以及生活本应平淡真实地度过等观念。他倾向于展示常识挫败理论，但是更喜欢展现理想主义挫败世俗的常识——就像良心挫败奖赏女士，就像忍耐通过向世俗的豪金展示贪求，使其屈从那样。所以诗歌在两个极端之间来回反复：一个是刺耳的预言与严肃的警告，另一个是在闹剧中不惧暴露矛盾的拉伯雷式的讽刺。这些相反的特质在最后一节诗歌的讽刺里被卓有成效地结合在一起——只有去深刻体味这充满活力的唱和才会发现朗格兰是个阴郁的悲观主义者，而这一点在他的"北欧人的血统"("Nordic Straim")诗歌里很少流露。

朗格兰自嘲的效果之一是把做梦人、我们自己和行动联合在一起，这样我们直接参与进来，切身感受到从字面了解和身临其境之间的差异，这是诗歌的主题之一。但是做梦人很少占据画面中心。这些时间跨度很大的梦幻主宰了他的人生，其原动力是超出梦境的无形上帝。我们从诗中得到一种现实感，就像我们知道这个世界上某些事情客观而不可避免地存在于我们人生的各个角落。

整个十四世纪和当时发生的时事融合在一起，在更深层的梦境里体现出来。这种煞费苦心的寓言式的阐述，描绘出持守戒律的漫漫长路被突发的革新打破的场景——表面晦涩难懂的教义和论证成为变化万千的图片，一张比一张更具深意。这些戏剧性的变换，特别是最后五个诗节，被整合进教会年这个重要的时间尺度之中。我们可以看到在朗格兰的作品里，宗教仪式的程序被转化为戏剧。在第十六诗节中以基督诞生开头，做梦人通过主显节和大斋节迅速到达高潮（第十八诗节）——耶稣受难日和复活节，然后在第十九节里通过圣灵降灵节返回，直到最后一节的基督复临。与此同时，这种教会年循环运行着神圣历史的主旋律——始祖和先知的故事，继之以基督及其教会的故事长驱直入过渡到目前的状态。

但是在朗格兰的作品中，同时代的场景却不断转换并多维化。就像在心灵体验的领域之中，他的洞察力能够渗透超越表象告诉我们教会和国家的本质是什么。像少数其他作家一样，在他的作品中很难区分先知的预言（有时在历史或末世论的层面上起作用）和平凡的真实事件，特别是像约翰·劳勒提出的，他有着看透世事沧桑的慧眼。他没有站在浅层次上对穷人表达同情，而是时刻都能感受到贫困和饥饿，并用自然而生动的词语清晰地表达出来；他一语双关的痛斥令人信服。我们没有把他这位先知看作是行为怪异的宣道者。几乎在他所有的叙述中，他都可以轻易证明现有事物是有前因后果的。以前的警告现今得到应验并显明将要发生的预兆。基督和敌基督者现在就在此处。拜这种预言性的梦幻所赐，这首诗歌具有比其他史诗更宽泛的时间跨度，并充满拯救全人类的神圣秩序的曙光。在朗格兰所描绘的栩栩如生的愿景背后，总是有着对永恒长久的展望。

所有这些观点包含在诗歌灵活的语言和多变的戏剧顺序中，离开诗歌去谈将没有任何意义。其他中世纪的寓言更加的正统和粗略，但是《农夫皮尔斯》不依赖于象征性引用的固定模式。例如，没有必要解释奖赏女士现在或过去是什么，单凭上下文中她的言行就能像狄更斯那样给出判断。对于朗格兰来说，寓言是一种或通过直觉、观察和逻辑论证来进行动态思考的方式，或以绘画或戏剧的形式表达真理。为了做到这点，他自由运用各类地方方言和各种可能的梦幻形式。他可以轻易地把活泼清新的报告文学转化成怪诞可笑的噩梦，或者把令人愤怒的神学辩论转为更接近神秘梦幻的梦中之梦。这种戏剧化的诗歌没有绝对准确的方式——我们必须不断注意到笔调和趋向的变化，这些变化不可能存在于像诗歌《失乐园》那样庄严的诗句里。例如，在第三诗节里，从一个展现变态的金钱魔力、充满铜臭的世界，快速转到神圣律法所说的奖赏和回报以及令人感动的宣言。反之，后来又联系到一个叫罗伯特的强盗，他从没有奢望能偿还自己的债务，也是这样被与在各各他忏悔的贼人做了对比。朗格兰的梦幻技巧体现了他让文章的收放自如的才能，从而使生动的现实主义在逐步扩大的宗教观里发挥作用。

朗格兰的想象力是真切可见和充满激情的，他的一部分诗歌可以作为很好的电影素材。我们一度被他描绘的俗世平原的全面和多样所震撼：一连串拥挤的画面和丑陋的特写，熙来攘往的人群及其内心戏。在前面的诗节里，我们目睹了反对势力的不断冲突，人类社会的真相通过令人印象深刻而生动有趣的戏剧表现出来。众人熟知的恶行和美德不再经常出现，取而代之的是荒诞古怪和烦心事。宽恕者、律师、修士或强盗，这些“真实”的人物被放在寓言假想的生活里。

狡诈、奖赏女士、律法、良心和理智成为改变世界的动力，所有其他人都追随他们而去。

像懒惰和欺骗这些人们身上普遍存在的性格，都被结合在一个人身上。诗人告诉我们是什么塑造了这种社会性格，并向我们宣扬要摆脱传统束缚。朗格兰把他的特定群体放置在让人意想不到颇为震撼的背景里，所以我们知道这些群体所代表的是穷凶极恶的魔鬼，也知道他们所带来的歪曲真理。通过对比和对立，我们熟知的美德带来极大的趣味性，而自然主义戏剧或虚构小说里很少能产生这种效果。

七宗罪里的每一样都罪孽极深：主要的罪行通过各种非常粗鲁的形式表现出来。懒惰不仅是一个擅离职守的懒惰神父，他还是其他的各种懒惰的化身，其世俗的身份和神父的身份合二为一。世界是被折射出来的，饕餮之辈的贪吃从他在酒馆遇到的一大堆人身上反映出来。在描述豪金这个活跃人物污垢遍布的外衣时，世俗平原上各种罪行汇聚一处，在妄自尊大的世俗外衣下肆意横行。朗格兰正是选择了这个人物来验证基督徒难能可贵的力量：忍耐和贫穷。通过一连串思考和探索（思想、学习、智慧、想象等），他遇到了灵魂，其凝聚了人类灵魂的所有力量；之后他遭遇了各个不同的幻化成人的天使，并接受撒马利亚人“把所有的荣美归于爱”的观点。撒玛利亚人反过来从皮尔斯（基督）的身上体现出来。在这首诗歌里，我们要记住的很重要的一点是：基督本身也是一个寓言式的人物，代表潜伏在灵魂中的圣灵——朗格兰同意埃克哈特大师的观点，认为“一个好人就是神的独子”。

所以《农夫皮尔斯》剧中人物不是静止抽象的。每一个人物都是一面镜子，反映了生活中特定阶段的思想或精神的发展，定义了其思想类别或感知模式。借助他们，可以证明日常生活与这些范畴和概念是相关的。朗格兰没有给我们提供这种平面镜反射式的喜剧方式,而是提供了一种喜剧幽默,每一个人物都拥有比普通人更强大的生命力,且他们自身有着丰富的观察力和人生体验。这种方法的伟大之处在于它出人意料的感染力。朗格兰式寓言通过新的模式重组了人性体验。做梦人的思想和观念不断裂变成新的思想观念。神圣教会教义的纯朴被随后而来的各类谎言所取代。在探索"行善"这部心理戏剧时,皮尔斯遭遇了思想方面的矛盾:做梦人的注意力转向自己的内在,因为他在寻求真理的时候遇到了各种心灵冲突。戏剧化的效果体现在做梦人和他各种各样变化的自我之间的个体冲突上(单一的人物或事件被刻画得轮廓鲜明),还体现在有力的一来一往的智力辩论和训诫中,学习、研究、智能等能教给他的都不如他自己的亲身体验。这些都反映了他的局限性。但是随着他自我知识的提升,这些他起初没有辨识出的自我慢慢融合在一起,他们的能力汇聚环绕着新的中心点:天堂般的荣美或德行。接着,戏剧技巧再次变化,做梦人变成一个消极的旁观者,这不再是个人遭遇,我们通过叙事或寓言渲染,最终达到这种仪式化的戏剧宗教式的思考。各种使用图片和对话、行为和评论的叙事方式都结合在一起,因为所有的才能德行都聚焦在皮尔斯或基督一人身上。尽管这里结构层叠需要读者全神贯注于各个层面,但是诗歌并没有失去其本身在戏剧方面和形象方面的影响力。在地狱之悲苦的高潮中,朗格兰风格仍然和街头表演的奇迹剧有很多共同之处。

朗格兰必定会成为引人瞩目的诗人。他煞费苦心的写作酣畅淋漓,为求诗歌表达准确,他特地加上各种注解和诠释。相对比较复杂的象征和隐喻,他更喜欢用明喻;他把晦涩难懂的教义转换成日常用语,或者用一种戏剧性的对话体现,以便能很快应用于现实生活;他细心地用辩论的方式把每一步详加说明,从很多不同方面把真理表达出来。如果这种架构在某些地方仍无法诠释得淋漓尽致，那是因为，把朴素的真理应用到实际生活中并非易事。

不管圣灵把朗格兰引向何方，他都愿意跟随，这是大部分中世纪宗教作品的一个特点，有时会有很多题外话、一些停顿和出人意料的转换。这种模式虽在文中显得零散，但是在更高层面上，也就是当做梦人沉浸于基督及其代表人物皮尔斯的奥秘时，达到了统一，皮尔斯代表人类理想，这是最终的寻求目标。在第六和第七诗节里，他只是一个知道遵循自然法则的好农夫。在“行善”的辩论中，他消失了，因为做梦人没有了理想，仅仅听到提示和谜语。当他再次出现的时候，做梦人明白了真理的含义和归处，他也相应地改变了。他是一个完美的基督徒，是每个人心目中基督的代表。做梦人没有在其担任神职的时候发掘到自我，而必须在他自己灵魂的力量里寻找自我。

朗格兰善用寓言来验证经历。出于议题的需要，寓言可以使他随意变换思考方式。他能够把幻想和现实融合在他所选择的任何范围内，并用日常生活化的实际语言为自己重新解释教义、象征、传奇和宗教历史。他不像宫廷诗人是为特定的听众写作，而是为能阅读他作品的更广泛的听众写作，他的演讲听众不分阳春白雪和下里巴人，也不管人数多寡。他可以借悠悠之口传达其意愿，随着他思维和想法的改变而随心所欲地写作。这首诗歌带给现代读者的奥秘也许部分在于它不规则的架构，他没有给我们呈现出基督徒生活观的完整画面，相反，它揭示了我们所有的“不确定、迷惑、疑虑”，并表达了一种持续不断的思考过程：真理是你认为对的东西，这不是单单用思维可以理解的。

朗格兰没有刻意表达他对那个时代的不满。他没有竭尽全力套用诗歌体裁里互相冲突的标准中的一种风格，而是用头韵诗这种简单自然的话语模式；这种诗的诗体灵活，非常适用于梦中寓言的戏剧化阐释。在作家那个时代，这种诗体在英格兰的西部和北部非常盛行——尽管像乔叟那样的宫廷诗人也许会认为这种诗登不了大雅之堂也不够时尚，但是不要忘了，朗格兰是个受过教育的神职人员而且是伦敦人，所以他能够扩充诗歌范畴并融入多种传统语言。作者身处一个百家争鸣的年代，这个时期的说教者模式给当时的作家们提供了自由创作的社会环境，即使是坎特伯雷的朝圣者也会互相说教。G. R. 奥斯特先生[5]曾说过，中世纪的布道充满了地方方言，插图比喻和谚语措辞充斥在各类学术作品中。在朗格兰那个年代，英语还没有像后来那样根据社会层级、功能或识字程度进行分类。他的创作时间不少于他口头和书面的演讲时间。饕餮之辈和他的伟大宣誓，懒汉及其罗宾汉民谣，偷懒的工人唱着淫秽的法国小调……我们似乎从诗歌中看不到从《圣经》、教父们和神秘主义中汲取的金玉良言。他的宗教论述也显得不够庄严有礼，更不同于乡间白话，朗格兰是14世纪英格兰语言特色的集大成者。他的艺术风格是大量使用耐人寻味的组合和对比。他最喜欢使用的方式之一就是把高雅与粗俗、高深的谜语和民间笑话连续交替地使用。最简单的是通过让某个特定人物出其不意地使用他对手的说话风格来报复的方法。在英语和拉丁语之间，宗教和世俗之间，滔滔不绝的辩论和简单明了的文本之间，冗长夸张的文字和古老的智慧之间，朗格兰的双刃讽喻反复出现，我们可以借此把真理从华而不实的诡辩中区分出来。

这种编造的合成方言（以皮尔斯和神父的声音为典型，彼此使用粗秽言语和《圣经》言语直到"他们的噪音吵醒了我"），所有的大胆对比和连接正表达出朗格兰创作的本意——去调和不可调和的，并打破人们反对寻求真理的藩篱。

这种设计需要一种能够恰当运用戏剧和散文的修辞式诗节形式。所幸朗格兰沿用了源自古英文的头韵诗节，这种诗节挣脱了传统规则的束缚，重新以一种流畅自由的形式出现，而不依赖于诗人的文采。其他的“头韵诗复兴”诗人，也就是北部和西北部的宫廷诗人为宫廷发明了一种新颖精美、诗意盎然的诗歌，字里行间充满华丽的辞藻和强烈的押韵。但是在代表朗格兰基本风格之起源的“西方国家”那部分，诗节相对简朴，头韵也不起眼，这使语言简洁灵活，让阅读诗歌时较为直观的冲击得到缓解。

中世纪英文头韵诗节没有规则的韵律可循，但是每一行都被一个自然的语言停顿分成两部分，这两部分被三到四个开头发音相同的重读音节连接起来。在《农夫皮尔斯》里，通常后半行中有一个重音是跟前半行中的两个重音是押头韵的——如第二十诗节里所写：

Somme lyked nouzte pis leche and lettres pei sent,
Zif any surgien were in pe sege pat softer couthe plastre.
Sire lief-to-lyve-in-leccherye lay pere and groned;
For fasting of a fryday he ferde as he wolde deye.

可以看出，这种语言和节奏是很口语化的，诗行的长度也有相当的变化，没有标准数目的音节。

以韵脚为基调的诗句，我们要根据它有规律的重音位置来读。头韵诗以半句诗为一个基本单位，可以是一个普通短语或者语音单位，读起来就像正常说话一样。其诗歌效果在于它结束的方式或与另外半句的对比方式，也在于其与其所属的词组顺序的节奏性和戏剧性关系。诗人没有在句子是否合乎语法上考虑过多，而是在平衡上，他使对立顺序或层叠顺序的词组之间彼此相对应。有时在对话的交替中，它们的相互作用非常强烈；有时它们相互促进，像一个雄辩的演说家在演讲时的灵光乍现，不停变换语速引人入胜。这种表达即使是在更高难度的段落里，也总是非常有效。虽然朗格兰的诗歌没有遵循正规模式，但是作为有写作技巧的伟大戏剧家，他自成一派，创立了对比式的语言模式。有时他的语言像洪流一样奔涌而出，洋溢在字里行间，继而像涡流一样转向四面八方；当高潮到来的时候，语言的力量聚焦在某个独立清晰的形象里；又或者，辩论忽然会峰回路转，指向一个新的方向。

朗格兰的艺术风格严谨实用：他的语言总是刻意带有训诫或宗教的目的——为他或他的时代清楚阐明属灵的真理，但是即使通过散文式的翻译，读者也可以欣赏到这种旁征博引的诗歌语言。通过这种形式，他设法把道德和属灵的真理转化成可想见的事实。我希望自己能够明白他对于物质世界的敏锐感觉，不管是可憎的还是可爱的；理解每句诗行和这些有趣人物的清澈简单；理解这种寓意深远的喜剧和大胆的戏剧之间的转换和对比；理解这种用语言和寓意来嘲讽的插科打诨。这种精美的史诗般的效果建立在不断的重复和比拟之上，突然间就转向了读者内心，有时这种非凡的韵律使我们想起詹姆斯之钦定本《圣经》的语言。

要想发现这么多丰富的内容乃至更多深意，读者必须要读原著，因为这不是翻译可以取代的。我这里的主要目的是把这首诗歌的完整意义用一种一般读者容易理解的方式表达出来。我把意义放在首位，因为朗格兰较之任何其他诗人，更是把主题放在比文体更重要的位置上。而且我认为，第一次接触这首诗歌的人要想被其内容和设计打动，是一定要读原著的。

我特别关注那些经常被忽略的大篇幅的神学说教式段落，尽量公平地介绍它们的深度和力度。通过这三个文本的比较，我们会发现朗格兰在细节方面甚至比华兹华斯更为严谨，在用词和短语上面极尽清楚准确，希望他的本意不要被误解。一种把现代成语解释清楚的散文式翻译，可以帮助消除某些诗句译文带来的松散和拟古的印象。我希望用一种可以触及现代人心灵的方式来诠释这首诗歌。

在决定用散文体翻译之前，我有一段时间曾尝试翻译成头韵诗体。很明显，翻译成头韵诗句更容易些，但我发现在写成头韵诗的时候，仅保留一个相同音，容易词不达意。中古英语和现代英语的混合语风，使翻译者不必一一寻找古语在现代语中的对应词汇。

我想，朗格兰的硬度和柔性主要体现在神父和作家双重身份上。当时激进的社会评论和新闻写作处于鼎盛时期，源自中世纪的说教和讽刺的生动图画和方言，给抽象的陈述平添了生气。这些背景和中世纪神秘主义散文，连同《圣经》翻译者们的努力，使朗格兰的作品不输于当代任何诗人的作品。

虽然之前我曾极力避免把它翻译成散文体，但我仍然这样翻译，是因为这样使内容紧凑而富总结性。为了语法结构，我不得不大量舍弃朗格兰的措辞语句。我也试图尽量保留朗格兰风格的旁白、重复、插入语、双关语——保留了大量的头韵。有这些特质的散文至少和朗格兰的诗句有共同之处，这意味着我们要用耳朵去读，而非用眼睛去读。

朗格兰的文本，就祈祷书中《诗篇》的引用来说，我已经换成了《圣经》权威文本。所有与《圣经》相关和其他的参考资料都在注释里给出。我在注释里列出了一个关于这个寓言的简要概论，读者可以等到读诗歌的时候再看。

第一部分　威廉梦见农夫皮尔斯

序　幕

平原上的芸芸众生

诗人出发去周游世界，寻找奇闻逸事。一天他睡着了，梦到了在真理之塔和虚假地狱之间的俗世平原。在这个平原上，他看到各色人群，大都在追名逐利，其中贪婪渎职的神父最为引人注目。他还看到维持治安的国王，寓言中想去给猫系上铃铛的老鼠，目睹了议院约束目无法纪的君主的失败。接着，他又一次在喧嚣中游历，审视众生。

在一个阳光和煦的夏日，我穿上蓬松的羊毛外套，把自己打扮成牧羊人模样，像一个云游四海的隐士一样去探访奇闻逸事。在五月的一个清晨，我像是被施了魔法般，在马尔文山上遇到了一桩奇事。由于行路过于劳累，我便躺在溪流边宽阔的河岸上休息，我俯身凝望溪水，聆听潺潺水声，不知不觉进入梦乡。

在梦中，我身处一个广阔之地，分不清方向；朝东望去[1]，我看到山顶上有一座高塔直插云霄，熠熠生辉；在它下面是一道鸿沟，里面是地狱，四周环绕着又深又暗的坑，令人毛骨悚然。在二者之间是一个平原，平原上人山人海，不管高低贵贱都在追名逐利地奔忙着。

一些农人在辛勤劳作，无暇欢愉，汗流浃背地生产食物供饕餮之辈挥霍。其他人浮华度日，到处招摇，炫耀他们的华衣美服。然而还是有许多希望能进天堂的敬虔之人过着祈祷和忏悔的严谨生活——

这些隐士和修道者足不出户，不愿在外花天酒地。

一些人以经商为生，在我们世俗人的眼中，他们的生活富足兴旺。还有一些专职艺人，其中一些说唱艺人靠着他们的音乐简朴地维持生计；但另外一些，饶舌粗俗的小丑[2]，是真正的邪恶之徒，他们为自己编造离奇的身世，他们表现得像是弱智，其实只要一有机会，他们就会表现出足够的智慧，并轻松谋得生计；我已不想再引述圣保罗那被引用了无数次的对他们的评论：口吐污秽的撒旦奴仆[3]。

还有匆忙赶路的流浪汉和乞丐，他们吃得脑满肠肥，靠耍小聪明乞讨度日，为争抢酒菜大打出手，他们酒足饭饱后才上床睡觉，一早起来就口吐污言秽语，真是群好吃懒做的流氓！

我又看见朝圣者们成群结队地去瞻仰罗马和圣雅各圣地(Compostella)[4]。他们一路上说着智慧的言语，并决定余生不再撒谎。但是他们所谓的曾到访过的圣地故事，单凭他们说话就知道这是他们的杜撰，根本就不可信。

修行者的队伍手持带钩的棍棒行走在去往沃尔辛厄姆(Walsingham)的路上，后面尾随着他们的奴婢。这些好吃懒做的彪形大汉身穿教士的外袍以别于常人，但他们做修士只是为了贪图安逸的生活。

我也看到四大修会[5]的修士为了好处向人们布道。他们贪爱华美的衣服，为了自身利益，随意歪解《圣经》。很多神学博士打扮得非常漂亮，因为随着他们布道的铺开，他们的腰包也赚得盆满钵满。现在仁爱跑去经商，做了上流社会的忏悔神父，这几年发生了很多奇事；如果修会和圣教会再互相争执，那恐怕世上最深重的罪孽[6]就会降临在我们身上。

还有一个售卖赎罪券，像神父一样布道。他做了一份盖了主教印章的公文，宣告有权赦免所有不守斋戒和各种背信弃义的人；愚昧的人们满心欢喜地相信了他。他们纷纷前来跪下亲吻他的公文，而他却公开用一个所谓的敕令愚弄人们，靠着这个羊皮卷大肆敛财。人们就这样供奉着这些贪婪之徒，信任这些灵魂肮脏的恶棍。如果主教配得上他的称号，如果他能够知道身边都是些什么人，他就不会随便用他的印章来欺骗大众。但是这些流氓神父并没有经过主教的允许，因为本堂神父和售卖赎罪券者狼狈为奸，他们把本应属于教区穷人的财物私下瓜分了。

我听到本堂神父向主教抱怨，自从瘟疫[7]之后，他们的教区已经穷得没法再住人了；所以他们请求移居伦敦，在那里的弥撒中做买卖[8]，他们的祈祷声和悦耳的银币声会完美和谐。削发剃度的主教、信徒、神学博士和其他神学大师借基督之名掌控人类灵魂，赦免他们教区的牧民，管教他们，为他们祈福，并赈济穷人。我看到他们都住在伦敦，即便在四旬节也不例外。一些人在宫廷任职，为国王管理财富，或在国库和大法院法庭任职，向市长索要报酬和无人认领的钱财。还有人像管家一样操持着家务，服侍着老爷太太们，每日都做祈祷和弥撒，却没有半点忠心。我担心很多人都会在末日审判[9]中被基督永远打入地狱。

于是我明白了赋予彼得的权柄，即《圣经》里所说的“捆绑和释放”[10]，彼得按照主的旨意，把这个权柄交到爱的手里，和被称作红衣主教的四大美德[11]一起分享。因为他们是基督王国大门的门卫，他们把天堂的极乐对一些人敞开，却要对另一些人关闭。但是对于那些有同等称号的罗马红衣主教，他们任命教宗行使圣彼得的权柄，我对此不便多问。教宗的选举条件是德才兼备。对于教宗法庭我有太多东西要说，但是却不容我多嘴。

*

这时国王驾到，骑士们在前方开路，他倚仗议院登上国王的宝座，依靠饱学之士来辅佐朝政保护臣民。

国王和他的谋士们一致认为百姓应该供养他们，所以人们被分成不同的行业，敬业的农夫被任命为整个社会耕作。根据常识，国王与百姓设立了律法和秩序，使人各司其职。

这时，一个身材高瘦的疯子[12]跪在国王面前，庄重地说道："尊贵的陛下，愿上帝保佑您和您的国家，愿他使您成为一位贤明的君主，愿您赢得万民爱戴并得天国奖赏。"

忽然高空中有天使俯身闪现口念拉丁文[13]，因为愚昧的人无法为自己呐喊，他们只有忍受被奴役的份；天使说道："你自称是君主王孙——但到头来也许一无所获。执行基督的律法是你的职责；不仅公正贤明，也要心怀仁慈。你要用仁慈来执行公正，你播种的是什么，收获的也是什么。没有仁慈的公正，你只能收获公正；播种仁慈，你将收获仁慈。"

一个满脑子都是警世名言的多嘴家伙，对这些话颇为不满，回嘴道："国王之所以成为国王是通过律法统治实现的，如果不执行律法，他不过是个名义上的国王。"

这时平民百姓都希望向国王进谏，让国王自主行事，大声用拉丁文喊道："国王的旨意就是我们的律法。"

这时突然跑出一群大鼠，后面还跟着数以千计的小鼠[14]，聚在一起召开会议讨论他们的公共治安问题。不知从哪个宫里跑来一只猫[15]，老是对这帮老鼠穷追不舍，让他们走投无路。"我们现在危机四伏，几乎不能走动。如果我们反抗，它就变本加厉地折磨我们，把我们玩弄于它的股掌之间，直到我们奄奄一息！如果想办法制服它，我们就能在自己的地盘上自由快活，生活安逸。"

这时一只足智多谋的老鼠提出了一条绝妙好计，他说："我注意到，城里面一些穿制服的人戴着闪光的金链和华贵的项圈，他们就像到处乱窜的野狗一样在街头和公地上游逛；我听说他们有时还逛到外邦闯祸。我合计着，如果在他们的项圈上装上铃铛，人们就能闻声而逃了！”

“所以，”这只老鼠继续说，“为此我想到了一个好计策，我们一定要买一个铜铃或银铃把它装到项圈上，再把项圈套在猫脖子上！这样，不管它是出去闲逛、休息，还是跑出去玩，我们都能听到。如果它心情好，我们就出洞来透透气；如果它在发脾气，我们就小心为上，避而远之。”

所有集会的老鼠一致鼓掌赞成这个方案。但是当铃铛买回来装在项圈上之后，这群老鼠里没有一个敢站出来把它戴到猫脖子上。这群老鼠为这个无效方案自感羞愧，感到之前的长期筹划都白费了。

这时，一只看似非常精明的老鼠[16]，自告奋勇地站出来，对其他老鼠说：“即使我们杀了这只猫，也还会有其他猫再来祸害我们——无论如何都没用！所以我建议所有鼠类远离这只猫，也不要拿铃铛去惹它。”

“我听我爸爸说，几年前当这只猫还小的时候，王宫里一团混乱。《圣经》里也说：‘邦国啊，你的王若是孩童，你就有祸了。’[17]由于老鼠作乱，人们在夜间不得安宁。但是，如果这只猫跑去抓兔子[18]，就不会吃我们；只要我们让它对‘野味’满意就行。现在的一点小麻烦比常年遭罪强多了。当然，我们都想除掉它，但是接下来会怎么样呢？——我们会吃光人们的粮食，咬坏人们的衣服。谢天谢地，还有猫降得住我们！如果让你们胡作非为，你们就永远无法管好自己。

“所以我的建议是，别去招惹那只猫；因为我能预见到这会造成什么后果。别再谈论这个项圈了。不是因为我没有出钱，即使我出了钱，我也不会张扬。让这些大小猫去随心所欲做它们的事，管它戴不戴项圈，管它抓什么。好好想想我的话——猫不犯鼠，鼠不犯猫！”

这个梦到底寓意何在，请你们自己体味，因为天机不可泄露。

除此之外，一百个身着绫罗绸缎的人摇头晃脑地做着演讲。他们是在法庭供职的律师，为了挣钱，来为他们的官司做辩护。他们辩护绝非出自仁爱之心。你要想不给钱就让他们开口，还不如到马尔文山去丈量迷雾。

人潮之中我还看到许多其他人，就像你现在可以听到的，诸如贵族、市民、农民、面包师、酿酒师、屠夫、织工和裁缝、补锅匠和税吏、泥瓦工和矿工，还有许多其他各个行业的人。各种各样的劳工突然出现了——这些不老实干活的人，整日哼唱着淫词艳曲，比如“上帝保佑你，艾米夫人！”——厨子和店伙计们大喊着：“刚出锅的馅饼！肥猪！肥鹅！快来吃啊！”小旅店的老板们大叫着：“加斯科和西班牙的白酒红酒！莱茵河的佳酿，最好的下菜酒！”

这些都是我在梦里看到的，除此之外还有很多。

第一节　圣教会的教诲

朗格兰梦到圣教会女士向他解释梦幻。她说，住在塔里的真理就是上帝，他给我们提供赖以生存的物质财富；但是住在地狱中的魔鬼却利用这些东西蛊惑我们。做梦人问她如何才能救赎自己的灵魂。圣教会告诉他“通过寻找真理”，并告诉他谎言之父如何降临人间，还说真理和爱一样，都住在人们心里。没有爱，信仰和道德都是冰冷无用的。

现在我要告诉你这高山、死阴的幽谷和纷繁嘈杂的俗世平原的含义。

从城堡里走下一位身着亚麻布衣的美丽女子，温柔地呼唤我：“我的孩子，还在沉睡吗？你难道没有看到这熙熙攘攘的人群吗？大部分人来到世上都是在追名逐利，他们心中的天堂不过是在地上。”

她如此的优雅，让我有些局促不安，我说：“请原谅我，夫人，我不明白您是什么意思。”

“山上的塔，”她答道，“是真理的家，他让你们遵守他的教诲。因为他是信仰的父亲，他创造你们，给你们身体和五官，让你们在下界崇拜他。他命令地产五谷和棉麻，让人们丰衣足食，生活舒适而又有节制。”

“出于仁慈，他规定三样东西公有[1]，即你们身体所需的：衣服用以避寒，食物用以饱腹，饮料用以解渴。但是不要饮酒过度，免得耽误工作。要记住罗得的故事[2]，他因贪杯而和女儿乱伦，正中撒旦下怀——他沉湎于烈酒，被撒旦引诱，和两个女儿通奸。他女儿说：‘来，我们可以叫父亲喝酒，与他同寝。这样，我们好存留他的后裔。’就这样，罗得被美酒和女人降服，在欲望之下，生下了邪恶的子孙。所以要听我的话，对烈酒敬而远之。尽管你想要更多，但节制总是有好处的；不是所有的食物都对心灵有益；身体所需的食物不是灵魂所爱的。不要相信你的肉体，因为它被这个世界影响，而世界是背信弃义的。肉体和魔鬼会结盟捕获你的灵魂，玷污你的心灵。我的忠告希望你能铭记。”

我说：“请原谅，夫人，您的教诲很对，但能否告诉我，人们在世上争抢的钱财到底是属于谁的呢？”

“去读福音书，”[3] 她答道，“看看当人们拿着钱，在神殿问基督是否应崇拜恺撒，他是怎么说的？基督问：‘这像和这号是谁的？’人们说：‘是恺撒的。我们都知道。’他说：‘那么就给恺撒。恺撒的物当归给恺撒，神的物当归给神。否则就是欺骗。’”

“你要受到正常理智的约束，并靠常识[4] 来管理钱财，它们会给你所需的；因为节俭和这两者往往是相辅相成的。”

我虔诚地请求她告诉我黑暗深渊里的可怕地狱究竟意味着什么。

“这是忧伤的城堡，”她说，“谁接近它都会痛恨自己出生在这个世上。里面住着一个叫邪恶的怪物，他生育了谎言，创建了地狱。就是他引诱了亚当和夏娃犯罪，引诱该隐杀了他的兄弟，并用犹太人的银币收买犹大然后把他吊死在树上[5]。他反对仁爱，欺骗众人，谁相信他的财宝谁就会马上遭到背叛。”

我很想知道这个能引述诸多《圣经》智慧话语的女人是谁，我恳求她看在上帝的份上，在她离开之前，告诉我她究竟是谁。

“我是圣教会，”她回答，“你应该认得我，你很小的时候我就给你施洗，并且是第一个教给你信仰的人。你的教父母为你起誓爱我并对我永远忠诚。”

于是我跪下乞求她的宽恕，求她发慈悲，为我的罪孽祈祷；我请求她明白告诉我如何信奉基督并照造物主的旨意行事——“不要再提世俗的财物，圣洁的女士，但请告诉我如何才能拯救我的灵魂？”

她说：“当你试过所有珍宝之后，会发现只有真理才是最好的。要验证真理，只需一句话：‘神就是爱。’[6] 因为真理就和我们亲爱的主一样珍贵。他言行正直，希望世间平安，像基督这位天地之主一样——这些都是《路加福音》里的话[7]。明白这话的学者们应该把它广泛传扬，因为基督徒和众人都渴慕真理。

“国王和贵族应该成为真理的拥护者。他们在全国范围内开展整治、肃清犯罪，把罪犯捆绑到真理面前，由它最后裁决。很明显这是骑士应尽的职责——不仅仅要在一百年中的每个周五斋戒，而且也要支持寻求真理的且从不因爱情或金钱而背离真理的人们。

“在大卫王时代[8]，骑士们被要求向他们的战刀起誓，永远效忠真理。如果有违誓言，就是违抗命令。

“万王之王基督把骑士分成十级天使[9]:基路伯,撒拉弗,还有七类人像他们一样的天使,另外一个是路西弗。尊贵的天主让他们做他的天使,掌管神的殿,他们在神赐的大能中欢欣鼓舞。神通过三位一体教导他们理解真理[10],只希望能遵守他的诫命,此外别无所求。

“但是路西弗,尽管他也在天国受到教诲,但是他违背誓言,失去上帝祝福,变成恶魔模样,从天使营中坠入地狱,永世不得翻身。无数的坏天使步其后尘,因为他们听信他的谎言:‘我要高举我的宝座在神的众星以上。我要坐在聚会的山上,在北方的极处……我要与至上者同等。’[11]所有信这话的,无法再进天国,他们像魔鬼一样纷纷堕落,一共持续了九天,直到上帝怜悯控制住局面,封闭了混沌的空间,使之重回安宁。

“他们堕落的方式非常奇怪[12],有的在天上,有的在地上,还有的在地狱里。但是路西弗由于骄傲,坠入地狱底层,永受痛苦煎熬。所有犯下罪行的人死后都要被打入地狱和他一起受苦,但是崇尚真理的正义之士死后可以确保他们的灵魂会进天国,被三位一体的真理尊崇。

“所以我再说一遍,你试过所有珍宝之后,会发现只有真理才是最好的;我前面讲的两点[13]已经证实了。把这告诉无知的人,因为学者们已经知晓:真理是世上最贵重的珍宝。”

“但是,”我说,“我没有抓住真理的天赋,请教我真理怎样在我身上产生?我的身体有什么特殊才能吗?”

“你真愚笨!”她说,“为什么你这么迟钝?你一定没有在学校学过拉丁语——Heu mihi, quod sterilem duxi vitam iuvenilem!(啊,我贫瘠而虚度的青春!)

“你心中有一种自然的能力,令你热爱上帝胜过爱你自己,并宁死也不会犯下弥天大罪。这当然就是真理,如果有人可以更好地教育你，你要以他为榜样，上下一致。

“爱是天国的良药，谁服用了它，谁就不再有一丝邪恶。这是上帝的证词，你人生的座右铭。上帝通过爱来做工[14]。他教导摩西[15]爱是世间最珍贵，最高尚的美德，是可以疗伤的和平之树[16]。

“天国不能承受爱之沉重。但当它历经世事，有了血肉之躯[17]，那就变得比菩提树上的一片叶子还轻，比针尖还要敏锐犀利。最坚固的盔甲都无法抵挡它，最高大的城墙也无法阻止它。

“因此爱在天国中占有最重要的位置；他像国王和平民之间的市长，在神和人之间做调解：只有他能评判人们的劣行并裁断惩罚。

“所以人们通过自然本能可以识别爱，它源自于人内心的某种力量。因为每一种源于内心自然感受的美德，是创造我们的天父植入我们心里的。他用爱来关心我们，让他的儿子为我们的罪而死，他不愿惩罚折磨钉死他的那帮人，甚至祈求饶恕他们。

“基督本身就是一个例子。他坚强而温和，对把他钉在十字架上刺他心脏的人满有恩慈。

“所以我奉劝有钱人务必要体恤穷人；虽然你们有钱有势，但是要心怀仁慈。因为你们怎样论断人，不管是善是恶，在你离世的时候也必这样被论断[18]。

“尽管你言行诚实正直，像洗礼上哭泣的纯洁婴孩，但是如果你不能真正地爱人如己，怜恤穷人，慷慨大方地与人分享，那你再做弥撒也没有用，就像没人想要的老处女一样。

“圣雅各在书中写道，没有行为的信心[19]就像死板的门钉一样都是没有意义的。因此，没有仁慈的正直是要被锁入地狱的，就像无光之灯一样毫无用处。”

“许多正直的神父并没有仁慈。一旦得志，他们会非常贪婪，对他们的亲人和教会的弟兄姐妹忘恩负义，中饱私囊，欲壑难填。这种无爱的德行是要被锁入地狱的。

“有些修身养性的本堂神父，却被牢牢束缚在贪欲里，就像被捆绑在锁链里一样。这不是三位一体的真理，而是地狱的欺诈，它只会唆使人们吝啬财物。

“因此我们的神说，‘你们要给人，就必有给你们的’[20]，我的恩典够你们用的。这就是爱的真谛，用我的恩典来安慰背负罪孽的忧伤灵魂。

“爱是生命的良药，是最神奇的力量，是通往天国最近的路。因此综上所述，我再重复一次，当你试遍所有的财宝之后，会发现只有真理才是最好的。现在我已经告诉你什么是真理了，也告诉你再没有比它更好的珍宝了，我现在要走了，愿上帝保佑你。”

第二节　奖赏女士的婚礼

做梦人问圣教会怎样可以识别虚伪，她给他展示了关于奖赏女士[1]的梦境。奖赏女士是虚伪的女儿，在和骗局举行非法婚礼，诗人看到了所有虚伪的追随者。由于神学阻止了这场婚礼，奖赏女士及其同伙前往威斯敏斯特听取皇家法官的建议。因为事先得知国王意欲逮捕他们，他们四散逃命，只有奖赏女士被抓。

但是我再次跪下恳求她，说：“原谅我，夫人，看在圣母马利亚的份上，她为我们生下为我们而死的圣婴，请告诉我怎样才能识别虚伪。”

“看看你的左边，”她说，“虚伪、阿谀[2]和他们的同伙就站在那里。”我向左边看去[3]，有一个衣着华丽的女人，长袍上镶着上好的毛皮，长长地拖在地上。她头戴女王的王冠，手指上戴着精美的金戒指[4]，上面镶着光彩夺目的红宝石，还有价值连城的蓝宝石，以及试毒用的紫水晶和绿宝石[5]。她的衣服是华丽的大红色，而且带有镶嵌着宝石的金光闪闪的蕾丝边。

她耀眼的光华使我目眩神迷，我从未见过如此富丽堂皇的穿戴。这是谁？或许是谁的妻子？

我问："穿得如此华贵的女人是谁？"

她说："这是奖赏小姐，她伤害过我，也污蔑过我的朋友诚实，并在法官面前抨击她。她和我一样可以自由出入教宗的宫殿。然而真理反对她这种特权，因为她是私生女。她的父亲是虚伪，有一条诡诈的舌头，自打出生以来就没有说过实话，奖赏完全得到她父亲的真传。就像自然法则所说，有其父必有其子，好树结好果子。[6]我应该比她高贵，因为我的出身更好。

"我的父亲是万能的上帝，所有恩典的源泉——自有永有的神；我是他的女儿，他把仁慈作为我的嫁妆；任何有仁慈之心的男人，只要真心爱我，就是我的丈夫，我会是他在天国的爱人。[7]

"我以性命发誓，谁娶了奖赏，就会失去他所有的恩典。大卫在诗篇里怎么说那些受贿的，还有当权者的救赎之路？——

"耶和华阿，谁能寄居你的帐幕？
谁能住在你的圣山？
……
不受贿赂以害无辜。[8]

"现在奖赏就要嫁给被诅咒的魔鬼的后代，有着诡诈之舌[9]的骗局。阿谀为她做媒，花言巧语欺瞒众人，谎言促成了这桩婚事。

"明天是奖赏的婚礼盛典，到时候你可以见到她所有的宾客，看看他们都是些什么人。你要尽可能认识他们所有的人，但不要乱说话，妄加评论；随他们去吧，等诚实来到，会用大能审判惩罚他们，那时你再讲话。”

“现在我把你交给基督和圣母马利亚，”她说，“千万不要去收取让你的良心不安的酬劳。”

*

圣教会女士离去后，我躺下睡了。梦中我看到了奖赏女士的婚礼。虚伪的所有的亲友都被新郎新娘邀请来参加婚礼。这个盛大的婚典充满了形形色色的人：骑士和神职人员，陪审员和传唤员[10]，警长和他的随从，官吏和法警，商业经纪人和供货商[11]，酒店老板和军法处长——紧跟着奖赏的人不计其数。

和奖赏最熟的是个买卖圣职者，还有民法及其陪审员。阿谀率先把新娘从房中迎出来，做为媒人把她交给新郎。只要新人要求，买卖圣职者和民法就会不顾价钱，随心所欲送新人贺礼。谎言跑出来说：“看啊！这有一个契约，是狡诈立重誓给他们的。”他请民法查看并请买卖圣职者宣读。买卖圣职者和民法当众站起来，打开由虚伪拟定的庄严契约，高声宣读：“特此昭告[12]，众所周知，有目共睹，奖赏小姐今日大婚，不是因为她的品格美貌或善良，而是因为她的财富；骗局要娶她，是因为知道她很富有。根据这个契约，花言巧语的阿谀授予她如下特权：她可以像公主一样生活，她可以骄傲，蔑视穷人，诽谤，吹嘘，作伪证，嘲笑，蔑视，诋毁，并肆无忌惮地打破戒律。

“他赠送给他们愤怒和嫉妒的领地，还有愚蠢和饶舌的城堡；连同贪婪之县及相邻的土地，包括高利贷和贪婪的两座城镇，除此之外还有所有争吵之处、走私之地，另有盗窃之城全部赠予他们。此外，我要把所有的好色之地，连同它的衣饰、污言秽语、肮脏的愿望、眼目的情欲、无聊的念头这些所有丧心病狂的东西都给他们。”

除此之外，他还把饕餮的属地及其很多特权一并赐予他们，包括：赌咒发誓，整日沉迷酒馆酗酒，造谣诽谤，论断他人，打破斋戒海吃山喝，像懒猪一样憨吃贪睡，窝在床上直到长出满身赘肉，最后在绝望中醒来，仍无意悔改；在弥留之际，才发现他们的灵魂已经失丧。

“他们的后代将永居地狱，永被诅咒；经受从炼狱到地狱的痛苦；每年年终，作为回报，他们的灵魂要交给魔鬼与其同居共苦，直到永远。”

见证人如下：第一位是邪恶；然后是圣保罗修会卖赎罪券的皮尔斯；白金汉姆郡的官吏贝特；拉特兰郡的地方行政长官伦道夫；磨坊主芒得，还有其他很多人[13]。此约在魔鬼之年签字盖章，当着买卖圣职者的面，由民法批准。

神学听到这个宣读，再也忍不住了。“愿魔鬼毁了你和你的婚礼！”他斥问民法，“你竟无视真理策划这种闹剧！你会后悔的！

“奖赏原是个诚实的女人[14]，是赔偿的女儿。上帝本打算把她嫁给诚实，但你却把她嫁给一个流氓——上帝一定会惩罚你！《圣经》说劳工应当获取报酬[15]，这就是你对这句话的理解吗？——你这是什么狗屁法律！你靠撒谎和拉皮条过活，你和你的狐朋狗友摧残圣教会，搜刮民脂民膏。我以上帝的名义起誓，你们必要为此付出惨痛代价！你们都知道，骗局是个伪君子，是从撒旦而生的背信弃义、不忠不义的混蛋；而奖赏是一个有良好出身的淑女，如果她愿意，她可以成为皇亲国戚。

“用用你的脑子，带她去伦敦，看看那里有没有法律会允许这么可笑的婚配。即便法官真的允许，你也要有自知之明，因为真理不是傻瓜，他的顾问良心也知道你们两个。如果他发现你们为骗局效力，到审判日时一定不会让你们的灵魂好过。”

民法同意去伦敦，但是买卖圣职者及其公证人员要拿到报酬后才愿意去。阿谀拿出大量金钱，吩咐诡诈打点给众人，特别是那些公证人员。“不许他们任何一个坏事，”他用大量金钱聘用骗局作证，

“因为他知道怎样控制奖赏，使她听命于我。”

众人非常感谢骗局和阿谀的金钱馈赠，上前对骗局承诺：“亲爱的先生，不要怕，我们一定会合力相助让奖赏成为你的妻子。令人欣慰的是，我们已经劝服奖赏去伦敦听取律法的意见。我们肯定，不久以后你们就会永不分离了。”

骗局和阿谀非常开心，他们召集邻郡的所有人，包括乞丐，准备好一同前去威斯敏斯特[16]做证人。

为此他们需要一些坐骑，于是阿谀买了一些，他让奖赏坐上新装蹄铁的郡治安官，骗局坐上轻快地小跑着的陪审员，他自己则坐上配有精美马具的马屁精。

但是公证员们因为没有马骑而恼怒，民法和买卖圣职者也要步行。于是民法和买卖圣职者发誓要给传票员们配上马鞍，便把法院差役们扮成马匹。“买卖圣职者会亲自驾驭他们，”民法说，“召集所有的教长、副教长、副主教、主修会办事员、注册员[17]，用银钱贿赂他们，他们就会宽恕我们的罪行——通奸、离婚，以及放私人高利贷——让主教大人们视察的时候骑上他们——圣保罗修会也有用处；他们知道每个人的隐私，可以在教会法庭上拟定诉讼。给代理主教[18]也套上笼头——他可以给我们拉车，并且用私通者的罚金供养我们。

“对于所有其他步行的，修士和流氓，还有余下的人，由谎言套上大车来拉他们。”

就这样，骗局和阿谀一同出发，奖赏行在他们中间，所有其他人随后。我无暇多写这些尾随在后鱼龙混杂的乌合之众。诡计作为头领带路。

诚实看到这一切后，一语不发，快马加鞭超过众人，赶到王宫，把消息告诉良心。良心则通报给了国王。

“上帝啊！”国王说，“如果我能抓住骗局、阿谀或这伙人中的任何一个，我一定教训这帮惹是生非的混蛋！我一定吊死他们和他们的帮凶！不准任何人保释，让他们尝尝律法的厉害。”他随即命人前来，吩咐要不惜一切代价捕获他们，不管有没有贿赂都要把骗局投入监狱：“要赶在诡计进行下一步行动前，砍掉他的脑袋。如果你抓到谎话，用枷锁紧紧锁住他，不要听他的哀求。然后要把奖赏带来见我。”

恐惧站在门口偷听到这个诏令，立即飞报通知骗局和他的随从逃跑。

骗局闻风丧胆逃到修会那里；诡计吓得要死，四处逃窜，后来混入一伙商人里，留在他们店里做销售员，装扮成学徒伺候客人。

谎话机敏地跑开了，但是像老鼠过街一样，被人追打。他处处遭人白眼，没人听他的谎话；不管他到哪儿都被人嘲笑、被人驱逐。最后卖赎罪券的人同情他，让他进屋，为他梳洗整洁，穿上破衣，命他在礼拜日去教堂送印章并销售价值不菲的赎罪券。但是医生们很恼火，他们给他捎急信让他来帮忙化验小便。杂货商也让他帮助调查他们的货品，因为他略通业务，也对药品和香料了如指掌。但是之后，他又结交了吟游诗人和信使，在他们那里待了半年零十一天[19]。最后修会把他拐走了，按他们的习俗打扮他，这样就没人能认出他了。但是他可以自由来去，行动不受约束。

这帮家伙就这样惊恐逃亡，四处隐匿，只有奖赏女士没能逃脱，她被捕的时候吓得浑身发抖，泪流满面，捶胸顿足。

第三节　奖赏女士在威斯敏斯特

奖赏女士被带到王宫里，法官和顾问们答应为她提供帮助。国王决定原谅她，让她嫁给骑士良心。对这个判决她很满意。但是良心得知后，在国王面前公开斥责她。他抨击奖赏的观点，预言当真理与和平的弥赛亚王国到来时，就不会有奖赏的立足之地了。

被同伙抛弃的奖赏女士，被那些官吏和法警带到国王面前。国王传来一个顾问（他的名字我就不必提了），告诉他要好好照料她。“我要亲自审问她，”国王说，“直接问她谁是她真正喜欢的人。如果她听话，按照我说的去做，我就赦免她这次过犯，上帝保佑。”

于是，顾问按照国王的吩咐，挽着奖赏的腰，带她进入闺房，那里有音乐和娱乐表演来取悦她。

威斯敏斯特的所有居民都把奖赏奉为上宾。一些法官，经教士允许，跑来她的闺房讨她欢心，安慰她。“不要灰心，奖赏女士，”他们说，“你不用难过。我们会在国王面前为你说情。我们保证让你嫁给你喜欢的人，不管良心怎么使诈都没用。”

奖赏亲切致谢，给他们每个人金杯银盏、戒指珠宝等贵重东西做礼物，还不忘给他们的随身小仆一枚金币。然后这些法官们起身告辞。

于是，教士们和顾问们也效仿他们，前来安慰说：“放宽心吧，女士，在您的有生之年，我们都会为您效忠，随时听候您的差遣。”奖赏礼貌地答谢，说她也会对他们忠实，封他们爵位，为他们在主教法庭谋得职位。“你们不必为学历担心，”她说，“只要你们是我的朋友；凭借我的知名度，我可以让你们在受到学问限制的地方得到提携。”

她的下一位访客是一名修士，前来听她的忏悔。他用忏悔室里的优美声音对奖赏说：“不必担心你之前曾和多少教士或平信徒混在一起，也不必担心虚伪是否缠了你半辈子，我只要一驮小麦的报酬就可以赦免你的罪。因此我会成为你的祈祷者[1]，帮你笼络士绅与教士，削弱良心的势力。”

于是奖赏跪在他面前忏悔，厚颜无耻地编了一些谎话骗他并贿赂他，让他做她的祈祷师和代理人。他胡诌一通赦免了她，说道："我们想为自己做一块价值不菲的彩绘玻璃窗，如果你愿意捐赠，我们会把你的名字刻在窗户上[2]，这样你就会得到永恒的救赎。"

"啊！我愿意为您做任何事，神父。请把我看作您永远的朋友——但是请放过那些色欲熏心的老爷太太们。不要因此责怪他们，因为情欲是我们肉体软弱的表现，是自然本能。神父，所有的书都是这么说的。这是人的本性，只要避免流言，就不会有什么危害。原谅这七宗罪太容易了。只要对他们仁慈些，我就修葺您的教堂，为您建一个修道院，粉刷墙壁，安装门窗，画上彩绘和肖像，所有的钱都由我来出。人们会把我当成您教会里的一名修女。"

*

但是上帝禁止我们在门窗上绘画来炫耀我们的善行，以免成为骄傲和夸耀的象征。因为神了解我们所有的目的；他知道你们本性贪婪，知道钱财的归属。

因此我劝告你们，这些有意炫耀的老爷太太们，你们捐赠时不要故意让上帝的人知道，[3] 以免把财宝累积在地上。[4]"右手做的事不要让左手知道"[5]，《圣经》就是这样鼓励人们行善的。

你们这些维护律法的市长和官员们，你们是连接国王和平民的纽带，你们一定要用你们的枷锁和忏悔座严惩奸商、酿酒商、面包师、屠夫、厨师。因为这些人最会祸害百姓，高价贩卖掺假食品毒害人们。他们通过零售发家，并投资房产剥削百姓。如果他们诚实无欺，怎么有钱为自己建筑高楼大厦、购置良田美墅？但是奖赏恳求市长接受他们的贿赂，不管是金杯银器、金戒指，还是其他贵重的财物——让他们安心经商。她说："看在我的面子上，不要管他们，让他们多赚点吧。"

现在听听所罗门对这些受贿的市长官吏所说的："受贿赂之人的

帐棚必被火烧。”[6]——就是说，所有在任期内想收酬金或贿赂的人会遭报应，他们的房屋会被烧成灰烬。

*

国王从他的议会出来后，派人去请奖赏女士。他的官员们都情绪高涨，护送她来到国王的私宅。

国王温和地对她说：“女士，你不是第一次做这种蠢事了，但是嫁给骗局是你至今为止最愚蠢的错误！这次我原谅你，但是，在你的有生之年，不要再犯这种错误。我有一个骑士叫良心，刚从海外回来。如果他愿意娶你，你会同意吗？”

“当然，我的陛下，”她说，“我不答应的话，天理不容！如果我违抗您的旨意，您可以处我极刑。”

良心被传召到国王和议会面前。他深鞠一躬跪在国王面前，听候国王发话。

“如果我赞成的话，你愿意和这个女人结婚吗？”国王说，“她很乐意让你做她的丈夫。”

“万万不可！”良心说，“我宁死也不愿意娶这个女人。她轻佻善变，水性杨花，引诱无数男人犯罪。不计其数的人因为相信她的财富而遭到背叛。她用礼物诱惑妻子和寡妇犯罪，使她们变得淫荡。她毒害教宗[7]，腐败神圣教会，连你自己的父王[8]也被她虚假的誓言毁了。我向上帝起誓，你找遍世界，天地之间再也找不出比她更坏的女人。她风流淫荡，谎话连篇，像任人践踏的车道——不管是僧侣、吟游诗人，还是躺在篱笆下的麻风病人，都与她有染。唯一尊重她的就是陪审员、传票员之流，而郡治安官没了她就不行；通过贿赂他们，她让许多人断送性命。她用金钱买通狱卒释放囚犯，让他们逃跑；为了让她开心，他们就抓捕那些无辜的诚实人投入监狱，处以极刑。

“她才不害怕被开除教籍呢！她供养着教廷的那些人，还能够随时赦免自己的罪。她的钱包一个月能做的事比国王的谕旨半年能做的还多。这些罗马城里人尽皆知，教宗也把她当作心腹，因为是她和买卖圣职者签署了教宗的谕令。

“她让那些没文化的人做主教，供养目无法纪的神父，让他们可以在外面找情人。她在这里赢得国王的宠爱，为所欲为。她总是讨好虚伪而践踏真理。

“天啊！她的珠宝不知腐蚀了多少官员！她在法庭上作伪证让正义无处伸张！她任意歪曲法律，自定时间来解决争议，很多人因为她的缘故，输掉了本可以打赢的官司。穷人不明白的是，不管他在法庭上如何申辩，案子就是不会有一丝进展；不贿赂不送礼，就别想定案。

“她给商人巨贾和平民百姓，还有其他所有想诚实度日的人都带来灾难。我的陛下，这就是奖赏的生活方式——愿上帝诅咒她和她的走狗！她让教养和贪婪狼狈为奸，通过这种方法拥护有钱人，而穷人即使被冤枉，也无计可施。”

奖赏看上去非常委屈，对着国王哭诉，请求让她来为自己辩白；国王允准了。“你可尽力为自己开脱。”他说，“良心对你的这些指控，足可以把你流放终生。”

“啊，我仁慈的主啊，”她说，“如果您知道真相，您就不会这么相信他了。在困难时期，奖赏是非常有用的。——良心，你自己也很明白，我不是来这和你辩论，也不是诽谤你。你知道你在撒谎，你不过是在掩饰罢了，过去你曾多次觊觎我，动用我的金钱用来发放救济。我无法想象你为何现在对我如此恼怒。我会让你更加荣耀，让你有连做梦都想不到的勇气。

“但是你竟然在国王面前恶意中伤我。我从来没有谋害过一个国王，也没有做过你说过的那些事——我可以当着国王的面起誓！

在 1359 年的法国战争中[9]，我从未做过任何对不起国王的事，不像你，不断地使他蒙羞，爬到牲口棚[10]里去取暖，害怕漫长的严冬，担心死在暴风雪中——忍受不了饥饿仓皇逃回家中！

“你肆意剥削穷人，毫无怜悯之心，抢走他们的财物到加来去贩卖。当时，我留下保护国王，提升士气，让他们欢欣鼓舞，每个人都想要拥有我。老天作证，如果我是军队的领帅，我以性命担保可以使他征服全天下，并永远做王——这对王室来说是多么大的荣耀——他们中最小的孩子也会被封官加爵！

“但是你，良心，竟然因为一把银币，跑去进谗言，把天下最富庶的土地丢弃了。[11]

“作为国家的守护者，国王必然要对下属发放俸禄，善待臣民，特别要慷慨对待外国友邦。人们爱戴尊敬他是为了获取报酬。没有我，这些贵族国王怎么能使年轻人为他们鞍前马后地效忠呢？即使教宗和主教们也要接受捐助，付钱给那些卫道士们。奴仆会为他们付出的劳动领取固定薪水，乞丐们乞讨也是为了要钱，艺人也要卖艺得到报酬；国王要收费维持国家太平[12]。校长从他的学生那里收费；技工靠他们的技能赚钱；即使是神父传诵经道也要收取费用；当然，商人做生意就是为了盈利。没有我这世上的人就无法生存！”

“老天在上，”国王对良心说，“我觉得奖赏说得有理。”

“我不这么认为，”良心跪下说，“请恕我直言，我的王。这世上有两种不同的奖赏，一种是上帝仁慈，赐福给地上辛勤劳作的人。《诗篇》中大卫问：‘耶和华阿，谁能寄居你的帐幕？谁能住在你的圣山？’[13]大卫王答道：‘就是行为正直，做事公义的人。’——也就是说，他在世上廉洁，意志坚定，行为正直公义，寻求真理；他教诲穷人，不放高利贷——‘他不放债取利，不受贿赂以害无辜。’所以，所有帮助无辜而维持正义的人，行善不求回报而维护真理的人，在他们死后会得到来自上帝的奖赏。

“但是另外一种奖赏是苛求无度的不义之财，就是那些掌权的人通过受贿来给恶人撑腰的。对于他们这些人，《诗篇》也有话说：‘他们的手中有奸恶，右手满有贿赂。’[14]

“而那些受贿者，也要为此付出代价[15]，除非《圣经》说谎！做弥撒时索取财物中饱私囊的神父，他们的奖赏在地上，正如《马太福音》所说：‘我实在告诉你们，他们已经得了他们的赏赐。’[16]

“我的陛下，雇员从雇主那领取的不是奖赏，是合理的薪水。做买卖的费用也不是奖赏，这只是一个简单的物物交换。

“无耻的奖赏，告诉我，你难道从未读过《撒母耳记》吗[17]？难道不知道为什么撒母耳和他的子孙会遭到报应吗？上帝通过他的先知撒母耳告诉扫罗，亚玛力人的国王亚甲，和他的所有子民都会因其祖先的罪行而死。‘因此，’撒母耳对扫罗说，‘上帝命你照他的旨意行事，和你的主人一起去屠杀亚玛力人，不管人或牲畜，统统处死，老弱妇孺的产财物全部焚毁，不管多么贵重，都不要存留，任何物品，尽数销毁，灭尽他们所有的东西。’

“因为扫罗贪恋战利品，也怜惜亚甲和牲畜，不听先知的警告，上帝告诉撒母耳，扫罗及其后人都要死，不得善终。这就是你们奖赏女士的所作所为——让上帝更仇恨他和他的后代。但是我对此不做评论，以免得罪人。世事变迁，现在谁要向国王说实话反而没好果子吃。

“有一件事我很确定，常识叫我相信：理智能统治管理国家。有很多人会和亚甲[18]有相同的命运；因为撒母耳会再度击杀他，扫罗也要被处决，大卫将会做王[19]臣服所有国度，一个基督教王国将征服整个世界。

“到那时，奖赏不会像现在这样还有立足之地；但是作为真理守护者的爱、谦卑和诚实将会统治世界。

“任何人违背了真理，或受贿枉法，他就会面对诚实的审判。律师们不用再戴着丝绸头巾穿着毛皮外衣在法庭申辩。但是现在，奖赏自身就是法律：她使罪犯成为领主，凌驾于法官之上。

“但是爱和良心会让律法诚实行事。人与人之间充满爱[20]、和平和真理。犹太人惊奇于人们如此诚实，也会充满喜乐，憧憬着摩西或弥赛亚降临人间。

“任何手执凶器的人[21]都会被处死，除非他们把这些长剑、长矛、斧头、匕首等送到铁匠铺去打造成农作用的镰刀和耕犁。——‘他们要将刀打成犁头，把枪打成镰刀。’[22]人们采掘耕种，纺织施肥，忙得无暇顾及其他。

“神父们所做的就是超度死者亡灵，从早到晚吟唱赞美诗。如果他们去打猎，就会有失体统。

“无论国王、骑士，还是官员、市长都不再欺压百姓，不会传他们听审，也不会强迫他们宣誓。但是每个罪犯都会因其罪行受到真理判决，受到或重或轻的处罚。王宫、法院、教廷、教士会议将会合一，由一个诚实正直、永不违背良心的人领导。不会再有战争，任何锻造兵器的铁匠都会自食其果，受到惩戒。

“这国不举刀攻击那国，
他们也不再学习战事。[23]

“但这一切来临之前，人们会经历大难，征兆是天空中会出现六个太阳[24]，敌人将要入侵。那时复活节的满月将使犹太人改信基督；当撒拉逊人看到这一切，也会颂唱‘赞美神’。但是对于奖赏和穆罕默德来说，却是大难将至，因《圣经》中写道：‘美名胜过大财，恩宠强如金银。’[25]”

这时,奖赏像疾风一样发起火来。"我不懂拉丁文,"她说,"那是学者们的事。但是你一定读过所罗门在《箴言》里所说的:'眼目慈善的,就必蒙福。'[26]"

"女士,你的引述非常正确,"良心说,"你就像那种读《圣经》不求甚解的女人,读到'凡事要察验'[27],就非常开心。但是这句话在最后一页没说完,如果你翻过来看,余下的句子是——'善美的要持守。'

"我的女士,你就是这样断章取义。如果让你研读《圣经》,你还需要有个学者专门为你翻书!你的设想倒挺符合当今权贵,但是结果是受贿之人要自食恶果。完整的句子是这样的——'赠送礼物的赢得胜利和荣誉,但是送礼人也带走了收礼人的灵魂。'"

第四节 奖赏女士垮台

因为良心拒绝与奖赏和好,于是国王派良心去找理智,想听听理智的意见。在回来的路上,他们遇到了一件小事。一个叫罪行的承包商被控告欺压百姓,世故和奖赏谋划为他开脱;但是理智和他们辩论,最终赢得了国王和法院大多数人的支持。奖赏及其律师被击败了,国王发誓一切都听理智和良心的。

"闭嘴!"国王喊道,"我不许你们这样!你们两个必须听我的话言归于好。良心,我命令你吻她,跟她和好。"

"天啊!绝不!"良心说,"你可以把我永远流放!要想让我吻她,除非理智同意。"

"那我命令你马上把理智找来。告诉他火速前来,我有话对他说。从今以后,我任命他做我的首席顾问帮我治理王国。良心,他还要和你一起商讨如何教化平民百姓和牧师。"

"乐意效劳。"良心说。于是他快马加鞭赶去理智那里,把国王的命令附耳传达给他，然后起身告辞。

“请留步，”理智说，“我已经准备即刻启程。”他传来两位仆人，一个是卡托[1]，又名善言，另一个是汤姆，又名“说实话因为闲话无趣”。他对他们说：“给伺机以待配上马鞍，系上忠告的肚兜，套上沉重的笼头防止他在路上叫个不停。”

良心和理智奋力疾驰，在路上，两人私下议论奖赏以及她对人类的影响。

但是不久以后，他们被另外两个人追上了，那是世故和他的朋友狡猾。他们要去税务法庭和法院去处理些事情，好不容易才赶上理智，因为他们想花点小钱得到理智的指点，这也许可以给他们省去很多麻烦和尴尬。

但是他们两个都是贪婪之徒，良心深知他们的为人，于是告诉理智快点赶路，不要搭理他们。“他们所言不实，”他说，“实际上他们经常和奖赏混在一起，靠冲突和争论赚钱，对爱和诚实避而远之。

“所经过的路，便行残害暴虐的事。
平安的路，他们未曾知道。[2]

“他们不会奉献一分一毫给上帝——‘他们眼中不怕神。’我告诉你，这些人为了一驮燕麦或一打鸡仔所做的都要多过热爱上帝和圣徒。理智，让他们自行自路守好他们的钱袋吧。良心不认可他们，我想基督也不认可他们。”

于是，在良心的带领下，理智沿着大路全速驰骋，直到王宫。

国王和蔼可亲，接见他并赐他坐在国王和王子之间的讲台上。他们在一起郑重商讨了许久。

*

这时一个叫和平的人来到议会状告罪行[3]。“他把我的妻子拐走了。”和平说，“他奸污了瑞格的女儿玫瑰，还用暴力强奸了玛格丽特。除此之外，他的走狗们抢走了我的猪和鹅，我迫于淫威不敢反抗。他借走我的马再没有还给我，我求他付些钱，他都一个子儿都不给。他怂恿他的喽啰谋害我的仆人，霸占我的货物，抢走我的生意，闯入我的货仓，掠走我的谷物，我只剩下两英担多燕麦的货签。更令人发指的是，他毒打我，还奸污我的女儿，我怕得要死，不敢动他一根指头。”

国王知道和平说的都是实话，他早从良心那听闻了这个恶棍的所作所为。罪行感到不妙，想通过世故拿钱疏通关节。“如果能让国王对我印象改观，”罪行说他会给世故一大袋银币，“让和平和他那伙人去哭爹喊娘吧，我就不用担心什么了！”

但是看到罪行所犯的罪孽，世故和狡猾决定在帮他之前先要告诫他一通，他们说：“冲动的人总是会闯祸的。你就是这样，好小子，你很快就明白这话有多对。看上去你现在处于下风，但如果奖赏出面解决就能扭转局面，因为国王能决定所有人的命运。”[4]

罪行恳求世故帮他解决麻烦——用金钱贿赂，什么都能摆平！于是世故和狡猾带上奖赏，前去请求国王赦免罪行。

那时和平把他头上的伤给众人看：“把我打成这样，天理难容啊。良心和大家要给我作证。”但是世故和狡猾已展开行动，试图用重金打动国王。

但是国王立场坚定，向上帝和他的王冠起誓一定要让罪行受到惩罚；他命令下属立即给罪行戴上镣铐——国王补充道：“让他永远不能自由行动。”

“天啊！”世故说，“这样做太不妥了。如果此人愿意赎罪，那为何不让他接受保释呢？他的保人为他付笔赎金[5]，整件事就解决了，这才是上策啊。”

狡猾也附和他的意见。“没必要两败俱伤，”他说，“祸事已经发生了，没必要搞得更糟，雪上加霜解决不了问题。”[6]

奖赏认为是时候该她出马了，于是恳请国王慈悲为怀。她送给和平一个纯金的礼物。“接受吧，这是对你伤害的一点补偿。我保证罪行绝不会再伤害你。”

现在和平眼泪汪汪地恳求国王赦免这个让他倾家荡产的恶棍——“他已经听世故的话给了我赔偿，如果您同意，我可以宽恕他。对于我来说，这是最好的解决办法；奖赏女士还给了我抚恤金，我还能说什么呢？”

“不行！”国王说，“不能放走罪行；我还要再了解一下这个案子。如果轻易放他，他会把整个事件当成一个玩笑，会变本加厉地恶待我的臣民。除非理智为他说情，要么谦卑为他保释，否则我要让他把牢底坐穿！”

这时堂上有人劝理智对这恶棍开恩，游说国王和良心让奖赏保释他。

“别求我对他开恩，没用，”理智说，“除非老爷太太们学会热爱真理，远离下流淫荡；骄傲褪去她的华衣美服锁进衣柜；父母对骄纵的孩子责罚；艺人过上圣洁的生活；教士们一心要救济穷人，像本笃、伯纳德和方济各规定的那样，教徒们在修道院里做弥撒；传道者们不再教条主义；国王的议院为大众服务；主教们卖了他们的坐骑为乞丐们建房，卖掉鹰和猎犬帮助贫穷的僧侣和修士；圣雅各在我指定的地方接受朝圣[7]，而人们都待在这儿，没人再去加利西亚(Galicia)；带有国王头像的钱，不管是加印花还是没加印花的，不管是金币还是银币，不再被教宗掠入他们的荷包；所有从罗马或阿维尼翁[8]跑出来的贪污犯在多佛被拘捕——当然，除了那些从罗马出来谋生的商人、信差、神父和忏悔的朝圣者们！”[9]

“但是我还是不能开恩，”理智继续说，“因为奖赏还在掌控着这个朝堂。我深知她的为人。对我来说，如果我是一国之君，我一定不会姑息犯罪，也不会收受贿赂来对任何人网开一面；奖赏不能打动我，善良才行。

“恶有恶报，善有善报。[10]陛下，您的忏悔师会给您解释清楚这句话的。如果您按此话治国，律法会成为人们休养生息的基础，仁爱会如您所愿管辖全国。”

国王的忏悔师们交头接耳讨论起来，看他们能否为了国王的利益来解释这话——但不是为了国王心灵受益，也不是为了大众福利。我注意到奖赏在法庭上给律师使眼色。他们窃喜，离开理智转而投靠奖赏。世俗冲奖赏挤挤眼说：“我就是您要找的人，夫人，不管我在法庭上如何能言善辩，只要给我好处，我一定守口如瓶！”

法庭上大多数的正人君子和王公贵族都表示支持理智，狡猾也称赞理智的演讲。他们认为善良是一位真正的学者，而奖赏不过是一个大众情人。仁爱反对她，诚实蔑视她并大声在法庭上扬言：“如果任何人因为钱娶她，那他一定会戴绿帽子！”

奖赏落寞地坐在那里，垂头丧气，因为法庭上大部分人把她当妓女看。然而有陪审员和传唤员仍想讨好她，一个郡治安官的办事员咒骂法庭，说：“我多次出庭为你们辩护，但是没一个给我报酬！”

这时，国王把理智和良心叫到身边，裁决理智胜诉。他皱着眉头，对奖赏怒目而斥，转向屈服于奖赏的律法发火：“我要谢谢你让我损失了这么多的领土[11]。你们的贿赂阻碍了真理，践踏了公正。但只要有我在，理智就会处罚你，给你量罪定刑，绝不冤枉你！不准奖赏保释！我以后要找些诚实的律师，这件事就这么结了！对于罪行，大多数庭审员都判他有罪，他会被依法判刑的。”

良心对国王说：“除非你能赢得民众支持，否则这个判决难以实施，也难以公正严谨地治理国家。”

理智大叫："如果我不依法治国，宁愿被活活打死，但你要给我实权让臣民们服从我。"

"我以圣母起誓，"国王答道，"我已召集贵族和神职人员召开议会，我一定会支持你！我很高兴你能来辅佐我，只要我活着你就不要离开。"

"我已决意为陛下效忠，"理智说，"但是您一定要让良心做我们的顾问；此外我别无所求。"

"我同意，"国王答道，"上帝保佑我们成功！让我们以后精诚合作吧。"

第五节　七宗罪的忏悔和真理的寻求

做梦人醒了，但很快又入了梦。他梦到理智在平原上为整个国家祈祷，试图唤醒所有人忏悔认罪。七宗罪里的每一个都悔改认罪，并祷告求基督宽恕。之后人们出发朝圣寻找真理，但不久就迷失了道路。这时农夫皮尔斯突然从人群中站出，声称他是真理的仆人，可以带众人去真理的家。人们耐心地听他指引，但当听到路途艰险时，一些人就放弃了，直接掉头回家了。

国王和贵族们去教堂做弥撒和晨祷。我这时醒来，有些遗憾睡得不沉，没有看到更多东西。但是我走了不到两百码，就感到昏昏欲睡，不能前行。于是我静静坐下，默默吟诵玫瑰经，不知不觉又睡着了。

这次场面更加宏大。我再次看到人潮拥挤的平原，理智站在国王面前，手执十字架，准备好为整个王国讲道。

他明白告诉众人，由于人们的罪导致了这场瘟疫。周六傍晚那股来自西南的狂风[1]很明显是上帝对他们过度骄傲的惩罚。"在狂风发作之际你们的梨树和李子树都会倒下，”他说，“这是作为寓言来提醒你们要悔改行善。山毛榉和巨大的橡树会被刮倒在地，它们的根盘错杂悬在空中，是毁灭的不祥之兆，意味着末日来临，一切都将被毁。”

关于这点我可以广为传讲，这都是我亲眼所见。理智的公开讲道非常清楚明白。

他告诉败家子要竭尽全力地工作，赚回他挥霍的钱财；他请求骄傲女士收起华衣美服，放入箱底以备不时之需；他指导汤姆·斯托携一对棍棒拯救妻子幸福于危难之中[2]；他警告华特，他自己衣衫褴褛，而妻子却披金戴银势必受到责难；他吩咐贝特先生备好木棒教训他女儿贝蒂让她去干活。

他告诉商人管教子女，“如果你赚了很多钱，不要用钱来惯坏孩子，”他说，“即使瘟疫横行半个乡里，你也不能没来由惯坏孩子。我的父母曾对我说：‘你越是爱这个孩子，你越是要纠正他的错误。’[3]《箴言》的作者所罗门也说：‘不忍用杖打儿子的，是恨恶他。’[4]”

而后他训诫神父和主教说：“你自己布道要以身作则。这样你会得到祝福，也会鼓舞我们因你的教诲而更加坚定信仰。”

接下来，他规劝僧侣和修士要持守清规戒律——“以免国王和议会削减你的俸禄掌管你的财产，变本加厉地控制你们。”

他建议国王要爱民如子——“和平时期人们是你最大的财富，困难时期他们会成为你的主要支柱。”他乞求教宗怜悯圣教会，在布道之前先要检查自身。

“对于你们这些维护律法的人，”他说，“如果你们要让上帝欢喜，务必要舍金银，求真理。因为福音书告诉我们，上帝和圣徒都不认悖逆真理的人——‘我实在告诉你们，我不认识你们。’[5]”

“去朝拜圣雅各和罗马众圣徒的，不如去寻找真理[6]，因为只有他才能拯救你们。他与上帝和耶稣一样是自有永有的，他会祝福和救赎所有听我训诫的人。”

理智演讲结束，接下来是忏悔演说，听得威廉泪眼婆娑，感动不已。

骄傲[7]

骄傲小姐平躺在地，很久才抬起头来，叫道：“主啊，发发慈悲吧。”她向上帝起誓撕去罩衫，穿上忏悔的毛布衣，克制肉体的狂热情欲。“从此以后，我再也不傲慢了，我要谦卑忍耐，不把别人对我的指摘放在心上——这会是全新的我！我还要温柔地乞求上帝的怜悯，虽然之前我一直痛恨这么做。”

色欲[8]

色欲大叫“天啊！”，并恳求圣母为他的灵魂说情，乞求上帝宽恕他的罪孽；为此他向圣母起誓，每个礼拜六他只喝水只吃一顿饭。

嫉妒

这时心情沉重的嫉妒要求忏悔，他悲伤地念起悔罪经，面如死灰，像中风的人一样浑身发抖。他衣衫褴褛，我简直无法形容——上穿粗布大褂，下着短裙，腰间别着匕首，前袖裁自修士衣服；面颊干瘪，愁眉不展，像是暴晒很久蔫掉的韭葱。他全身燃着愤怒的火焰，紧咬双唇，攥着拳头，伺机报复。他说话就像毒蛇，句句话都是谣言诽谤。他靠诽谤他人和做假证为生；不管在哪他都要出风头，造谣生事。

“如果我能，我一定忏悔，”这个怪物说，“我太羞愧了。因为我发誓比起明天能赢半吨艾塞克斯奶酪，我更愿意看到我的邻居伯特惹上麻烦。”

“我以前差点毁了一个近邻。我散布谣言使他破产,甚至让他众叛亲离。看到他交好运或者获得声誉,更让我妒火中烧。”

“我在人们之间挑拨离间,让人们自相残杀。在社交场合遇到我厌恶的人,我假装对他友善并成为他的挚友。因为我不敢得罪比我强大的人。但如果有朝一日他栽在我手里,我一定要他好看!”

“我去教堂,神父告诉我们要跪在十字架前为别人祷告,我就跪下祷告,诅咒那些偷走我装垃圾的钵和破床单的贼!然后我的眼睛从圣坛上移开,看到艾伦穿了一件新衣服,我就求上帝让我拥有这件衣服和这块布料。”

“别人有损失我幸灾乐祸,别人有收获我牢骚满腹。我指责别人的行为,其实自己做得也不怎么样。如果有人批评我,我就记仇一辈子。只有别人都不如我,我才会开心,一想到别人比我拥有得多我就嫉妒得发狂。”

“我活得就像一只无人宠爱的癞皮狗,内心的苦毒让我全身浮肿。多年来我几乎不能吃饭,嫉妒和恶意太难消化了。你有没有药可以为我消肿除病吗?要么你给我洗洗肠也好?”

“我的确有。”忏悔说,并告诉他最好的方法是认罪悔改,这可以拯救一个人的灵魂。

“但是很遗憾我很少这么做。”他说,“所以我这么瘦——因为我一直报不了仇!我在伦敦经商的时候,雇用背后中伤做我的私人经纪,让他去散布谣言贬低其他富商的货物!如果别人的货能卖出去而我的卖不出去,我就愁眉苦脸,想方设法去陷害他们和他们的货物!然而,如果万能的上帝开恩,我愿意为这一切赎罪。”

愤怒[9]

这时愤怒双目圆睁来忏悔了，耷拉着脑袋开始哭泣。“我是愤怒，”他说，“我以前是个修士，在修道院里做花匠，嫁接嫩枝。我把谎言嫁接在乞丐身上，所以他们长出甜言蜜语的树枝来讨好达官贵人，把花开到太太们的闺房里去听忏悔。现在我这棵树长出了奇怪的果子：人们宁愿去找修士忏悔也不愿找本堂神父。拿薪水的神父发现修士要抢他们的饭碗，就来责难他们。而修士不管在哪里巡回布道都要回敬他们，我愤怒就和他们形影不离，按我的方法来指导他们。

“双方都自以为是，互相贬低，他们要么沦为乞丐靠我做精神支柱，要么变得富有，骑上高头大马[10]盛气凌人！我从来没有停止寻找这些恶徒，因为这是我的天职。

“我有个做修女的姑姑是修道院的院长，她宁死也不能忍受一点疼痛。我在她的修道院做了几个月的厨师，给院长和其他贫穷的女士们做汤。我在汤里尽可能地加入诽谤——乔安娜嬷嬷是个私生子，克莱瑞斯修女的父亲可能是骑士，但是她妈妈有外遇，皮考克修女曾和神父偷情——‘她不可能做院长，她去年春天[11]生了个孩子；整个修道院都知道！’

“我就用这些乱七八糟的流言蜚语喂养她们，有时她们忍无可忍，会互相对骂，冲上去厮打对方的脸。天啊！如果她们两个手里有刀，一定会出人命的！

“格列高利是个好教宗，很有远见，他规定女修道院长不能聆听忏悔[12]，因为她们不能保守秘密，会使教会蒙羞。

“我当然能和僧侣们住在一起，但我会尽量避免。他们有太多厉害角色提防着像我这样的人，像是男修道院的院长副院长之流。如果我说谎，他们就会召开特别会议，罚我在周五只吃面包和白水，然后在例会上责骂我。我像个孩子似的，被脱了裤子毒打。我可不愿意和这伙人住在一起。除了一些咸臭鱼和麦酒也没什么可吃的。偶尔他们弄来好酒，我也能够在晚上偷喝上几口，然后就要五天的酒疯，把我知道的一切丑事都说一遍，让整个修道院的人都听到。”

“你必须忏悔，”忏悔说，“不管你是怎么知道别人隐私的，都不要再说出去。不要暴饮暴食，免得削弱你的意志，再惹祸上身。《圣经》说：‘你们要谨慎自守。’[13]”然后他赦免了愤怒，告诫他要痛改前非。

贪婪

这时贪婪来了。这个看上去饥肠辘辘的老怪物，还真找不出一个词来形容他！他额头突出，嘴唇浮肿，眼神迷离像个瞎眼的老巫婆。他脸颊深陷，脸上肌肉松弛，晃晃荡荡像两个钱袋子。他的胡子像农奴那样沾满油脂，头上戴着头罩，帽子上爬满了虱子，一件褐色罩衫穿了至少十几年，破烂肮脏得连虱子都不愿待在上面。

“我一直都很贪婪，”这个老无赖说，“我现在把一切都坦白出来。我最初在石阶处的西姆（Sim-at-the-Stile）那里做学徒，帮他招揽生意。我先是学会了小偷小摸，最初是缺斤少两，我的主人让我带上各种货物到韦希尔和温彻斯特去卖货；如果没有狡猾帮忙，这些东西至今都卖不出去！

“之后我去向布店老板学习，他们教我怎么拉扯布匹会使布看上去更长。关于布条，我获得了丰富的经验——先用打包针把布条缝好，叠在一块儿固定住，用熨斗不停地熨压，直到十码出头的布变成十三码长。

“我老婆以前是个毛纺织工，她雇人为她纺织，按重量付钱给他们。其实她用来称重的磅比我的秤要重四分之一。[14]

“我买来些大麦芽，她拿去酿造啤酒来卖。她把大量的劣质啤酒兑进少量的好啤酒里，然后卖给贫苦劳工和普通百姓。最好的酒要么藏在客厅要么藏在我的卧室里，任何人只要用鼻子闻闻就能醉倒——一品脱至少要四个先令，这是实价。即使这样，她还要小心翼翼地量酒，生怕给人量多了，她可真够狡猾的。人们叫她贪婪的老罗斯，她这一辈子都是这么做买卖的。

“现在我发誓要痛改前非——做买卖不再缺斤少两欺骗顾客。我要带着老婆到沃尔辛厄姆去朝圣，在布罗姆赫姆(Bromholm)的十字架[15]前祷告，保佑能摆脱债务。”

“你忏悔过吗？”忏悔说，“有没有做过赔偿？”

“我真的做过：有一次我和几个商人在一家旅店过夜，趁着他们睡着的时候偷了他们的钱袋。”

“这不是补偿，是抢劫！”忏悔说，“这个罪可以让你上绞架了，比你之前告诉我的所有罪行都严重。”

“我以为‘补偿’就是‘抢劫’，”他说，“我不识字，我是从诺福克乡下来的，不懂法语。”

“你放过高利贷吗？”

“当然没有，不过我承认年轻的时候做过一两次，主要是跟着犹太人和伦巴第人一起做的[16]。他们教我怎么用秤称货币重量，把重一点的钱币剪掉一些再给借款人，当然，这么干就是因为爱十字架。[17]借款人给我的抵押基本上要不回去，而且比我们剪过的钱币要值钱。我还让他们立字为据，如果不能及时还债就没收抵押。这比救济别人强多了。[18]我把钱财和货物贷给老爷太太们，[19]然后再做他们的经纪人，不花一分钱就买下他们全部产业。

“我的易货和放贷生意兴隆；我放贷的钱让我赚了一大笔。有时候我会把放贷凭证和金币带到罗马去，而在伦敦时就通过记账就能拿到钱，比赶到那里去取钱划算得多。”

“你没有贿赂过贵族，让他们对你的丑事睁一只眼闭一只眼吗？”

“我当然要给他们送礼，可就是这样他们也不给我好脸色看！我帮很多骑士成为绸缎商[20]——他们做学徒的时候连一双手套都没给过我！”

“那你同情贫穷的借款人吗？”

“我同情他们就像猫贩子同情猫一样——他只要抓住猫就一定会剥皮去卖！”

“那你善待你的邻居吗？你请他们吃过饭吗？”

“我的邻居们认为我非常友好，就像厨房里的一只饿狗。”他说。

“那你最好赶快忏悔，”忏悔说，“否则我只能这样为你祷告：你有生之年不能享用你的财富，你的子孙后代也不能，你的继承人不能用你的钱财来做善事；你所得来的不义之财也会被恶人挥霍殆尽。

“如果我是一家守诚扬善的教会的修士，我绝不用你的钱为教会做法衣和修葺教堂。如果我知道是像你这样的人捐助的钱，我一分钱也不会接受——即使你给我金装手稿我也不要！因为‘追求珍馐美味，必将被奴役；自给自足，才能得自由’[21]。

“你这个粗鄙小人，我不能赦你罪。你必须要补偿所有被你盘剥的人的损失，否则我没法原谅你，理智已经在天国把这些事都记录下来。‘如不赔偿，绝不宽恕。’[22]所有受你贿赂的人都要在上帝面前替你还债。不信你看看《诗篇》的注释：‘你所喜爱的，是内里诚实。’[23]没有人能靠你的不义之财取得成功。

“慈爱的人，你以慈爱待他。
完全的人，你以完全待他。’[24]”

这个无赖绝望了，要去自杀，忏悔急忙安慰他说：“想想主的恩典，大声祈祷吧。‘上帝善待万民，他的慈悲覆庇他一切所造的。’[25]

‘和上帝的恩典相比，所有世人所做所想的恶事，像火花一样淹没在海洋里。’[26]

“所以要心怀仁慈。你那些买卖就不要做了。自力更生才能饱足。你的财富靠坑蒙拐骗所得，你不能再以此为生。如果继续下去，你会债台高筑。如果你不知道要还钱给谁，让主教代你布施，以求心安。末日审判时，他会为你和许多其他人做担保。相信我，每个主教都要到上帝那交账的[27]，在四旬节他对你的教诲和他从主那里为你求得的恩典会保守你远离罪孽。”

饕餮

这时饕餮准备动身去忏悔。但是当他沿着教堂方向走来时，酒馆老板娘贝蒂冲他打招呼，问他去哪里。

“去神圣教会，”他答道，“去听弥撒做忏悔；然后金盆洗手，再也不犯罪了。”

“我这有些好酒，进来尝尝吧，亲爱的。”

“有没有辛辣的香料？”

“有啊，我有辣椒、芍药子和大蒜，今天是斋戒日[28]，我特地准备了茴香籽，你要加点吗？”

于是饕餮进了酒馆，重誓尾随在后。他看见鞋匠锡西坐在长凳上，猎场看守瓦特和他的老婆、补锅匠蒂姆和他的两个学徒、马夫海克[29]、卖衣服的休、考克巷的妓女克拉瑞斯和本堂神父、挖掘工大卫、祈祷椅修道院的神父彼得和来自弗莱芒的女人皮考克[30]，还有许多其他人，包括拉小提琴的、捉耗子的、齐普赛街的清道夫、搓麻绳的和一名骑兵。另外还有做白镴器的罗斯、加利克港口的戈弗雷、威尔士人格里菲思，还有拍卖行的一伙人。一大早他们都在这，热情欢迎饕餮，让他先喝上一品脱好酒。

修鞋匠克莱蒙特把斗篷甩下来下注[31],马夫海克也扔下头巾,让屠夫贝特代他参加,他们选商人给这些东西估价并决定投注赔率。

两个商人迅即跳起跑到墙角,窃窃私语商量这些垃圾衣饰的价值。但是他们犹豫不决,不能达成一致意见,便叫来搓麻绳的罗宾做仲裁,于是他们三个来决定这场交易。

最后,马夫海克得到了斗篷,克莱蒙特必须干一杯方能拿到海克的头巾,如果谁先反悔,谁就要尽地主之谊请饕餮喝一加仑麦酒。

接下来他们在一起嬉笑怒骂,酒杯在一圈人中传递,尖叫歌唱一直闹到黄昏。这时,饕餮已经喝得酩酊大醉,他的五脏六腑像有两只贪婪的母熊一样开始噜噜作响。还没开始祷告,他就已经排了几夸托尿了,还放了个震耳欲聋的屁,所有人听到都捏起鼻子,恨不得拿把荆豆把它塞住。

他拿拐杖撑住身体,前后摇摆,像街头艺人的瞎眼狗,又像在放捕禽索的捕禽人。他目光呆滞,脚步趔趄,来到门口,一不留神被门槛绊住,摔了个四仰八叉。修鞋匠克莱蒙特把他抱着腰扶起,使他双膝着地,但是饕餮个头大,好不容易才把他扶起来,他又吐在克莱蒙特膝上,秽物臭气熏天,连赫特福郡(Hertfordshire)最饿的猎狗也要躲得远远的。

最后,他老婆和女儿费了九牛二虎才把他弄回家上床休息。经过这么一折腾,他连着昏睡了礼拜六和礼拜日两天。在礼拜日的黄昏他终于醒了,他睁开惺忪睡眼,第一句念叨的就是:"谁拿着酒杯呢?"

他老婆责骂他醉生梦死,忏悔也来斥责他:"要知道,你言语行为都犯了罪,你要认罪,痛改前非。"

"我饕餮承认有罪,"他说,"我冒犯神明已经记不清有多少回了:我平白无故以'圣灵'、'上帝和圣人保佑'为名发誓都有几百次了。

“我晚上总是吃得很多，但过不了多久我就全吐出来，浪费了这些本来可以帮助饥民的粮食。斋戒日的时候，我总是把手里的美酒佳肴都吃掉，有时候吃睡全在一块。为了能够喝酒聊天，在斋戒日我不到中午就跑去酒馆吃饭。”

“你的忏悔会得到上帝的宽恕。”忏悔说。

饕餮开始啜泣，为他堕落的生活哀哭切齿，他发誓：“以后每个斋戒日，不管有多么饥渴，我也要严格禁食，直到我的姑姑节制允许开戒为止，虽然以前我为这老是憎恨她！”

懒惰

这时懒惰来了，邋里邋遢，睡眼蒙眬。“我得坐下来，”他说，“否则我就得睡着。我不能老是站着，没有跪垫我无法下跪。如果我睡下了，晚饭之前你即使敲钟也不可能把我叫醒，除非让我睡到自然醒。”

然后他打了个饱嗝，开始捶胸顿足地祷告：“主啊！”但是当他停下来伸懒腰时，他打着哈欠，哼着鼻子，最后鼾声大起。

“喂！起来，你这个家伙！”忏悔大叫，“继续忏悔！”

“就算今天是我的末日，我也醒不过来。我记不清楚主祷文，神父讲道也不明白。我会很多关于罗宾汉和切斯特(Chester)的伦道夫伯爵的歌谣[32]，但是关于上帝和圣母的诗句都一点都不知道。

“我总是发誓，但是第二天一早就忘。神父让我做的忏悔我都没做过，对自己的罪行也不感到内疚。我读经往往是有口无心，除非当时我在发脾气。我每天就在酒馆里飞短流长，在教堂也不例外，从来没想过基督受难。

“我从不看望病人和被锁在地牢里的囚犯。我喜欢下流笑话，在村子里整日狂欢，听邻居有趣的丑闻更胜过听福音书。我不祈祷也不守斋，对此一点也不重视。在四旬节，我搂着情人躺在床上直到教堂做完弥撒和晨祷，我只有接下来去做晚祷，好不容易挨到弥撒结束！一年到头除非有病我才忏悔，但根本谈不上虔诚。

“我做了三十多年的本堂神父，但是仍然唱不准一个音，也读不好一节经文。我在地里追赶野兔的本事比我解释《诗篇》诗句、比在教区解经讲道要强得多。我能主持结算日，审核地方官的账目，却读不了一行教会法规。我总是记不清我赊的账，除非有人记在账本上。债主三番五次地上门讨债，我都要赖不认，日积月累，我用这招坑了无数老实人。

“给佣人发工钱时我总是锱铢必较，故意刁难抱怨，迟迟不给他们结账。”

“如果有人帮了我，对我雪中送炭，我都是以怨报德，因为我从来不懂别人的好意。我的行为就像那些鹰一样：不能单靠爱来打动我，你还要手里有点吃的。我的教友们过去帮过我无数次，但我全都遗忘。我故意或不经意地浪费美食——鱼、肉、面包、黄油、奶酪、麦酒，把这些都放坏变质了不能再吃。

“我年轻时不学无术，四处游荡，这些恶习使我沦为乞丐——‘啊，我贫瘠而虚度的年华！’”

“你忏悔吗？”忏悔说——但此刻懒惰又开始打瞌睡了。

这时看守员警惕往他脸上泼了些冷水，水滴溅到他眼里。警惕放声大叫：“当心！绝望要背叛你！对你自己说：‘我为自己的罪行羞愧。’捶胸请求上帝的怜悯。主的恩典胜过世上所有的罪孽。”

这时懒惰坐起来，切切地为自己祷告，在上帝面前起誓要战胜他愚蠢的懒惰：“我在圣洁的十字架前起誓，从今以后，除非生病，否则每个礼拜日我都要像僧侣一样在黎明前赶去教堂做弥撒和晨祷。晚饭后我再也不坐下来喝酒，而要赶去做晚祷。另外，如果我有办法，我愿意把年轻时所得的不义之财全数偿还。即使我失去全部，也不再为难别人；在我离开这个世界之前，每个人都会得到补偿。至于所剩钱财，我当着切斯特的十字架起誓[33]，我要拿去朝圣，寻求真理，即使我从来没有去过罗马！”

这时强盗罗伯特开始悲伤垂泣，因他想起经文“凡人所当得的，就给他”[34]，但是他却没有办法补偿。这个可怜的罪人低声祷告：“啊，在髑髅地的十字架上受难的主啊，请怜悯我的兄弟迪马斯[35]，因他说过：‘耶稣啊，你的国降临的时候’[36]，请记得我这个还没有偿清债务的强盗[37]，我双手所得的收入无法偿清所有债务。我恳求您，发慈悲接受我这点力所能及的赔偿。请不要在审判日因此而责备我。”

我不知道这强盗之后的命运如何，但是我看到他哀哭切齿，在基督面前不停地忏悔。他发誓要擦亮他忏悔的锡杖，余生要执此锡杖走遍世界，为他和路西弗的姑姑拉特罗的奸情赎罪。[38]

这时忏悔发了慈悲让所有忏悔者跪下，说：“我现在乞求救主施恩给所有罪人，他怜悯我们让我们从此改过

“——啊，仁慈的造物主啊[39]，您于虚无中创造万物，按照您的形象创造人类——允许人们犯罪，又降灾在世上——这都有您的美意，因我相信经文所说：‘基督的死抹去了亚当必要的过错；幸运的罪孽使我们拥有一位救世主！’[40]

“——由于原罪，您让你的儿子来到世上，道成肉身，由童贞女马利亚所生来拯救人类；通过圣子，主使自己成为和我们一样的罪人，因经上说：‘我们要照着我们的形象，按着我们的样式造人’[41]，又说：‘住在爱里面的，就是住在神里面，神也住在他里面’[42]——主啊，您的儿子道成肉身，为我们赎罪死在礼拜五的正午时分——您和圣子都不为此悲哀，因为只有我们人类的肉体才会腐烂，而圣子不会——‘他掳掠了仇敌’，因肉体的软弱，圣子闭了会儿眼，到正午日照正烈

圣徒们的午饭时间[43],您用鲜血滋养了我们的祖先——‘在黑暗中行走的百姓看见了大光’[44]——您闪耀的光芒照瞎了路西弗,您的喘息把所有被祝福的灵魂卷入天堂的极乐。

“之后第三天,您又降临人间,第一个看见您的不是圣母马利亚,而是罪人抹大拉的马利亚;您这样做是为了使罪人得到安慰,因为经上说:‘我来本不是召义人,乃是召罪人。’[45]”

“四大福音记载的您的伟大事迹都是您道成肉身时的作为(经上说:‘道成了肉身,住在我们中间。’[46]),所以我相信我们会充满信心地祷告,恳求您施怜悯给我们,如果您愿意,请开恩饶恕这些可怜的罪人,他们都深切忏悔对您在思想、语言或行为上的冒犯。”

接着希望抓住“主改变更新我”的号角[47],吹出“得赦免其过”的曲子[48],直到所有天国圣徒开始高歌——“耶和华啊,人民、牲畜,你都救护。神啊,你的慈爱何其宝贵!世人投靠在你翅膀的荫下。”[49]

那时大约有上千人聚在一起向基督和圣母高呼,请恩典和他们一起去寻找真理。

但是没有人能认得路。他们像野兽一样盲目行走在[50]层峦叠嶂之间,直到夜幕时分,在远离家园的地方,遇到一个穿着打扮像撒拉逊人的朝圣者[51]。他的拐杖用一大块布缠裹得像根藤条,身边是个破口袋和一个讨饭用的破碗[52],帽子上别满了纪念品[53]——盛了香脂的油瓶、加利西亚的扇贝、西奈(Sinai)[54]的徽章。斗篷上缝满了东西——有圣地和罗马的十字架,斗篷前面系着圣维罗妮卡的手绢[55]——向众人炫耀他曾游历过多少圣地。

“你从哪里来啊?”大家问他。

“从西奈来,”他说,“我去了主的圣墓。我还参观过伯利恒、巴比伦、亚美尼亚、亚历山大等很多圣地[56]。你们看看我帽子上的纪念品就知道我的游历有多广了。我历经春秋冬夏，走遍天南海北，为了我的灵魂去朝拜。”

“你认识一个叫真理的圣徒吗？”人们问，“你能告诉我们在哪里可以找到他吗？”

“天啊，不晓得，我遇到过很多带着随从和经书的朝圣者，但是没一个问起过这个圣徒。”

“凭圣彼得的名起誓！[57]”一个农夫从人群中走出来，“我认识他就像学者熟识自己的书一样。良心和常识把我带到他那儿，让我发誓永远服侍他，只要我还能干活就永远为他种地。我给他做了五十年的仆人，为他种地放牧，照看屋内屋外的大小事儿。我开沟挖渠，播种打谷，缝缝补补，纺织结网，一切都听真理吩咐。”

“真理对我很满意，我也觉得自己干得不错。他给我的工钱不差，有时候给得更多；他随时都可以付工钱给穷人，从不拖欠。他对人向来很亲切，像羊羔一样温顺。——如果你们想知道他住哪儿，我可以马上带你们去。”

“谢谢你，皮尔斯老伙计。”朝圣者说，并要付钱给他，让他带路去真理的城堡。

“不行，我对天起誓，绝不收钱！”皮尔斯发誓说，“我一个子儿也不收，就是把圣托马斯圣地的财宝[58]全给我也不行！如果我收钱，真理一定不会原谅我！如果你们现在要去找真理，那么请听我说。”

“不管男女，出发时要穿过温顺，到达良心，因为基督要知道你们爱主胜过一切；[59]其次要做到爱人如己，你希望别人怎么对你，你也要怎么对别人。”

“然后顺着一条名为‘言语温和’的小溪向下走，到达一个名为‘尊敬父母’的浅滩，你们必须进水里把自己浑身上下洗个干净，那么以后你们都会身轻体健。接下来，你们会看到一个地方叫‘不可随意起誓，尤其不能妄称上帝之名’。”

“之后，你会路过一个农场，但是千万不要擅入，它的名字叫‘不可贪婪人的牲畜、美酒、仆人，以免让他受损’。还有不要折断树枝，除非那是你自己的财产。”

“你们还会看见两个仓库；但是不要停步，它们是‘不可偷盗’和‘不可杀戮’，绕过它们往右走，不要回头看。记得要庆祝宗教节日，让它们时刻保持圣洁。”

“然后你们到达一座小山叫作‘不作假证’，不要靠近它，因为山上长满了贿赂，挂满了银币，千万不要采摘银币，否则会丧失灵魂。这样你才到达一个叫作‘言之有物，绝不为任何人而说假话’的地方。”

“从那你会看到一座金碧辉煌的大厦，由仁慈做其护城河，智慧做其城墙，来抵御热情。它由基督教徒做防卫墙保护人类，由‘信则得救’做扶壁。”

“所有的厅房不是用铅皮而是用爱来搭屋顶，并布满‘言语谦卑’。吊桥是用‘祈求便能得到’做的，每根柱子对圣徒所作的忏悔与祈祷做成，所有的大门用信实的铰链拉紧。”

“守门人叫恩典，是个好人，他有个仆人叫改进，也很有名气。你必须对他说这个口令，真理才会知道你是不是诚实：‘我已经按照牧师要求做了忏悔，我对自己的罪行感到非常难过，即使我是教宗，每次想到也会痛心疾首！’”

“然后你必须请改进去求他的主人把夏娃最初关上的边门打开，因她和亚当吃了善恶果，这门便被关上了。‘因为夏娃，这门便对世人关上，而今因着圣母马利亚这门又对我们敞开。’[60]因为圣母掌管钥匙，即使国王在睡觉，她也可以为我们开门。”[61]

“如果恩典让你们进入这门，你会发现真理就住在你们心里，挂着仁慈的链子。你们要服从他就像孩子服从父亲，永远不要违背他的旨意。”

“但是你们要小心恶棍愤怒，他嫉妒真理住在你们心里。他会挑动骄傲来让你们自我感觉良好，让你们被自己的善行的光辉所蒙蔽。那么你们就会像晨露一样被赶出去[62]，大门也会紧闭，你们至少要花上百年才能再进来。把自己看得太重会失去主爱，除非主发慈悲，否则你无法再进入神的殿。”

“但是有七姐妹[63]看守着城堡的后门，她们是真理永远的仆人，分别是节制、谦卑、纯洁、仁慈以及帮助众人的领班侍女耐心与和平，还有为很多人开过门的慷慨女士，她曾从魔窟中拯救过无数人。”

“这七个姐妹的亲朋好友将会被奉为上宾。如果你和她们无亲无故，进门就很难，除非是上帝特别开恩。”

“天啊！”小偷说，“我在那没有亲戚！”

“我也没有。”一个耍猴人说。

“主怜悯！”一个女商人说，“这么糟的话，那我就不去了，修道士的讲道也没用！”

“是这样，但是听着，”皮尔斯仍试着激励他们前行，“仁慈[64]是那里的圣母，权力比其他人都大。她和圣子以及所有罪人同族，如果你们信任他们，也会找到恩典——赶快去吧。”

“凭圣保罗的名起誓！”一个卖赎罪券的人说，“也许他们并不认识我。我要去把我那盒赎罪券和主教的信带上。”

“基督在上，我和你同去！”一个妓女说，“你就说我是你妹妹。”

——但是我不知道这两人的结局如何。

第六节　皮尔斯让世人工作[1]

皮尔斯自告奋勇为朝圣者们带路,条件是他们要先帮忙种地。大家同意了。皮尔斯给大家分派好农活后,开始着手准备朝圣之事。大家的农活都干得很好,但是有一些在偷懒。皮尔斯劝勉他们干活,但是他们根本不听,于是皮尔斯不得不让饥饿来惩罚他们。在饥饿的严厉惩戒下,他们都拼命干起活来,终于产出了足够的粮食。饥饿吃饱喝足去睡觉,人们又都无所事事了。

众人向皮尔斯抱怨说:“你说的这条路太艰险了,我们需要一个向导给我们带路。”

“看着,”农夫皮尔斯说,“我在这路边有半亩地[2],等我耕种好了,就亲自带你们去。”

“那我们要等很久了。”一个戴面纱的女士说,“有什么活儿可以让我们女人打发时间呢?”

“啊,你们一些人可以去缝布袋,”皮尔斯说,“以防种子泄漏。那些手指纤细的美女们可以去多缝制些绸缎细料。有时间的话给神父做些法衣,搭把手去装饰一下教堂。已婚或守寡的可以纺纱织布,也要教教你们的女儿。真理命令我们要照顾那些没吃没喝没衣穿的穷苦人。只要庄稼有收成,我就给他们提供吃的。我要终生为主的爱做工,为众人提供食物。

“所有需要吃喝的人来给提供你们食物的人帮忙吧,我们会干得很快的。”

“天啊!”一个骑士叫道[3],“他说得对!但说实话,我从来没有拉牛耕田。皮尔斯,教教我,我一定会尽力做好。”

“没问题,”皮尔斯说,“我可以一辈子辛苦劳作,做你们让我做的事儿。但你要发誓保护神圣教会，保护我不受流氓强盗的欺负。把那些弄坏我篱笆的野兔、狐狸、野猪、野獾都抓住，把猎鹰驯好去扑杀那些祸害我麦地的野鸟。”

骑士真诚地回答：“作为一个真正的骑士，皮尔斯，我向你发誓；哪怕历尽艰难也要保守诺言，在我的有生之年全力保护你。”

“哈，我还要求你一件事，”皮尔斯说，“要善待你的佃户，除非是真理迫使你恶待他，即使这样，要请仁慈评估罚金，请温顺做主，而且千万不要和奖赏打交道。不要接受穷人给你送的礼，因为也许你根本不配，有一个危险的地方叫炼狱，年终的时候要在那全数返还这些礼物！

“也要小心善待你的奴隶，这最终对你是有好处的，因为在地上他们是你的仆人，在天堂也许他们的地位要高过你，有更大的喜乐，除非你比他们更善良。我们的主说：‘你被请的时候，就去坐在末位上，好叫那请你的人来对你说：朋友，请上坐。’[4] 你要牢记，在教堂的墓穴里是很难区分谁是骑士谁是奴隶的。

“你必须诚实，憎恨谎言，多说说那些能用来教导大家的警言名句。别和小丑来往，也不要听他们胡扯，至少在你吃饭的时候。相信我，他们都是魔鬼的艺人！”

骑士回答：“凭圣雅各的名起誓，我永远遵守你的话。”

“那我就把自己打扮成朝圣者，和你们去寻找真理，”皮尔斯说，“我要穿上我打满补丁的衣服，带上裹腿和用来保暖的旧手套；我把料斗挂在脖子上，里面放上一蒲式耳的黑麦，等我播下种子，我就朝圣去赎罪。

“出发前那些帮我耕田撒种的人，到了收获季节都可以来收割，尽情欢乐，随心所欲。我给各行各业的手艺人提供食物，只要他们忠诚善良。——但是骗子杰克、侍应生詹尼、赌鬼丹尼尔、妓女朵儿、修士无赖和他的走狗，还有满嘴喷粪的粗人罗宾统统没份儿[5]。因为真理曾告诉我不要和他们打交道——‘愿他们从生命册上被涂抹’[6]——这是他让我告诉别人的。神圣教会被禁止向他们征税，因为经上说：‘他们不得记录在义人之中。’这些不在生命册上的人，愿上帝保佑他们！”

皮尔斯的老婆叫“一刻不得闲”太太，他的女儿是“听话以免挨打”，他的儿子是“顺从长辈否则后悔”。

皮尔斯转身对他老婆孩子说：“上帝与你们同在。现在我岁数大了，也有了一定家业。我要和这些人一起去朝圣忏悔。在我去之前，我要写好遗嘱——

“奉上帝的名，阿门。我，皮尔斯，自立遗嘱。我的灵魂将跟随至高无上的神，我的信仰让我相信天主会在有生之年保护我远离邪恶，那时我会从所有罪孽中得到解脱。

“教会将得我的肉身和骸骨。本堂神父可从我的收成中征收什一税，为了我的灵魂我都按时纳税；我想他在为所有基督徒祷告的时候，在做弥撒的时候记得我。

“我的妻子会继承我辛勤所得的家业，并和我的孩子们共享。我在去世当日，会偿还所有债务，睡觉之前我会把借的东西还掉。[7]

“现在我以卢卡（Lucca）的圣十字架起誓，把剩余钱财捐出来崇拜真理，并用余生来服侍他。作为他的信徒，为穷人耕种；我的农鞋就是我的枪柄，我用它来披荆斩棘，帮助我的犁刀开渠清沟。”

很多香客来帮助皮尔斯耕种这半亩地，挖沟的挖沟，犁地的犁地，其他人为了取悦圣彼得则帮助锄草。皮尔斯非常开心，夸奖了他们。大家干得热火朝天，没一个人闲着。

早上九点多，皮尔斯停下耕犁去查看农活进度，并挑出最好的农工,到收割季节再雇佣他们。这时,有些人坐下来喝着麦酒唱起了歌,打算用唱歌消磨时光不再工作!

“天啊!”皮尔斯勃然大怒,“起来,快去干活——饥荒来了你们就要饿着肚子唱了,饿死了还要下地狱!”

这些懒鬼被吓坏了,有的装瞎子,有的扭着腿,像乞丐那样呻吟,哀求皮尔斯可怜他们。——“我们错了,主人,但是我们都缺胳膊少腿,不能干活。我们会为你祈祷,皮尔斯——上帝保佑你,愿上帝保佑你获得丰收,加倍回报你的施舍。我们深受病痛的折磨,一根手指头也抬不起来。”

“我一听就知道你们说的不是真话,”皮尔斯说道,“我很清楚你们都是懒鬼——你们不能远离真理。我是他的老仆,我受命要留意世上是谁对他的雇工不公并通报给他。你们就是这些不劳而获的人。真理会教你们怎么赶牛耕地,否则你们只能吃黑面包喝溪水!

“真正瞎眼瘸脚的,装了假肢的,可以和我共同进餐吃白面包喝好酒,一直等到上帝开恩来拯救他。如果你们好好给上帝干活,去放牧牛群,驱赶野兽保护庄稼,挖沟掘渠,打谷收麦,修车施肥,都可以赚钱养活自己。但是你们却放纵懒惰,亏得上帝开恩,你们才没被责罚。

“我宁愿把我的收成给那些一天只吃一顿午饭的修士隐者;对于那些修葺教堂和修道院的,我愿意捐赠衣物给他们。但是流浪汉罗伯特和云游传道士[8]别想从我这儿得到任何东西,除非他们知道如何布道,并持有主教许可证。如果是这样,他们就不必外出游荡,我会供他们吃喝——即使是使徒也不可能不食人间烟火啊!”

这时有个流浪汉对皮尔斯发脾气,愤怒地向他挑战,准备和他打架。还有一个法国人发怒大叫:“去耕你的地吧,你这个小气的老无赖!我们想干什么我们乐意——你管不着。你的面粉和肉,我们想拿多少就拿多少，我们要用来开个大宴会——你去见鬼吧！"

农夫皮尔斯请求骑士信守承诺，保护他免受这些豺狼恶棍的欺负。"他们不劳而获，别人就不够吃喝，而且没人干活，我的耕犁也会派不上用场。"

这个骑士本性友善，他用温和的语气警告无赖，要他正言行："否则，我以骑士团的名义起誓，一定要让你受到律法制裁！"

"我从来不干活，现在也没这打算。"无赖说。他还嘲笑律法，讥讽骑士，让皮尔斯带上耕犁滚蛋，否则下次见面一定把他暴打一顿。

"天啊！我要好好教训教训你们！"皮尔斯大声呼唤饥饿，饥饿应声赶到。"替我向这些好吃懒做的恶棍报仇！"皮尔斯大叫。

饥饿抓住无赖，揪住他的肚肠，扭绞他的内脏，让他痛得直掉眼泪。他还把那个法国人一顿痛扁，让他这辈子都看上去像个歪耙子。他出手很重，几乎把这帮家伙的肋骨打断，要不是皮尔斯用豌豆糕支走饥饿，他们俩现在已经一命呜呼了！"饶了他们吧，"皮尔斯说，"让他们和猪一起吃豆咽糠，喝点剩奶和薄酒吧。"

这些混蛋们仓皇逃到谷仓，从早到晚用连枷打谷；饥饿不再来找他们麻烦了，因为皮尔斯已经为他们准备了一罐子的豌豆布丁。一群隐士把斗篷剪裁成短上衣，带上工具，拿着铁锹铲子又是挖沟又是开渠，拼命干活来驱赶饥饿。这时成千上万瞎眼的和卧床不起的家伙突然都康复了，那些坐地乞讨的人也都奇迹般地痊愈了。挨饿的饥民靠吃麦麸片赶走饥饿，乞丐和穷人们为能吃上豌豆兴高采烈地干活，像雀鹰一样把皮尔斯指派的活一抢而空。看到自己终于让人们开始干活，皮尔斯感到很自豪，于是给众人按劳计酬，让大家都能吃饱。

皮尔斯同情大家，请求饥饿离开，回到自己的国家去。"感谢你帮我教训了这帮混蛋。但是在你走之前，我有一事需要你指点迷津。

对付乞丐和懒人最好的办法是什么？我很清楚，只要你一走，他们就会偷懒。挨饿是让他们听话的唯一法子。但是他们是我的同胞兄弟，"皮尔斯说，"基督宽恕了世人，真理也曾教导我们爱人如己，急人所需。所以我想请教你，管束他们让他们劳动的最好办法是什么？"

"那么听着，"饥饿说，"记住我的话。那些有能力干重活的凶恶乞丐，你要用马粮狗食喂养他们，让他们吃豆子减肥，如果他们抱怨，就让他们去干活，这样才能享有美味佳肴。"

"如果你发现有人穷困潦倒或遭人陷害，出于基督的爱，你要尽力帮助他们。你必须找到他们并施以教诲和关爱，因为上帝的律法教导我们——'你们各人的重担要互相担当，如此，就完全了基督的律法。'[9]所以你要竭尽所能去帮助那些身无分文的人，善待他们，不要责难；如果他们犯错让上帝去惩罚他们——'主说，申冤在我，我必报应。'[10]如果想得到上帝恩典，就要按福音书行事，在谦卑的人中得尊敬——'要借着那不义的钱财结交朋友。'[11]——这样上帝会回报你的。"

"我绝不违背上帝，"皮尔斯说，"你确定我不用犯罪就能管好这些无赖？"

"是的，我确定，"饥饿说，"除非《圣经》是错的。去问创世巨人，所有人类的祖先，他说：'你必汗流满面才得糊口。'[12]——这是上帝的命令。《箴言》里也这么说——'懒惰人因冬寒不肯耕种，到收割的时候，他必讨饭而无所得。'[13]

"以人脸为象征物的圣马太[14]说过这样一个比喻[15]——一个无用的仆人有一千银子，却不去经商，就从此失去主人欢心。他的主人夺过他这一千，给那有一万的，凡有的，还要加给他，让他在需要时得帮助；没有的让他永远没有，也无人相助；那些他认为他有的，我也要夺过来。

"每个人都要工作,这是常识,不管是挖沟掘渠,还是辛苦修行——你是过活色生香的生活还是冥想内敛的生活都是上帝的旨意。《诗篇》第一百十二八篇说,诚实劳动的人身体和灵魂都得到祝福——'你要吃劳碌得来的。你要享福,事情顺利。'[16]"

"谢谢你,我的朋友,"皮尔斯答道,"如果你懂医术,出于神的爱,请教给我。我和很多仆人肚子疼,已经有一整周没去工作了。"

"啊,我知道怎么回事了,"饥饿说,"你们吃得太多了——难怪这么痛苦。如果你想好受点,就照我说的做:不要空腹饮酒,等到饿了,并有美味佳肴的时候再吃;晚餐不要过长,以免破坏你的夜宵;吃饱就离席,不要等到吃撑。另外,不要让过食先生列席,他是个美食家,一天到晚吃喝,永远都不嫌多。

"如果你照着做,我敢打赌,那些江湖郎中都会为了糊口卖掉他们的貂皮大衣、卡拉布里亚(Calabrian)皮草和黄金流苏的华贵斗篷;他们会弃医务农以免挨饿。大部分医生都是骗子,上帝保佑,他们的狗皮膏药不知害多少人短命。"

"天啊!"皮尔斯叫道,"这是我听到的最好的药方。饥饿,我知道你现在一定急着赶路,那么祝你好运,上帝会为你所做的回报给你。"

"天啊,"饥饿嚷道,"我要等到吃饱喝足才走呢。"

"我身上一分钱都没有,"皮尔斯道,"我没办法给你买鸡鸭鱼肉。我有一些为孩子们准备的新鲜奶酪、一点凝乳、一块燕麦饼、两条豆麸面包。坦白说,我没有培根,也没有厨子给你烤牛排洋葱。但是我有香菜大葱和卷心菜、一头母牛、一头小牛犊,还有一匹给我拉粪施肥的母马。这些可以让我们挨到秋收,到时候我希望能获得大丰收,能让我给你摆个大宴席。"

这时穷人们带着豌豆荚壳,满兜子的豆子和烤苹果、春葱、山萝卜和熟樱桃,把这些食物都送给皮尔斯来取悦饥饿。

饥饿狼吞虎咽一扫而光，还想要更多。穷人们慌忙带来大量的青葱青豆，差点把饥饿撑死。那时已近丰收，新谷刚上市，人们很乐意把饥饿喂饱——饕餮自己喝得大醉，被人们送去睡觉。

这时无赖们不愿意再工作了，而是四处闲逛。乞丐也不要带豆馅的面包，而是要吃牛奶面包和上等的白面包。廉价的啤酒他们看不上，一定要喝市里面卖得最好的棕色麦酒。

那些没有土地靠力气吃饭的工人也不愿意吃隔夜的饭菜。散装啤酒和大块培根也吸引不来他们，只有鲜肉和炸鱼或熏鱼他们才看得上，还必须是热的，这样才不让他们的肠胃受凉！

即使今天也是一样，雇工们如果拿不到高薪就会抱怨[17]，甚至诅咒自己变成劳工的日子。他不听卡托智慧的劝告[18]："耐心地忍耐贫穷的重负。"他责怪上帝，抱怨理智，诅咒国王和议会用法令折磨雇工。但饥饿做主的时候他们就不吭声了，也不会因为他的法令而抱怨，因为饥饿一脸凶相。

但是我要警告你们这些雇工，要努力工作，因为饥饿来得很快。他会叫醒洪水来惩罚无赖们。五年之内会有一场饥荒，洪水和暴风雨会摧毁地上的一切。土星已经预言[19]并警告你们：当你看到太阳扭曲，天上有两个僧侣的脑袋，女人有魔力生下八胞胎，黑死病退去，饥荒遍地，挖渠的大卫会饿死——除非上帝开恩宣布休战。

第七节 农夫皮尔斯的赎罪券

真理在这里被比作教宗，能授权赦免人们，发给皮尔斯赦罪符赦免其罪。所有帮助皮尔斯诚实做工的人都可以得到赦免。一个神父解释过各种职业所得到的赎罪券之后，请求皮尔斯让他看看皮尔斯的赎罪券，发现所谓的赎罪券，只是阿塔那修信经中的一句经文："行善的进天堂，作恶的下地狱。”皮尔斯愤怒地撕碎了赎罪券并发誓不再务农，开始终生祷告和忏悔。接下来皮尔斯和牧师的辩论吵醒了做梦人。做梦人醒后，反复回味梦的深意，最后得出结论，行善比获得赦免更能拯救灵魂。农夫皮尔斯之梦结束，我们为寻找行善做准备。

真理听到这些事情后，送信给皮尔斯让他带着耕牛去耕作，并授予皮尔赎罪券使他及子孙后代免遭罪孽和惩罚[1]。真理说皮尔斯必须待在家里耕地[2]，任何帮他耕地种植的，帮忙做事的，都会被赦罪。

所有保卫神圣教会和公正管理人民的国王和骑士都可以得到赎罪券，轻松通过炼狱，并享有主教和天堂先知的陪伴。

就像皮尔斯的赎罪券上说的，真正恪尽职守的主教，只要他们精通两种律法[3] 并能对众人正确布道，竭力来挽救罪人，在审判日时，他们会和传道人一样共享尊贵。

在教宗的赦免诏书上，商人也得到多年的赦免，但教宗从没有免去他们的罪行，因为他们不按教堂规定过神圣节日，并违背良心赌咒发誓，这些不过是为了贩卖货品。

但是真理给商人们发了一封密信，告诉他们大胆买进所有能买到的最好货物，然后再卖出，把利润用来修建医院帮助有困难的人——修路建桥，让穷苦的姑娘们能够结婚或修道，养活穷人和囚犯，送孩子们上学或教他们经商，协助修会做捐赠。——“如果你们做了这些，”真理说，“你们死后我就让我的天使长米迦勒去守护你们，那就没有魔鬼可以伤害到你们的灵魂让你们担惊受怕；他会让你们避开绝望，带领你们的灵魂安全来到天国得见我的圣徒们。”

商人们非常开心，很多人喜极而泣，盛赞皮尔斯为他们赢得了这样的赦免。

但在所有人中，法庭上的辩护律师所得的赦免最少。因为《诗篇》说拒绝拯救这些收受贿赂的，特别是从无辜者那里收取贿赂的人——“不受贿赂以害无辜。”[4] 辩护律师应该竭尽全力为穷人辩护，教士应该为此报答他们——他们的薪水应该来自国王和掌权者[5]。但你要相信，很多法官和陪审员宁愿去帮他们的朋友也不会去热爱上帝。如果一个律师为穷人申辩，维护无辜者的利益，急人所需，不求回报地帮助别人——出于主爱向人们解释律法，他死时魔鬼绝不来伤害他，他的灵魂也会得安息。《诗篇》证实说：“主啊，谁能寄居你的帐幕？”

人类的智慧就像水、火和空气，是不能拿来买卖的[6]。天国的父让我们在世上共享这四样东西。它们是真理的财宝，所有正直诚实的人都可以自由使用，没有上帝的旨意无人能够增减它们。当死亡临近的时候，执法人士寻求赦免，如果他们向穷人收取诉讼费就不会被原谅。你们这些律师一定要确信这点，《马太福音》这么告诫你们：“无论何事，你们愿意人怎样待你们，你们也要怎样待人。”[7]

所有自力更生、诚实生活、与人为善、遵纪守法的人都会像皮尔斯那样得到赦免。

但是所有的乞丐和流浪汉不会出现在教宗的教免诏书上，除非他们有正当的理由乞讨。没来由就去乞讨的，就像魔鬼一样都是骗子，欺骗那些真正有所需要的人，还欺骗人们违背自己的本意。如果施主知道乞丐并非一贫如洗，他会施舍给更需要的人。卡托和历史学家都是这样教导我们。卡托说：“小心你要施舍的人。”[8] 彼得·考迈斯特[9] 则说：“施舍之前先要考虑清楚对象。”

伟大的格列高利是一个圣徒，呼吁我们为了主爱而要向有所需的人施舍。“不要选择你的施舍对象，”他说，“不要错过一个值得接受你施舍的人；因你永远不会知道你会因为谁而讨得上帝喜悦。”[10] 你不知道谁是真正需要的人，只有上帝知道。即使其中有诈，错也在于乞讨者,而不在给予者。因为给予者在回报上帝的恩赐,[11]为自己的死亡做准备;但是乞讨者在借债,这是他永远也偿还不了的债,因为万能的上帝是他的担保;只有上帝能连本带息偿还他的债务。——"为什么不把我的银子交给银行,等我来的时候,连本带利都可以要回来呢?"[12]

如果不是情非得已,你们这些流浪汉千万不要乞讨,因为经上说,只要能糊口就行:"不缺吃喝,已经是富有了。"[13]使徒们的生活带给我们安慰,使我们获益良多。《圣经》严禁乞讨,并严词谴责:"我从前年幼,现在年老,却未见过义人被弃,也未见过他的后裔讨饭。"[14]

你们的生活没有慈爱,也不守法。很多人不与同居的女人结婚;像野兽那样苟合[15]生出被人叫作私生子的孩子。然后在孩子很小的时候折断他们的脊背或骨头,带着他们沿街乞讨。乞丐中的畸形儿比其他残疾人的总数还多!但是小心,当你们死亡的时候,你们会诅咒自己出生的那一刻。

虚弱无助的白发老人,不能工作的母亲,瞎眼的、卧床不起的残疾人,患麻风病的,和其他忍辱负重的,都会像农夫皮尔斯一样得到赦免。由于他们的谦卑,上帝已经让他们在俗世得到灵魂的净化和忏悔。

*

一位神父对皮尔斯说:"皮尔斯,让我看看你的赎罪券。我会逐字逐句用英文解释给你听。"

于是皮尔斯按牧师要求,打开赎罪卷,我站在他们二人身后,看到全部内容,总共包含了两句话,是已经被真理证明了的:

行善的人将获得永生,

作恶的人永受烈火煎熬。[16]

"我以圣彼得的名义起誓，"神父说，"这根本就不是什么赎罪券。它的意思是说：'善有善报，上帝会拯救你的灵魂；恶有恶报，魔鬼在你死后掌管你的灵魂。'"

皮尔斯勃然大怒，把赎罪券撕成两半说："我虽然行过死荫的幽谷，我也不怕遭害，因为你与我同在。[17]

"我不再种地，也不再辛苦干活，难道我这么辛苦地工作就是为了填饱肚子吗？从今以后，祷告和忏悔就是我的耕犁，因为我的罪行，夜晚我会用哭泣代替睡眠。——没有白面包又怎么样！先知以忏悔和忧伤为食物，《诗篇》也告诉我们很多这样的事。如果一个人诚心热爱上帝，就不必为生计发愁，《圣经》上说：'我昼夜以眼泪当饮食。'[18]《路加福音》教导我们要像飞鸟那样生活，不要贪恋世俗的欢愉，'不要忧虑喝什么？'[19]这样的例子告诉我们如何过日子。谁向地里的飞鸟提供过冬的食物？他们没有谷仓，但是上帝为它们提供一切。"

"天啊！"神父对珀金说，"听上去你好像认得字，彼得！是谁教你认字的？"[20]

"修道院的女院长节制，"皮尔斯回答，"她教我英语，后来良心教了我更多。"

"天啊，皮尔斯，如果你是个神父就好了，你一定会是个真正的神学专家，你一定可以解释'愚顽人说'那些经文。[21]"

"你这个没用的饭桶！"皮尔斯大叫，"你有没有读过《圣经》啊！你读过所罗门的《箴言》吗？——'赶出亵慢人，争端就消除，纷争和羞辱也必止息。'[22]"

神父与珀金争执起来，他们的争吵声惊醒了我。我环顾四周，看到已是正午时分，自己在马尔文山上，饥肠辘辘，身无分文。于是我继续赶路,苦苦思索我的梦。

之后有很多次我都会想起这个梦,不知道我梦中所见的是否真实。我总为皮尔斯担心,不知道他用来抚慰人们的是一种什么样的赎罪券,神父又是怎样伶牙俐齿地否定了它。但是我对解梦毫无兴趣,因为它多半不准。卡托和熟知教会法规的人都告诫我们不要相信占卜——卡托说:"不要相信梦幻。"[23]

《圣经》里与梦相关的是但以理如何为尼布甲尼撒国王解梦[24]。但以理说:"国王陛下,您的梦意味着将有一个勇士来侵略您的国土,您的国土会被众臣们瓜分。"后来但以理的预言被证实了。尼布甲尼撒失去了他的国土,国家被众臣篡夺。

约瑟也做了一个奇梦[25],在梦里,太阳、月亮和十一颗星星都向他行礼。他的父亲雅各对他解释说:"我的儿子,梦的意思是我和你的十一个弟兄都要在饥荒时节来寻求你的帮助。"果然如他父亲所说,在法老统治时期,约瑟成为埃及的重臣,他的父兄都来向他讨粮。

这一切都让我想起我的梦——神父是如何证实没有什么赎罪券可以和行善相比,行善之功超过了赦免,以及两年或三年一次的祭祀,[26]甚至主教的文书[27]——行善会在审判日的时候超过圣彼得教堂所有的赎罪券,赢得尊敬。

然而我们相信教宗有权赦免众人,所以人们不用忏悔就能进入天堂。这是我们的信念,神学家也是这么教导的——"凡你在地上所捆绑的,在天上也要被捆绑;凡你在地上所释放的,在天上也要释放。"[28]所以我坚信即使人们已经多次犯下死罪,赦免、忏悔和祷告的确能拯救灵魂,除非上帝不许!但是我认为,对于灵魂,相信这些弥撒还不如相信行善。

所以我要警告所有那些相信你的财富能够进行三年一次祭祀的富人,不要大胆触犯"十诫"。特别是掌权者,市长、法官——毫无疑问你们都是智者，并有足够的财富为自己买赎罪券和教宗的赦免诏书——但是在可怕的末日来临时，死人将要复活，所有人要来到基督面前交账，公开宣判你们如何度此一生，如何遵守上帝的律法，和你每日所行之事。那时，你可能会有大量的赎罪券和教长文书[29]，并和四大修会颇有渊源[30]，拥有双倍或三倍的赦免，但是除非行善帮你，否则你所有的赎罪券和证书一点用都没有！

所以我奉劝所有的基督徒向上帝祈祷，向我们的中保圣母马利亚祈祷，今生赐予我们行善的恩典，我们死后接受审判时，行善可以宣布我们已经按照他的吩咐做了。

威廉关于农夫皮尔斯之梦到此结束。

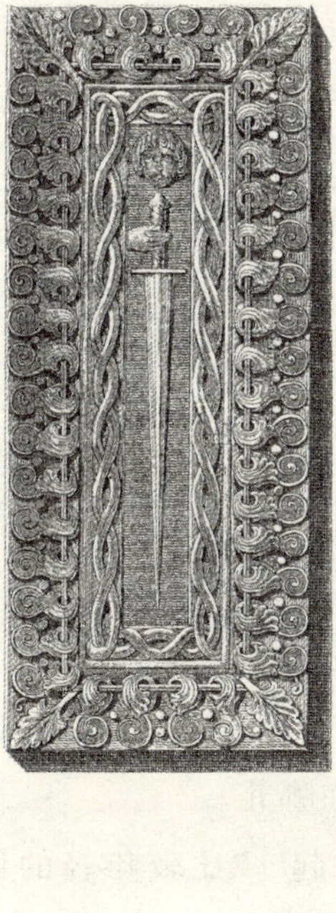

第二部分 威廉关于行善、多行善和行大善的梦

第八节 序幕:思想

诗人出发去寻找行善。他向很多人打听行善的住址。有两个修士说行善和他们住在一起。威尔表示怀疑。他们便用一个比喻回答他,说小罪是不可避免的。于是诗人离开他们继续去别处寻找行善。后来他在树林中睡着了,梦中他遇到思想,这几乎是他的翻版。做梦人向他打听行善,他的回答理论上像是对的,但说不出真实的行善是什么样。于是思想建议他去问智慧,经过进一步的寻找,他们遇见智慧并向他询问。

于是,我穿上破旧的羊毛衫,四处游荡,用整个夏天来寻找行善。途中,我多次向人打听行善的住址和他的为人,但是众人都对他一无所知。

终于在一个周五,我偶遇方济各修会的两个修士[1],他们是拥有大智慧的神学专家。我循规蹈矩、非常礼貌地问候他们,请他们出于主爱停下路来,告诉我是否在他们曾游历过的某个地方见过行善。因为在世人中修士是游历最广的,他们曾到过很多不同的宫廷与乡村,见识过各种各样的地方,从王公贵族的宫殿到穷人的破屋——他们一定知道行善住在哪儿。

"他和我们住一起[2]。"比较年轻的修士说,"他一直和我们住一起,我希望将来也是。"

“真的吗？”我提出质疑，这是我在学校就养成的习惯，“《圣经》说，‘义人虽七次跌倒，仍必兴起’[3]。我认为不管谁犯罪都是作恶。但行善和行恶不能共存，所以我认为行善不可能总和你们在一起。他有时一定在别处教导人们。”

“孩子，我来向你解释一个正直的人如何一天犯七次罪，”一个修士说，“我给你打个比方，你就明白了。”

假如有人在一个宽阔的湖面上坐船行进，风浪使船颠簸摇晃，他不停地跌倒再站起，来寻找平衡；不管他站得多稳，小小的晃动还是能让他失衡。但是他依然安然无恙，他也必须如此，如果他没有迅速跳起抓住舵柄，风浪就会打翻小船，他的大意就会让他送命。”

“世上的人们也是这样。”修士说，“尘世就像时涨时落的河水；世间的财富就是巨浪，随着风浪起伏；船就是我们的身体，即使是义人，本质上也很软弱，遭受来自尘世、肉体和魔鬼的无常打击，一天也要犯罪七次。

“但因有行善庇护，他不犯死罪，也就是说，我们抵抗罪孽的卫士仁爱给我们力量站稳，[4]并引导我们的灵魂。所以即使我们的身体像船一样侧翻在水中，我们的灵魂仍然是安全的——当然，除非你犯下弥天大罪，也溺死了你的灵魂。如果你一定要这么做，上帝绝不阻拦，因为他已经教给你保护自己的方式——自由意志和智慧——这是给所有受造物的恩赐，飞禽走兽也不例外。但因为人是万物之灵，如果他不善用这个恩赐遵守行善的教诲，他最应受到责备。”

“我不太明白，”我说，“但如果年龄大些，一定会有长进。”

“那我把死在十字架上的基督推荐给你，”他说，“愿他保佑你。”

我说：“祝你长寿，上帝保佑你。”

*

我跋山涉水，独自行到一处荒郊的树林旁，停下来聆听鸟儿歌唱。我在一株椴树下的一块空地上躺下来，鸟儿甜美的歌声催我入眠。接下来，我做了一个非常神奇的梦。

一个像我一样的高个子男人来到我的面前，呼唤我的名字。“你是谁？”我问，“你怎么知道我的名字？”

“没有人比你更了解我了。”他说。

“你确定我认识你吗？”

“我是思想，”他答道，“我已经跟随了你很多年，你以前没有见过我吗？”

“哦，你是思想？”我惊奇道，“也许你能告诉我哪里可以找到行善。”

“行善、多行善和行大善住得并不远，”他说，“他们是三大美德。任何只要言行正直、自力更生、诚实守法、谨守本分、不酗酒不傲慢的人都和行善相熟。”

“多行善也是如此，而且他像绵羊一样温顺，言语慈爱，乐于助人。他打开贪官污吏的钱袋，用于修道的生活，并用恶魔玛蒙的钱交友。现在他加入教会翻译《圣经》，宣讲圣保罗的教诲：你们既是精明人，就能甘心忍耐愚妄人，这也是上帝告诫你的。”

“行大善的境界比行善和多行善更高。他有主教权杖，权杖一头装有一个钩子把人们钩出地狱；另一头是一杆长矛，用来击打蓄意伤害行善的恶人[5]。”

“行善和多行善一致同意拥立一个国王来管辖他们，所以如果他们其中之一伤害行大善，[6] 国王就给他带上镣铐，除非行大善说情才准予释放。所以这三位拥立一个国王保护他们；国王必须听其建议来治理国家，行事一定要得到他们三人的同意。”

我为思想的教诲向他致谢。“但是，”我说，“我还不太明白行善、多行善和行大善是怎么在众人身上做工的。”

“除了智慧，没人能告诉你。”他说。

三天来，我和思想边走边聊行善，不知不觉遇上了智慧。没有人像他那样瘦削高挑，他衣着朴素简陋，神情严肃温和。我不敢贸然挑起话题与之争辩，于是我请思想作为中间人向他发问，来验证一下他的智慧：行善、多行善、行大善，他们两两之间有什么区别？

于是思想对智慧说：“这是威尔，他想知道行善、多行善和行大善住在哪里，不知智慧能否带路？他还想知道是否他们都是人的模样。因为他想在实践中施行他们的教诲。”

第九节　智慧[1]

智慧向威尔解释说行善是名为“肉体”的城堡的守卫，它是上帝或者说是自然创造的，并把受善良制约的灵魂放置其中。他责备那些滥用明智的人，并补充说教会应该保护缺乏明智的人。说完救济穷人的义务后，他回到肉体的话题上，教导做梦人婚姻的用处，以及人们对婚姻的滥用。他总结出行善、多行善和行大善的两种定义。

“行善先生住在据此不到一天路程的一座城堡里，”智慧说，“这个城堡是自然用泥土和空气，再加上风和水建造的[2]。除此之外，他还有一个陪伴他的情人叫作灵魂，他爱她如己。但是俗世的君主[3]嫉妒——这个骄傲的法国骑士试图用诡计引诱灵魂离开自然。

“但是自然已经察觉，于是加倍防范，让手握重兵的公爵行善保护她。行善先生的女儿多行善是灵魂的侍女，忠心耿耿地服侍她左右；行大善的地位要高于他们，相当于主教；因为他统领众人，他的命令必要遵守，灵魂夫人也要听从他的教导。

“城堡的看守和守卫的指挥官是一个颇有智慧的骑士明智，和他的第一个妻子生了五个儿子：明察，谨言，机敏，强壮的自力更生和行事顺利戈弗雷——他们全是王公贵族。他们被任命来保护灵魂女士，直到自然派人来接她。"

"自然长得什么样？'我说，'你能给我描述一下他的长相吗？'

智慧说："自然是万物的创造者，是万物之源，是自有永有的伟大的神，是生命的主，是欢喜和伤痛的光。天使和万物都服从他的旨意，但是只有人最像他的外形和性格。

"起初因他的话才有了动物——《圣经》上说：'因他吩咐便都造成。'[4] 他没有通过任何媒介，[5] 而是直接用自己的形象创造了亚当[6]，并用亚当的肋骨创造了夏娃。上帝是万有的唯一，但是却说：'让我们造人吧。'就像是说：'除了我的话，这项工作还需要更多；我的力量就像我的语言一样，一定要起作用。'

"如果一个君王写信没有纸笔，就永远写不成信，因为君王的权力和能力是靠书面传达的。上帝也是这样，那些'他说……'的话都表明他的工必须由言语来完成，而他也是据此显示出智慧。所以人是万能上帝通过言语和技能展示力量创造出来并使之获得永生的。因为上帝把天国的灵赐予人使其呼吸，并出于恩典赐亚当和他的后人永生和极乐。

"这就是自然建立的城堡'肉体'，或者说是一个有灵魂的人，他是被至高者用技能和言语创造出人的。

"出于对灵魂女士的爱，也就是对生命本身的爱，明智和其他所有官员都守在这个城堡里。尽管她可以在这个人体内自由来去，但她主要的栖息地和家是心灵[7]。明智住在头脑里看顾着心灵，灵魂的好恶都要获得他的认同。除了上帝的恩惠以外，明智是灵魂的首要看护人。

"滥用明智的人乃是自寻苦难，特别是那些饕餮者[8]。'他们的上帝就是他们的肚腹！'他们侍奉魔鬼，所以魔鬼掌管了他们的灵魂。所有的罪人都有撒旦那样的灵魂[9]，所有过高尚生活的人都像万能的上帝，'住在爱里面的，就是住在神里面，神也住在他里面'[10]。

"呜呼！酗酒会毁掉上帝用重价救赎的人，使上帝抛弃他的受造物！因经上写：'我实在告诉你们，我不认识你们。'[11]'我便任凭他们心里刚硬，随自己的计谋而行。'[12]

"但是有一些缺乏明智、不能自给的人，对于他们，我主张应由神圣教会供养——比如，白痴、疯子、无父无母的孤儿、无人赡养的寡妇、无依无靠的年轻妇人。所有这些没有能力自理的人都需要指导。关于这点我可以说更多，还可以引用四大博士[13]的话来证实；如果你们不相信，你们可以从《路加福音》中找到同样的教诲。[14]

"任何教父教母看到她的教子女受苦，他一定会竭尽全力出手相助，否则将会因此在炼狱中受罚。对于还不懂'十诫'的小孩子，我们的责任不单单是给他们取名，因为这并不能使他们因此变得更有智慧。

"如果高级教士们能够尽职，就不会有基督徒跑到门口来要救济。犹太人绝不会看到别的犹太人沿街乞讨而袖手旁观，他一定会倾囊相助！可却有基督徒恶待自己的弟兄姐妹，而被我们称为与犹大同类的犹太人，却能救助自己的同胞于水火之中！为什么拥有基督慈爱的基督徒却不能向犹太人学习呢？这真是奇耻大辱！我可以预见公众要为这些自私的教士偿债。那时主教会因为有人乞讨而受责；如果有人给小丑赏钱却因为乞丐衣衫褴褛而驱赶他，那他连犹大都不如——'教士不去布施就和犹大无异'[15]，还有，'他是浪费属灵之人应受财物的恶仆'。这种人不行善，不惧怕主，也不在乎智慧的所罗门的话：'敬畏耶和华是智慧的开端。'[16]

"只有敬畏神的人才能行善；敬畏神的人出于爱而多行善，而非害怕惩罚;行大善的日夜节制,谨言慎行——'因为凡遵守全律法的,只在一条上跌倒,他就是犯了众条。'[17]上帝知道,世间所有的事情,最遭天国圣徒痛恨的莫过于浪费时间,其次就是浪费言语。言语是上帝最初的恩惠;是属灵歌者的天堂圣乐。如果上帝的琴弦走调,而歌者去游荡酗酒,恐怕不能取悦天父。

"上帝爱所有正直诚实愿意工作的人,并赐福给他们谋生——'但寻求耶和华的,什么好处都不缺。'[18]

"在真正的婚姻里生活也是行善;已婚男人必须工作养家。所有教堂的忏悔者、国王和骑士、皇帝和农民、圣女和殉道者,都是从婚姻中养育出来的,而且全都源自一人。女人作为中介者被造来协助男人;婚姻自此设立——首先要征得父亲同意,听从朋友的建议,然后双方要两情相悦。于是就设立了婚姻,这是上帝创造的;婚姻是上帝为证的人间天堂。[19]

"但我相信所有鸡鸣狗盗之徒和泼皮无聊之辈都是杂交私生出来的,或像夏娃所生的该隐[20]那样是在被禁止的时间出生的。因为《诗篇》有曰——'试看恶人因奸恶而劬劳,所怀的是毒害,所生的是虚假。'[21]

"所有该隐的子孙都不得善终。上帝派天使向塞特[22]传话:'我命令你的后代只能相互通婚,绝不能和该隐联姻。'但是该隐的后代和塞特的后代通婚,无视上帝诫命,上帝大怒,对其受造物说:'我要毁掉我所创造的人……我后悔造了他们。'[23]他找到挪亚说:'去造一只大木船,带上你的妻子们和三个儿子上船;在船上待四十天,等到洪水洗净所有该隐留下的受诅咒的血。连野兽和飞鸟也会诅咒该隐出生的那日,因他们也会因该隐的罪行而尸横遍野——每个物种留存一对在你的木船上。'他的后代要为他们祖先的罪孽而付出代价,他们必须要因他而受罚。

“但是《圣经》中有一处矛盾的记录：‘儿子必不担当父亲的罪孽，父亲也不担当儿子的罪孽。’[24]但是在我看来，如果父亲是个骗子无赖，儿子多少会遗传他父亲的劣性。在接骨木上嫁接出的苹果，我想不会甘甜；恶徒的儿子和其父判若两人就更不可能。——‘蒺藜里岂能摘无花果呢？’[25]

“因此，由于这可憎的该隐，苦难首次降临世间——都是因为他们的婚约违背了上帝的旨意。所以，所有嫁错女儿的人就一定要受罚。说实话，现在有一些反常的婚姻，很多人结婚就是为了钱。这些婚姻生出来的后代，会像被洪水毁灭的那些人一样遭到不幸。即使贫穷，善男信女才是美满婚配。因为基督说过：‘我就是真理、生命[26]，让谁兴起由我决定。’在我看来，最不相配的莫过于让年轻的姑娘嫁给一个耄耋老人，或者男人为了钱而娶年老无子、只能抱养孩子的寡妇。自那灾难之后，许多夫妇结婚后孕育出来的都是污言秽语；他们嫉妒撒谎，欺骗争吵，他们养出的孩子都是冲突和抱怨。如果他们想得到邓莫腌(Dunmow)熏猪肋肉[27]，不使歪门邪道根本就没有机会；除非他们都撒谎，否则腌肉没他们的份。

“因此我要警告所有的基督徒，不要因为钱去结婚。单身汉应该娶未婚女，鳏夫应该娶寡妇。你们要为爱结合，不是因为财物，那么上帝就会施恩赐财物让你们生存。

“每一个不能守贞的凡夫俗子都最好结婚[28]，这样才不会犯罪。纵欲的欢愉是来自地狱的诱饵。青春年少精力充沛之时要在婚姻里满足欲望——‘当你壮年之时不要接近妓女，因为门上写着，妓女是通向死亡的入口。’[29]

“一旦结婚，要选择良辰吉日孕育后代，不要像亚当和夏娃那样生下该隐。在斋戒日[30]时候是不能结合的，也不能随处交合。如果男女生活清白，灵魂洁净，充满慈爱，那么你的婚姻会讨神喜悦，因为神

规定了婚姻，《圣经》上说：‘但要免淫乱的事，男子当各有自己的妻子，女子也当各有自己的丈夫。’[31]

“但是那些非婚生的子都是流浪汉、骗子、弃儿、冒名者和撒谎者，他们没有蒙恩，不能谋生或是获得人们怜悯，不管有什么都会挥霍一空，最终沦为乞丐废物。他们冒犯行善而去行恶，侍奉魔鬼，死时会和魔鬼同寝，除非上帝开恩让他们改过自新。

“所以我的朋友行善是守法之人，多行善会爱朋友和仇敌。广为布施、尊老爱幼、关爱体恤众人的就是行大善。

“行善就是敬畏神；多行善是苦修；行大善是前两者的提升，遏制人的顽劣本性，摧毁那些破坏信实，并用致命罪孽赶走行善的邪恶意念。”

第十节　研究和学问

智慧的妻子研究女士，责备丈夫好为人师，她认为做梦人和那些不寻求智慧的人一样，只会在吃饭的时候谈一些无聊的东西，她猛烈抨击这些人。做梦人跪下求她宽恕。她平静下来后，带他到她表亲学问和经书[1]的家。他飞速赶到那儿，受到学问的热情接待，随后学问给他讲解了什么是行善等。学问攻击学者的伪善，特别是那些修会里的学者。诗人打断他，讨论了是否善行对于救赎是必不可少的。最后做梦人对他的老师们做了一场慷慨激昂的演说。他总结说，学问是救赎的障碍，人们是上天堂还是下地狱都是命中注定的。

智慧有一个身形瘦削的妻子，名叫研究。她看到丈夫教导我，非常生气，对他怒目而视，大吼道：“瞧瞧你多聪明！竟然说箴言给这些蠢货！”她责骂他，不让他再多说。“给这些笨蛋讲这些深奥的道理[2]，不要把珍珠丢到猪前！[3]——他们能吃的东西太多了！你以为他们会在乎这些珍珠吗？给他们一桶猪食要比给他们天堂里的财宝更能让他们开心！我说的猪就是世上乐此不疲地争名夺利，而对所罗门的智慧箴言置之不理的那些人。

“才能和智慧在当今一钱不值，除非加入贪婪的梳理，就像织工梳理羊毛一样。一个人只要阴谋策划，陷害别人，在主持结算日的时候掩盖真相，那么他的建议就广受欢迎，他就可以随心所欲地指导律法扭曲真理。

“先知约伯[4]说：‘世间的财富掌握在邪恶之人的手中——就是那些违法乱纪之徒，像每个国家的上流人士一样。’他说：‘恶人的道路为何亨通呢？大行诡诈的为何得安逸呢？’[5]《诗篇》的作者也如是说：‘看哪，这就是恶人；他们既是常享安逸，财宝便加增。’[6]——也就是说：‘这些恶棍都是权贵！’上帝给予最多的人布施最少，最富有的人对平民百姓最恶毒。——‘根基若毁坏，义人还能作什么呢？’[7]下流胚、小丑、没教养的、卖艺的都靠歪门邪道赚钱。但是一个熟知《圣经》，可以讲《多比传》和十二门徒故事的人，一个为在彼拉多和犹太人手中受难的基督传道的人，这样的人却鲜有人喜爱，也得不到赞美和鼓励。

“‘对于那些以傻瓜小丑自居，靠坑蒙拐骗谋生的人、为自己编故事鬼话连篇的人、酗酒贪吃哗众取宠的人、嘲弄别人造谣生事的人——他们对音乐诗歌一无所知，就像磨坊主蒙德不懂拉丁语一样！但如果不是他们的下流笑话，国王、骑士和圣保罗的教士不会给他们一文钱！现今娱乐节目都是些淫乱污秽低级趣味的东西——只有饕餮和诅咒喜欢。

“当学者和无知小丑在吃喝玩乐期间，在演艺结束后谈到基督时，他们就会开一两个玩笑取笑三位一体，编造一些拙劣的论证，并引用圣伯纳德做他们的权威，试图证明他们的观点。他们高谈阔论，好像非常了解神性,酒足饭饱后就用嘴巴咀嚼上帝。

“当时有些穷困潦倒的人就在他们门前哭泣,饥寒交迫,瑟瑟发抖;但是没人让他们进门取暖或施与怜悯,而是像驱赶丧家犬一样地驱赶他们。他们如此对待穷人,是不会热爱赐福给他们的神的!哎,如果穷人和富人一样没有同情心,那么乞丐们都要饿着肚子睡觉了。虽然伟大的神学家常常念叨上帝的名字,但总是谦卑的人在行善。我总是在《诗篇》里看到这样的话——‘直等我为耶和华寻得所在,为雅各的大能者寻得居所。我们听说约柜在以法他,我们在基列耶琳就寻见了。’[8] 神职人员等很多人只把上帝挂在嘴上,但是卑微的人却真正把上帝留在心里。

“自从那大灾难以来,修士和其他骗子编造一些神学问题来取悦骄傲自大的人。他们出于嫉妒在圣保罗教堂布道[9],使人们信仰动摇,宽恕自己的罪过。骄傲像瘟疫一样在修会乃至全国滋生蔓延起来,祈祷也无法阻止。世上没有一个人从别人的命运中吸取教训,对死亡的惧怕也不能除去他们的骄傲,不能让他们按慈爱要求的那样对穷人慷慨。他们把钱财都挥霍在吃喝玩乐上,一个子儿也不愿给乞丐,《以赛亚书》中教诲说——‘把你的饼分给饥饿的人,将漂流的穷人接到你家中。’[10]但越是财富积聚得多,房产租赁得多的人,越是不愿意施舍!《多比传》可不是这样教的,听听《圣经》里的话——‘有钱人多捐,没钱人尽力’[11]——换句话说,就是你们应该提供力所能及的奉献。因我们没有书面契约说明我们可以活多久,所以你们这些贵族们听到这样的警告应该很开心,想想你们可以慷慨提供多大的居所——这不像拉琴的卖艺人或修士,四处化斋谋生,把他乡做故乡,忘了自己的出处。因为老爷太太们每天到处吃喝享乐,他们自家反倒门庭冷落。现在的富人有个习惯就是独自躲在屏风后面,或是在带壁炉的密室[12]吃饭,我想那是为了躲避穷人。所以他们放弃那个供众人吃饭的大堂，这都是为省钱给他们的败家子挥霍。

“我听说有大人物吃饭闲聊时，好像神职人员那般高谈阔论基督及其法力，对造物主诸般挑剔，和神学专家粗野辩驳。他们说：为什么救主允许蛇进入伊甸园呢？为什么让它先去诱惑女人又去诱惑男人，让他们犯错呢？为什么他们的后代要因他们的罪行而都要受罚面临死亡呢？他们开始驳斥说：‘这是自我矛盾的；因为如果我们相信神父告诉我们的《圣经》里的话，儿子必不担当父亲的罪孽。’[13]那为什么我们这些活着的人要因亚当的过错而腐烂死亡呢？这说不通，经上说：‘各人必担当自己的担子。’[14]

“这些贵族们煽动的观念，如果有人信以为真就会误入歧途。但是想象力不久就会为你解决这些疑问。

“为回答那些唯理论者，奥古斯丁引用经文说我们不要聪明反被聪明误。不要问上帝为什么让撒旦来诱惑他的子民，而是要坚信神圣教会的教诲，向上帝祈祷，感谢他赦免你的罪让你能够忏悔，让你在世上时就洗净你的罪。如果你想知道为什么上帝允许撒旦引我们误入歧途或让犹大出卖耶稣，如果你要坚持窥探万能上帝的行事秘密，你最好要小心！因为世事的发生都是上帝的安排，不管我们如何争论，所有的事情都是他的旨意——感谢主！如果你用行善和多行善之间的细微差别来蒙蔽人们的头脑，那你应成为聋子！除非这个家伙自己能过行善的生活，否则打听这些有什么用？我敢打赌，即使行大善每天拽着他的脖子，他也不会做得更好！”

现在智慧慢慢明白研究女士的话了，他不知所措，不敢直视她的眼睛，默不作声地退到角落里去了。我跪下来求他开口，却再不能从他那里得到一点智慧之言。他一边尴尬地大笑，一边冲我点头并暗瞟研究女士，暗示我去求她宽恕。

我马上领会了他的意思，来到他妻子面前跪下说："夫人，请原谅我。要是您能告诉我行善是什么，我发誓毕生做您的仆人，忠心耿耿为您效命。"

"好吧，既然你这么谦恭，又如此有礼，"她说，"那我带你去见我的表弟学问。几个月前他刚娶了七艺[15]的表姐经书。他们两个曾师从于我，我担保他们会很高兴带你去见行善的。"

我顿时快乐得像明朗清晨的小鸟，比得了赏金的歌手还高兴。于是我向她打听去学问家的捷径："夫人，请给我写封推荐信让他们知道是您推荐我去的，我现在必须立刻启程。"

"要想知道捷径，"她说，"需从此地去历经甘苦。然后骑马经过财富，但是不要逗留，如果你和他们扯上关系，就再也到不了学问那里。还要远离一个叫色欲的淫荡草坪，从右边绕过去，直到到达一座叫作'不要撒谎诽谤，不要品尝烈酒'的大宅。在那你会遇到节制和简言，那里每个人都会乐意向你展示才智，这样你就可以见到无所不知的学问。

"要证明是我推荐你去的，你就说我就是那个送学问上学的人，并代我问候他的妻子。我为她写了很多书，并让她注解所罗门的《箴言》和福音书。我还教了她逻辑以及很多其他的哲学理论，另外还有各种各样的音乐。

"哲学家柏拉图和亚里士多德，还有许多和他们一样的人，是我的第一批学生。我是第一个为儿童写语法书的人。如果他们不学，我就用藤条惩罚他们。我还为每个工匠，包括木匠、雕刻家和泥瓦匠们塑造工具；虽然我现在老眼昏花，但是我曾教授他们怎么使用圆规、怎么画线、怎么校准。

"但是神学老是给我添麻烦。我越是苦思冥想神学问题，越是不得其解。这些精妙的思考与科学不容，但若没有爱它就一无是处。

我热爱神学是因为它认为爱高于一切；有爱就绝不会缺乏恩典。——如果你想找到行善，你必须要真正地去爱，因为多行善和行大善都与爱亲近。

“除神学之外的其他学科的规则，用卡托的话说就是如此：‘任何向你溜须拍马欺骗你的人，在他们心中并没有把你当朋友，对于这种人，要以其人之道还治其人之身。’[16]这是他给学者们的建议。但是你会注意到神学是不同的。它要求我们要彼此相爱如弟兄姐妹，为我们的仇敌祈祷，爱那些诽谤我们的人，并在他们需要时候施以援手。上帝本身也命令我们要以德报怨——‘所以，有了机会，就当向众人行善，向信徒一家的人更当这样。’[17]这是追求完美的圣保罗的教诲——要因为上帝而行善，帮助那些要求帮助，特别是信仰上帝的人。我们的主教导我们爱那些侮辱诽谤我们的人，不许我们以恶待恶——‘主说，申冤在我，我必报应。’[18]所以记住，毕生都要爱人如已，因为别无他法可以诊治灵魂。

“天文学晦涩难懂，学来不易。几何和风水[19]都是些骗人的玩意，他们主要和巫术有关，想学好是漫长艰难的。还有一门叫炼金术的学科，如果你想行善千万别碰。炼金术士实行的那些秘密实验都是用来骗人的。所有这些学科都是我发明用来迷惑众人的。

“我告诉你的这些事情你可以转告学问和经书，他们就会很乐意教你如何理解行善。”

“非常感谢您，夫人。”我毕恭毕敬地向她告辞，没有再作耽搁，马不停蹄地上路直至找到学问。

我按照研究的指示，问候并致礼他们夫妻，转告了研究教我的话。他们听到我是从智慧那里来的，立即张开双臂欢迎我，我想这世上没人像我这样受到如此盛情的款待。于是我告诉他们我来此拜访的目的，就是来学习理解行善、多行善和行大善。

“信徒毕生都要行善，要相信神圣教会和教义信条，并要牢记。也就是说，不管是学者还是文盲，都要坚定不移地相信自有永有的上帝，相信在由圣父圣子而生的圣灵的帮助下，他的儿子从魔鬼和死亡的手中把人类拯救出来，这三个是三位一体，整体是上帝，单个也是上帝——上帝是圣父，是圣子，是圣灵，是万物的创造者。

“圣奥古斯丁著书解释此教义，也是第一个系统阐述它以坚定我们众人信仰的人。他这么做的依据是什么？——就是四大传道人，福音书的作者，他们自称是上帝的见证人：‘我在父里面，父在我里面。’[20]还有：‘人看见了我，就是看见了父。’没有基督徒教师可以全面解释清楚这个教义。但是教俗人士如果想行善就要相信它。如果信仰可以被证实，那就永远不会有为了信仰而机智辩论的人了。那信仰的价值何在呢？圣格列高利说：‘人类理性所证明的信仰是毫无价值的。’

“多行善是为了你灵魂的健康而受苦，《圣经》和神圣教会都是这么命令的，为了仁慈的缘故，要竭尽全力言行一致。不要让人们被你的外表所欺骗，而要表里如一。

“行大善就是如此：如果你知道你的灵魂纯洁，就要大胆抗议罪恶。如果你自己有罪就不要谴责别人——‘如果你自己有罪就会良心不安，你的训斥也会受人鄙视。’[21]在《圣经》里基督严厉指责那些自己有罪还谴责别人的人——‘为什么看见你弟兄眼中有刺，却不想自己眼中有梁木呢？你这假冒为善的人！先去掉自己眼中的梁木’[22]——这阻碍了你的视线。

“所以，你们这些瞎眼鹰[23]，听我的话，先把你们自己改造好吧。这段经文就是讲给你们这些修道院院长和副院长、神父和学徒听的，你们的职责就是向全人类宣教，尽力改正我们的过错。这是警告你们在教导别人救赎之路的时候，先要以身作则。因为即使你放弃传教，上帝的话语也不会因此消失；它总是有效的，即使对人们不起作用，对你自身也是有用的！

“从世俗的观点看，好像上帝的话语现在在众人中已经不起作用了，除了在《路加福音》中提到的：‘瞎子岂能领瞎子，两个人不是都要掉在坑里吗？’[24]难怪俗人说梁木在你眼中，通过你的过错，灰尘落入其他人的眼里——那他们把一切都归咎于你们这些邪恶的神父也就不足为奇！《圣经》说以色列的子民因为两个坏祭司何弗尼和非尼哈[25]的罪恶而付出苦涩的代价，正是因为他们的贪婪致使上帝的方舟迷失，并使以利送命。

“上帝在上，你要谨记我的话，你要先修正自身再去修正别人！这样你才能像大卫在《诗篇》里说的那样毫不畏惧：‘你想我恰和你一样；其实我要责备你，将这些事摆在你面前。’[26]

“如果你能这么做，那些俗世神学家会羞愧难当，不再冒犯你，也不会像现在这样再叫你哑巴狗，说你是上帝的看门狗，愚昧无知，是不会叫的哑巴狗。[27]相反，他们会害怕在言语上惹怒你或耽误你的工作，而且对于你的呼召，他们随传随到，那速度比悬赏还快！这都是因为你圣洁的生活——所以要谨记我的话。

“格列高利这位伟大的教宗和学者，在他为所有信徒所著的伦理学中写下这一规则来：‘当洪水退去，鱼儿缺水，它们就会奄奄一息，干死在旱地上。同样，如果僧侣不住在修道院里而去四处流浪，窃取救济，也会腐烂死亡。’当然，如果有人间天堂能让心灵得安息，那就是在修道院或僧侣学院里。原因很多：修道院有书籍供人们阅读学习，没有人打架争吵，这是一种全然顺服的生活。除了那些不用心修行的人受到鄙视，此间充满了甜蜜友爱。

“但是今天，修会就像是一个骑手、一个街头流浪汉、一个结算日的仲裁员、一个土地买家。他就像一个骑马逐个巡视领地的领主，身后跟着他的猎犬；如果他的走狗为他敬酒时没有下跪，他就皱眉训斥其没有礼教。贵族应该有辨别能力，不应把留给后代的地产转赠修会，因为僧侣们都已麻木不仁！虽然有教区供他们生活舒适，但他们对穷人毫无怜悯之心——这就是他们鼓吹的仁慈！但是他们地盘广大，于是自认为领主。

"但是有一王要兴起[28]，他会净化所有信徒，惩治违反教条的人，就像基督把买卖货币的人赶出圣殿一样。他会来改造所有的修女、僧侣和教士，让你们忏悔，直到你们遵守初始教规为止。那些贵族会来鞭打你，你就像谷壳被风吹得四处飞扬，[29]甚至他们的子孙听到你的哭号也会尖叫狂喜——'有人靠车，有人靠马，但我们要提到耶和华我们神的名。他们都屈身仆倒；我们却起来，立得正直。'[30]

"修士们停止乞讨，在他们宽敞的饭厅里找到君士坦丁金库[31]的钥匙，这是古代教会的捐赠；这笔被格列高利之后的教徒和英格兰僧侣们所长期滥用的财富将被修士使用。

"那时阿宾登的修道院[32]及其一切都将被国王摧毁。如果要找这个预言的证据，看看《圣经》吧，你们经常研读《圣经》的人会读到：'欺压人的何竟息灭？强暴的何竟止息？耶和华折断了恶人的杖，辖制人的圭，就是在愤怒中连连攻击众民的，在怒气中辖制列国，行逼迫无人阻止的。'[33]

"但是在那王到来之前，该隐会从死亡中苏醒，行善将会摧垮他。"[34]

"那行善和多行善一定是国王和骑士。"我说。

"不，"经书夫人打断说，"除非《圣经》作者改写经文，否则没有什么可以证实国王或骑士就能进天堂——有权有势的人从来都做不到。圣保罗曾说过，[35]让有钱人进天堂不可能，所罗门说：'最邪恶的事情莫过于热爱金钱。'[36]卡托教导我们不要贪钱——'你们应该重视金钱，但是要有度。'[37]所有的族长、先知和诗人都曾写下教诲让我们不要贪爱钱财，并赞美能耐得住贫穷的人。使徒们[38]也说穷人们有权进入天国，但是富人只有得到上帝的恩典才可以。"

"我反对，"我说，"基督在上，圣彼得和圣保罗的话就能证明你是错的，无论贫富，每一个受洗的人都是得救的。"[39]

"这指的是只在临死时受洗的人，如撒拉逊人和犹太人。他们当然因此得救——这是我们信仰的一部分。即使一个异教徒受洗，只要他的信仰虔诚，他也可以像基督徒一样进入天堂。

"但是一个基督徒仅仅受洗还不能进入天堂，因为基督为我们的罪而死，并因此确定律法。如果我们想和基督一起复活(所以你们若真与基督一同复活，等等)[40]，我们首先要有爱和信仰并遵守律法。律法规定：'你们爱主要超过爱世间万物，[41]其次，要爱护基督徒的弟兄姐妹。'没有这样的爱，我们相信自己得救就没什么用。如果我们不能实施仁爱，那我们储藏的银子有什么用？眼看乞丐赤裸身体，我们却任由衣服被虫蛀坏，眼看其他人忍饥挨饿，我们却在寻欢作乐——在审判日的时候，我们会为这一切付出代价！我们的首要责任就是要互相关爱，我们也要帮助异教徒，希望他们能够改信基督。

"在上帝的诫命面前众生平等——永远不要伤害别人。'除非我下令，'他说，'不要杀害我所造的'，'不要杀戮而要忍辱负重，申冤在我，我必报应。[42]除非我开恩，否则每个人都要因其罪行在炼狱受罚或被打入地狱'。"

"我实在不够聪明，无法理解你的长篇大论。"我说，"如果这是通往行善的路，那你还是没有给我指明方向。你只是在给我上神学课。

"但是有一件事我非常确信，就是主的权威，它比任何神学课更有说服力。我是被造的人，在我出生之前，我的名字或已记录在生命簿[43]上，或因邪恶而没被记录。因为《圣经》上说，'除了从天降下仍旧在天的人子，没有人升过天。'[44]

"想想所罗门这位伟大的圣者和智慧之师，上帝赐予他智慧和财富来统治王国使其繁荣兴盛。他的裁决公正严明[45]——这有《圣经》为证。除了亚里士多德之外，没有人可以这么教诲众人。当神学家向我们宣讲上帝的慈爱时，他们认为所罗门和亚里士多德的话语是他们那个时代最有智慧的而加以引用——但是教会却认为他们该死！[46]

"所以如果我要上天堂就应该效仿他们，但他们因他们的智慧现已经在地狱中——那我这么做就是愚蠢，不管你如何宣讲！

"说实话，这么多有智慧的人，灵魂却如此廉价，不能取悦上帝，对此我一点都不感到惊奇。因为大部分人把他们的心放在俗物上面而非基督上面。难怪当他们临死最需要神的时候，他们却得不到半点恩典。所罗门和很多像他一样的人都是这样。他们也许会表现得很聪明，但是他们做的那些事，就像《圣经》说的，总是很愚蠢。这些哲人学者承认自己行事不够明智。——'文士和法利赛人，坐在摩西的位上，凡他们所吩咐你们的，你们都要谨守遵行；但不要效法他们的行为，因为他们能说不能行。'[47]

"但是我认为现今发生的很多事情就像挪亚时代发生的一样。挪亚建方舟的时候，那些造船的工人和木匠没有一个幸存的，而飞禽走兽和被赐福的挪亚的妻子儿女们活了下来。——造船的工人一个都没有活下来！现在上帝授权的也许不会发生在传授神圣教会信仰的人身上！因为神圣教会也是神殿和难民营，像挪亚方舟保护众生灵那样把我们庇护在她的围墙之内免遭耻辱——尽管所有造船的工匠都淹死在洪水中。我这里所指的人是在俗神父，他们是为基督的生灵建造神圣教会的木匠。——‘耶和华阿，人民、牲畜，你都救护。’[48]在世界末日的时候，将会有另一场洪水、死亡和大火。这就是我为什么要警告你们这些神父，上帝神圣教会的木匠，要按《圣经》里所讲的实行，不然当洪水到来时，你们上不了船。

“在耶稣受难日，一个终生以盗窃和骗人为生的罪犯会被拯救，因为他在十字架上忏悔并得到基督的赦免，他会在施洗约翰或亚当或以赛亚或任何在地狱里的先知之前得到救赎。所以一个强盗比其他所有人还要更早得到救赎，免受炼狱或忏悔之苦并得到永恒的祝福。

“还有谁比抹大拉的马利亚更堕落呢？又有谁像大卫那样阴险谋害乌利亚？[49]或像使徒保罗那样无情，置许多基督徒于死地？这些曾经十恶不赦的人，现在都像君王一样在天国的圣徒们中间。而其他那些言语睿智、著书立说的能人志士却在地狱与冤魂为伍。

“所以我相信，对我们所有人来说，所罗门的话[50]是真实可信的——‘义人和智慧人，并他们的作为都在神手中；或是爱，或是恨，都在他们的面前，人不能知道。’——在世界末日，只有上帝知道他是否因其爱与忠诚而被褒奖，还是因其邪恶嫉妒之心而被制裁。因为不知恶，哪知善；不知黑，哪知白，没有无耻之徒，哪来廉洁义士？让我们出淤泥而不染吧，我相信有少数真正的善良之辈。‘如果必须，我们必要忍受。’[51]愿维护万物的神怜悯我们！因为上帝曾确定地说‘没有一个人行善！’[52]

“我们的神从来没有赞赏过学问，因为他曾对圣彼得和那些他所爱的说：‘当你站在国王和当权者面前，不要思虑过多。’[53]——因为上帝会通过他们的嘴唇讲话赐他们智慧来回绝那些反对基督教的人。大卫王曾说[54]，当他在众王之间讲话的时候，没有人能在言语上击败他。因为没有上帝的恩典，聪明才智并不能使人在困境中占上风。

"我偶然读到,四大神学博士之一、最伟大的三位一体的研究者圣奥古斯丁,曾在一次布道中说[55]——'无知者升入天堂,而我们智者却下地狱。'换句话说,聪明的饱学之士最容易脱离正确信仰;而得救最快、信仰最坚定的却是农夫、牧羊人和贫穷的劳工。这些工匠、牧民和农夫信仰纯粹,凭主祷文就能直接升入天国;他们死后,毫发无损地经过炼狱享受天堂的极乐。你一定见过许多学者诅咒自己的博学,以至于连信仰都去怀疑;许多神父也把'我们的天父'放在高于他所有学问的位置上。

"我常发现——别人一定也注意到——贵族的贱婢很少欠债;而那些拥有财产的官吏却总是负债累累。同样,目不识丁的平民百姓很少像神圣教会的神父那样跌入罪恶的深渊,这些神父是基督财富的看守人,拯救人类的灵魂,像上帝在《圣经》里命令他们的一样:'你们要进入我的葡萄园。'[56]"

第十一节　幸运、善良和自然

做梦人因为冒失被经书训斥,继而进入更深一重的梦境。在这里他遇到幸运女神,并跟从了她四十五年。进入老年后,财富和修士遗弃了他,当他谴责修士的时候,忽遇善良,不久以后,经书再次出现。她的布道使做梦人担心自己的救赎,但是从地狱里释放出来的异教徒君王图拉真使他重拾信心。之后善良告诉他救赎之路就是要通过基督的仁爱和贫穷。做梦人继续辩论,直到他遇到自然。自然带他观看创造的神奇,这让他开始排斥令他饱受磨难的理智。这时他从梦中惊醒,内心充满困惑羞愧,并找到忠于他的想象力,决定从此与其相伴。

经书谴责挖苦我,令我无地自容;她用拉丁语讽刺我——"有些人博学多才，却没有自知之明。”[1] 我羞愤交加，抽泣不止，情绪低落，昏昏入睡。

之后我做了一个很神奇的梦。当我站在那里的时候，忽然被幸运女神带走，她引我走到一片憧憬之地，让我去看镜中的世界——“你会在这里看到无数奇迹，也许还能得到你一直渴慕的东西。”

和幸运在一起的有两位美丽的女子，年长的叫“肉体的情欲”，年轻的叫“眼目的情欲”，后来又来了一位“完美人生的骄傲”[2]，她让我别去做学问，多花点功夫在外表上。肉体的情欲用双臂勾着我的脖子说：“你年轻力壮，来日方长；一定有很多女人爱慕你，你看这镜中有多少欢乐啊，它们会让你一生欢愉。”

第二个女人附和：“如果幸运满意的话，我会满足你所有的愿望，我会帮助你成为拥有自己土地的领主。”

“他会发现我是一个忠实的朋友，”幸运说，“遵守我意愿的人都会找到完美的幸福。”

这时我看到一个叫耄耋的老人，面色阴郁：“圣母在上，年轻人，等你年老时，你就知道幸运会在你最需要她的时候抛弃你，肉体的情欲也会全然遗弃你。那时你就会日夜诅咒，希望自己从来不认识眼目的情欲，然后就会知道今生的骄傲给你带来的危险。”

“呸！你操什么心啊！”鲁莽衣衫褴褛地出现在我面前，“快跟着幸运去！你还有大把的青春呢，在你驼背秃顶之前要及时行乐！”

“‘谋事在人，成事在天’[3]，”他继续说，“这是柏拉图说的——所以一切看上帝的安排。真理也说过要跟随幸运[4]，眼目的情欲和肉体的情欲都不会伤害你——除非你不识好歹，否认他们绝不背叛你。”

“喂！再见吧，老伙计！”幼稚对耄耋说，边说边把我拉走。不久以后我就被肉体的情欲辖制住了。

“天啊！”耄耋和圣洁说，“智慧沦陷，意志堕落！”[5]

眼目的情欲立即安慰了我。她陪伴了我四十五年，使我不再看重行善和多行善；实际上，我已经对他们不感兴趣了。她经常安慰我："不要让你的良心阻碍了你的发财路；去找修士忏悔坦白你的罪孽吧。只要幸运还是你的朋友，修士就会喜爱你[6]，他们会与你交朋友，请求大地方的修会首脑为你赦罪，只要你有钱，他就会特地为你祷告。"

"但是金钱的忏悔不能赎回精神的罪孽。"

我听从了眼目的情欲的建议，她的话语听来是如此悦耳动听——直到最后我发现青春已逝，进入老年。那时，幸运背信弃义地遗弃了我，贫穷步步紧逼击打我。修士不顾我们的交情，躲我就像躲避瘟疫一样——只是因为我对他们说，我死后会葬在我们教区而不是他们的墓地。我听良心说，一个人在哪里受洗就应该葬在哪里。但当我对修士说这些的时候，他们认为我纠结在这么简单的道理上真是愚蠢。于是我向我的忏悔神父抱怨——他是个自以为聪明的人："天啊，神父，你就像是那些因为钱和寡妇结婚的求婚者；我以十字架起誓，你只在乎我付钱给你，根本不在乎我的身体葬在哪！想不明白的不止我一个——你们教会宁愿去埋葬死人[7]，也不愿给入教的孩子施洗。当然这两者都是必须做的，但是施洗比葬人更有价值。神学家告诉我们，一个受洗的人只要悔悟，就可以进入天堂——'忏悔可以清除罪孽。'[8]但是没有受洗的孩子不能得救——'人若不是从水和圣灵生的，就不能进神的国。'[9]你们这些学者可以去查查，看我说的对不对。"

这时我看见信实[10]，不禁皱了下眉头。"你为什么皱眉呢？"他瞪着我问。"如果我有胆量把这个梦告诉别人就好了！"我说。"圣彼得和圣保罗在上，你当然可以，"他说，"你还可以用这两位使徒为你作证！[11]'不可心里恨你的弟兄，总要指摘你的邻舍。'[12]"

“但是我的修士弟兄有不同的论证，”我说，“‘你们不要论断人，免得你们被论断。’[13]”

“道德法有什么用？”信实回道，“如果没有人站出来反对欺诈和谎言呢？使徒说：‘犯罪的人，当在众人面前责备他’[14]，听听《诗篇》里先知大卫的话：‘你想我恰和你一样。其实我要责备你……’[15]所以百姓可以畅所欲言——没有什么法律来制止。但是神父们和主教们是不同的，即使人们的罪孽属实，他们也不能公开说出来。[16]但是对于众所周知的事情，你为什么不能光明正大地写出来呢？你为什么不能去声讨那些致命罪孽呢？

“但是千万不要带头揭露别人过错，如果你看到恶事，首先要保持缄默，如果错误得不到改正，那就徒留遗憾。不管是出于表扬别人还是贬低别人，你都不要把秘密张扬出去。‘要慎用表扬，更要慎用责难。’”

“说得对。”经书回应道，她跳上讲道坛开始讲道。但如果平民能听得懂她，我估计他们也就不会再让她布道了。我留意了一下她的经文[17]和主题——“许多人被请来用餐；当他们到达的时候，门卫打开大门，悄悄地放进一些人，其余人都被拒之门外！”

听了这段经文，我的心里忐忑不安，充满疑虑，扪心自问自己是否是入选之人。我想到神圣教会，在圣水盆前接受我做上帝的选民，想到基督如何召唤我们，甚至是撒拉逊人、异教徒、犹太人，只要我们愿意就可以归向他——“你们一切干渴的都当就近水来”[18]——他让罪人来到自己怀中，使他们不再饥渴，而他们的不幸也得到了治愈。

“所有的基督徒都可以要求进来，”我说，“首先凭借基督救赎我们的宝血，然后凭借洗礼，因为‘信而受洗的就必然得救’[19]。如果一个基督徒不愿意受洗，他就得不到理智的支持。因为法律规定没有主人的允许，农奴不能订立契约或售卖自己的货物。他也许会负债潜逃，像逃犯一样四处游荡，但是理智会赶上谴责他，良心也会和他算账；他们会控告他欠债，把他投入监狱。审判日时他就会被投入炼狱受苦，除非他死前忏悔，大声祈祷或在内心祈求上帝宽恕他的罪行。”

“是的，”经书说，“没有什么罪是仁慈和谦恭补偿不了的。因为书上说，‘他的慈悲覆庇他一切所造的’[20]。”

“呸！谁管你书上怎么说！”一个叫图拉真[21]的人大叫，他曾是一位真正的骑士，并从地狱中逃脱。图拉真曾死去，并咒骂自己因是异教徒而受苦——“学者们都知道，”图拉真说，“不是教会里的学问救我出地狱，而是爱和信实，还有我自己公正的判断。圣格列高利很清楚我一生诚实，他希望我的灵魂得到救赎。他为我哭泣祈福并被神恩准，于是我一点祷告和弥撒都没做，就得救了，通过信念和正直，我被从地狱的苦难中解救出来，祷告没有什么用。”

“你们这些大人物看看[22]，这就是一个罗马皇帝的真诚，学者们可以帮我们确定，他不是基督徒。他是依凭他自身的正直拯救了自己，而不是教宗的祷告；圣格列高利也是这么说的。这是你们这些持守公义的老爷们需谨记的一课；记住图拉真的正直，与人为善。

“这件事情对你们这些教会人士来说都很神秘；但是在圣使徒传记里就有记载，比我说得还要详细——仁慈和正直的生活足以救一个罗马异教徒脱离地狱。感谢真理打开地狱大门，把异教徒从魔鬼的手中解救出来——这是律法里的学问和技能永远做不到的！因为仁爱和真理才是真正的学问，并使《圣经》充满了喜乐和祝福。上帝亲自写了《圣经》并在山上交给摩西让他去教诲世人。

“图拉真说过‘没有仁慈的律法不值一文！任何学问，包括七艺，如果不是出于主爱而学就是浪费时间’。所以为了钱去学就是错的，或者叫作神学专家；你学习仅仅是因为爱主和爱人。圣约翰也说过：‘没有爱心的，仍住在死中。’[23]他让人们——不管是朋友还是敌人都要彼此相爱，爱人如己；如果没有付出就没有爱。上帝命令我们的灵魂去爱那些穷人，还要爱我们的敌人；因为爱那些恨我们的人，为穷人带去欢乐是有意义的；穷人的祈祷对我们有帮助。天国的耶稣基督，为了我们的喜乐和康复，总是像穷人那样跟随着我们，注视着我们[24]，通过我们内心的善良来了解我们；看我们的眼睛定睛在何处，是否爱地上的君王胜过天国的君主。

“主在福音书中教育我们，‘你摆设午饭或晚饭[25]，不要请你的朋友、弟兄、亲属和富足的邻舍’——倒要请那贫穷的、可怜的、残疾的。你的朋友们会回请你，这是风俗，他们会回报你的慷慨，主说：‘我会偿还穷人，也会报答那些因为爱我而爱穷人并给他们食物金钱的人。’

“人们最好是有贫有富；我们都是基督所造，不管是乞丐还是贵族都是一脉相承的同胞弟兄——由于他的庇护我们才得富有[26]。整个基督徒的世界因基督之血在髑髅地兴起，我们被主救赎，成为一脉同胞，就像新生的婴儿[27]那样有高贵出身。因此在我们之中没有乞丐也没有无赖，除非犯罪的人，因为‘所有犯罪的，就是罪的奴仆’。[28]”

“在《旧约》中，我们被叫‘世人’[29]，亚当夏娃的后代；直到耶稣降临，为我们而死。他复活之后被称为救主，我们被他赎回，不管贫富都成为他的弟兄。他让我们彼此像兄弟那般相爱，喜乐与共；因为我们都是微不足道的世人，我们要省钱去帮助别人，‘你们各人的重担要互相担当’[30]。不要吝啬我们的财物和天赋，没准我们很快就会失去这些。不要挑剔别人，也许他比你学问要深，也不要随意纠正别人，因为人无完人。不管有学问的人怎么评论诸如受洗等事，基督本人在公开的酒席上曾对妓女说[31]，她的信可以让她得救，并免除她所有罪孽。

“因此相比律法和逻辑来说，信仰是忠实的帮手；因为在圣使徒传中，逻辑和律法都没什么地位，除非得到信仰的帮助。逻辑要花很长时间来解释经文；律法也总是与爱为敌，除非受贿。所以我奉劝不想说谎的基督徒不要太胶着在逻辑和律法上。因为你们怎样论断人，也必怎样被论断。[32]——这些都是信仰的教诲，信仰可以拯救罪人。因此让我们学会基督所教的爱的法则，记住圣格列高利所说的有益于我们灵魂的话——‘找出自身罪孽胜过追本溯源’。

“我坚持做慈善主要是为了穷人；因为我们的主经常以他们的样貌出现。当他在复活节去以马忤斯[33]时，革罗巴最初并不知道他是基督，因为他衣衫褴褛，像个香客；但是当他祝福众人并掰饼与众人分享时，他们就知道他是耶稣——不是凭他的衣着和话语，而是凭他的行为认出他。这是我们这些罪人应效仿的，我们也要在言语上谦虚友善，不要靠华服美衣来炫耀骄傲，因为我们都是朝圣者。上帝曾经常以穷人和朝主者的打扮混迹在穷人和乞丐当中，而富人却无缘与他相见。圣约翰和许多其他的圣徒也都衣不蔽体，像贫穷的朝主者一样乞求捐助。耶稣基督的母亲是犹太人的女儿，出身高贵但却贫穷，嫁给了身无分文的男人。

“当马大责怪马利亚的时候[34]，说：‘主啊，我的妹子留下我一个人伺候，你不在意吗？’主即刻回答她：‘马利亚已经选择那上好的福分，是不能夺去的。’于是他使二人的心愿都达成，但是把贫穷置于二者之首[35]并高度赞扬。我发现从古至今所有的智者都曾赞美贫穷，因为贫穷生忍耐，比财富更能受到祝福，并能苦尽甘来；就像一个有着坚硬外壳的核桃，去掉壳就会露出有益身心的果仁，所以对待贫穷和屈辱也要忍耐。贫穷会让人记住神，让他渴望去祈祷并为自身罪孽忏悔；怜悯由此而生，果仁就是基督，他安慰我们，使我们灵魂变得坚强。

“和富人不同，穷人可以睡眠安稳，不怕意外死亡或在暗中被盗。——‘我贫穷却充满喜乐，你富有却多思多虑。’尽管所罗门说过，‘使我也不贫穷也不富足’[36]，然而有智慧的人却证实一无所有的贫穷是最讨上帝喜悦的生活。因耶稣说过：‘你若愿意作完全人，可去变卖你所有的，分给穷人。’[37]所以世人如果想要完全，那就要出于对上帝之爱去变卖所有财产救济那些需要的人。

“服侍主的人从来不会真正缺乏什么；就像大卫在《诗篇》中说的：‘未见过义人被弃，也未见过他的后裔讨饭。’[38]这意味着如果一个人毕生都用来服侍上帝，他就会乐于接受任何苦难屈辱，也永远不会缺衣少食。因为‘在神凡事都能’[39]，《圣经》上说：‘寻求耶和华的，什么好处都不缺。’[40]

“如果神父是圣洁的，就不会因弥撒而索要报酬，也不会接受高利贷的施舍——即使他们被冻死，也不会接受一件外衣。如果他们恪尽职守，他们就有理由向神哭诉：‘神啊，求你伸我的冤，向不虔诚的国为我辨屈。’[41]经上说，‘要信靠主’[42]同样适用于贫穷的神父；如果他们诚实劳作信靠万能上帝，他们必不至缺乏。

“神父的称呼让他们担当圣职并显示权威；那做弥撒收取报酬有什么必要？如果他们配得上这个称号，那赐他们称号的人或是任命他们的主教也会回报他们。国王只有赏赐财富才能册封骑士，作为回报，骑士要效忠于君王。一个没有领地、家世或战争荣誉的骑士是让人看不起的——而册封他们的国王昏庸至极！那些既不学习又不诚实的神父也是如此，遭遇不幸的时候就只剩下光顶和神父的头衔！但是我想他们大多数人更喜欢用他们的光顶谋生，[43]而不是接受正规培训或赢得好名声。我真想知道为什么主教会任命这些蒙蔽无知平民的神父。

“如果合同里有语言错误，首席法官经常会质疑其合法性。如果有任何遗漏，或是书记员在字里行间加入一些评论或注释，法律就会对这合同抨击。所以涂抹手稿的书记员就会被当作蠢货。同样，任何神父读经或做弥撒时出错也是蠢货！‘因为凡遵守全律法的，只在一条上跌倒，他就是犯了众条。’[44] 对那些遗漏经文的人，大卫在《诗篇》中说：‘向我们王歌颂，歌颂。因为神是全地的王，你们要用悟性歌颂。’[45] 所以一个任命上帝骑士的主教却不能歌颂神，不能阅读《诗篇》或用悟性解释弥撒，那我相信他一定会在主前受罚。经上说不仅主教要受到谴责，神父本人也是如此，‘无知不能作为原谅主教或神父的理由’。

“关注这些无知的神父使我偏离了赞美贫穷的主题，耐得住贫穷的人比任何财富都更圣洁。”

就这样，在梦中，有人和我争论不止；这些都是在我梦中看到的。

自然靠近我，呼唤我的名字，他让我留意从世间的奇迹中获取智慧。他把我带到一个叫作中土世界的山上，这样我可以通过万物生灵来认识热爱造物主。我看到阳光大海，沙滩海岸，禽鸟栖息之地——林间有野生蟒蛇与羽毛斑驳的美丽飞鸟。我还看见男人与女人，他们贫穷或富有，处于战争之中或享受和平；我看到人们痛并快乐地生活，看到他们贪爱物质，拒绝仁慈。

我看到兽类吃喝繁衍都有理智。交配期一过，他们就不再像当初那样缠绵恩爱；所有的公兽都聚集起来，远离母兽。母兽一旦怀孕，就不再追逐公兽。不管是公猪、公马、公狗还是任何雄兽都不再和有孕的母兽交配。

我看到鸟儿在丛中筑巢，这不是人类的智慧可以做出来的。我很惊奇是谁教会喜鹊用树枝筑巢并下蛋繁衍；恐怕没有工匠能做出这样的鸟窝，能做出这样模子的一定是能工巧匠。

我更惊奇于其他飞鸟——它们是怎么把蛋覆盖在荒野沼泽之地，让人们无从发现？为避开猛禽野兽，它们是如何在外出时小心翼翼隐藏鸟蛋？我还注意到有些鸟类在树上交配，在半空中繁衍后代；还有鸟通过呼吸在喙中受孕。[46]我还仔细观察了孔雀的繁衍方法。[47]我看到这一切，想知道谁是他们的师傅，是谁教它们在树顶筑巢，使人兽都无法够到它们的幼崽。

我放目眺望大海，又举头观看星星；如此之多的奇迹要用毕生时间才能描述殆尽。我看到林中色彩绚丽的鲜花在绿草之间分外夺目。我感到奇怪的是，这些花有的恶臭，有的香甜，这么多种颜色要花很久才能辨别清楚。

但是最触动我、改变我思路的是理智管辖着所有生灵；但人类很多时候都不受理智管束。

于是我当面斥责理智说："你自以为聪明，却如此草率！你为什么不管束人类让人们不受伤害呢？"

理智责骂我："我管不管人类，不关你的事。好自为之吧。我只是时机未到，所以必须忍耐[48]。要知道忍耐是伟大美德，也是一种快速复仇。人类所受的苦哪能和上帝相比呢？如果上帝愿意，他可以不到一分钟就修正完所有错误；但是由于某些人的原因，上帝愿意忍受这些，这对我们是有好处的。"

"《圣经》也同样要求人们忍耐，"理智继续说，"'你们为主的缘故，要顺服人的一切制度。'[49]有一句法国人和英国自由民教孩子的谚语说：忍耐是美德，恶言恶语无法让你复仇。言辞良善且忍耐，你将终有好报。"[50]

"我建议你说话要谨慎，开口指责别人之前先看看自己配得上多少赞美。因为世上没人能够顺其心愿获得重生；如果可以，那人人都会完美无缺。你会发现没几个人乐意把他们的丑事明明白白地说出来。”

“伟大圣人所罗门在《圣经》中说过：‘不要去力求与你无关的事。’[51]不管一个人是美是丑，你都不应该去挑剔上帝创造的样貌；因为上帝所造的一切都是美好，《圣经》中有见证——‘神看着一切所造的都甚好。’[52]他让所有生灵生殖繁衍都是为了让人快乐，人们也必要因肉体和魔鬼的诱惑而遭遇不幸。因为人乃血肉之躯，一定会时时屈从于肉体，就像卡托说的，‘人皆有罪’[53]。”

我立刻感到羞愧，变得面红耳赤，一下惊醒过来，非常懊恼没有在梦中多学一些东西。我开始诅咒自己运气不好：“基督在上！我想我现在应该知道行善是什么了。”——忽然，我抬眼看到有人正盯着我，问我：“那告诉我，行善是什么呢？”

“我很乐意告诉您，先生，”我说，“行善就是博闻强记，历经忍耐！”

“如果你果真有所领悟，”他说，“即使你在睡觉，也能很好地理解学问的教诲，在理智的帮助下，你会理解得更好。因为理智会向你解释所有学问说过的话。但是因为你插嘴，所以他就离开你了。就像谚语说的，‘三缄其口就会成为哲人’[54]。”

“亚当只要谨慎言语就能在天堂享乐；但是因为他谈论禁果，窥探上帝的想法和智慧，就被赶出了天堂。你对理智也是这样：你简单臆测并论断未知事物，所以他就不再教你了。

“现在，骄傲和假设很有可能会告发你，所以学问就不让你再与他同行了。任何责骂都不能像羞愧那样迅速使人改过自新，因为羞愧让他感到丢脸，促使他改过。如果一个醉鬼跌进沟里，最好不去管他，让他自己起来。因为他不在乎理智的责难，也不介意学问的教诲！所以那时猛烈攻击他是完全不对的。由于怕死，一定要把他拽出沟渠，羞耻会刮掉他衣服上的泥巴并清理干净他的腿；然后，醉汉就会知道他为什么被训。”

“说得对，”我答道，“我经常发现自己这样。没什么比羞耻感更能刺痛我了；人人都不想丢脸，我想你告诉我这些是因为我责骂了理智。”

“对。”说完他就走了，我一跃而起紧跟着他，求他告诉我他的姓名。

第十二节 想象力

想象力提醒诗人他虚度了人生，诗人试图辩解，并询问什么是行善、多行善和行大善。想象力指出做梦人先前的错误，并解答了他一直以来的疑问。想象力谴责财富，向做梦人指出学问和智慧的价值，并讨论救赎之路，让他相信即使是异教徒有时也能进天国。

“我是想象力，”他说，“我一刻都没闲过，不管健康还是生病，我都静坐沉思。我已经跟随了你四十五年，多次提醒你记住自己的结局，记住所有逝去的年华和所剩无几的岁月。我让你想起你狂野放荡的青春，让你在壮年时节就可以改过自新，因为耄耋之年难耐贫穷煎熬和忏悔祷告的生活。——‘或是二更天来，或是三更天来，看见仆人这样，那仆人就有福了。’[1] 所以在你力所能及的时候尽早改过吧。瘟疫爆发的时候你也多次受到贫困和痛苦的警告。上帝把这些事情当作利刃来击打他疼爱的孩子——‘凡我所疼爱的，我就责备管教他。’[2] 大卫在《诗篇》里描述那些敬爱神的人：‘你的杖，你的竿，都安慰我。’[3] 意思就是：‘尽管你用你的杖或你的竿责打我，但是我也欢

喜，因这使我的灵魂复苏。’

“尽管这样，你却不听劝告，写诗弄词，美其名曰是你的诗篇，为那些供应你饮食的人祷告！难道解释行善、多行善和行大善的书籍还不够多，传道士和四处化缘的修士还少吗？”

这些我都明白，但是，我还是想为自己辩解：“卡托是一个博学的人，但也教他儿子写诗，就像我一样。他不是说，‘有时需要劳逸结合’吗？[4] 另外，我听说很多圣徒偶尔也会放纵取乐以便让自己的生活更完全。然而，如果有人能够告诉我行善、多行善和行大善是什么，我就停止写作，去神圣教会修道，除了吃饭睡觉外整天念经祷告。”

“圣保罗在他的信中解释了什么是行善，”他说，“如今常存的有信、有望、有爱；这三样，其中最大的是爱。[5] 换句话说，这三样都是能够救赎人类的美德，但是爱是至善，因它能最快地拯救人类。

“一个诚心遵守忠诚教诲的人就是真正的行善。如果你是一个已婚男人，你一定爱你的妻子，两人都要遵从道德法律生活。如果你是修道士，没有教规命令，你一定不要去罗马或劳卡玛杜尔[6]（Rochemadour）的圣陵游荡。通往天国的大路是顺服。如果你未婚并自守，那就要保持，千万不要脱离正道好高骛远。[7] 是什么导致路西弗从天国堕落？是什么窃取了所罗门的智慧？是什么使参孙失去力量？[8] 想想约伯、亚里士多德、希波克拉底、维吉尔[9] 还有许多人为欢乐所付出的代价，甚至是曾征服世界的亚历山大大帝也落得悲惨的结局。

“所有这些人都被他们的财富和聪明毁了。同样，费利西亚（Felicia）因其美貌而堕落[10]，罗莎蒙德（Rosamund）[11] 也可悲地浪费了她的美丽，把一生挥霍在邪恶的生活上。许多男女言语睿智，但行为却大相径庭。许多坏人往往都是在嘴上标榜仁义道德。

“同样，那些富人终生都在索取囤积财富，到最后这些钱财还是被自己的敌人挥霍；他们对需要帮助的人袖手旁观，不遵守上帝的诫命体恤穷人，最终落得灵魂也丧失——‘你们要给人，就必有给你们的。’[12]因此许多人因财富与聪明被毁；拥有它们而不善加利用的也会有麻烦。‘仆人知道主人的意思……又不顺他的意思行，那仆人必多受责打。’[13]《圣经》上说，聪明只能滋生人的骄傲——‘知识是叫人自高自大，唯有爱心能造就人。’[14]

“除非是来路清白的财富，否则也是如此。恩典的草药可以减轻富人的肿痛，但是恩典却只存在于卑微的民间。因它在忍耐和贫穷的土壤中兴盛，生活在诚实圣洁的人中间，被圣灵赐福，就像福音书上说的——‘风随着意思吹。’[15]智慧和学问，从另一方面来说，来自于眼界和教育。《圣经》有证：‘我们所说的，是我们知道的，我们所见证的，是我们见过的。’[16]换句话说，通过很多不同人的观察就生成了智慧。但是恩惠是上帝的礼物，来自于大爱；这不是教育或智慧能够解释的——‘你不晓得它从哪里来，往哪里去。’[17]

“然而学问和智慧都是值得称颂的，特别是学问，它来源于基督之爱。我们都知道在《旧约》里，摩西教育犹太人，不论贫富，任何通奸的女人都要被石头砸死；[18]但是通过学问，基督拯救了一个犯了通奸罪的女人。[19]看到他在地上写的话，犹太人自知比站在面前的这个女人的罪孽还大，他们都心怀羞愧地离开。这个女人被学问慰藉，基督通过写字救下了她，圣教会也依循此例使用学问来拯救人们。因此学问给忏悔的人们带来安慰，但是给死不悔改的人带去不幸。

“不运用学问，面包就不能成为基督的身体，从而成为正义之士得到愈合而邪恶之人受到死亡和诅咒的源泉。基督的字既安慰了他认为应该拯救的妇女，也揭露了那些判她有罪人的罪行（‘不要论断人，以免被人论断’[20]），所以如果我们不尊重基督的身体，在审判日[21]的时候，也会像犹太人那样被诅咒。

“因此，看在上帝的份上，我建议你们要热爱尊敬学问；因为智慧是他的家人，这二者都是上帝的近亲。它们像镜子一样帮助我们修正错误，像教士一样指导众人处世。所以我奉劝你，不要非难逻辑和律法，也不要嘲笑其惯例，不要和有学问的人辩驳。人如果没有眼睛就看不到东西，学者如果不读书就是文盲。书是人们得到上帝的授权而写成的，写书的人都是受到了圣灵教诲。就像视力使人们看到大路，教育也会让无知的人变得理智。一个瞎子携带武器作战，尽管他挥舞斧头，却没有胜算；同样一个生而聪明的人如果没有受到教育，也永远无法明白教会的信仰而得到救赎。教会是基督财富的宝库，有学问的人是拿着钥匙的看守：只要人们谦卑地寻求恩典，他们就会乐意打开宝库大门，向罪人发放上帝的宽恕。

“《旧约》说利未人是上帝约柜的守护者[22]，除了祭司、祭司之子、主教、先知外，不允许任人碰触它。扫罗没有征得祭司的同意就擅自拜祭，结果他和他的后代都因此遭殃。[23]另外，许多跟从上帝约柜的人都对它怀有极大的敬畏和尊重，他们不是利未人，却因为伸手扶约柜而送命。[24]因此我奉劝基督徒，不管神父做了什么，都不要轻视神父和他们的教诲。我们只去评估他们的教诲，因为他们的见证都是真实的。我们不要插手他们的事务惹怒他们，以免纷争愤怒，让我们打击上帝的受膏者，因经上说：‘不可难为我受膏的人，也不可恶待我的先知。’[25]因此，在天国基督之下，学问是我们的保护者，世上所有的骑士都要靠学问来获取骑士身份。

“再说智慧，智慧来源于人们对很多事物的观察——包括对飞鸟走兽以及一些真实或虚伪的实验的观察。古人用心观察世间奇事用来教育后人；他们认为了解这些事物的寓意是一种高等科学。但是没人被这种自然科学所拯救，他们写的书也不能带人进天堂。因为这不过是各种领悟的结果。因此主教先知谴责他们的哲学不值一

提，认为和上帝的智慧相比，它们无足轻重——‘因这世界的智慧，在神看是愚拙。’[26]

“因为先知知道上帝强大的圣灵如何撕裂天空降临仁爱到这卑微尘世；童贞女如何获得它，而智者又是如何找到它——‘牧羊的人彼此说，我们往伯利恒去。’[27]

“基督诞生的故事没有提到富人、聪明人和无知的领主，而是提到了当时最博学的人——‘来自东方的三个博士’，我敢肯定也没有修士在场！圣婴并没有诞生在穷人的木屋里，而是诞生在伯利恒一位模范市民的家里[28]，经上说，‘客店里没有地方’[29]，就像有人曾说过：‘穷人没有客店。’

“天使出现在牧羊人和诗人们面前[30]，召唤他们去伯利恒纪念主的诞生。当富人躺在床上睡觉打鼾时，牧羊人却被主的荣光照耀，天国的使者为他们高唱欢乐之歌——‘至高神的恩典’。有学问的人明白发生的一切，他们带上礼物去朝拜万能真神。

“我告诉你这些，是因为我发现你是多么粗鲁地对待学问，还辩驳说无知的人比受教育的或有智慧的人更容易得救。从某种角度看你这种观点是对的，但要看是从什么角度来看：让我们想象一下，两个同样体重的健壮男人被赤裸裸地投入泰晤士河，一个深谙水性，一个是旱鸭子。那你觉得哪个更加危险呢，是游泳专家，还是那个拼命挣扎害怕被淹死的人呢？”

“我想是那个不会游泳的人。”我说。

“说得对，”想象力说，“同样，一个有学问的人，即使他总在犯罪，但是如果他选择，他可以轻易从罪中挣脱，比无知的人更快地拯救自己。因为学者知道什么是罪行，即使不忏悔，他明白悔过会使灵魂刚强。在大卫的《诗篇》里，有好几首赞美诗都称赞悔恨可以使人们远离罪行——‘得赦免其过、遮盖其罪的，这人是有福的。’[31]

“这些可以宽慰学者，也能使他们免于绝望——这是魔鬼考验人们最严厉的洪水。但是无知之人只有无助地等待四旬节的到来；等到忏悔的时候才有悔悟之心。到那时他却盲目相信忏悔师的话，虽然可能这些愚昧的本堂神父也不能教诲众人，就像路加所说的——‘若是瞎子领瞎子，两个人都要掉在坑里。’[32]

“跟随无知向导涉水之人必定要自食苦果！一个被送去读书的孩子一定要感激送他求学的人，因为读书认字能够拯救他的灵魂——‘耶和华是我的产业’这真是令人振奋的诗句，它把无数强盗从行刑场上解救出来！看看学问是怎么帮助了这些能读文识字的人！[33]

“正如你所说，忏悔的盗贼在十字架上认罪悔改信奉基督，求得我主怜悯，获得上帝开恩并得救。上帝总是会宽恕那些谦卑寻求诚心悔罪的人。但是尽管盗贼可以升入天国，但是却无法达到像圣约翰或其他圣徒那样显赫的地位。就像有钱人可以给我食物，让我坐在他大厅的地板上，我也的确可以享用丰盛食物，但是却不如那些坐在桌边或和主人同坐高台的人那样尊贵；因我像乞丐那样孤零零地坐在光秃秃的地面上。忏悔的盗贼也是这样：他不能和圣约翰、圣西蒙，或圣犹达同桌，也不能和圣女和殉道者、忏悔师和圣洁的寡妇同列，而是默不作声独自坐在草垛中用餐。因为一个人只要曾经做过贼，那他就永远是危险的，终生都要靠律法的宽恕生活。经上说：‘你许愿不还，不如不许。’[34]同时服侍圣徒和盗贼既不合理也不公正，给他们相同的回报也是不恰当的。

“正直的骑士图拉真悬崖勒马，故主可以把他从地狱中轻易搭救上来。我想他现在应该在天国的下层优哉闲逛。如果我们信仰虔诚也是如此，因教会律法说：‘你照着各人所行的报应他。’[35]

“如果你问，为什么被钉死的其中一个盗贼接受这个信仰，而不是另外那个，不是所有的基督的教士都能够给你答案——你苛责理智，质问他，林中鲜花从哪里得来如此绚丽夺目的色彩？为什么有些飞鸟在树上繁衍，而有些在地上？你苦苦思索石头星星，疑惑为何飞鸟走兽能有如此智慧？'因为耶和华随意而行。'[36] 当你追问事物缘由的时候，这就是我的回答。

"只有自然知道这个原因，学问和智慧也无从察觉。自然是喜鹊的老师，在他耳畔轻语，教他在荆棘丛中筑巢；自然教授孔雀繁殖方法，使亚当夏娃发现自己赤身露体，用树叶遮盖身体。

"无知者常问学者为什么亚当不先遮住他吃禁果的嘴，而是遮住他的下体——他们就是问神学家这样肤浅的问题。但是只有自然知道答案，学者们都无从知晓。

"就像古人经常用飞鸟走兽为例做比喻。比如，最美丽的鸟儿往往都是用邪恶的方式繁衍[37]，在所有能飞会游的物种中它们是最脆弱的。孔雀就如此，它们代表富有者和骄纵者。孔雀因为不能高飞，长尾巴拖在地上，很容易被追捕。另外，它的肉很难吃，脚爪也很丑，叫声尖锐刺耳。像孔雀一样，富人拖着他们的财富尾巴直到死亡，这真是令人伤心的尾巴。正如孔雀的翅膀阻碍其飞翔，金钱的重量对那些富有者他们来说也是致命的——直到死亡扯去他们的尾巴。那时，尽管富人忏悔痛哭，但他囤积了巨额财富却不愿施舍，尽管他用最悲哀的乞求在基督面前哭诉，但在上帝听来，他的声音就像叽叽喳喳的喜鹊惹人心烦。当他的尸体被丢在墓穴中，其散发出的臭气在四周的土壤中弥漫，荼毒墓地中其他安睡的灵魂。

"根据寓言所说[38]，孔雀脚代表那些富人的遗嘱执行人，他们无视富人意愿，尽管他们承诺会按照遗嘱执行。

"寓言作者指出孔雀只是因其羽毛得到赞美，就像富人只是因其财富才被尊崇一样。和孔雀相比，云雀的嗓音更甜美，飞行更灵巧，云雀肉也更加肥美可口，云雀代表了生活卑微的人。这些都是伟大学者亚里士多德作的比喻，在他的《逻辑学》中阐明了最小的鸟类的意义[39]。"

"对于亚里士多德是否得救，学问及其所有书籍都没有给出答案；他也没能告诉我们苏格拉底或所罗门是否得救。但是上帝如此仁慈，赐予这些人智慧来教育别人，通过写书帮助我们实现救赎，我们必定希望且祈祷上帝让他们的灵魂得安息。因为没有他们的著作，现在的学者一定是茫然无知的。"

"但是所有教会的教士们在他们的布道里说，不管撒拉逊人、犹太人还是任何其他人，如果不受洗都不能得救。"我说道。

"我不同意，"想象力皱眉反驳，"因为《圣经》上说：'义人仅仅得救。'[40]因此他已经得救了。图拉真是一位正直骑士，尽管他从未受洗，书中告诉我们他已经得救，灵魂现在天国。因为有水的洗礼，有血的洗礼，也有火的洗礼，这些都意味着坚定的信仰——'圣火不是带来毁灭，而是带来光明。'

"因此一个有生活常识的人相信人无完人——一个人向来公正待人，死后灵魂也是如此——当然真理之神不会拒绝如此诚实正直之人。不管是否如此，这个人的信仰坚定，有望得到回报。只要信徒忠贞诚实，上帝就会把永生赐给他，因为经上说：'我虽然行过死荫的幽谷，也不怕遭害。'[41]"

此诗句的注释说出了对诚实的巨大回报。

"智慧一度被认为是守卫国土的财宝；不需更多的财富，因为它就是欢喜和勇气的来源。"——话一说完，想象力就消失了。

第十三节 忍耐和积极人物豪金

做梦人迷迷糊糊地醒来，久久沉浸在梦中，百思不得其解，最后又昏头睡去。他梦到良心邀请他、经书、学问和一位伟大神学家共进晚餐；他和忍耐在靠墙的小桌边吃着分量不足的食物，而大神学家却在大快朵颐。饭后，神学家简要回答了做梦人关于行善等问题，但是因为做梦人态度粗鲁，主人良心转向学问和忍耐寻求意见。学问拒绝表明意见，但是忍耐用一个谜作答，说他拥有行善的巨大魅力。良心被忍耐的话打动，不顾其他人的反对，与忍耐踏上朝圣之路。不久，良心和忍耐遇到一个名叫豪金的积极人物，他很自豪地讲述自己作为面包师时的经历。但是当他们指出豪金的衣服都沾满了罪行时，豪金承认是他用七宗罪弄脏了他的受洗袍。

我猛然惊醒，懵懵然不知所以；此后多年我在各地游历，以讨饭为生。我经常忆起此梦，还记得幸运是如何在我最需帮助的时候离弃我，耄耋遇到我时如何胁迫我；修士如何讨好富人，蔑视穷人，如果不遗赠他们金钱供其还债，就没人能入葬他们的教堂墓地；神父们是如何深陷在同样的贪婪中，如果没有上帝介入，芸芸众生就会被无知神父误导而无法得到救赎。我记得想象力曾告诉我自然的智慧——他对动物如此友善，对水陆生灵如此仁慈；不管大小，即使那潜藏在他的孩子中的恶类他也不会遗弃。这时我又想起想象力说的话，“义人仅仅得救”，之后他就杳无音讯了。

于是我躺下苦苦思索，直到又酣然睡去。好在上帝开恩，良心前来安慰我，邀请我去他的城堡和学问一起进餐。当我听到他提到学问，我就急切赶来了；在那里我见到了神学大师——之前我并不认识他[1]——他朝经书深鞠一躬感谢她的盛情款待。

良心和这位大师很熟，礼貌地欢迎他。接着，我们净手之后开始进餐。

这时忍耐站在院子里，他打扮得像个朝圣者，如同贫穷的隐士一般为仁慈乞讨食物。良心把他招呼进来，亲切地对他说："欢迎你，我的朋友。如果你愿意，那就进来洗漱，晚餐马上就好。"

作为贵宾的神学家被率先请入席，之后是学问和良心，然后是忍耐。我和忍耐在一起，共坐在靠墙的一张桌旁。

良心叫上菜，经书非常热情地端上各种菜肴——奥古斯丁、安布罗斯和四福音书作者——"吃喝他们所供给的。"[2] 但是大师及其仆人只吃佳肴美馔，特别是果泥和蔬菜炖肉，因为他们用富人赞助的来路不明的钱过惯了穷奢极侈的生活。但是他们的调料太酸，因为在研钵里加入了一种叫"死后惨景"的苦涩调料[3]——这真是令他们备受折磨，除非他们如约为那些捐赠者做弥撒，为他们的灵魂痛哭悲伤。——"你享用人们的罪孽一定要为他们痛哭祷告，否则定要吐出让你欢愉的食物。"[4]

这时良心和气地请求经书为忍耐和我拿些面包来。她拿给我们一份酸面包说："忏悔吧。"[5] 她说着给我倒了一杯叫"长期忍耐"的酒。"啊，是啊，忍耐直到我生命尽头！"[6] 我说道。

"太棒了，"忍耐说，"王侯的待遇也不过如此了。"

然后经书上了一道菜叫"求主宽恕之祷告"[7]，接下来是由"此人是有福的"做成的"他是有福的"[8]，配上"其罪被赦"的调料，用私下忏悔"我说过我要向主认罪"的盘子端出来。

"给忍耐拿点吃的放进包里。"良心朝经书耳语。于是她给了忍耐一些"凡虔诚人都当趁你可寻找的时候祷告你"。[9] 席间，良心讲了很多趣事娱乐大家，让我们感到轻松愉快——"神啊，忧伤痛悔的心，你必不轻看。"[10]

忍耐为这样的款待非常自豪，也很开心能享受到这样的美食；但是我却一直焦虑，因为这位坐在贵宾席上的伟大神学博士正在开怀畅饮——“祸哉，那些勇于饮酒，以能力调浓酒的人！”[11]他狼吞虎咽了无数美味佳肴——肉末布丁，牛肚肉冻，黄油煎蛋。我用忍耐能听得到的声音喃喃自语：“这人当着圣保罗主教的面宣讲使徒保罗受苦不到四天[12]——被犹太人鞭打五次，每次四十，减去一下。被棍打了三次……遭江河的危险，盗贼的危险……又饥又渴，多次不得食。受寒冷，赤身露体。但是‘假弟兄的危险’[13]这句话圣保罗曾晓谕天下，但修士从来不在他们的布道中提到。《圣经》提醒我们要小心——我不用英语来写，以免它被滥用，冒犯到好人。但是拉丁学者可能会读到——‘大家要小心修士，经上说，有假弟兄的危险。’但是我没见过有修士在布道中提到过这些，或者用英文向人们大声朗读而不加解释。他们讲道说忍辱负重对灵魂有益，大讲基督为人类所受之苦。但是看看在这里大快朵颐的神学博士，肥头猪脑——对穷人毫无怜悯之心，令人憎恶，阳奉阴违。”——我对忍耐说，衷心希望这个博士身边的菜肴和恶臭的魔鬼一起变成熔化的铅块进入他的脏腑。我心想，我要问这个臃肿肥胖肚儿圆圆的夜壶什么是忍辱负重；他几天前才刚刚讲过！

忍耐看出我在想什么，暗示我要保持冷静。“你待会就知道，等他吃到撑破肚皮，他的肚子就知道什么是忍辱负重！他会气喘吁吁，字字打嗝，五脏六腑隆隆作响。他狂饮这么多酒，一会儿就将向你证明那些熏肉、鸡腿肉末都不是肉，而是忏悔的食物，并且引用《饕餮的灾难》(*Apocalypse of Glutton*)[14]、圣奥雷亚(St. Aurea)[15]的苦修生活来加以证明！然后他会带着复仇的味道向你宣讲三位一体——做这，做那还有其他——另外，他会发誓让他的伙伴作证，修士的碗里几乎都没什么食物。我敢打赌他一定会说谎！这时最好质问他什么是行善和多行善,问他行大善是否就是忍辱负重。”

于是我如忍耐所说默然静坐。过了很久,神学博士脸红得像朵玫瑰,搓着脸干咳了几下,开始讲话。良心向他建议谈论三重主题,他转向了我们大家。

“博士,请问什么是行善,”我问,“是否是某种忍辱负重?”

“行善?”博士说,呷了一大口酒,“行善就是尽力不伤害你的基督徒弟兄。”

“天啊,博士,”我说,“那你没行善!因为你伤害了我们两个,你吃光了所有的布丁和菜肴,没给我们留下一口!如果这就是你对待医院里病人的方法,那我毫不怀疑这些地方会变成纷争之地而非慈善之地——至少,那些新信徒会抱怨。因为我决定行善,所以如果你愿意,我愿拿我的痛苦和你交换。”

这时,良心机敏地看了我一眼,暗示忍耐让我保持沉默,然后他转向博士说:“博士,如果可以,我们想请您给我们讲讲行善和多行善。因为你们神学家比较了解。”

博士答道:“行善就是按照教士教导的去做;多行善是去教导别人;行大善是把你所说所祈祷的都付诸实施;《圣经》上说——‘无论何人遵行这诫命,又教训人遵行,他在天国要称为大的。’[16]”

“那学问,你来说说什么是行善。”良心说。

学问答道:“我有七个儿子,他们都在一座城堡里做仆人;那里住着生命之主,教他们什么是行善。但是在我和我的孩子们达成共识之前,我不便解释什么是行善。因为有个名叫皮尔斯的农夫让我们辛苦劳作,除了爱,对所谓的科学一概不加理会。他支持自己观点的话就是‘热爱神’,‘耶和华阿,谁能寄居你的帐幕……’他坚持行善和多行善是无所限制的,通过信仰,可以发现行大善;行大善就是人类灵魂的救赎。——农夫皮尔斯是这么说的。”

"我不明白这些,"良心说,"我和皮尔斯很熟,我肯定他绝不会说任何经书反对的话。等皮尔斯来了我们让他来回答这个问题,他会在实践中告诉我们什么是行善。忍耐去过很多地方,也许他知道一些别人不知道的事情;因为基督说过'忍耐得胜'[17]。"

"既然你来问我,那我就来冒昧地说几句。"忍耐说。

"学习就是行善;教诲别人就是多行善;爱你的仇敌就是行大善。我是从一位我深爱的女士那里学到的,她的名字叫仁慈。'只要你活着,'她说,'你就要全心全意、言行一致地热爱你的灵魂。这样,出于对神的爱,你就会教会自己,如何爱自己的仇敌像爱自己一样,让你仁慈的言语为他雪中送炭,用你的言行努力赢得他的喜爱;用你的爱打动他,他将最终向你微笑示好。如果这样都不能使他屈服,那就让他永远瞎掉双眼!'

"'但是这样对待你的朋友有些愚蠢;一个真正爱你的人是不会贪图你的财物的。自然情感要的是言语交流而非金钱,就像拉丁铭文所说——ax vi transitionis(通过逾越的力量)[18]。'

"我把行善与这些话包裹在一起携带着行走,用首创历法的星期六和之后星期三的所有智慧做标识;它们二者的力量都来自满月。[19]只要我带着这些,我到哪都受欢迎。

"我打开包裹,让博士看看行善是否在里面。我向造物主发誓,只要你带着它,就不会有痛苦贫穷、诽谤灾祸,也不会有寒冷哀号、烧杀抢掠,没有冰雹炎热和烈火洪水,也没有困扰你的地狱魔鬼和敌人带来的恐惧;因为'爱既完全,就把惧怕除去'[20]。这神秘之物赋予你的神力会超过伯爵和皇帝、国王和贵族[21]、教宗和主教的权力——这不是来自魔法的力量,而是靠理智和智慧而得。你会让国王王后和整个王国的人们慷慨授予你最佳守护者的称号,他们会毕生听命于你。这就是'忍耐得胜'。"

“这都老掉牙了，”博士说，“陈词滥调。世间的辩论和显贵的权力都不能使教宗和他的反对者[22]和解，也不能使两位基督教国王[23]因为两国人民的缘故而重归于好”——他边说边推开桌子，把学问和良心拉到一边，私底下建议把忍耐赶走。“朝圣者都是有名的骗子。”他补充说。

但是良心提高嗓门谦虚有礼地说道：“再见，我的朋友，如果上帝开恩，我愿意和忍耐一起去做朝圣，来获取更多的人生体验。”[24]

“什么！”学问大叫，“你难道以为这是去赚钱，去给你带新年礼物？[25]还是你以为让你去解谜？如果是这样，那我就自己找本《圣经》，让你看看如何解谜，比如整个《利未记》逐字逐句给你详细解释——朝圣者忍耐根本就做不到！”

“不了，非常感谢你的好意！”良心答道。“让我和忍耐同行的不是骄傲，而是他和诸位的坚强意志激励了我，让我为自己的罪行哭泣悔恨。一个人行善的意愿永远不会被完全收买，因为诚实的心比金钱更贵重。抹大拉的马利亚用一瓶油膏[26]得到的，不是比撒该拿出一半家产给穷人的更多吗[27]？——捐了几个小钱的寡妇[28]不是比所有给国库捐赠的富人得到的更多吗？”

良心友好告别后，悄悄对学问耳语：“上帝知道，我宁愿不要你的半包书，也要忍耐！”学问不愿和他道别，只是严肃地说：“你总会有厌倦流浪的一天，那时你就会乐意向我求救。”

“说得对，”良心说，“如果忍耐能和我们二人修好，那这世上就不会有我们消除不了的邪恶；我们可以使所有的君王国家重归于好，让所有的撒拉逊人、叙利亚人和犹太人都皈依基督。”

“我明白你的意思，”学问说，“在忍耐使你变得完美的同时，我要一如既往地履行我的职责，安置好学生和新信徒。”[29]

忍耐和良心出发朝圣，像朝圣者那样住在一起。忍耐随身携带干粮——节制、言辞简练、坚定信念——来慰藉他们，因为他们要去往贪婪和无情的饥饿之地。[30]

当他们在路上谈论行善的时候，他们遇到一个艺人打扮的人。忍耐问他从事什么行业，来自哪个国家。

“我是个艺人，”[31]他说，“名叫积极人生。我讨厌无所事事的人，我的名字就揭示了人生意义。说实话，我是个面包师，为很多贵族打过工，他们给豢养的艺人买了许多漂亮的衣服，但没我的份儿。[32]如果我去讨好那些贵族，我就能得到大量的钱财衣物。但我既不会打鼓也不会吹号，不会唱歌取闹，不会在筵席上弹琴，不会弹竖琴玩杂耍，也不会讲笑话弹古筝，不会吹出取悦他们的音乐，当然也不会跳舞，不会杂技。所以单为这些贵族烘焙面包我拿不到一点小费。我所得到的就是每个礼拜日的祷告，神父要求人们为皮尔斯和他的帮手[33]祷告，我这个积极的人，所有懒人的对头，就是帮手之一；因为我一年到头给正直劳作的人提供圣饼[34]。

“所有的流浪汉和游手好闲者都向我乞讨，其中包括盗贼、修士和秃顶教士。我向教宗提供圣饼[35]，给他的坐骑提供饲料——但他是让我的生活舒适了呢，还是给我像教士那样的俸禄呢？我不过是从他那里得到了一个铅封的特赦令，上面盖了些圣彼得和圣约翰头像的印章！如果我有文书可以帮我写信，我就会去向教宗请愿，请他用他的私章，给我送来瘟疫药方，为我们颁发诏令和祝福来治愈顽疾！基督不是说过‘奉我的名赶鬼……手按病人，病人就必好了’[36]吗？如果教宗的赦免可以做到——我也相信能够做到——我会带着感恩为人们做饼，一定尽力为教宗他们准备食物！他有圣彼得那样的神力，他一定把那种神奇的药膏藏在什么地方！——‘彼得说，金银我都没有，只把我所有的给你，我奉拿撒勒人耶稣基督的名，叫你起来行走。”[37]

“即使实行不了起身行走的奇迹也不是教宗的错误，因为人类不配拥有。如果我们不改进自己，所有的祝福都没用；除非人们除去骄傲，否则你们的弥撒也不能给基督徒带来和平。恐怕只有等他们挨饿的时候才不会骄傲吧。

“我汗流浃背地苦干才用麦子做出面包；要经过多少寒冷的清晨，我才给人们准备好充足的食物。但是又有多少人知道我为做圣饼所受的罪？整个伦敦的人都喜欢吃我的饼——他们没得吃的时候你准能听见他们发牢骚。不久以前，他们还歇斯底里，因为没有一辆车从斯特拉特福德（Stratford）送面包过来。[38]我的圣饼缺货，惹得乞丐劳工个个恐慌不知所措。他们一定不会忘记1370年的4月发生在切奇斯特市长任上的饥荒。”[39]

良心和我仔细打量了这个叫豪金的积极人物。他穿了一件由神圣教会信仰剪裁的受洗服，但是上面溅满污点：这里是骄傲，那里是大话，这里抹满蔑视，那里涂满嘲笑，还被傲慢浸泡过。他在人群里极为张扬，假装很富有，炫耀自己昂贵的衣服，生怕别人注意不到他。于是他吹牛大话，赌咒发誓，如果有人发现他的过错他就大发雷霆。他自认为在世人的眼中自己非凡卓绝，人中龙凤，圣洁公义！就像不从属于修会的隐士那样，自成一派，没有教规律法可循。不管学者文盲，他一律看不起，表面上他生活正直，实际上却坑蒙拐骗。他那些心思算计、察言观色都用在为他的肉体谋利，为灵魂谋害上。

他到处插手他人事务，自认为人们相信他才能出众。他奢望人们把他当作最睿智的学者、最强大的钢铁骑士、最英俊的男人，且行为正直公义。人们一定认为除他以外，没有人更圣洁，无人能望其项背；除此以外，人们一定认为他歌喉美妙，双手灵巧，对人慷慨，宁愿自己遭殃也要成全别人！

如果他向穷人施舍，他一定四处宣扬，大肆传播；尽管他钱袋空空，但也扬扬自得，装腔作势。

他是最胆大妄为的乞丐，一钱不值的牛皮大王。他在每一个乡镇酒馆信口开河，编造他从来没有见过的事情；吹嘘他从没做过的事，炫耀他的丰功伟绩。“如果你不相信，”他说，“就去问张三或者李四，他们会告诉你——我不会骗你的：他们知道我受了多少罪，我看到了什么、我得到多少、我所做的惊世骇俗的事、我知道多少、我和谁谁有关系，等等。”他想让他的言行在乡镇广为传颂，成为世间奇人，并引以为豪。

“我是想讨好人吗？如果我想讨好人，我就不配做基督的仆人。没人能侍奉二主。”[40]

“天啊，豪金！”良心大叫，“你这件最好的衣服上竟然沾满污渍——你要去把它洗干净。”

“是的，”豪金说，“如果你近前看，你会看到这衣服里里外外，前前后后，都是褶皱和补丁。”他迅即转到这边，我看到他的衣服比初见时更脏。上面溅满了愤怒和仇视，涂抹着嫉妒恶语和挑拨离间；衣服上散发着谎言和讥讽的霉味。豪金的舌头随时准备谩骂；他不厌其烦地散播别人的不幸，在背后指责诅咒别人。他在人们之间搬弄是非，挑拨离间；他的恶言使好友变成仇敌。“如果我没法借刀杀人，我就用舌头来报复，”他说，“如果失败了，我就会懊恼愤怒像把生锈的大剪刀。”

这些就是《诗篇》里提到的邪恶的混蛋——“他满口是咒骂、诡诈、欺压。舌底是毒害奸恶。”[41]“我躺卧在性如烈火的世人当中。他们的牙齿是枪、箭，他们的舌头是快刀。”[42]

“我爱谁都不会长久。”豪金继续说，“我说了那么多谎，没人相信我。如果我不能打败别人，我就会发怒，会心口灼热，或者得风湿变跛脚；如果恶化，就要得一年的疟疾或高烧，那时我就会看不起基督徒医生，而去向巫师求助；我会公开声称没有训练有素的医生，能像索思沃克(Southwark)的女鞋匠或肖迪奇(Shoreditch)的艾玛[43]那样治病，而就连基督本人也做不到！'上帝的话永远不能医治我，'我说，'我所有的健康和好运都来自神奇的魔法！'"

我又仔细看看豪金的外衣，发现上面沾满色欲，每一面都涂满淫荡的眼神。他勾引所遇到的每个女孩，引诱她们堕落；有时亲吻她们的嘴唇，抚摸她们衣下的身体，挑动她们的情欲使其欲火中烧与其交媾——不管是耶稣受难日、斋戒日，还是任何禁忌的夜晚，他们全然不顾，夜夜寻欢，甚至是在四旬节也如此。事后他们相互讲着下流故事，开着色情玩笑，到了中年时分还沾沾自喜地谈论他们放荡的青春。

忍耐发现他的衣服因为被丧心病狂的贪婪腐蚀而霉烂。因为他贪爱罪孽胜过爱主，他脑子里全是如何利用欺诈手段、假砝码、假见证来得到更多。他藐视公平交易，总是想法设法来欺骗顾客。他放债以图扣住抵押品，他总是展示他的货品的金玉外表，而掩盖了其中的败絮。"我认为这真是绝妙好计，"他说，"如果我的邻居有什么比我的更值钱，我一定会绞尽脑汁把它弄过来。如果实在没办法，我就去偷，掏空他的钱包，撬开他的门锁。所以我没日没夜地用歪门邪道来囤积财物。

"如果我去耕地，我就会紧紧绕着我邻居的地犁地，这样我可以偷偷多占他一尺；如果我收割，我就会让工人用镰刀把那些不属于我的庄稼也割走。

"如果欠我钱的人想拖延还债，他要么悄悄贿赂我，要么就还我一大笔现金；无论如何我都能获利。甚至我对自己的亲戚也是这么小气。我和顾客争吵不休，除非他能让我多赚一点，但我还要诅咒发誓说亏了血本。

“我在圣日听弥撒时，从来没想过求神开恩赦免我的罪孽，我后悔我的财产损失而不是自身的欲望。当我借出钱财后又失掉，或者欠款很久才能归还，我就比被判了死刑还焦虑。如果我捐钱给慈善机构，我就会被后悔折磨。最糟的是，如果我让学徒去海外做买卖或到布鲁日(Bruges)或普鲁士(Prussia)做交易；在此期间我就会坐立不安，不管是弥撒晨祷，还是其他任何活动，都不能让我安心；尽管我表示忏悔口念祷文，但其实满脑子都在货上，根本想不到上帝的恩典或其伟大旨意——‘因为你的财宝在哪里，你的心也在那里。’[44]”

饕餮者在衣服上抹满重誓，浸在谎言的泥沼，漫不经心地把上帝的名字丢弃，并且诅咒发誓直到汗流浃背。他暴饮暴食以致生病，却担心因此送命。于是他陷入绝望，放弃所有救赎的希望——懒惰已经无药可医，即使全能上帝开恩也不能起死回生。

那什么样的懒惰会导致绝望？——当一个人不再为其罪行伤心，不在乎神父让他做的忏悔的时候；当他不再捐赠，不再害怕罪行，不再有信仰，不再遵纪守法时；当他每天都花天酒地，除了弄臣的放荡言论外什么都听不进去时——因为听到基督的名字或任何和圣洁相关的话他就发怒，只喜欢听肤浅下流的故事；尤其憎恶听到禁欲或贫穷，圣徒受苦等——这些都是导致绝望的懒惰。小心，你们这些老爷太太，教堂里的尊贵人物们，你们专门豢养弄臣马屁精骗子，让他们说笑取乐；因为经上说：“你们喜笑的人有祸了，因为你们将要哀恸哭泣。”[45]你们供弄臣吃喝，却拒绝施舍穷人，我恐怕你们死后这些人会给你们带来更多的悲伤。——“纵容罪恶的将与恶人同受惩罚。”[46]当主教先知和上帝的传道士通过布道，把人们的灵魂从地狱拯救出来的时候，这些魔鬼的信徒马屁精和弄臣们却用他们的下流故事引诱人们犯罪。大卫对此有评论——“行诡诈的,必不得住在我家里。”[47]知道这些经文的神父应该讲给他们的主子。所有智者的殿堂里,是容不下言辞污秽之人的,也不会允许那些自负虚荣的人进入。

骑士和学者都欢迎国王的艺人,出于对他们主人国王的敬爱,他们在宴会上听艺人歌唱。有钱人更应招待乞丐,因为他们是上帝的艺人。在《约翰福音》里基督说过:“弃绝你们的就是弃绝我。”[48]

我向富人建议,在宴会上要用这些艺人来警醒自己的灵魂,让穷人入座在你的桌旁,神父为你们诵唱基督受难曲,把你的灵魂从敌人撒旦处拯救出来;让他拉琴为你讲述基督受难的故事,而不是让你的虚荣更加膨胀。你应该爱瞎眼男人或卧床不起的女人,而不是弄臣,他们会为你向主歌功颂德。像这样的艺人会让你真正开心。如果你能聆听欣赏他们的音乐,他们会在你垂死之际给你带去安慰。你会因为知道自己会成为圣徒而内心充满希望。”

但是这些满嘴下流话的马屁精们用路西弗的提琴向淫秽弹奏悲哀之歌,把爱慕他们的人都带到魔鬼的宴席去了。

积极人物豪金就这样弄脏了外衣,直到良心委婉来问他为何不把衣服洗涮干净。

第十四节　忍耐教导豪金贫穷的意义

良心告诉豪金如何用痛悔来清洗受洗袍,而忍耐则为豪金提供灵粮。但豪金并没有轻易听从他们的建议,而是提了一些问题,忍耐教给他许多关于贫穷的美德以及贫穷胜过财富的优势。然而豪金还是不太满意,追问贫穷的真正意义。众人引用拉丁语回答并逐句为他解释,每句都详述了贫穷带来的恩典。最后豪金被感化悔悟,诗人醒来。

“我就这一件衣服，”豪金说，“如果它脏，你绝不能怪我。我甚至睡觉都要穿着它。另外，我有老婆孩子和佣人(我才娶了妻，所以不能去)[1]，不管我做什么都会被他们搞砸！四旬节前后，我已经洗了十几遍——用疾病的肥皂浸泡干净，用金钱的损失清洗，我一想到冒犯上帝或义士就战栗不止。神父也曾赦免我，并让我忏悔、忍耐、救济穷人，并告诉我，如果我要持守洗礼的信念就要保持衣服干净。

“但是，上帝知道，要我不用情欲的眼目和无聊的闲话来玷污它，或是用猥亵的言行或邪恶的念头来弄脏它，根本就做不到，这衣服到处都是我从早到晚喷的口水。”

“但我会教你如何忏悔，”良心说，“这会刮去你衣服上所有的污垢。首先是心灵的忏悔[2]，行善会让一个有智慧的忏悔师清洗拧干你的衣服；然后是用口忏悔，多行善会把它煮沸捶打直到它鲜红明亮，并用善意和上帝的恩典印染；接着让你去行大善那里，将由赎罪来修补所有撕裂的地方，使它看上去光亮如新。

“从此以后，只要你活着，烟雾将再不能弄脏它，蛀虫蛀不坏它，魔鬼和奸佞不能毁坏它。如果按照我说的去做，传令官和竖琴师的衣服也比不上你的；而且没有一个艺人比面包师豪金的妻子更受人尊敬。”

“我会供应你生面团，即使休耕，”忍耐说，“即使地里不产粮，藤上不结葡萄，我也会给你对人类灵魂有益的面粉。我为所有活着的人们找来食物，没有人会饿肚子。我们本不该为生计如此奔忙。——不要为生命忧虑吃什么，等等……你们看那天上的飞鸟，你们的天父尚且养活它。[3] 这又证明了，‘忍耐得胜。’”

豪金讥笑道：“天啊，任何相信你的人都没好日子过！”

“不，”忍耐耐心地说，他从袋中取出供各类生物延年益寿的食物，“看，如果我们的信仰可信，就有足够的食物，上帝一定会给所有的圣灵提供食物赖以生存。湿土下的蠕虫，海洋里的鱼类，火中的蟋蟀，空中的杓鹬——那是肉味最鲜美的鸟儿，还有各种食草动物，这些告诉我们信仰上帝的人类也是如此，要靠坚定的信仰和爱去生活，因为基督就是见证——‘你们奉我的名无论求什么，我必成就。’他又说：‘人活着，不是单靠食物，乃是靠神口里所出的一切话。’[4]”

但是当我看看忍耐如此推崇的食物，发现它竟是一篇主祷文——“愿您的旨意成就”。

“拿着，豪金，”他说，“饿了，冷了，渴了就吃吧。不必在意枷锁或是领主们的怒火，也不必担心苦痛或监禁，因为‘忍耐得胜’。如果你让你的五官时刻保持清醒，那你绝不会为吃喝穿戴担心。你也不会害怕死亡，而是会乐意依上帝的旨意，按他为你选择的方式而死；如果你遵守他的律法而活，那生命越短越好——‘爱基督者不会贪爱世界。’

“通过他的呼吸生灵遍布人间：‘因他一吩咐便都造成。’[5] 因此世间万物都因他的气息而活，因为《圣经》有我们用来饭前祷告的话为证——‘你张手，使有生气的都随愿饱足。’[6]

“经上说以色列的子民曾休耕四十年，坚硬的磐石下涌出清泉供人兽饮用。在伊利亚时代，天国的门曾关闭，久旱不雨，人们多年颗粒无收。你还可以读到有七人在以弗所(Ephesus)沉睡了七百年[7]，不吃不喝直到最后醒来。上帝的话使我们确信，如果人们生活节制，在基督王国里就不会有饥荒。粮食缺乏会让基督徒彼此相虐，而粮食过多又会使人们滋生骄傲，因而节制是非常珍贵的美德。所多玛人的罪孽和苦难就源于丰富的食物和纯粹的懒惰——‘粮食饱足，大享安逸，滋生邪恶罪孽。’[8] 他们吃喝无度，犯了取悦魔鬼的死罪。就这样，由于他们的荒淫无耻，上帝降灾祸给他们，使罪恶之城沦陷地狱。

“因此我们要学会节制，用信仰做盾牌；像良心告诉你的，信仰使人悔改，悔改赶走死罪，减轻人们罪孽。如果有人无法开口忏悔祷告，悔悟也会使其灵魂进天堂——只要信仰能证明他有生之年听从神圣教会的训导。所以悔悟、信仰和良心就是行善，如无忏悔，他们就是死罪的医生。

“如人内心悔悟，要向神父忏悔，这比独自忏悔更有价值，因为向神父忏悔可以抵消任何重罪；然而忏悔本身只能把不可饶恕的大罪减轻为过失。这就是为何《诗篇》里的大卫用‘遮盖’这个词——‘他是有福的……遮盖其罪。’但是信仰能找出罪孽根源，剪除摧毁罪孽，好像从未发生。就像完全愈合的伤口，不会留下任何疤痕和疼痛。”

“但是仁爱住在哪？”豪金说，“我此生云游四方，从没遇到有人提过此人。”

“哪里有真理、忍耐和贫穷，哪里就有上帝的管家——仁爱。”

“那告诉我，”豪金说，“是不是忍受贫穷，比富人诚实赚钱善加利用更能讨主欢心？”

“好啊，如果有这样一位既富有又公义的人，请带给我看看，我一定第一个称赞他，”忍耐说，“但我想，你就是等到末日审判，也找不到一个不怕死的，在上帝的账单上他们都负债累累。

“然而当穷人到了审判的时候，则敢于恳请上帝，陈词他应被善待；在这位公正的法官面前，他有权要求拥有他在尘世从未享有的快乐：‘看飞鸟走兽，它们没有天堂；林中的野蛇，你带给它们寒冷的冬日，让他们因缺少食物而变得驯服温柔；然后你又给它们带去炎夏，让所有家畜野兽都享受这天国的极乐。’

“像这些野兽一样，乞丐们也盼望安慰——他们终生贫病交加。

如果上帝最终没有给他们快乐，天理不容。难道上帝会创造某人注定让他受苦吗？现居地狱里的天使也曾快乐过，戴福思[9]曾居住在沃土之上尽享荣华，所有的富人及其家眷也是如此——他们在尘世终日狂欢。

“但是上帝却让某些人不劳而获，虽然这有悖常理，但这就是他对待富人的方式。可怜他们竟把这报酬当作人间天堂——不劳而获，但死后他们都遭到唾弃，就像大卫《诗篇》里说的：‘心中勇敢的人都被抢夺。他们睡了长觉。没有一个英雄能措手。’[10]在另一处还提到：‘人睡醒了，怎样看梦，主啊，你醒了，也必照样轻看他们的影像。’[11]唉，财富会掳掠人的灵魂，使其在临终时失去主爱！

“对于那些提前预支薪水的仆人总是会有危难，而不劳而获者很少在死前摆脱债务。他应先恪尽职守；如果工人不先完成工作，人们怎么知道他是否配得上那份薪水。如果他预支，他怎能确保他的工作合格不被返工？——我要告诉你们有钱人，想要在生前和死后都进天堂是不可能的，就像一个仆人已经预支了工钱，但之后还假装没领到想再一次领取。这事绝不可能——马太有话为证：‘财主进天国是难的。’[12]

“但如果你们有钱人体恤穷人善待他们，并按上帝的律法生活，对所有人都正直公义，那仁慈的基督会最终抚慰你，对所有有慈悲心肠的人双倍奖赏。就像是一个预支薪水的仆人，由于工作出色，有时会得到诸如衣服或上衣之类的额外奖赏。所以如果心存感恩地生活，基督会把天堂向众人敞开。所有恪尽职守的人都会由于其工作得到双份回报——罪得赦免以及天堂的极乐。

“但是根据圣徒们所述，上帝很少给财主双倍奖赏。因富人生活奢华，食物丰盛衣服华美，他们像随时寻欢作乐的野兽，可以足足欢乐整个夏天。但是穷人即使在盛夏也没什么可吃，冬天对他们来说更是残酷；他们要在雪中跋涉，挨饿受渴，遭人辱骂，受到富人的轻视和欺辱，听来都让人同情。哦，主啊，请把夏日赐给他们，让他们这些在尘世遭罪的能在离世后享有快乐。因为只要你愿意，就可以让众人平等，智慧才华相近。

“哦，主啊，请可怜这些不知回报的富人——这些对你所赐财富不知感恩的人。仁慈的主啊，请施恩给他们让其改进。如果他们拥有健康，既无饥荒也无干旱、炎热、洪水、冰雹，在世间没有任何缺乏，那没有任何东西可以伤害到他们。

“但穷人却被囚禁在痛苦的深渊里——哦，主啊，请安慰那些遭受伤痛、在有生之年历经饥荒干旱的人们；冬天没有衣物饱受风霜，夏天没有一顿好饭。哦，基督啊，请在你的国内安慰这些忧伤的人们，经上说过您是如何安慰他们的——‘你们得救在乎归回安息，你们得力在乎平静安稳。’[13]

“这是基督道成肉身时对人们所发的誓言。他教导我们要以三位一体的名义受洗，通过这种洗礼仪式洗净所有罪孽。如果由于愚蠢又犯了罪，通过忏悔认识到我们的错误请求主的原谅，我们就又可以得到洁净了。但如果魔鬼阻挠赦罪，用各种顾虑来折磨我们，那么基督会立即赦免我们[14]并向邪恶昭示——‘众所周知，基督用其热情……’，这样就驱逐魔鬼救赎了我们。

“这份羊皮赦令必须用我们的贫穷、无可挑剔的耐心和完美的信仰写成；因为要抛却骄傲和炫耀，除了属灵的人，其他人都无法理解。没有这样的美德，我们所写上的都一文不值——包括我们的主祷文、忏悔和罗马朝圣；除非我们的施舍是出于正直的动机，否则我们所有的努力都是白费。看看人们是怎么把他们的名字刻在修道院的窗户上的，[15]他们的施舍都是虚假！基督徒们应共享财富，[16]不能谋求一己私利。

“七罪时时来袭击我们，魔鬼也为虎作伥；这些老奸巨猾的家伙用财富轻易就诱惑了我们。财富在哪里称霸，声望就接踵而来，并在穷人富人之间滋生骄傲。有钱人因其财富而受到尊重，穷人则受到蔑视；尽管也许他们更讲道理更有智慧，这些和财富或皇室血统相比，是更好的恩赐，他们不久就能够进入天国。然而财富的重荷总是拖累富人，使他们像蜗牛那样匍匐爬行在通往天国的路上。——‘有钱人进入天国实在是太难了。’[17]但是路上的穷人却能加紧赶路超过富人，扛着包裹大踏步前行——‘作工的果效也随着他们。’[18]熙熙攘攘地，像乞丐围着施主，他们理直气壮要求着永恒的喜乐，他们贫穷和忍耐的回报——‘你们贫穷的人有福了，因为神的国是你们的。’[19]

“因为骄傲支配富人而非穷人，最先是统治着有权势的富人。忍耐贫穷的人身上就没有骄傲的立足之地，七罪也无法常留：他们在清心寡欲面前无计可施。因为穷人总是想讨好富人，为了几片面包就会听从他们吩咐。顺服和自夸永远对立，在生活的各个层面都有冲突。

“愤怒和穷人搏斗[20]则一定失败。如果他们到了法庭，穷人会和声细语，因为如果争吵和辩论，那一定会给他带来麻烦。一个被迫乞讨食物金钱的人，总是言语温和，行为顺服。

“如果饕餮抓住贫穷，只会一无所获，因为穷人的钱不会去买丰盛大餐。尽管他也渴望喝上好酒，但是他还是会回去歪着没戴帽子的脑袋，蜷缩在冰冷的床上；他想伸腿时却只碰到麦秆。于是他为饕餮和懒惰深切忏悔——因为寒冷而被冻醒，或因其罪孽而啜泣，夹杂着忧伤不幸，郁郁寡欢。

“如果贪婪想和穷人搏斗，他们一定交不上手——更别说能抓住对方的脖颈了。众所周知贪婪形体瘦长，脾气急躁。但贫穷却是侏儒，还不及贪婪的肚脐——高矮悬殊的搏斗，没什么看头！

“如果贪欲想来伤害穷人，基本上不太可能，因为贫穷只有布袋装其财物，而贪欲则把财物装在衣柜和铁皮箱子里。哪一个更容易被撬开，是一个乞丐的钱袋还是一个铁皮箱子？钱袋当然不会有太大动静，更容易打开！

“淫荡不喜欢穷人，因为他们没钱，不能吃上美食、喝上美酒，他们对妓院有什么用？如果客人都是穷人，那妓院很快就会关门倒闭。

“如果懒惰控制穷人使其不去服侍上帝，那么逆境就会成为他的老师，提醒他最大的帮助者不是人而是上帝——衣衫褴褛自称人仆的耶稣（他自己也是这么说的）[21]。即使上帝在尘世没有帮助他，他也明白耶稣是贫穷的代表，拯救所有穷人。所以在他们临死的时候，所有持守贫穷的人都可以要求享有天国的极乐。

“更可以光明正大要求极乐的，是那本可以拥有土地与权势能寻欢作乐的人，因主爱而抛弃这一切去过贫穷的生活。他就像一个少女[22]，因为爱上一个男人而离弃她的父母朋友去追随她的丈夫；任何有幸娶到这样少女的男人都要深爱她；因她更胜过那通过媒妁之言和礼金而订的婚姻，而这种婚姻是贪欲的果子而非出自真爱。所以，就像一个痴情爱人舍弃财产，他决定学习忍耐，与贫穷成婚。因贫穷是上帝的亲属，圣徒的姐妹。

“好吧，你这么真诚地赞扬贫穷，那么到底什么是忍耐贫穷呢？”豪金说。

“贫穷，”忍耐说，“是一种可憎的祝福，是无牵无挂，是身家清白，是上帝的恩赐，是健康之母，是无忧无虑的羊肠小道，是智慧的源泉，是无害的买卖；是未收的财富，无忧之福。”[23]

“我不明白，”豪金说，“你得用英语给我解释解释。”

“用英语很难讲清楚，”忍耐答道，“我给你稍作解释，让你明白。”

“第一，贫穷是骄傲在世上最痛恨的东西，任何让骄傲恼怒的事情肯定是好的。良心会告诉你忏悔如何通过自身的忧伤使人变得坚强并抚慰人的灵魂。所以如果你满心欢喜地找寻贫穷，并将其作为一种忏悔，则它会给你的肉体带来纯粹的精神健康。因此贫困是一种可憎的祝福，就像忏悔是灵魂的安慰和医治。

“然后，贫穷很少和陪审员同席，也从未被要求作为行政官、市长或国王的长官去审判他的同胞。所以他很少被迫去惩罚别人。因此贫穷是远离事端的，穷人遵守诫命，‘不要论断人，免得被论断’[24]。

“第三，穷人很少发财，除非得到遗产；他也不会用假秤假尺来谋利，不会向邻里借贷还不了的债。所以贫穷是身家清白的。

“第四，贫穷是一笔巨大财富，可以防止我们犯罪，让我们的灵魂丰腴。另外，还可以防止我们行事愚蠢，并给我们带来慰藉，这就是基督的礼物。——所以它是上帝的恩赐。

“第五，贫穷是健康之母——它是患难的朋友，举国的良医，无邪的情人，所以是健康之母。

“第六，贫穷是和平之路——的确，贫穷能穿越奥尔顿（Alton）关隘[25]而不必担心被劫掠。因为和平与贫穷同行，一个人行路所带财物越少越不会害怕。所以塞内加说[26]：贫穷是无忧无虑的羊肠小道，还有，贫穷的游客在强盗面前开怀歌唱。”[27]

“第七，它是智慧之井。因为贫穷沉默寡言，贵族们轻看他，不把他的话放在心上；但是他的舌头只说真理，并嘲笑富人，故被称为智慧的源泉。

“第八，贫穷是正直的劳工，一年四季从不多拿报酬。只要能够增加慈善，买卖不计得失，因此贫穷是无害的生意。

“第九，贫穷对于灵魂来说比蜜还甜；忍耐是贫穷的面包，节制是甜美的饮料和疾病的良药。这是博学的圣奥古斯丁教给我的，贫穷是一种无忧无虑的生活，身体灵魂都得到祝福，因此是无忧之福。

“万能的主啊，这最先写下这些箴言教导我们贫穷意义的人，请赐他们的灵魂得到永恒的安息。”

“唉!”豪金叹道，“我受洗后没有为行善而死，却整天生活在罪里！罪每天都在生活里诱惑我们。”——他悲从中来，流下苦涩的泪水，为他曾冒犯上帝的行径哀恸不已，哭得晕倒在地，继而长嗟短叹：“如果我没有土地与权势就好了——如果我一无所有、没有欺压众人就好了！上帝知道，我做了这么邪恶的一件衣服，除了用谦虚来遮羞，我不配穿任何衣服，不管是衬衣还是鞋子。”他恳切地乞求上帝怜悯，为其罪孽号啕大哭，这时我从梦中醒来。

第十五节　多行善的序幕：灵魂关于仁慈的演讲

诗人极度兴奋，幸好后来又睡了过去，梦里遇到了一个精灵，除了灵魂这个名字之外，他还有许多名字。诗人非常渴望从灵魂这里了解更多。但灵魂却指责他不要盲目追求学问。灵魂反对骄傲的教士，指出腐败神父的邪恶。当他提到仁慈的时候，诗人插嘴问他到底什么是仁慈。接着就是关于仁慈的谈话，灵魂指出，只有皮尔斯，也就是基督才可以看到仁慈。他还赞颂了沙漠中的教父们的禁欲主义，并对学问的衰退深表痛惜。他所解释的关于神父的职责特别是关于与异教徒关系的话，给做梦人留下深刻印象。

我从梦中醒来后，花了很长时间去领会行善的意义，直到进入一种半疯狂的状态，思绪混乱，像月亮那样变化莫测。人们对我的生活感到不解，纷纷为此指责我，把我看成一个游手好闲的废物。因为我不谄媚那些老爷太太们，也不向那身披华裘的神父们脱帽致敬；我路遇警卫官或其他重要官员时也不会点头致礼或高喊“上帝保佑你，先生!”难怪人们都把我当傻瓜看！但我仍旧如此癫狂，直到理智可怜我,轻轻摇动我进入梦乡。

之后,好像是通过魔法,我看到一个奇怪的东西——一个既没有舌头也没有牙齿的怪物。他明确知道我从哪里来,到哪里去,是什么样的人。我乞求他,看在老天的份上,告诉我,他是否是上帝所造。

"我是上帝所造,"他答道,"在很多地方我都被称作基督徒。我在基督的朝堂上声名远播,是他的亲属之一。不管我多晚敲门,守门人彼得或持刀的保罗[1] 也不会把我拒之门外。白天黑夜他们都能听出我的声音,主的殿中每个人都欢迎我。"

"哦,那基督徒们怎么称呼你呢?"我问道。

"当我使身体有活力时,"他说,"我被称作生命[2];但当我行使意愿抉择时,我是灵魂;在我能理解和知晓的时候,被叫作智力;当我向上帝抱怨[3] 的时候,我叫记忆;当我做裁决和遵循真理命令的时候,人们叫我理智;当我听到其他人对我的看法时,我叫感觉——这是我最初的名字,因为聪明才智和所有艺术都是由感觉而发;当我主张什么反对什么、买什么不买什么时,那就叫良心,即上帝的书记员和公证人;当我真心热爱上帝和邻人时,那我的名字就叫真爱;最后,当我离开肉体时,我就是精神。奥古斯丁和伊西多尔(Isidore)[4] 给了我这些名字——现在你都知道了,你想叫我哪个名字都可以。伊西多尔曾把我所有的名字写下来:'灵魂因其不同功能而有不同名称:给身体活力时叫生命;行使意志时是灵魂;理解事物时是智力;回想的时候是记忆;同意或拒绝时,是良心;呼吸生存时是精神。'"

"天啊,你一定是主教。"我开玩笑地说,"他们就有成打的头衔——法官、祭司长、大主教、管区主教、牧者,天知道还会有多少!"

"不错,"他说道,"我明白你在找什么,你想知道所有这些名字的来源,包括我的名字,对不对?"

“是的，不怕您误会，先生，”我说，“如果可能，我想学遍天下学问和技艺。”

“不敬的家伙，骄傲的骑士！”他大叫，“渴求学问使路西弗从天国堕落：‘我要高举我的宝座在神众星以上：在北方的极处……我要与至上者同等。’[5] 这有悖自然和理性，没有人能像基督那样通晓万物。所罗门蔑视像你这样的人——‘吃蜜过多是不好的，考究自己的荣耀也是可厌的。’[6]

“用一般的英语讲就是太多的蜂蜜会让人肠胃生腻，金玉良言听得多而不去实行，反而对他有害。圣伯纳德说：‘研读《圣经》并尽可能付诸实施的人的是会被祝福的。’正是对未知的渴望和理解使亚当夏娃被赶出了天堂。[7]

“‘求知欲剥夺了人类永生的荣耀。’就像蜂蜜阻碍胃肠很难被消化，一个人试图通过理性来领会上天大能时候，也会阻碍灵魂失去上帝的赐福。因为有一种骄傲潜伏在求知欲里，强烈渴望反对基督和所有神父的教诲——‘不要看自己过于所当看的。’[8]

“所以，所有你们这些向人们布道的修士和神学家，隐晦不清地谈论着三位一体，引起超越理性的问题，难怪无知平民会质疑他们的信仰！你们最好停止散播这种言论，而是要告知人们十诫、七罪和所有引诱人走向地狱的行径；还要指出人们是如何把理性浪费在虚荣的事物上——修士和其他教士愚蠢地浪费上帝的恩赐，追逐房子、衣服，卖弄学问，更多的是炫耀而不是仁慈。

“众所周知：你们巴结权贵逢迎财富，只是为了金钱。‘愿一切事奉雕刻偶像、靠虚无之自夸的，都蒙羞愧’[9]，《诗篇》的作者还说：‘你们这上流人哪，你们将我的尊荣变为羞辱要到几时呢？你们喜爱虚妄、寻找虚假要到几时呢？’[10]

“看看这句话的注释[11]吧，你们这些伟大的学者们，如果我说错了，你们可以把我送上火刑台！你们见钱眼开，不管是放高利贷的、骗子的、还是妓女的钱你们统统收下，违背你们的教规律法，任何人只要给钱你们就点头哈腰为其赦罪。耶稣对其门徒说：‘不可看人的外貌。也不可受贿赂。’[12]

“关于牧师对于基督徒灵魂的责任我还可以说得更多。至少出于真理，我一定要告诉你教会的教父们是怎么阐述这个话题的。所以如果你愿意，那就注意听。

“神圣教会是所有圣洁和真理的源泉，从她而来的圣洁和真理，通过正直的人来传授上帝的律法；同样，如果她有堕落的祭司和趋炎附势的神父时，她也会成为所有邪恶的来源。因为教会就像是夏日的树——一些树枝被叶子覆盖，而另一些则是光秃秃的；如果树枝没有叶子，那你就知道树的根部已经坏掉了。所以神圣教会的神父就是真实信仰的根基，人们得以依赖；如果树根腐烂，那么很明显，花朵、树叶、果实都不会健康。

“如果你们这些神职人员都能够恪尽职守，慷慨使用基督的恩赐；如果你能够诚实正直，持守贞操，厌恶淫词秽语，不收取任何不义之财，那么人们就会听从你们的教诲，纠正自身错误。——因为你是他们效仿的榜样，而不是言行不一的伪善之人！在拉丁谚语[13]里，伪善被比做被毒蛇盘踞的粪堆，外面被白雪覆盖；或是被比作内里污秽肮脏、外面被刷得雪白[14]的墙壁。你们很多人都像这样——身着圣袍谈吐文雅，私下里却行为败坏。

“因此圣克里索斯托[15]说过：‘就像善来自教会一样，恶也同样来自教会。如果祭司正直，整个教会就会繁荣兴盛；如果祭司腐败，所有人的信仰也会被腐蚀。同样，如果祭司堕落，人们也会随之堕落。如果你看到树腐烂，就知道其根部坏掉；如果你看到人们不守法纪亵渎神灵，你就明白他们的祭司败坏变质。’

“相比能找到平信徒能解释这段拉丁文并知道作者是谁，倒是看到神父们手拿玫瑰经，夹着书本走来走去，而不是佩戴短剑[16]饰品更让我觉得惊奇！如今约翰神父和杰弗里主教系着银色腰带，携带镶嵌珠宝的短剑匕首已是司空见惯了。而对于祈祷——他们每天都必备的武器，却一定要等到人们奉上金钱才会去使用。唉，你们这些无知的人啊，你们把多少钱浪费在这些神父身上！如果你靠欺骗得来钱财，上帝凭其智慧一定不会答应，所有的不义之财都会归为邪恶之人、卑鄙的牧师、求财的教士、所有长官以及差役和他们的情人。所以诈骗得来的钱财总是邪恶的，妓女和老鸨总是获益颇丰，而上帝的子民却贫困而死。

“吝啬牧师囤积的财富，往往死后被他人瓜分。如果没有留下遗嘱，那么主教及其党羽就会冲入他的家中，拿着他的钱寻欢作乐，说：‘让这个老吝啬鬼下地狱吧！他从不给别人一个子儿，总是让人吃不饱，现在我们可以用他的钱尽情享乐了！’

“不管是教士还是平民，守财奴死后总是这样的下场。但是义人死后会把食物分给穷人，人们会用祈祷忏悔和仁慈哀悼纪念他。”

“那什么是仁慈呢？”我接着问。

“像小孩子似的，”他答道，“因为‘你们若不回转，变成小孩子的样式，断不得进天国’[17]。这是坦白真诚的善意，而不是愚蠢和幼稚。”

“但是在哪儿能找到这样坦率的朋友呢？”我问道，“我游遍四方，人们叫我高个威尔[18]，但是我从未找到真正的仁慈。人们对乞丐和穷人友好，施舍他们只是因为他们认为会有所回报。但是对于讨救主喜悦、被圣保罗颂赞高于一切的仁慈，即‘爱是不自夸，不张狂，不求自己的益处’[19]——我发誓我从没遇到那些能舍弃自己所有的人。有时人们甚至觊觎不属于自己的东西，‘只要一有机会，就想方设法去

得到它！'

"神学家们告诉我基督无所不在；但是我从未亲眼看见——只有在镜中自己身上看到他的倒影：'我们如今仿佛对着镜子观看，模糊不清，到那时，就要面对面了'[20]——根据传闻，真正的仁慈也是这样。至少我能肯定，他不在骑士的比武里，也不在商人的交易中。"

"仁慈从来不讨价还价，"灵魂说，"他既不会挑战对手，也不会声讨自己的权力。一个便士或一磅金子都会让他自豪，粗布衣服和华美丝绸都会让他开心。仁慈以人之乐为乐，以德报怨，热爱上帝所创造的一切。他从不诅咒也不记仇，不喜欢诽谤别人、拿他人取笑。他会乐观地相信别人，能包容各种伤害。他不会贪图世间的财物，只是寻求天国的极乐。"

"难道他没有收入吗？"我问，"没有钱、没有富人的赞助？"

"他从来没想过钱或收入，他有个忠实的朋友为他雪中送炭。'愿你的旨意成就'总是在危难时候帮助他，他只吃晚餐'信靠主'[21]。他擅长图解，能为主祷文绘图释义，并用万福马利亚作装饰。[22]

"那些穷人和囚犯等待赦免之地，他有空就会去朝圣。尽管他没有给这些人带去面包，但是却给他们带了更甜美的食物，按照我主吩咐的爱关心他们。

"当他感到疲惫的时候，他就会到洗衣店苦干。[23]他会遁入他年轻时的思想和欲望，猛烈抓住骄傲及其附属，在心中用力捶打直至洗涤干净。然后他用忏悔的呻吟扭绞很久，哭诉：'我因唉哼而困乏，我每夜流泪，把床榻漂起，把褥子湿透。'[24]并用他的热泪冲洗干净，边哭边唱着赞美诗：'神啊，忧伤痛悔的心，你必不轻看。'[25]"

"哦，主啊，如果我能认识他就好了！"我大叫，"他就是我要找的人！"

"除非农夫皮尔斯帮你，"他说，"否则你永远不能和他见面。"

“当然，”我说道，“掌管教会的神父可以找到他吗？”

“神父只看到人们的言行，”灵魂回答，“但是皮尔斯看得更深入[26]；明白人们仁慈的原因和动机——‘上帝能看到他们的心思意念。’[27]有些自大的人尽管言语温和，但其举止却是一副高高在上的样子，他们遇到穷人就会发火，有人批评他们就会怒目圆睁。

“也有些乞丐貌似圣徒，像羊羔般温顺，行为敬虔；但是他们假扮贫穷只是为了得到食物，而非修身养性追求圣洁。

“所以凭外表、学问或言行举止你绝对认不出仁慈[28]——只有通过了解内心才行。但是世间没有人，即使是神父也做不到，除了农夫皮尔斯——彼得，也就是基督。[29]

“因为仁慈不会和流浪汉、云游修士，或是携带募捐箱的隐士同行。他们都是骗子——你要远离这伙人及其党羽！但是仁慈是上帝的游侠骑士，像有教养的孩子那样文雅，兴高采烈地坐在席间。他心中的爱使他能友好可亲，就像基督用自己救赎我们时所说：‘不可像那假冒为善的人，脸上带着愁容。’[30]

“我曾见过基督有时穿着绫罗绸缎，有时穿着粗布衣衫；有时是颜色暗灰的僧袍，有时是金光闪闪的裘皮——然而他会满心欢喜地将之送给所需之人。埃德蒙（Edmund）[31]和忏悔者爱德华都是国王，因其仁慈而均被尊为圣徒。

“我曾见过仁慈诵唱赞美诗、阅读福音书，我曾见过他衣衫褴褛骑马云游，但我从未见过他像乞丐那样哄骗。[32]尤其是他喜欢穿着干净华贵的敞篷，[33]以及鞑靼人的薄麻纱衣服，剃着僧头，戴着卷发镶边的无檐便帽。[34]有人看见他曾穿着修士的罩袍，但那是很久以前在圣方济的时代，自此就很少在那个修会看到他。

“他尊重那些诚实正直的富人，接受他们馈赠的衣物，‘清白而不求财富的富人是有福的’[35]。如果国王的殿中有忠臣，他就会常去；但他远离奸佞贪婪之辈，也不与宫廷弄臣们交往，因为他们背后嚼舌头，做假证，招惹是非。

“你很少在教区法庭看到他在主教面前辩护，因为如果没有贿赂，诉讼会永远悬而未决。不仅如此，教会法学者们主持结婚和离婚，卑鄙地拆毁基督和良心安排的婚姻。

“仁慈曾一度和教士主教们结交，和穷人一同分享教会财产。但如今贪婪拿了钥匙，把财物都分给他的亲戚、仆人、遗嘱执行人和子孙后代。

“对此我不会指责任何人，但是要祈祷上帝改造我们，赐我们恩惠追随仁慈。任何遇到他的人，都发现他从不指责别人，也不诅咒、吹牛、谄媚、逢迎、皱眉、怒视，也不会贪婪喧闹要求更多——这些他都不会做，因为他的口号是：‘我必安然躺下睡觉，因为独有你耶和华使我安然居住。’[36]

“所以他依靠基督受难的爱而生活，既不乞求也不求借，不去伤害和诽谤任何人。

“基督徒应该永远持守这种温和，遇到任何痛苦都要牢记在心里——不管我们受了什么苦，基督比我们受苦更深，所以不要去报复欺骗我们的敌人，因为这也是我们天父的意愿。很明显，没有上帝的意愿，犹大和犹太人也无法迫害耶稣，彼得和保罗也不可能被处死，或被投入监狱。但是基督受苦说明我们也会受苦，并让所有愿意像他那样受苦的人确信，‘忍耐得胜’。

“这些在使徒传记里有多处说明，通过他们的贫穷和屈辱以及他们所受的饥饿酷暑和各种摧残来实现忍耐。圣安东尼、圣加尔斯还有许多神圣教文住在野兽出没的沙漠里；僧侣修士居住在荒僻之地，在山洞里穴居，基本不与外界交流。安东尼和加尔斯(Giles)[37]和所有那些年代的隐士靠空中的飞鸟获取食物，而不是从狮子老虎嘴里攫食。书上说，圣加尔斯曾呼唤一只雌鹿来到他的洞穴，靠鹿奶为生；但是他并非每天都汲取鹿奶，而是相隔很久才来充饥。

“有一只飞鸟每天下午给圣安东尼衔来面包。偶尔他有客人到访，上帝就会安排两份。

“第一个隐士圣保罗[38]，隐匿在树叶苔藓之间，没人能够看到他，多年来他也一直被飞鸟喂养；后来他创立了奥古斯丁修会。使徒保罗在传道之余编织篮子[39]，靠双手挣钱养活自己。还有彼得和安德鲁靠打鱼为生；他们把一些鱼卖掉，一些鱼烤来自用。抹大拉的马利亚[40]靠根茎和露水饱腹——但她的主要食物是她对主的服侍和对基督的纪念。这样的例子我可以说上一个礼拜，不计其数的人们出于对主的热爱，靠这种方式生活了很多年。在林中潜匿的狮豹、野熊、野猪和其他野兽都会俯卧在隐士们的脚下，用其尾巴爱抚他们。如果这些野兽能说话，我打赌他们一定比飞鸟更愿意喂养这些隐士。因为野兽们对隐士们极其友善，当野兽在林中漫步与他们相遇，必会停下舔其双手，屈膝下跪。

“上帝选择飞鸟而不是猛兽来喂养他们，就是教导我们，只有温顺的生灵才能喂养这些安详的隐士；同样义人也应该供奉教徒，合乎道义的人应为主的圣徒提供食物。贵族老爷和太太们会发现修士们拒收施舍，还告诫他们把剥夺的钱财归还人家，并应减少对人不公并停止剥削佃农。因为我们是上帝的飞鸟，总是依靠其他鸟儿带给我们食物。一顿便饭，有汤，有面包和一些薄酒，对于你们僧侣和修士已经足够了——你们的教规里就是这么说的。——《圣经》说：‘野驴有草岂能叫唤？牛有料岂能吼叫？’[41]——这句话的意思是说：残忍动物的本性就是来攻击你，因为对它们来说，有吃的就很满足了，而你们活着养尊处优就是罪孽。[42]

“如果普通百姓知道这句话，他们就会谨慎地分配钱财，在捐赠财物给僧侣和教士时会三思而后行。唉，你们这些老爷太太们，你们剥夺给自己后代的遗产，因为教士的祈祷就把财产移交给本来就很有钱的人，特别是给那些本来就是靠祈祷收取捐赠的人，实在是大错特错了！

"'他施舍钱财，周济贫穷。'[43] 如今谁还能像这预言所说？必定是那穷修士！他们将乞讨来的钱用于修缮教堂，养活自己和同僚。所以他们向富人乞讨，来救济穷人。

"我应该把你们这些有钱的教士、骑士和富农和什么相比呢？你们就是拥有广袤树林的人，但还准备在林中种上更多的树！你们富人之间相互勾结，相互提携，就像从河里提了一桶水，然后倒进泰晤士河！你们竭尽全力让那些已经小康的人更加舒服，供奉赡养和你们一样富裕的人。

"富有的信徒更应该布施乞丐而不是富人。'如果你不把属于穷人的给予穷人，天理不容；同样，如果你将之给予罪人，那就是在讨魔鬼欢心。当一个贫困的僧侣接受馈赠时，要把超出他所需的部分送出去；如果他接受过量的东西对他来说就是抢掠。而且僧侣只要能够满足温饱就不会真正缺乏什么。'[44]

"所以我建议所有的基督徒要靠仁慈生活；因为仁慈必能使心灵自由，并通过祈祷把很多灵魂从炼狱中释放出来。但如今教会的守卫者其身不正，以致百姓摇摆犹疑，不能坚定信仰。盖了国王印章的货币以合金为底，看上去是纯正货币却成色不足。如今很多人也是这样——他们满嘴的仁义道德，剃了光顶，在洗礼中将受天国印记，但其灵魂的成色却因罪孽而卑劣低下。这种假币在教士和平民身上都可以找到，似乎没人再爱上帝或他的邻人。

"如此多的战争灾难和突如其来的暴风雨使善于预测的水手都不再相信天象，学者们也对科学家的教诲失去信心。还有占星术士的预测也不再灵验。曾几何时，水手和牧羊人单凭观测天象就能预知气候，预警人们暴风雨；因为土质可靠，农夫可以从播下的种子预估产量来建议其主人应该囤积多少或贩卖多少粮食。但是现在，水手和地主、牧羊人和海员、农夫，全都无法预测，不知如何抉择。星相学家机关算尽也枉然，因为他们算出的结果总是相反。

“甚至连语法，所有教育的基础，都让现在的年轻人困惑。如果你留意，就会发现没有一个学童能够作诗或是写封像样的书信。我怀疑能阅读拉丁文或是懂外语的人也是凤毛麟角。——难怪在我们的教学体制里的每一层级中都可以找到欺诈，他的同僚逢迎紧紧追随其左右。那些指导老师和神学讲师，本应该熟知各类学问，随时可以授业解惑和应对提问——但让我深感遗憾的是，如果你明天测试他们的文史和数理知识，他们一定会被淘汰！

“所以我有理由担心这些神父像其他读者一样，在做弥撒和祷告时会跳过某些部分，如果他们这么做(我非常希望不是这样)，那我们的信仰就会付出代价，因为在《圣体赞美诗》[45]中有说：‘单凭信仰就足以拯救无知众人。’

“如此说来，很多犹太人和撒拉逊人也许比我们更早得到救赎。然而我们的教师却其身不正，带头引导众人冒犯上帝！撒拉逊人有和我们类似的信仰：像我们一样，他们信奉唯一真神。但是有个叫穆罕默德的人却带着他们变成异端。他是怎么得逞的呢？[46]他原本是个基督徒，但是由于众人反对他成为教宗，他就逃亡到叙利亚，训练了一只信鸽，日夜喂养它，并把喂养信鸽的玉米粒放进耳朵里。这样，当他外出布道的时候，他就呼唤信鸽来他的耳边啄取食物。然后他就起誓说信鸽是上帝派来传信给他布道内容的，众人就都匍匐敬拜他。通过一只信鸽和一点小把戏，穆罕默德带领人们成了异端，那些国家里的教俗民众依然遵循着他的教规。

“虽然上帝允许这个堕落的基督徒神父带领撒拉逊人误入歧途——但是我冒死也要说出真相，英国神父也在喂养一只叫贪婪的信鸽，来重蹈穆罕默德的覆辙，从此无人得知诚实为何物。

“每个隐士、僧侣或修士如果追求圣洁，就是和十二门徒同级。当然，真理之神也不会允许他拣选的仆人接受欺诈诚实教徒的人的捐赠，而是希望他们能尽力效仿圣安东尼、多明我、方济各和伯纳德，这些最先教导人们生活节俭谦逊、接受义人捐赠的圣徒。如果他们生活圣洁，上帝的荣光就会在世间繁荣，开枝散叶，[47]有病的人会发现他们的身体和灵魂都在祷告中获益。另外，如果他们是真正的信徒，他们的祷告和节制会使曾与他们为敌的人和好。经上说：‘你们祈求，就给你们；寻找，就寻见；叩门，就给你们开门。’[48]

“贤妻巧妇说盐能保存食物。我们的主也说过，‘你们是世上的盐’[49]，意思就是如果神圣教会的领导者是真的圣洁，他们就会是保守基督徒灵魂的盐；但是‘盐若失了味，怎能叫他再咸呢？’新鲜的肉和鱼，不管你是炖煮还是烘烤，如果没有放盐就会寡然无味；同样如果神职人员没带好头，人的灵魂也会毫无意义。因为他们应该是我们的引路人，带领我们走向康庄大道，起到表率作用，用其性格魅力鼓舞落后者。

“如果十一个圣徒能够让全世界改奉真实的信仰，那我们现今强大的队伍要做到这点该是多么容易——由教宗带领的成千上万的神学家、神父和传道士，都在致力于在世上做盐来保守人的灵魂！

“整个英格兰和威尔士都曾属于异教徒，直到圣格列高利派传教士去那里布道。接着有史记载，圣奥古斯丁在给坎特伯雷的国王施洗之后，通过神迹使整个英格兰信奉基督教。他为人们解释基督教，教导人们尊崇十字架，为成千上万的人们施洗。他的神迹奇事比他的圣洁言辞更能让人信服；但是他也没有忽视训导人们洗礼和信仰的意义。

“新织好的布匹还不适合用来裁衣穿戴，务必要用漂洗机洗涤干净或在水中用脚来踩踏搓洗；然后用起毛机梳理，拍打抖开，直到完全拉伸之后才送去剪裁。新生的婴儿也是如此，在主教以基督的名义为他施洗前他仍是一个异教徒，因其灵魂弱小无助还不适合天国。‘异教徒’[50]一词源自‘荒地’一词，意即未开垦的土地。所以异教徒就像林中活跃的野兽，桀骜不驯，充满野性，无法无天。

“你一定记得《马太福音》[51]里有关一个人准备盛宴的故事。他招待客人不是用鹿肉或烧烤的野鸡肉，而是用吹哨唤来的家养飞禽的肉。‘牛和肥畜已经宰了，各样都齐备’[52]，他说。他用牛肉来招待人们是合理的，因为牛犊是遵守上帝律法的无辜人们的象征。[53]奶牛用自己的奶喂养牛犊直到它长大，同样，正直的人也被爱和顺服喂养；像牛犊渴望喝到甘甜的奶水一样，善良温柔的男女也渴望恩惠和真理。

“家养的飞禽指的是那些要通过寓言解释才能懂得爱主的上帝子民；当家禽在院子里听到主人吹哨，他们就会跟随索取食物；同样，不太明白事理的愚人，也要通过效仿有学问的人才会热爱和相信上帝，完全相信他们的一言一行。就像家禽跟着主人的哨声找到食物，这些愚人希望能够追随神父的言论进入天国。

“安排盛宴的人就是上帝，他邀请所有人来分享他的极乐。当他选择用这种方式来荣耀我们的时候，他用暴风雨和来自天堂的征兆的哨声来提醒我们，让我们前来赴宴和他共享圣体圣事。

“但是谁是那些找借口逃避圣体圣事的人？——他们就是神父，神圣教会的领导，他们在墓碑旁可以随心所欲而无须付出劳动，因为他们抽取正直人的什一捐赠。他们听到我这么说必会勃然大怒，但是有《马太福音》和《马可福音》还有《诗篇》为证，‘主啊，记住大

卫',——'我们听说约柜在以法他,我们在基列耶琳就寻见了。'[54]

"如今那些执行上帝诫命的教宗和高级教士在干什么?'你们往普天下去,传福音给万民听'[55]。哎!人们应该停止跟从穆罕默德,教宗任命了很多教士去传福音,给他们冠以主教的头衔,拿撒勒(Nazareth)的主教,尼尼微(Ninevah)的主教,纳斐塔里(Nephthali)的主教,大马士革(Damascus)的主教,等等。然而既然他们享有了这样的头衔,但为什么不作为牧者去传讲基督的十字架和遵守他的诫命——生死都像'为羊舍命的好牧人'?[56]这是用来拯救撒拉逊人和其他人的上帝言语。'你们也进葡萄园去'[57],上帝对传道士说,这不仅仅是指基督教国家,还包括那些异教徒。因为撒拉逊人、文士和犹太人有和我们类似的信仰,所以让他们皈依基督就容易些,我不知是否有人试图教他们三位一体——'你们祈求,就给你们。'[58]

"关于义人生活的记录催人泪下——他们怎样修身养性,顺服上帝,衣不蔽体地四处云游,远离朋友和亲人,甚至没有床睡,没有书读,只有他们在十字架上喜悦的心作为唯一财富。——'但我断不以别的夸口,只夸我们主耶稣基督的十字架。因这十字架,就我而论,世界已经钉在十字架上;就世界而论,我已经钉在十字架上。'[59]

"那时无论穷富,大家都和平饱足。但如今让人难过的是,金币上的十字架凌驾于基督的十字架之上——那超越死亡和死罪的十字架还不如金钱值得敬拜。故此,世间到处都是战争灾难。为什么?——因为我们所贪图的只是金钱,有钱人和富有神父崇拜的只是银币上的十字架!有一天,教士会因为贪爱钱财而遭受不幸,就像之前圣殿骑士[60]所为一样——你们这些智者,告诉我,你们从未听说过那些崇拜金钱胜过真理的人吗?我不敢透露,但是他们的修会已经被理智和正义宣判有罪。你们的贪婪也会受到惩罚,不久以后,你们的财物和显赫也会消失得无影无踪。'他叫有权柄的失位,叫卑贱

的升高。’[61]

“相信我，你们这些主教们，如果骑士和公众道德感紧密结合，你们很快就会永远丧失所有土地和所拥有的一切，像《圣经》上利未人那样生活，‘通过你们的什一税和奉献’[62]。

“君士坦丁慷慨赋予教堂[63]土地奴仆、地产收入时，人们听到一位天使在罗马城上空哀哭，‘教堂的财产被玷污，拥有彼得权能的人被毒害’。

“因此我们需要强效解毒剂来改造这些本应为和平祈祷却被财产桎梏的教士们。——剥夺他们的土地，只留下摒弃财产什一税供其生活！当然，如果财产是腐蚀他们的毒药，那为了神圣教会就要摒弃财产，在没有恶化之前就把毒清除掉。

“如果教士可靠，反对基督律法和蔑视基督教世界的人才会悔改。撒拉逊人也是向万能上帝祈祷，全然信奉他求他赐福；只是他们求穆罕默德作为中保。他们信仰真实，但是却找了个错误的中保，对于属于神的义人来说是可悲的，对于他册封的教宗和教士——所谓的伯利恒和巴比伦的主教，这也是一种威胁！

“天父派他的儿子来到世间，精心制造了很多神迹来使人们悔改。通过这种方式，他向我们表明我们不能靠清醒的理智得到救赎，而只能靠恩典和怜悯、节制、苦难和完美的信仰。所以上帝借处女之身通过人的本性成为我们的大主教，用他心灵的血为所有内心相信他的人施洗，来坚定其信仰。之后，很多圣徒为信仰殉难，惨死在印度、埃及、亚美尼亚、西班牙和很多地方。圣托马斯·贝克特为了拯救信仰殉难，为了基督的爱和基督王国的正义而死在叛徒之手。神圣教会因他的死而被推崇，因他是所有主教的楷模和明镜——尤其是那些被封在异域的主教，他们无所事事，只是在英格兰四处闲逛，参拜圣坛，潜入在本堂神父中间偷听人们忏悔，这些都有违神的律法,‘不可用镰刀割取(邻舍的)禾稼’[64]。很多人在罗马教会设立之前就在罗马殉道了。

“每个手执牧杖的主教都要在教区里巡游和人们见面。他必须要教诲人们相信三位一体,用灵粮牧养他们,并救济穷人。以赛亚与和阿西说过,像你们这些主教,必须要能为穷人提供肉体和精神的食物:‘我家中没有粮食,也没有衣服,你们不可立我作百姓的官长。’[65]考虑到老弱病残,和阿西说:‘你们要将当纳的十分之一全然送入仓库,使我家有粮。’[66]

“上帝不许我们信奉十字架的基督徒三心二意,也不许缺少帮助我们坚定信仰的神父。因犹太人持有真正的律法,上帝亲自在石上铭刻,所以应该遵守律法,永不动摇。‘爱神和爱你的邻人’是犹太人的完美律法,上帝传给摩西去教诲人们直到弥赛亚来临。直到今天,犹太人仍然信守这是无与伦比的真律。

“另外,基督把基督教信仰教给人们并医治很多疾病,犹太人承认基督是真正先知。他们亲见基督的预见和神迹,如何用五饼二鱼使五千人吃饱;仅从这次圣体圣事他们就知道耶稣就是他们等候许久的弥赛亚。他们亲眼看见耶稣使坟墓里的拉撒路复活。腐烂的尸体被安放在墓碑之后,耶稣大叫他的名字:‘拉撒路出来!’[67]死人起身来到众人面前。然而犹太人认为基督用的是巫术,于是密谋害耶稣——这也害了他们自己,因基督的忍耐让他们无计可施——‘忍耐得胜。’

“先知但以理已经预言了犹太人的覆灭,他说:‘当至高者降临的时候,你们就不要再施涂油。’[68]但那些卑鄙之徒仍认为基督是假先知,所说都是谎言,轻看教诲,仍然期待他们的救主摩西或弥赛亚前来——因此他们的拉比继续预言。

“但是伪善者、撒拉逊人、文士、希腊人至少都信仰敬拜天父。因为他们知道我们信念的首要条款:'我相信万能的天父上帝。'基督徒国家的主教们应该尽力逐步教导他们第二条:'我信他的独生子耶稣基督'——等等,直到他们能够写出'我信圣灵',并熟读牢记:'罪孽的赦免,肉体的复活和永恒的生命。阿门。'"

第十六节　关于仁慈的三个解释及做梦人遇见信仰

做梦人被告知仁慈是一颗宝贵的树,按照皮尔斯的指示在心灵花园中成长。当听到皮尔斯名字的时候,做梦人乐晕了,坠入更深的梦境,梦里皮尔斯亲自为他解释此树。应做梦人的要求,皮尔斯打下一些果子。果子一落地,魔鬼就抓起跑了,皮尔斯跑去追赶魔鬼。梦境展现了基督的一生,从天使报喜到基督在十字架上战胜魔鬼。接着做梦人从深层梦境中醒来,急着去寻找皮尔斯。不久,他遇到正在寻找基督的亚伯拉罕,向他解释了三位一体的教规。但是令做梦人惊奇的是,他看见教会首领的灵魂在亚伯拉罕怀中休息。这时有人朝他跑过来,就上前询问。

"愿上天因你的金玉良言赐福你,"我说道,"因豪金的缘故,我应永远爱你,但是我仍不明白什么是仁慈。"

"仁慈,"灵魂答道,"是一棵宝贵的树[1],以恩惠为树根,怜悯为树干。其树叶是教会律法的坚定话语,花朵是谦逊的言语和温柔的外表。这棵树叫作忍耐或质朴灵魂,通过上帝和善良人的培植,结出仁慈的果实。"

"我愿意走遍整个世界去看看这棵树,只要能吃上一口它的果实,我情愿后半辈子只啃干面包。天啊,有人能告诉我它长在哪儿吗?"

"它长在上帝的花园里,"灵魂回答,"它的根茎是人体,土壤是心灵。土地租赁给自由意志，他的工作是为农夫皮尔斯耕种除草。”

“农夫皮尔斯！”我大叫，听到他的名字我幸福得昏厥过去。之后我长久沉浸在一个寂寞的梦里，直至农夫皮尔斯出现，带我去看整个花园，嘱咐我从下到上观察这棵树。我发现有三个棍子支撑着这棵树，于是问道：“皮尔斯，这三个棍子是做什么用的？”

“刮风的时候可以防止树被吹倒，”他说，“《圣经》说：‘（义人）虽失脚，也不至全身仆倒，因为耶和华用手搀扶他。’[2] 有了这三根棍子，花朵就不会夭折。因为世界对寻求真理的人来说就像一股邪恶的风，这风会催生一种叫贪婪的虫子，它会爬上树叶，想方设法地引诱人们，向果实侵蚀过去。所以我抓起第一根棍子‘天父的力量’把它上面的贪婪打掉。

“肉体也是一股猛烈的风，充满了寻欢作乐的欲望——开花的时候这股风刮得很猛，滋生挑逗的眼神和淫荡的话语，导致邪恶的行径或罪孽的虫子；它们会吃光所有的花朵树叶。于是我要依靠第二根棍子“天父的智慧”，就是我们耶稣基督的受难和力量。所以通过祈祷、忏悔和缅怀基督的受难，我使这棵树能够结果。

“但是果实快要成熟的时候，魔鬼想方设法来摧毁它。他会从下面猛烈摇树，或用任何他能拿到的东西朝果实扔去，包括卑鄙的邻居、打骂的人、背后造谣生事的人。他会竖起用谎言做成的梯子，我只能眼睁睁看着他们把我的花摘走。有段时间，我派我的代表“自由意志”去守卫这棵树，独自一人去抵制魔鬼。经上说：‘干犯圣灵的，今世、来世总不得赦免。’[3] 干犯圣灵意即某人自愿犯罪，根本没有抵制诱惑。所以当魔鬼和世界、肉体一起背着我窃取我的果实时，自由意志拿起第三根棍子“圣灵的恩惠和力量”，打倒魔鬼获取胜利。”

“皮尔斯，”我说道，“感谢你这么清楚地给我解释了这三根棍子的用处。但是我还是有些疑问。它们最初来自哪个树林？它们看上去像是同根所生[4]：都是一样长一样粗，有着同样新鲜的颜色。”

“没错，正如你所说，”皮尔斯说，“我现在就告诉你——它生长的那块地叫作善良。[5] 对于这棵树，我难道没对你说过它的名字吗？——他代表三位一体”——他热切地看着我，我不敢再刨根问底。于是我恳求他是否可以描述一下树上诱人的果实。

“在我手能够到的最下面的树枝上，”皮尔斯说，“有种果实叫婚姻[6]——非常美味可口。接近树顶的地方，嫁接了一些叫作节制的梨。树顶结的果实最纯净，名叫童贞（如同天国的天使），已最快成熟，非常甘甜，从不肿胀，从不变酸。”

我恳求皮尔斯摘一个果实让我尝尝。于是他拿东西投掷树顶，树开始抽泣；他摇动寡妇生长的树枝，它们也开始哭泣；但当他摇动最下面的树枝时，婚姻哀号痛哭，我不禁心生怜悯。趁着果子不停掉下来，魔鬼伺机想把果子（亚当、亚伯拉罕、先知以赛亚、参孙、撒母耳、圣徒施洗者约翰）全都带走。他不管大小把它们堆在一起——明目张胆把他们带走，没人能阻止他。他在灵薄狱[7] 收藏了一批圣徒，那是只有黑暗恐惧、魔鬼当家的地方。

皮尔斯勃然大怒，抓住中间那根棍子（通过天父的意愿和圣灵的恩惠，其名为“圣子”），追击魔鬼，疯狂击打他，决意要把果实从这个懦夫手中夺过来。

这时圣灵借加百列之口，对谦逊的童贞女马利亚说：“审判之子耶稣要睡在你的腹中，等到时机成熟时[8]，皮尔斯的果树会开花结果。那时耶稣为果实而战，用武力决定是他还是魔鬼可以拥有果实。”

童贞女恭敬表示同意，并亲切地对上帝的使者说：“我是主的使女，为人清白，愿听从主的吩咐。”[9]

耶稣在马利亚的子宫里住了四十周，肉胎出生，长成一个少年；

在他和魔鬼决斗之前，他已经练好各种技艺。但是农夫皮尔斯知道时机还未成熟，耶稣还需磨练，于是教他医术，以便他被敌人伤害时可以医治自己，并让他在病人身上试验，直到他完全掌握医术并全副武装来抵御各种危险。[10]于是耶稣寻找并医治病人和罪人，治愈瞎眼的、残疾的，甚至感化妓女向善——"康健的人用不着医生，有病的人才用得着。"[11]他治愈了很多人——麻风病、哑巴、血漏病等，但并不看重自身医术，除了那一次，他使拉撒路这个在墓里死了四天的人复活。当他施展神力之时，他非常悲痛，人们能看到他眼含泪花[12]。

在那些见证了这个奇迹的人们中有的宣称他是生命的良医和天国的主。但是犹太人反对，他们引用其律法来证明耶稣所为是靠巫术和魔鬼的法力。"他是被鬼附着[13]，而且疯了。"

"你们和你们的后代生来下贱，你们已把撒旦视为救主。"[14]耶稣说，"是我拯救了你们和你们的后代——救了你们的身体和牲畜，使瞎眼能看见，用五饼二鱼让你们吃饱，在拾荒者的篮子里装满食物"——他当着众人的面训斥犹太人，毫无惧色，用皮鞭威胁并抽打他们，推翻在寺庙里用作金钱交易的柜台。[15]他公然说道：'我能拆毁神的殿，三日内又建造起来，比先前的更大更宽敞。我命令你们把这里称作祈祷静修室：'我的殿必称为祷告的殿。'[16]"

于是这些犹太人对他充满嫉妒和怨恨，只要一有机会就图谋陷害他。他们伺机而行，直到逾越节圣体圣事的一个星期五，他们找到了机会。

头一天是濯足节(耶稣为门徒们洗脚的日子)，耶稣在晚餐时候对门徒说："我被你们中的一个出卖了——他会诅咒他为金钱出卖救主的日子。"尽管犹大和耶稣争辩，耶稣依然坦率说，他就是那个人——"你说的是。"[17]于是叛徒出去私通犹太人，还给了他们能够辨认耶稣的记号，这记号至今仍常被人们使用，就是隐藏敌意的微笑和亲吻[18]。就这样,邪恶的犹大背叛了主人:“你好,拉比!”他上去亲吻耶稣以便让犹太人能够抓住并杀害他。

这时耶稣对犹大和犹太人说:“你甜言蜜语中带着虚伪,喜悦面容下藏着狡诈,笑声中透露你的厚颜无耻。你的谄媚就像一面镜子[19]欺骗别人,但是最终你会自食恶果。‘因为将人绊倒;绊倒人的事是免不了的,但那绊倒人的有祸了!’[20]现在你的阴谋得逞,由于你的背叛我被抓了,放过我的门徒,让他们平安离去。”[21]

就这样,在那个周四的晚上,耶稣被犹大和犹太人抓走了——在随后的周五,为了人类的幸福,耶稣慨概奔赴耶路撒冷为我们而战。在髑髅地的十字架上,基督与死亡及魔鬼交战[22],打败了他们;耶稣的受难战胜了死亡,黑夜变成白昼……

我醒来揉了揉眼睛,环顾四周寻找农夫皮尔斯。从东找到西,我像个疯子似的在全国各地寻找他。寻遍很多地方之后,在四旬节的第四个星期天,我遇到了一位像山楂树那样白发苍苍名叫亚伯拉罕的老人。我问他来自何方,住在哪里,去向何处。

“我是信仰,”他答道,“是亚伯拉罕殿中先驱的武器,我在寻找一个曾有过一面之缘的人——一个年轻无畏的勇士,我只认得他的盔甲。”

“他穿什么盔甲?”我问,“求求你告诉我!”

“那是三人一体,他们同样高,同样壮,有同样的力气。三人行动一致,却又执行各自意愿。第一个强壮威严:他是万物的创造者,名字叫圣父;第二个是圣父的儿子,叫真理,是天父智慧的守卫者[23],他也是无始无终的;第三个叫圣灵,也是一个独立的人——是地上和海里所有生灵的光,万物的安慰,所有欢乐的源泉。

“万民敬仰的君主必须要具备三样东西:第一是权力,第二是显示其权力的方式，第三是他及其臣仆的磨难[24]。所以自有永有的神，派出他的儿子以仆人的形象来到世上，直到他的子民出世，他们就是仁慈的后代，他们的母亲就是神圣教会。这些孩子是教会首领、先知、使徒以及基督、基督徒信仰和神圣教会的基督徒。这些三三成群的人是三位一体和真正信仰的形式。这就是说，人们要相信只有一个上帝，但是上帝按其意愿塑造事物，都会以三位一体的形式现身[25]。人的本性证实了这点，三种不同的生存状态：结婚、孀居、童贞，都来自亚当一人；所以人类在他身上体现出三位一体的形式。而且亚当是我们的始祖，夏娃也源自于他，他们的后代都来自他们二人。这样，天上地上，都有这三种人，相互依附，共有同样的本性。人类的繁衍来自婚姻，象征着三位一体。

"婚姻[26]使人们在世上繁衍，是上帝力量的象征，容我斗胆说，它象征着天国的父，万物的创造者。另外，圣子代表着孀居。当他说'我的神，我的神，为什么离弃我？'时[27]他是作为一个受造的人而说，也就是说，造物主变作受造物，经历了这两种体验。就像没有婚姻就没有遗孀，上帝如果没有母亲，也不能道成肉身降临尘世。[28]同样，不合法的婚姻不能称之为婚姻——'没有在以色列生子要受诅咒。'[29]所以完整的人包括三部分，男人、妻子和他们合法的孩子；但是在天国只有一种后代，天父生圣子，然后从他们二者再生出自由意志——'圣灵来自圣父和圣子。'他们都来源于同一个上帝。

"在一个夏日，我坐在门廊前看到他[30]，于是起身行礼，真诚地问候他，千方百计讨他喜悦。在我看来当时是有三个人现身，而非一个。我为他们洗脚并擦干，让他们吃些小牛肉和面包，他们了解我的用心。

"我们彼此间非常默契，我可以畅所欲言。首先，他考验我是爱他还是更爱我的儿子以撒，他最终知道我对他的忠心。我用灵魂保证，他对我和我的儿子非常满意。因此，我为我的儿子以实玛利[31]，还有我和我家族的所有男丁行割礼，为了上帝的爱而淌下鲜血，对他的承诺充满盼望。我所有的信任和忠贞都在此盼望上，上帝向我和我的子孙承诺[32]，不仅赐我们土地、权势和永恒生命，而且只要我们恳求，我们的罪孽就会得赦免。

"为要纪念亚伯拉罕和他的后裔，施怜悯直到永远，正如从前对我们列祖所说的话。[33]

"然后上帝捎信让我为他做燔祭[34]，用美食美酒来敬拜他；他称我为信仰的基石——能拯救万民，保护那些信任我的人们免受撒旦骚扰。所以不管在尘世还是在地狱，我都一直做他的先行官，来安慰很多苦苦等候他来救赎的受苦灵魂[35]。"

"这就是我寻找他的原因，"亚伯拉罕说，"我听说最近有个叫约翰的施洗者刚给他施了洗。约翰告诉地狱里的祖先和先知，[36]他曾在世上见过救世主'——看哪，神的羔羊，除去世人罪孽的。'[37]"

他的话语使我震惊，甚至他宽大的外袍也是如此。他总是怀揣着某物，说话的时候不停地祷告。于是我看了一眼，发现有个麻风病人躺在那，和一群祖先先知在一起嬉戏。

"什么事？"他问道，"你在找什么？"

"我想知道你怀里是什么？"

"看吧！"他边说边让我看。

"天啊！这一定是无价之宝。你打算送给什么国王呢？"

"这当然是无价之宝，"他回答，"但是魔鬼已宣称要占为己有！——还要连同我一起占有！另外，他不接受任何赎金，也不让任何人保释我们。一般的赎金不能把我们救出魔鬼扣押所，直到我所说的基督来救我们。总有一天他要来释放我们，并为我们支付我们不配得的赎金，就是为我们献上他的生命。除非这位主前来营救，否则这些人就要像这样，永远待在我的怀里。”

“哎！”我叹道，“上帝恩典足够救赎我们全人类，却被罪孽阻碍了这么久！”——我被亚伯拉罕的话感动得热泪盈眶。忽然我看到一个人朝我们飞快地跑过来。于是我问他是谁，来自何方，去向何处，他爽快地回答了我。

第十七节　做梦人遇见希望和仁慈

做梦人遇到的第二个人是希望，也叫摩西，他携带着律法石版，在寻找基督。正当做梦人犹豫是否该相信亚伯拉罕或摩西时，一个骑着骡子的撒马利亚人超过了他们，与此同时，他们都看到有个受伤的人躺在路边。信仰和希望赶快闪到一旁，但是撒马利亚人停下来帮助那人，带他到了一家旅店。之后撒马利亚人快马加鞭赶赴耶路撒冷。做梦人追上他并自愿做他的仆人。他告诉做梦人路边轶事的意义，更加清楚地解释了三位一体的教规，奉劝他一定要相信信仰和希望。这时做梦人从梦中醒来。

“我是希望，一个先行官[1]，”他说，“我来寻找一位在西奈山上赠送我戒律的骑士，他告诉我使用此律来统领各国。戒律我带在身上了。”

“加了封印吗？”我问道，“我可以看看上面写的什么吗？”

“没有，”他答道，“但是我在寻找掌管大印的人——此印的特征就是洗礼及基督受难十字架；只要这份戒律盖上章[2]，路西弗的末日就会来临。”

“让我们看看你的羊皮卷，”我说，“看看戒律上都写些什么。”

于是他拿出文件，这是一块坚硬的岩石，上面刻着两条诫命——“爱上帝和你的邻居。”——这就是整个戒律，我仔细看了看。但是在它下面用镀金字体写着注释："这两条诫命是律法和先知一切道理的总纲。[3]"

"这些就是你主人的戒律吗？"我问道。

"是的，没错，"他回答，"我向你保证，你不必害怕魔鬼，如果你靠此律生活，就不会有任何危险。不是我夸口，我已经用此律拯救了成千上万的男女。"

"没错，"先行官说，"我自己就可以作证。看这些坐在我怀里的就是相信此律的人——约书亚、犹滴、犹大·马加比——还有六万多你看不见的人。"

"你的话太让我震惊了，"我说，"可我到底要相信你们中的哪个可以拯救一个人的灵魂呢？亚伯拉罕说他看到三位一体——三个不同的人代表一个上帝——这是他教我相信的。不可否认，他拯救的人不计其数，仅仅因为这些人相信他所教导的，并对自身的罪孽忏悔；有些此刻就在他的怀里。如果旧律法就足以带给人们天国和极乐，有必要实行新律法吗？然而这位希望声称发现了律法，但并没提到给他律法的三位一体——律法告诉我们热爱并信任唯一万能的上帝，最重要的一条就是爱人如己。"

"拄着一根棍子行走的人明显要比拄着两根棍子行走的人方便。所以，一个连基本的常识都无法领会的平庸之辈，当然不会那么容易理解这两条戒律，如你不爱自己的邻居、流氓和其他所有人，自然很难相信亚伯拉罕的话，这对于任何人来说都太难了。所以看在上帝的份上，走开！"我对希望说，"那些学习你律法的人过不了多久就会放弃了！"

我们一边赶路一边争论，这时一个撒马利亚人[4] 骑着骡子，朝我们这个方向急匆匆赶来，他是从耶利哥(Jericho)来，到耶路撒冷去参加比赛。

在他赶上希望和先行官的地方，有个被贼人围困洗劫、身负重伤的人躺在那儿。他手脚无力地伸着，不能动弹，不能照顾自己，奄奄一息，衣不蔽体，没人上前来帮助他。信仰最先看到他，立刻闪到一边，不敢靠近；希望小跑过来，这个曾夸口用摩西戒律拯救过万民的人一看到伤者，马上就惊恐万分地躲到一旁，像鸭子躲避猎鹰一样。

但是撒马利亚人一看到此人，立刻下马，牵着缰绳上前查看此人的伤口。他摸了伤者的脉搏，发现如不立即救治，伤者就会有生命危险。他跑去拿来两个瓶子，急忙打开，用酒和油清洗伤者伤口，然后给他抹上膏，把他的头包扎起来。[5] 他把伤者横放在膝上，跨上骡子，把他带到一个叫“基督的法律”的偏僻村子里，距离新集镇有六七英里远。他把伤者寄留在一家旅店，吩咐店主：“请帮忙照顾这个人，等到我比赛回来。这里有些钱可以买些药膏给他疗伤。”然而他多给了店主两便士用来照顾伤者，又说：“如果他多花了什么钱，多出的费用我回来会付给你，我不能再等了。”——说着他跨马就走，匆匆朝耶路撒冷方向径直赶去。

想和他见面的信仰立即追赶，希望也紧随其后，他非常渴望能在到达集镇之前能和他聊聊。我看到这些，不能再等了，全速奔跑赶上有同情心的撒马利亚人，请求他收自己为仆。

“谢谢，”他说，“但是你会发现我只是一个患难朋友，而不是主人。”

我谢过他，告诉他信仰和希望看到可怜的被劫人纷纷逃走的事情。

“你一定要原谅他们，”他说，“他们帮不上忙。世上没有药，即使是信仰和希望也不能治愈那人；他的伤口已经烂得不成样子，唯一的药方就是童贞女之子的鲜血。他被那鲜血洗礼后，敷上用圣子受难和忏悔做成的石膏，才可以站立行走。但是他还不够强壮，直到他吃掉圣子的肉喝掉圣子的血才行。[6]

“不管是走路的还是骑马的，世上没有人在穿越[7]那荒地之时不被抢劫的，只有信仰、希望和我除外——现在还有你和其他追随我们的人。其他所有路过的行人，都难逃林中潜匿罪犯的贼眼。他们仔细观察谁在前，谁在后，什么人骑马，什么人走路——因为骑马的人比走路的人更大胆。他们的头目看到我一个撒马利亚人骑着这头叫‘肉体’的骡子（它本是个人），跟在信仰和希望后面，这无赖非常害怕，吓得隐匿到地狱里。但是我向你保证，不到三天他就会被抓起来，不能再骚扰这条路上的来往行人。——‘死亡啊，我将使你灭亡。’[8]

“那时信仰就会是这里的守护者[9]，向那些迷途的行人指路，按照我走的路线，带领人们去耶路撒冷。希望就会是照料伤者的旅店店主的伙计，他要照顾所有信仰无法拯救的胆怯软弱的人，按照其律法要求的爱来温柔地引领他们。希望让他们留宿，通过神圣教会的信仰医治他们，直到我带来能治愈所有患者的良药。那时我会再来到此地，安抚那些渴求良药的人。我所说的圣子已经在伯利恒（Bethlehem）出生——他的血会拯救那些依靠信仰生活，并听从希望教诲的人。”

“啊，我亲爱的主人！”我说，“我一定要相信信仰和他的同伴的教诲吗？因为亚伯拉罕说，我要相信三个永恒的人，他们各自不同却是同一上帝。而希望教导我，要用整个灵魂去尊主为大，然后要爱人如己。”

“在亚伯拉罕的教诲上坚定你的信仰，”他说，“但是也要遵从希望的命令；我也要求你，像爱你自己一样去爱其他基督徒。如果良心、常识或异教徒反对你的信仰，那么就让他们看你的手；因为上帝就像手。听我给你解释。

“最初,天父就像一个有一根手指弯曲的拳头。后来,他自愿把手指伸开,通过手掌的力量,把它伸到他希望它去的地方。因为手掌就是手本身;它能伸出手指完成手所赞同的任务。因此手掌就象征着圣灵;自由伸缩的手指代表圣子,他被派往尘世进入圣母马利亚的子宫道成肉身——‘由圣灵感孕,由圣母马利亚所生。’

“所以天父就是拳头,用一根手指来触摸手掌想要控制的东西——‘(我)要吸引万人来归我。’[10]这样,三位一体就像一只手一样,是同一外表三种不同的表现,就像手掌可以伸出手指和握成拳头,圣灵也代表了圣父和圣子。就像手有四根手指及拇指和手掌,可以紧抓住任何东西,圣父、圣子和圣灵也把整个宽广的世界紧抓在手——天空、风、水和土地,以及天堂和地狱的一切。

“因此,很明显(这一点毋庸置疑)我们天国的主有三种不同的形式,每一种都各自独立而又不分离,就像我的手不能离开我的手指一样。整个手蜷起就是拳头,所以单单天父就是一个完整的上帝、创造者、造物主——‘创造万物者’,他的力量包含在创造之中。手指也组成了一个完整的手,能够绘画、雕刻、设计。所以圣子是圣父的才能体现,他本身就是上帝,能力和天父一样。手掌就是手本身,有其自身力量,独立于紧握的拳头和手指的力量之外。因为它有力量打开所有的关节,当它感觉手指和拳头抓住东西时,它可以抓住或丢下这个东西。所以圣灵也是上帝,和圣子圣父旗鼓相当,拥有与他们同等的力量。这三位一体的神,就像我的手——手指、拳头和手掌,不管我怎么翻转、握起、伸开,都只是一只手。

“手心如果受伤就不能拿东西;手掌的疼痛使本应紧握成拳的手指没有了力气,所以不能抓握。如果我的手心受伤或被刺,我也不能拿住我想抓住的东西。另一方面,如果我的拇指和手指被戳破了,我仍可以用很多方法照顾自己，只要我的手心没有受伤——我的手仍然可以动，并且会渐渐恢复，虽然我所有的手指会很痛。我因此明白，任何亵渎圣灵的罪孽永远都无法被赦免——'凡亵渎圣灵的，却永不得赦免。'[11]因为亵渎圣灵的人就像刺在掌心——上帝天父就像拳头，圣子就是手指，圣灵就是手掌；所以亵渎圣灵的人就是在抓握之处伤害上帝，故意糟蹋了上帝的恩典。[12]

"三位一体还可以被比作火炬或蜡烛。蜡和烛芯捻在一起，就会从它们发出火苗来。石蜡、烛芯和火苗被用来点火，同样圣父、圣子和圣灵在基督徒中间点燃爱和信仰之火来洁净他们的罪。你有时看到火把突然熄灭，但是火把芯仍然在闷燃，却没有把火把本身点燃，所以对于那些想要结束真爱[13]的堕落的人，或是要摧毁上帝所造生命的人，圣灵就像是无情的上帝，没有生命的恩典。

"对于在寒冷冬夜不能入眠的劳工来说，燃烧的火把或蜡烛，或任何能发出火苗的东西都比发热的余烬更能使他们感到振奋。圣父、圣子、圣灵没有赐予人们恩惠或赦免人罪，直到圣灵之火开始燃烧。那时他就像燃烧的火把，温暖着圣父、圣子，将他们的力量熔化成怜悯。——你看冬日房檐上的冰柱，一遇到太阳的热量，就立刻融化成水和雾；同样，圣灵的恩典会融化为三位一体的强大仁慈——但也只是对于那些心存仁慈的人。

"只是把石蜡放在将熄的余烬上，它也会骤然发出火焰，使坐在黑暗中的人们充满喜悦，所以单单是天父也会原谅那些谦卑的人们，只要他们痛改前非，倾其所有来做补偿。如果有人至死都没有还清，那么怜悯会因其谦卑而代他偿还。[14]而单单一个燃烧的烛芯也能发出温暖的火焰来慰藉黑暗中的人们，基督也是这样。如果我们恳求他的怜悯，他就会宽宏大量，尽弃前嫌，还会向天父祈祷赦免我们。

"你可以永远用火石取火，但如果没一些拖绳、火绒或木棒来点火，那你的辛苦就会白费。因为没有易燃物来传导，火星不能燃烧成火焰。圣灵就是上帝，他对所有奸邪不施怜悯和恩惠；基督自己有证——‘我实在告诉你们，我不认识你们。’[15]尽管你祈祷、捐赠、日夜不停地忏悔，尽管你得到所有特赦，买到所有潘佩卢那（Pampeluna）[16]和罗马的赎罪券，如果你对同胞无情，忘恩负义，那这些都没用：圣灵不会听你的祷告也不会来帮助你。因为无情会熄灭圣灵之光，使其不能燃烧。使徒圣保罗有证：‘我若能说万人的方言，并天使的话语，却没有爱，我就成了鸣的锣、响的钹一般。’[17]因此你们这些俗世的智者，富有而聪慧，要管束好你们的灵魂，不要冷酷对待其他基督徒！人们说你们就像无光的灯塔：燃烧却无火焰。——‘凡称呼我主啊，主啊的人，不能都进天国。’[18]

“当戴福斯[19]死时，他受到诅咒，因为他冷酷无情，不愿意把钱财食物给予有所需要的人。我建议所有的富人都要记住戴福斯，把财富返还给赐予我们财富的上帝。对信徒无情的人要和戴福斯永在地狱。因为无情和上帝相悖，熄灭了圣灵的恩典，而圣灵恩典是上帝的精髓。自然所创造的事物被不近人情或冷酷毁坏。对于那些邪恶贼人，出于贪婪嫉妒，杀人越货，不管是用双手杀人还是用诽谤的舌头杀人，我们又有什么话说呢？因为他们毁坏的是属于圣灵的生命、爱和身体的火焰[20]。因为每一个人都可能被比作火把或蜡烛，被用来崇拜三位一体。这点我很清楚：任何人杀害了义人，他就毁灭了上帝最宝贵的光。

“人们冒犯圣灵有很多方法，但最糟糕的莫过于故意破坏基督花重金买来的东西；邪恶地蓄意熄灭怜悯的人，怎么能开口求宽恕，宽恕又怎么能帮助他呢？清白是最亲近神的，它日夜哭喊：报仇！报仇！永不饶恕，使我们流血，毁灭杀害我们的罪孽！‘给我们伸流血的冤！’[21]即使仁慈也在高喊复仇。因为神圣教会和仁慈的强烈呼吁，我不相信上帝会爱一个不仁慈的人，也不会在他请求宽恕的时候可怜他。”

“但假如我真那样犯了罪，”我问，“现在临死之际，为冒犯圣灵而深感愧疚，假如我忏悔并诚心恳求上帝的恩典和宽恕——那我会得救吗？”

“是的，”撒马利亚人回答，“你要真心忏悔，这样正义可以转换成宽恕。但是一个人在国王的公义面前，被证实确有悔意，仅凭忏悔就被赦免，这种事多久才发生一次呢？当受害者告发，案情严重，即使国王也难赦免——直到双方达成一致，认为他们都被公平对待。《圣经》上说：‘罪孽永远不被赦免，直到做出补偿。’那些邪恶欺瞒之人也是这样，直到垂死之际才会停止犯罪。绝望的恐惧赶走了所有恩典，以至于宽恕不能穿透其意念。本应支撑他们的希望也会变为绝望——不是因为上帝无能，也不是因为他没有修正错误的能力（《圣经》说，他的恩典大过我们全部的邪恶——‘他的慈悲覆庇他一切所造的。’[22]），而是因为要使公义转为怜悯，补偿是必需的；如果一个人无法赔偿，他的懊悔也就足够了。

“根据《圣经》，人在三种情况下[23]会逃离自己的家。第一是不知悔改的悍妻，丈夫会害怕她的恶言恶语而逃之夭夭。第二是漏雨的房顶，雨水淋湿卧床，人才不得不四处寻找干燥的地方休息。第三也是最糟的，就是木头失火，烟雾在房里弥漫，熏坏眼睛，直接造成他失明，烟雾让他的喉咙沙哑咳嗽，埋怨仆佣：‘为什么不用好点的木头，要么煽火直到它彻底烧起来！’

“这三种情况寓意如下：悍妻代表我们不知悔改的顽固肉体，紧贴在我们身上和灵魂作对！当肉体犯罪时，我们的脆弱是有理由可以解释的，那么如果我们请求宽恕，真心悔过，罪孽会容易被赦免和宽恕。

"落在我们床上的雨水,代表常常来袭击我们的疾病伤痛——圣保罗曾说过:'我的能力是在人的软弱上显得完全。'[24]尽管有些人此时抱怨焦虑,忏悔的时候耐心不够,他们的疾病也给了他们抱怨的理由。在他们临死的时候,上帝不会再让他们痛苦,因为他们已经承受了苦痛。

"但是刺痛我们眼睛的烟雾代表贪婪和冷酷,这和上帝的宽恕完全背道而驰。因为冷酷是最没有借口的:最令人痛心疾首和最悲惨的莫过于选择不去爱别人。尊重别人,怜悯别人,讨神喜悦,使我们的生活得体——这些绝对可以做到。"

"我必须要走了。"撒马利亚人说,然后他策马扬鞭一阵风样离去了。这时我从梦中醒来。

第十八节　耶稣受难和悲惨地狱

诗人继续游历,继而入睡,梦到耶稣进入耶路撒冷受难而死。他心怀恐惧逃离这些场景,来到地狱边界。上帝的四个女儿——正义、真理、仁慈与和平正在此争论不休,对地狱门边发出的奇异之光有不同的看法。这光代表基督本人,他冲到地狱来向路西弗宣传救赎的正义,用锁链捆绑路西弗,并把所有正义的灵魂救出地狱。上帝的四个女儿和好,欢心舞蹈歌唱;诗人被复活节清晨的钟声惊醒,叫上他的妻子孩子去做弥撒,敬拜十字架。

我再一次出发,湿着脚,穿着破旧的羊皮袄,它把我的皮肤磨得生疼。我一生穷困潦倒,历经苦难沧桑,像乞丐那样生活,直到最后我靠终日昏睡遁逃尘世。就这样,我浑浑噩噩地睡到四旬节,鼾声不断,直到棕枝主日。在梦里,我听见孩子们[1]在高唱"荣耀,赞美",老人在唱"荣耀归至高者"[2];然后我梦到基督受难,还有他为全人类受苦的救赎。

一人骑驴赤脚而来，手无寸铁也没有马刺。他看上去像个乐善好施之人——是农夫皮尔斯吗？他年轻力壮，像一个赶来册封骑士的领主，来接受他的金马刺和燕尾靴[3]。

这时，站在窗边的信仰叫道："看啊！大卫的儿子！"——他像传令官宣告来参赛的骑士。耶路撒冷的犹太老人欢喜歌唱："奉主名来的，是应当称颂的。"[4]

于是我问信仰这有何含义——"谁会来耶路撒冷参赛？"

"耶稣，"他答道，"来赢回被魔鬼夺走的皮尔斯的果实。"

"皮尔斯在城里吗？"我问道。

他热切地看着我，说道："耶稣行侠仗义，会穿着皮尔斯的盔甲参赛，戴着他的头盔和人性盔甲；穿上皮尔斯的战衣，就没人能认出他是万能的上帝。不管比赛中有何闪失，他都不会受伤，他们伤害不了他的神性。"

"谁会和耶稣比武？"我问道，"犹太人和文士？"

"不，"信仰说，"是魔鬼、虚假判断和死亡。死亡发誓要摧毁所有圣灵，但是主认为他是骗子，并以性命做抵押，要在三天之内从魔鬼手中夺回皮尔斯的果实，把它带到他指定之处，并捆绑路西弗，永远消灭悲伤死亡。——'死亡啊，你的灾害在哪里呢？阴间哪，你的毁灭在哪里呢？'[5]"

*

彼拉多率众人而来，坐在审判席上[6] 观看死亡是如何英勇作战，并裁决出最终的胜利者。法官本人和犹太人全都反对耶稣，整个法庭都叫嚣反对他，高叫"把他钉上十字架！"一个强盗上前叫喊："这耶稣藐视我们犹太神殿；说要一天之内毁掉神殿三天之内重新建起，他吹牛说会建得和以前的一样高大宽敞。"

“把他钉上十字架！”一个官吏叫道，“我发誓他是个巫师。”

“除掉他，把他赶走！”另一个大叫，他抓住一些荆棘，编了一个王冠套在耶稣头上，嘲弄他说：“你好，拉比！”并拿芦苇条刺他。然后人们用三根钉子把赤裸的耶稣钉在十字架上，在棍头上黏上毒药送到他嘴边让他喝毒酒。“如果你有法术，就从十字架下来。我们就相信上帝爱你不让你死！”

基督面色惨白，和垂死的囚犯一样，说了句“成了”。生命和光明之主就闭上了眼睛。霎时天昏地暗，墙屋崩裂，大地摇晃震动不止。

听到这凄惨叫声，死亡从坟墓出来，告诉众生为何风暴肆虐不止，“因在黑暗中，生命和死亡正展开殊死搏斗；没人知道胜负，直到主日破晓”——说着他潜入了地狱。

看到耶稣死得这么高贵，有些人认为他是上帝之子——“的确，这是上帝之子”——但是有些仍认为他是巫师，并说：“我们要确定他真的死了，才能把他从十字架上放下来。”

在基督的两边有两个盗贼被钉了十字架（这在当时是惯例），一个官吏前来打断了他们的手脚。但是没人敢碰主的身体；因为他是真正的骑士、上帝的儿子，自然确保了没有人上去碰他。但是有书记载一个叫朗吉努斯[7]的瞎眼骑士手执长矛来到彼拉多和众人面前，被人们强迫用手中长矛去刺耶稣。因为所有人不管是站着的还是骑马的都不敢上前把耶稣从十字架上放下来。于是这年轻的瞎眼骑士用长矛刺穿了耶稣的心脏；而溅出的血让骑士的瞎眼复明。他双膝跪倒恳求宽恕：“主啊，伤害你不是我的本意”——他痛哭流涕：“我后悔我所做的，听凭你的发落，公正的耶稣，宽恕我吧！”他哽咽不止。

信仰愤怒地转向犹太人，诅咒他们：“愿上帝惩罚你们这群懦夫！你们的卑劣行径会被永远诅咒。还有什么比让一个瞎眼骑士去刺一个绑在柱子上的人更卑鄙无耻的呢？你们认为这样恶毒地对待遗体仁慈吗？你们这群邪恶的混蛋！

“尽管伤势严重，但基督已经获胜，关键时刻你们的骑士已经把自己交给耶稣恳求宽恕。黑暗过去，基督的沉冤必定会被昭雪，主的生命要得胜，而你们这些贵族老爷们，则会一败涂地。你们和你们的子孙后代都会成为奴隶；你们永远不会昌盛，不会拥有土地和耕种权利，你们只能苟且偷安，靠放贷为生，靠上帝所不齿的方式生活。就像但以理预言的，你们的好日子已经到头了——‘当圣主降临，你们的统治就会结束。’[8]”

这奇迹和犹太人的背叛令我震惊，我遁入到黑暗中，坠入地狱深处。按照《圣经》的描述[9]，在那里我梦到了一位来自西方的圣女[10]，在面向地狱眺望。她名叫怜悯，是一位仁慈的女性，说话温文有礼。这时我看到她的妹妹从东方缓缓而来，向西凝望。她是个名叫真理的美丽女性；因她拥有天国神力，故无所畏惧。

当怜悯和真理相遇，她们相互询问那次伟大奇迹——喧嚣和黑暗以及之后的破晓[11]。为什么地狱门前有光亮闪现？“这真是太奇怪了，”真理说，“我要查明真相。”“不必惊讶，”怜悯说，“这是天降大喜啊。有个名叫马利亚的少女，仅凭圣灵的语言而未与任何男人结合就怀了孩子；她把这个纯洁无瑕的孩子带到世上，上帝可以作证。这孩子生下来三十年后的今日正午被处死，这就是日食的原因——这意味着人类将被从黑暗中拯救出来，路西弗将被强光照瞎。祖先和先知经常为此祈祷——人类将会得一童贞女拯救，十字架会赢回生命树丧失的果实，耶稣之死会高举那些被死亡摧毁的人。”

“真是废话！”真理说，“这光芒怎么可以拯救在地狱中受苦的亚当、夏娃、亚伯拉罕和众祖先、先知？什么力量可以把他们救出地狱？闭嘴吧，怜悯，别说废话！我是真理，我知道真相。一入地狱，就没人能够出来；先知约伯反对你的说法——‘人下阴间也不再上来。’[12]”

怜悯温和地答道：“我看他们可以被拯救。因为以毒攻毒——我给你举个例子。蝎子刺是最毒之物，无药能解。但是如果你把死蝎放在伤口上，却可疗伤解毒。因此耶稣之死可以摧毁之前那受魔鬼诱惑而造成的所有死亡——我以性命打赌。就像人被魔鬼的诡计所骗，一直与人类同在的恩典也会反过来哄骗魔鬼——‘以其人之道还治其人之身。’”

“现在耐心地等待，”真理说，“我看正义已经不远了，她正从寒冷的北方赶来。我们等她来吧，因为她比我们懂得多，她比你我都出生得早。”“好吧，”怜悯说，“我同意。看！和平从南方赶来，穿着她忍耐的外袍欢喜跳跃。仁爱倾慕和平已久，我肯定他会写信告诉她光芒的含义，让她来告诉我们。”

身着忍耐外衣的和平来到两位女士面前。正义看到她一身华服，便礼貌问候她去哪里，为何要如此盛装打扮。

“我去迎接所有失丧的灵魂。”她回答，“由于罪的黑暗，我已经好久没有见到他们了。亚当、夏娃、摩西，还有地狱中许多其他的灵魂将要被赦免。我见到他们，开心得要跳舞——亲爱的妹妹，你也要来一起跳舞。耶稣得胜，欢喜到来——‘一宿虽然有哭泣，早晨便必欢呼。’[13]我的爱人仁慈捎信说妹妹怜悯和我和平要来拯救人类——上帝准许我们可以永远为他们担保。看，这是特许令，白纸黑字——‘我必安然躺下睡觉’，确定此特许令永远有效，并‘安然居住’[14]。”

“你疯了吗？”正义问，“还是喝多了！你就这么肯定光芒可以打开地狱拯救人类灵魂？你真相信吗！上帝在太初之时就宣告过此样的灭亡，如果亚当夏娃碰了树上的果子，他们及其后代都会死，死后在地狱受苦。亚当不听嘱咐吃了禁果，这样他就背弃了上帝的律法和上帝之爱，毫无理性地选择听信魔鬼的谗言和妻子的贪心。我是正义,我确定地告诉你:他们永远不会停止受苦,任何祈祷都拯救不了他们。让他们自食其果吧,别再争论了,姐妹们。他们吃的果子有剧毒,无药能解。”

“但是,我可以证明,他们的痛苦就要到头了,”和平说,“苦难最后一定能变成欢乐。如果他们从来不知道苦难,他们又如何能够知道快乐。——没吃过苦的人不懂抓住幸福,没有挨过饿的人也不会理解饥饿。如果没有夜晚,也就没人能明白白昼的意义!如果自然没有降灾给他,养尊处优的有钱人就体会不到什么是困苦。这就是为何造物主出于仁慈,道成肉身,由童贞女所生来拯救人类。他允许自己被出卖,这样就可以感受到死亡的痛苦,这解脱了所有的悲伤,是安息的开端。

“没有缺乏,就不能理解富足的含义。所以仁慈的上帝让始祖亚当先是经历了欢喜极乐,然后又允许他犯罪经历悲伤,以致他能学到什么是真正的幸福。然后上帝亲身冒险降世为人,分别在三个不同的地方,天堂、尘世和地狱去体验亚当曾受的苦难。现在他要进入地狱,因为他既了解无限的极乐,也懂得无限的悲伤。

“这些人也是如此;他们的愚蠢和罪孽让他们明白什么是苦痛和极乐。太平盛世的人们不知战争,唯有经过困境才解幸福真义。”

这时一个双眼大睁、说话直率的长老出现,他名叫圣经。“我以基督圣体发誓,圣婴出生之时天上明星闪耀,世上所有智者一致认同其意义——出生在伯利恒的圣婴将拯救人类灵魂,摧毁罪孽。四元素空气、水、火和土都可作证。首先空气和天空宣告他是创造世界的上帝;天国的精灵们用彗星做火炬来庆祝圣婴诞生;光芒追随上帝降临凡间。

“水也可以作证他是上帝,因为他可以在水上行走;使徒彼得亲

眼看到他在水上行走,叫道:‘主啊,请叫我从水面上走到你那里去。’[15]

“当太阳看到创造万物的主受难,也会黯然失色——大地为他的痛苦悲伤,生灵哀号,山崩地裂。上帝受难,地狱也难自持,当它看到主被钉十字架时,它裂开放出西面之子[16]。尽管路西弗憎恶真理,但他也会相信这一切。因为巨人耶稣[17]已经锻造了武器来摧毁所有阻挡在他路上的障碍。

“如果耶稣没有从死里复活,没有给他的母亲带去欢乐,没有给他的族人带去慰藉,没有彻底摧毁犹太人的胜利,那我圣经情愿被烧掉。除非他们敬拜十字架和基督复活,并相信《新约》,否则他们的肉体和灵魂都会失丧。”

“等等,”真理说,“我听到有精灵对地狱说话——现在我看到他了。他在吩咐打开大门:‘众城门哪,你们要抬起头来。永久的门户,你们要把头抬起。’[18]”

这时,有声音从光芒中对路西弗高喊:“地狱之王,打开大门,加冕的荣耀之王就要到来。”

撒旦一声长叹,对其他所有邪灵说:“这就是未经许可就带走拉撒路的光,我们的厄运来了。如果这个王到了,他会把人类带到他喜悦的地方去,他也会很快用锁链来捆绑我。祖先和先知们一直预言——这位天主和光芒会救他们脱离地狱。”

“听我说,”路西弗说,“我认识这个主和这道光——很久以前我见过他。死亡和任何魔鬼的伎俩都不能伤害他:他可以随心所欲行事。但是他最好考虑到危险:因为如果他剥夺了我的权利,他就是用武力劫掠我。这里的所有人,好的坏的,他们的身体和灵魂在法律上都是属于我的。天主亲口说过——如果亚当吃了苹果,那么所有人都会死,并和我们同居地狱。这是他的威胁,他就是真理。我已经统治地狱七百年，我不信律法可以让他为所欲为。”

“的确如此，”撒旦回答[19]，“但我仍然害怕；路西弗，你用诡计把人们带来——你化成蛇盘卧在树上到伊甸园去搞破坏，引诱亚当夏娃吃苹果。你在夏娃孤身一人时候编谎话欺骗她。你就是这么让他们被赶出伊甸园，最后来到地狱。但是靠诡计得来的永远不能得胜。”

“你不能这样欺瞒上帝，他不会受骗。”一个丑陋的恶魔说，“由于诡计而被诅咒使我们没有脚站立。”

“是啊，”魔鬼说，“我担心真理会把他们带走。他已经在世三十年传经授道。我曾试图诱他犯罪，曾问他是不是上帝或上帝之子[20]，但是碰了钉子。他已经流浪了三十二年，所以我跑到彼拉多妻子的梦里[21]，警告她耶稣是谁。尽管犹太人恨他，要置他于死地，我倒宁愿他活长些——为什么？因为如果他死了，他的灵魂不会像我们一样忍受罪孽煎熬。而他活着总是会忙于赦免认罪悔改的人们。

“现在我看到有一个灵魂向我们行驶而来，闪着光芒——我确定他就是上帝。我们一定要快点逃走；千万不要让他看到我们在这。路西弗，正是你的谎言让我们失去了战利品。都是你的错让我们从天堂坠入深渊；如果我们没有听信你的话就不会跟着你跑。现在又是因为你的谎言，我们失去了亚当，更有可能失去我们对整个陆地海域的统治——‘这世界的王要被赶出去。’[22]”

这时这光再次要求打开大门，路西弗应道：“你是什么主？——‘这个王是谁？’[23]”

“荣耀之王，”光立刻回答，“力量之王，美德之王。你们这些地狱首领们，快打开门，让天国之子基督进来。”

此话一出，地狱和恶魔的栅栏顿时崩裂成碎片，地狱之门当着狱卒的面大开。所有的祖先、先知“在黑暗中的人们”[24]，高唱圣约翰的诗歌——“看哪！这是神的羔羊。”[25]但是路西弗看不到，因为光芒照瞎了他的双眼。上帝用光芒笼罩着信徒；转向撒旦说：“看啊，我的灵魂救赎了这么多有罪的灵魂，救赎那些值得拯救的人。他们都是由我创造的，所以我有权来要求他们。我承认，严格来说，如果他们偷吃禁果就要受诅咒而死。但是我并没有宣判他们永居地狱。他们犯罪全是因为你的谎言；你用诡计欺骗了他们——你化身毒蛇潜入伊甸园，用背叛把我的心爱之物带走；你扮成美女蛇[26]，悄悄混进来行窃我。

“旧律说种瓜得瓜，这话包含真理——‘以眼还眼，以牙还牙。’[27]所以我用灵魂换取灵魂，罪孽对抗罪孽，[28]而我，道成肉身，来弥补人类所做的所有罪孽。旧律还规定以手还手，以脚还脚，以命抵命。[29]根据此律，我宣布亚当及其后代，要永远听从我的吩咐。死亡所毁坏他们的，我的死可以使之复兴，偿还罪孽所害的，使他们死而复生。

“正义要求恩典摧毁狡诈[30]。所以路西弗，别以为我带走他们不合律法。我赎回自己的国民是合理正确的。‘我来不是要废掉，乃是要成全。’[31]你通过阴谋诡计在我的国度把我的人带走；公平起见，我用救赎使他们复活，你用诡计骗走的被用恩典赢回。路西弗，你这个狡猾的毒蛇，用诡计骗走上帝所爱之人；我这天国之主，化为人形，慷慨回报你的奸诈——以毒攻毒！果树让亚当和人类死亡，而我的十字架却让他们复活。

“所以奸诈被骗，跌入自掘坟墓——‘他掘了坑，又挖深了，竟掉在自己所挖的阱里。’[32]最终你的诡计失灵，我的恩典却更宽广。你喝下自酿的苦酒，你这死亡大师吞下自制的毒药！

“因为我这生命之主，只饮用仁爱，而今我因此而死。我为人类灵魂奋战，依然干渴，没有饮料可以为我止渴，直到葡萄酒流入约沙王谷[33]，所以我可以喝到死人复生的成熟新酒。那时我会是被天使簇拥的王，把人类的灵魂救离地狱。所有的魔鬼，不管大小都要站在我面前，听从我的吩咐，听候我的差遣。

“我的人性怎能让我拒绝赦免人们呢？虽然我们不是一起受洗，却是一脉相承的同胞。他们不该被诅咒永世不得复生；《圣经》上说：‘我向你犯罪，唯独得罪了你。’[34]

“世间处死犯人，即使他犯了叛国罪，如果第一次绞刑失败，就不能进行第二次绞刑。如果国王亲临刑场，法律规定国王可以赦免死囚。我这万王之王，在所有恶人被判死刑之际到达，如果法律容我特赦他们，那不管他们犯了什么罪，他们的生死都在我的手里。如果他们大不敬的罪都已经得到偿还，我可以在正义的许可下赦免他们，我说话算话。

“尽管《圣经》上说应该报复恶人，‘恶有恶报’，但我有个叫作炼狱的监牢，在那里人们会被彻底洁净，洗去身上罪孽，直到我下令饶恕他们。那时我会宽恕我的同胞弟兄。人虽可以让他的同胞受冻挨饿，却不能看他们流血而无动于衷。

“听见隐秘的言语，是人不可说的。[35]

“我的公正将统治地狱，我会在天国开恩给所有人类。如果我不帮助我的同胞，那我就是个没有人性的国王，特别是当他们最需要帮助的时候。——‘主啊，求你不要审问仆人。’[36]”

“所以，”我们的主说，“我有权把这些爱我信我的人从这里带走。但是路西弗，你会为你的谎言付出惨痛代价。”——说着，他用锁链捆住了路西弗。

这时阿什脱雷思（Ashtoreth）[37]和所有魔鬼四处逃窜，胆子最大的也不敢抬头看主，只有任凭我主自由行事，带走他拣选的人。

很多天使弹琴歌唱——

“肉体犯罪，肉体赎罪，圣体做王。”[38]

和平吹奏管乐唱着歌曲：

暴雨过后太阳分外明亮；
乌云密布时气候更加温暖，
没有什么比经历过战争和冲突的爱情和友情更清新甜美，
因为爱与和平已经得胜。
世上没有什么残忍的战争或邪恶是爱所不能调解的，
通过忍耐，和平可以终止危险。

"我投降，"真理说，"你说得对，让我们用一个吻来和好吧。"
"同意。"正义说，她庄重地亲吻了和平，和平也回吻了她——
"没有人知道我们曾有过冲突，"和平说，"因为上帝无所不能。"
慈爱和诚实彼此相遇，公义和平安彼此相亲。[39]

真理吹起喇叭，唱起"赞美我天父"，仁爱弹起鲁特琴，高唱："看啊，弟兄和睦同居，何等的善，是何等的美！"[40]

这些少女们欢畅舞蹈直到破晓。复活节清晨的钟声敲响，把我惊醒，我叫醒妻子凯蒂和女儿凯特："起来，去庆祝上帝复活。跪拜十字架[41]，去吻这无价之宝！为我们的救赎，上帝被钉在它上面而死，正是它的力量让恶魔胆战心惊，邪灵连它的影子都不敢靠近。"

第十九节　神圣教会的建立

诗人在做弥撒时睡去。梦中他看见基督，背着十字架，从人前走过。良心站在诗人旁边，向他解释基督作为骑士、国王和胜利者的事迹。复活之后，基督给皮尔斯（现在代表圣彼得）和各使徒主教的权力，这样，他们可以过至善的生活。做梦人看到圣灵降到他们身上，赐天赋给所有基督徒，让皮尔斯做他的农夫来耕耘世界。基督的敌人准备进攻，良心带领所有基督徒建造了一座堡垒——联谊房，也叫神圣教会。建成之后，教会看上去很稳固，良心提供他们圣体圣事作为奖励。但是有些人拒绝为此做准备，而是巧取豪夺。做梦人从一个诚实的代理神父口中了解到基督徒做得还远远不够。

我醒来后，穿上我最好的衣服，来到教堂听弥撒领圣体圣事。但是在弥撒中，当人们起身捐款时，我又睡着了。我突然梦到了农夫皮尔斯，他浑身血迹斑斑[1]，背着十字架，从人前走来。从体形外貌上看，他简直和耶稣一模一样。于是我让良心告诉我真相——"这是耶稣吗？"我说，"被犹太人害死的骑士，还是农夫皮尔斯？使谁令他浑身是血？"

"这些是皮尔斯的武器，"良心跪着说，"是他的旗帜盔甲。这个浑身带血的人是十字架上的基督，基督徒的胜利者。"

"你为什么叫他基督？"我问，"因为犹太人叫他耶稣，没有名字可以和耶稣相比[2]。这就是我们日夜呼求的名字。黑暗听到它就瑟瑟发抖，它赦免抚慰罪孽。为什么他名叫基督呢？难道还有比这耶稣名字更有力量、更有价值、更能振奋人心的其他名字吗？"

"你想一想，就会明白，"良心说，"骑士、国王和胜利者[3]可以是同一个人。尽管骑士是尊称，人们会向你下拜，但是称为国王会更好些，因为国王可以册封骑士；但要得到胜者的名号，你要有特别的天赋，既有坚韧又有侠义。因为胜利者从赢来的土地上任命年轻人为领主；如果自由民拒绝服从他的律法，他就把他们变作奴隶。

"犹太人曾是有身份的一族，但因为他们藐视耶稣的教诲和律法，他们现在连农奴都不如。在全世界范围内，犹太人都要像奴隶那样献供进税。但是那些追随使徒约翰成为基督徒的，经过洗礼后和耶稣一样，是自由尊贵的人。因为耶稣自己也受洗，在髑髅地的十字架上戴上犹太王的王冠。

“国王的职责是捍卫法律，保卫王国和赏赐臣民。这就是耶稣为犹太人所做的。他告诉并向他们展示永恒生命的律法，保护他们远离各种邪恶——远离高烧流感，远离魔鬼和虚假信仰。所以人们叫他耶稣、伟大的先知和犹太国王——他头戴荆棘王冠。

“之后在十字架上，他制服了敌人，成为一个伟大的胜利者。死亡不能摧毁降低他。他死而复活，成为君王攻占了地狱。他是活人和死人的胜利者，因为他带领亚当、夏娃和无数在路西弗淫威下受苦多年的冤魂到天堂享受极乐。

“因为他慷慨对待所有忠心的臣民——让他们死后进入天堂——所以他也可以称为胜利者；这就是基督的含义。

“但是他通过在十字架上受难这种方式来到我们身边，是因为十字架可以教育我们。当我们受到诱惑的时候，一定要学会使用十字架来战斗，保护我们免犯罪孽。他通过自己的受难，向我们显明，任何向往快乐的人必先选择苦修和贫困，愿意忍受这世上的苦难。

“现在要说说基督这个名字，以及为何以此为名——事实是他的名字叫耶稣。就像《圣经》上说的，他出生在伯利恒，道成肉身，君王和天使用世间财宝来敬拜他。天国的天使欢乐歌唱‘荣耀归于至高神’。然后来了三位君王，向他下跪并献上没药和黄金。他们不求任何回报，而是确认圣子统治太阳、土地和大海，然后由天使带路返回他们的王室宗亲。这样便应了你引用的话：‘叫一切在天上的、地上的和地底下的，因耶稣的名无不屈膝。’[4] 所有的天使在他出生之际都匍匐敬拜，世间最有智慧的就是这三个君王。他们献上的礼物是理智、正义和怜悯[5]。因此那个年代的智者、神学博士和学者都称他们为东方三贤。

“第一个君王带来理智，用乳香为象征。第二个带来正义——那是理智的同伴，用黄金来表现，因为黄金代表永恒的忠诚，理性就像代表正义和真理的黄金[6]。第三个在耶稣面前跪下献上怜悯，就是没药。因为没药是心怀慈悲的象征。所以这三样同等价值的礼物，由三个不同的君王献上，他们都匍匐敬拜耶稣。

"但虽然有这些珍贵的礼物，我们的主耶稣那时却既不是国王也不是胜利者，直到他长大成人显出他非凡的智慧。因为要成为胜利者和领袖的人必须要多才多艺，足智多谋——正如耶稣毕生所为，就让我来讲讲他的故事吧。他时而受苦，时而归隐；时而奋战，时而遁迹。他施恩典，医病痛，不管性命还是肢体都可使其复原。他所做的工就是胜利者所做的，坚定执着直到赢回他为之流血的所有人。

"根据《圣经》记载，他年轻时，在一个犹太人的宴会上，他把水变成酒。上帝正是那时开始行善。酒是律法[7]和圣洁生活的象征，那时律法还不健全，因为没有教授人们去爱他们的敌人。因此基督吩咐我们所有人要爱自己的仇敌。上帝开始行神迹奇事始于我之前提到的那个宴会上。那时，作为一个年轻人，虽然足智多谋，但是他不叫基督而是叫耶稣，是马利亚的儿子。

"他当着母亲马利亚的面施展神迹，以便让她在所有人面前坚信他是上帝之子而非凡人。他靠言语便能行奇事而非靠一些小伎俩，他拥有人性后即开始行善。

"他长大之后，没有和母亲同住。他使跛脚人能欢喜跳跃，瞎眼人能看见，用五饼二鱼使五千饥民吃饱。哪里有悲伤，他就在哪里行医治，他获得了一个更伟大的名字：行大善[8]。他使耳聋能听见，哑巴能说话，救治那些向他呼求恩典的人。当人们看到他所行的奇事，举国上下都称他为大卫的儿子。因为大卫在他那个时代是非常有作为的人，妇女经常传颂：'扫罗杀死千千，大卫杀死万万。'[9]所以不管耶稣到哪，人们都称他大卫之子耶稣，拿撒勒的耶稣，认为没有人比他更配做犹太人的首领。

“这就是为何该亚法和其他犹太人嫉妒他，日夜谋划想置他于死地。他们最后在一个礼拜五在髑髅地把他谋杀在十字架上。他们埋葬了他的尸体，并下令士兵武装看守墓穴，以防耶稣的朋友来收尸。因为有些先知曾预言，这被赐福的尸体会走出墓穴，到加利利给他的母亲和门徒们报喜——他们之前对此就已相信。后来，守卫墓穴的士兵自己承认，黎明之前，天使和天使长来到向尸体下跪歌唱：‘基督死而复生。’[10]——耶稣在众人面前起死回生，和天使一起离开。

“犹太人让士兵保守这个秘密，告诉人们另一套谎话——耶稣的门徒们在士兵看守的时候施法迷住他们，乘机盗走了尸体。但是抹大拉的马利亚在耶稣赶往加利利的路上遇见他，他形神俱备，充满活力。她向每个遇见的人高喊，‘基督复活了！’所以基督得胜，死而复生，天下皆知(因为女人保守不了秘密！)——‘基督必受害，第三日从死里复活。’[11]

“当彼得听到这些消息，就带着雅各和约翰前来寻找耶稣，后面跟着达太，印度的多马[12]和其他十个人。这些智者聚在一间门窗紧闭的房子里，基督忽然现身对他们说：‘愿你们平安。’[13]他抓住多马的手，告诉他用心去感觉触摸他的身体。多马摸着耶稣，大叫：‘我的主，我的神！[14]我现在相信你是耶稣了，我的主，我的上帝——你死而复活了，而且生命永存，审判众人。’这时耶稣温柔地对他说：‘多马，因为你真心相信，我要祝福你，而且要永远祝福你。那些没有用眼睛看到就相信的更有福了，我会爱他们，赐福给他们——那没有看见就信的有福了。’[15]

“之后，基督教导门徒如何过至善的生活，并赋予皮尔斯权力分发赎罪券赦免人们。耶稣授予他宽恕所有罪孽的能力，但条件是人们要高兴地领取赎罪券并履行其要求，‘你把所欠的还我’[16]。所以，只要人们执行这一条件，皮尔斯就有权在天上地上捆绑或释放人们的各种罪孽，除了那些欠债的。

"这些事情完成之后，基督升天，直到世界末日，当他再来的时候，满满回报那些'偿清所欠债务'之人。对于那些没有偿债的人他就要惩罚。在末日，主要审判活人死人，会把义人送去和上帝同享极乐，恶人则要入地狱承受痛苦。"

良心对我讲述了基督和他的十字架，命我跪在十字架前。我仿佛看到有圣灵如闪电般降临在皮尔斯和他朋友们的身上，使他们拥有了可以说和理解各种语言的能力。但是我被这光吓住了，不知这是什么，因为圣灵就像火一样悬浮在他们头上，于是我轻推良心引起他的注意。

良心跪下说："这是基督的信使，名叫恩典，他来自至高上帝。现在跪下，如果会唱就让我们唱'造物主降临'，来敬拜他。"于是我和成千上百的人一起，高唱赞美诗，和良心一起呼求："愿上帝开恩保佑我们！"

从那时起，恩典开始与皮尔斯做伴，他吩咐皮尔斯和良心把众人聚集在一起。"今天，"恩典说，"我要恩赐天赋给所有有能力使用它们的生灵。我会赐给他们赖以生存的财富，和百战百胜的武器。不久以后，敌基督者及其喽啰[17]就会向全世界报复，除非基督帮助你，良心，否则你会战败。一大群假先知、马屁精和伶牙俐齿的神学家会来做国王和伯爵们的忏悔牧师；骄傲会成为教宗和教会首领，贪婪和冷酷会成为红衣主教。因此（恩典说），我要在走之前给你们宝物还有武器让你们能够和敌基督者作战。"

接着他给了每人一份赖以生活的天赋，这样无聊、嫉妒和骄傲就不能来骚扰他们。

"恩赐原有分别，圣灵却是一位。"[18]他给一些人智慧，能够有语言天赋来表达解释事物，给人们智能可以谋生——比如，神父与教士以及法学生等。这些人通过言语诚实正直的生活，通过智慧教导别人。他还教会一些人做生意，让他们能够察言观色，靠买卖谋生；让一些人靠劳动过正直的生活；他还教人们耕地、挖沟、盖屋来生活；他让一些人精于算计，擅长数字；一些人能绘图配色；一些人能预知吉凶，如星相家、哲学家等。他教一些人精于骑术追回不义之财，用疾速而强大的武力伸张正义，把财物从恶人之处夺回；让一些人自我忏悔，恪守贫穷，渴慕天国，为所有基督徒祈祷。

他告诫人们要对信仰忠诚，各教会应彼此相爱，避免争端。“一些职业比另一些要纯洁，”恩典说，“但是你们要知道，那些从事舒适工作的人很容易犯罪。你们一定要记住你们的天赋都是我的恩赐。职业没有高低贵贱，你们要如弟兄般彼此相爱。拥有最多天赋的人更应谦虚。让良心做你们的王，技能做你们的管家，听他的教导你们一定衣食无缺。农夫皮尔斯是我委派的管理者、我的副官、我的司库，来收取赐予宽恕而带来的收入。皮尔斯是我的放粮人和地上的农夫；我要给他一些牛来耕耘真理之地。”

于是恩典给了皮尔斯四头强壮公牛。第一头是路加，一个庞然大物，面目慈祥；另两头巨兽一个是马可一个是马太；第四头是约翰，是他们中最温和的，是皮尔斯的领头牛。

除此之外，恩典又慷慨给皮尔斯四头犍牛，用来耙公牛耕过的田地。他们的名字分别是奥古斯丁、安布罗斯、伟大学者格列高利和义人哲罗姆[19]。这四位追随皮尔斯的团队教给人们信仰。他们使用两只耙，一只新的一只旧的（即《新约》与《旧约》），不一会儿他们就耙好了整本《圣经》。

恩典又给了他一些叫作“基本美德”[20]的种子，让他播种在人们的灵魂里。他的解释如下：第一粒种子叫谨慎，谁若吃了它的谷粒就能学会三思而后行。也就是说,如果要防止热汤溢出瓦罐,浪费浮在上面的油脂,你得用一只长柄勺。

第二粒种子叫节制,吃了它,就不会因为暴饮暴食而发胖,面对怨恨责骂也不轻易论断,不管拥有多大财富,都不会无所事事或出言不逊。他不会穿着昂贵的衣服,也不会吃那些山珍海味。

第三粒种子叫作坚毅。吃了它的人总能有勇气承受上帝给予的病痛苦难。诽谤或丢失财物都不能使他悲伤,因为他的灵魂常有喜乐,面对侮辱能够坚强忍耐。他对艰难困苦不屑一顾,并唱着赞美诗"主啊,请宽恕我"[21]。他还用卡托的话来护卫自己:"面对流言蜚语,你当意志坚定。"[22]

皮尔斯种下的第四粒种子叫作公正。吃了它的人会诚实面对上帝,对阴谋诡计无所畏惧。因为诡诈四处游窜无视公正,诚实有时难以自持,而消失殆尽。

公正不会姑息罪恶,即使国王犯法他也会无畏指正。当公正作为法庭法官裁决时,他毫不畏惧王权和王公贵族。贿赂、乞求、王公的亲笔书信,他都置之不理,他情愿被处死,也要律法能得以实施。只要在他的权力范围之内,他都执法严明,一视同仁。

皮尔斯播种下四粒种子后,他用新旧律法将其耙好,这样爱就能从这四大美德中长出,并摧毁邪恶。因为田间杂草经常压抑庄稼,就像邪恶抑制美德。"我们必须耙好所有有理性的人,"他说,"用四大神学博士的教诲,在他们身上培育四大美德。"

"但是皮尔斯,在庄稼收割前,你必须建个谷仓来屯粮。"恩典说道。

"那你要给我准备好木料,恩典,"皮尔斯说,"在你走之前给我准备好这谷仓。"

于是恩典就给予皮尔斯十字架——基督就是在髑髅地为了全人

类受难于这个十字架上——用他的洗礼和十字架上的血做成一种叫作怜悯的泥浆。用这些他铸成坚实的地基，之后又用基督的苦痛和殉难砌成高墙。他用《圣经》做屋顶，建成“联谊房”，用英语来说就是“神圣教会”。

做完这些后，恩典又造了一辆叫“基督教世界”的推车来装载皮尔斯的粮堆；还给了他两匹马拉车，分别叫内疚和忏悔；并任命了一个叫祭司的库管，他跟着皮尔斯走遍世界来播种真理。

骄傲正好看到皮尔斯去耕地，便纠集大队人马前来攻击良心和所有基督徒及基本美德——他们碾碎毁坏谷物，摧毁根茎。骄傲派出警卫官傲慢和间谍恶毒（有时也叫“背后嚼舌根”）。这两人来到良心和基督徒面前，恐吓他们说他们会失去皮尔斯播种的美德种子，皮尔斯的谷仓会被破坏，联谊房里所有人都会被驱散。——傲慢宣称：“我们会用诡辩来蒙骗你们这两匹名为内疚和忏悔的马，更别说你们的信仰马车。良心不能再凭忏悔和内疚来区分异教徒和基督徒；商人不知道什么是高利贷，不知道他们的利润是否来得正当。骄傲身披狡猾外衣伪装，率领着一群贪图享乐的领主老爷们；靠我们的智慧，世界将因好逸恶劳的邪恶生活而日渐衰败。”

这时良心对所有的基督徒说：“我认为我们要迅速聚集到联谊房，为农夫皮尔斯的谷仓平安祷告。没有恩典的帮助我们无力反抗骄傲。”

常识来向良心献计，下令所有基督徒围着堡垒挖一道壕沟，这样神圣教会就会像水中的桥墩一样屹立不倒。良心便下令所有基督徒挖掘这万丈壕沟来保护神圣教会及其守护者。

这时众基督徒都忏悔痛改前非，除了妓女和骗子、马屁精、放高利贷者和盗贼，还有那些见钱眼开做伪证的[23]。

除了我刚提到的少数败类，每个明智的基督徒都各司其职挖掘神圣沟渠。有的念经祈祷，有的赶去朝圣，有的私下忏悔，有的倾囊捐赠。他们为自己的恶劣行径痛哭流涕，泪如泉涌；平民百姓的淳朴生活和神职人员的贞洁赋予神圣教会神圣的凝聚力。

"我还用怕骄傲来袭吗？"良心说，"我肯定这个四旬节，欲望之主不会有什么进展。整个四旬节你们所有基督徒都在不辞劳苦地干活，让我们一起聚餐吧。我这里有承载圣体的面包，就是通过上帝的话语，恩典赐给皮尔斯神力做成的面包。因你们的帮助和医治，我邀请你们所有人每月一次或视需要而定聚餐，但是你们要偿还皮尔斯的赎罪券。"

"什么意思？"众人问，"你是说我们要偿还欠每一人的债才能领圣体吗？"

"这是我的提议，"良心说，"美德也是这样教导的——每个人都要原谅他的邻居。主祷文也这么要求：'免我们的债，如同我们免了人的债'——只有那样你才可以免罪去领圣体。"

"住口！"一个酒店老板叫道，"我再也受不了什么正直公义之类的老生常谈了！不管是你良心说的，还是基督说的！——我卖酒渣泔水、掺兑酒是我的事——我不想和神圣扯上什么关系。你闭嘴吧，良心！"

"混蛋！"良心怒喝，"如果没有上帝帮助，你必下地狱！实话告诉你，如果你不靠皮尔斯种下的第四粒种子正直生活，你永远不能得救。人们必须靠良心和美德生活，否则相信我，他们的肉体和灵魂都会失丧。"

"那就会有很多人失丧，"一个代理神父[24]说，"作为本堂神父，我要告诉你：我做了一辈子神父，还没听说过四大美德，也没人在乎什么良心！我所知道的红衣主教们都是来自教宗——不管他们什么时候来，我们都要为他们的生计纳捐，包括他们的皮毛外衣和马匹饲料[25]——还要招待随行的强盗。我每天都听到人们抱怨哭诉：'红衣主教一来，举国上下倒霉。不管他们赖在哪里，都会臭气熏天！'对我来说，我希望上帝不要让红衣主教来扰民——他们为什么不能和犹太人一起安静地待在阿维尼翁[26]呢，就像《圣经》说的，'近朱者赤'？——或者待在罗马照看他们的神圣遗迹！而你，良心，你应该待在国王的法庭上，别来这儿捣乱；你谈论半天的恩典应该做所有教士的领袖；皮尔斯和他的新旧双犁，应该成为全世界的王——这样也许所有的人都会成为基督徒！

"这可怜教宗派出军队杀戮[27]那些需要拯救的人们。他本应是人们的保护者。我对皮尔斯这个以上帝为楷模的人说，祝你好运；因为上帝'降雨给义人，也给不义的人'[28]，阳光照耀义人的庄稼，但也照耀恶人的庄稼，而皮尔斯也是如此。他含辛茹苦为废物和妓女种粮食，如同为自己及自己仆人（尽管他们要先被伺候）劳苦一样。他总是汗流浃背，辛苦耕作，为义人和叛徒努力工作。——赞美归于造物主，他造义人也造恶人，他让罪人们继续活着是为了让他们有时间来忏悔！希望有一天上帝能使教宗改正，他自称比国王更能保护所有的基督徒，然而他却洗劫教会，不把基督徒被杀害和掳掠放在心上。因为他武装军队，使基督徒流血，这违抗了新旧律法，正如圣路加所说：'不可杀人，申冤在我，耶和华如此说。'[29]但只要教宗随心所欲，他就不会管其他人的死活。——愿基督也开恩拯救红衣主教，让他们的诡计转变成灵魂真正需要的智慧和营养。

"所以我肯定平民百姓不会在乎良心和四大美德，除非他们发现可以借此得到好处。他们信口雌黄已习以为常；因此在他们那里，谨慎就是欺骗，所有美德就成了邪恶。每个人都想方设法掩盖罪行，伪装为诚实正直。"

这时一个绅士听到此言论不禁大笑："不错！我总是相信我的总管记账！我根本没必要问我的伙计们都在单子上写什么。他们都是很棒的伙计——他们会精明地翻查单据，而我则孜孜不倦地聚敛金钱！"

这时一个国王上前，以他的王冠起誓说："我身为国王，职责就是管理人民，保卫教会和神职人员不受伤害。如果我没有足够贡品生活，按律我可以征收我想要的，这也是获取的捷径。实际上，我就是律法的主人——你们只是随从，而我是头领。我是你们的头领，也是你们的守卫者——教会的主要支柱和臣民的领袖。不管我索取了什么，都是正义公道的；因为我是你们所有人的法官。所以我可以毫不迟疑领取圣体圣事；除非需要，否则我绝不会向臣民乞讨或借贷。"

"你可以按需索取供奉，"良心说，"律法是允许这样的，但条件是你要靠理智和真理把你的王国治理好。——'你所有的一切是用来保护，而不是用来腐败。'[30]"

代理神父要赶路回家，于是礼貌告辞。我这时醒来，写下了我的梦。

第二十节　敌基督者来临

威尔继续在饥饿劳顿中游历，直到遇见贫困。贫困斥责他太过怯懦，并赞扬贫穷的美德。之后他又入睡，梦到敌基督者来临。良心召来忠实的拥护者来捍卫联合城堡，自然派出耄耋、死亡和瘟疫帮助他对抗敌人。但瘟疫一停止，人们马上又开始无法无天、寻欢作乐。于是耄耋攻击在联谊房避难的做梦人。反击敌基督者的战争还在继续着，直到良心犯错让一个修士混进城堡，他使人们不再把忏悔当回事，以至于人们都不再害怕罪孽而变得麻木。没人帮忙的良心无法再与敌基督者抗衡，于是踏上最后的朝圣之路去寻找皮尔斯。做梦人醒来。

我醒后又继续前行，但孤独困顿，郁郁寡欢，不知到哪里可以找到吃的。快到中午的时候[1]，我遇到了贫困，他讽刺辱骂我并叫我乞丐。

“为什么你不能像国王和其他人那样，给自己找借口说吃饭穿衣是出于需要，因为你已经学会了节制，”他说，“除了生存之外，你不会过分索取——贫困不懂什么律法[2]，也不会欠任何人的债。要想生存，有三样东西贫困可以不问自取：第一是食物，如果没人给他食物，他也没钱，没东西去典当，没人担保，那他就可以去夺去抢。即使他行骗，也不为过。第二，如果没钱去买，他也可以同样靠这种方法获取衣物；贫困总是会把人保释出监狱。第三，如他口干舌燥，本性会驱使他喝沟里的水，这也比渴死要强。

“所以极为困苦的时候，贫困可以不需征求良心和美德的意见而自取自拿，但要有节制。没有一种美德可以和节制相比，甚至正义和坚毅也不行。因为坚毅会不断地待人不公，并走向极端，过重或过轻惩罚人们，待他们不公。而正义，不管愿意不愿意，都要凭借国王政策和人民意愿裁决。谨慎在预见未来上总是帮倒忙，因为这要靠智慧；而谨慎的意见不是智慧，而推测也同样不是。‘谋事在人成事在天’，上帝管辖所有美德。

“但是贫困在这方面就如同上帝一样可以使人谦卑；因为当人们贫困的时候就会温顺如羊羔。所以古时智者宁愿选择清贫，舍弃财富，隐居旷野。上帝本人也舍弃天堂所有属灵财富，来到人间来做穷人。《圣经》多处记载他非常贫困，在十字架上遭受痛苦的时候他说：‘狐狸飞鸟可以爬行飞回自己的巢穴，鱼儿可以马上游回它们的家；但是我却在此忍受贫困；而我必须坚守，悲伤苦痛都会成为喜乐。’[3]

所以乞讨贫穷并不丢人，连造物主都选择做穷人；没人像他那样贫乏，并死于贫困。”

贫困这样谴责了我，我立时睡去，梦到了敌基督者到来——他化作人形颠覆真理的庄稼，把庄稼连根拔起，使虚伪丛生，迅速蔓延蛊惑人心。他在所到之处装作善人，砍伐真理，滋生诡诈。修士们跟随着魔鬼，因为魔鬼赐予他们衣物；他一来，僧侣们就敲钟把他奉为上宾。整个修道院除了少数几个傻瓜，几乎都跑出来衷心欢迎这个暴君和他的走狗。这些待在里面的傻瓜宁可死掉也不愿意看到信实被毁、恶魔敌基督者统辖所有民众。因为他们温和圣洁、无所畏惧，和所有虚伪和欺诈势不两立。如果任何君王偏爱这些人或与他们为友，那敌基督者的追随者就会诅咒国王以及他的傻瓜顾问、神职人员和普通百姓。”

不久以后，敌基督者就召集了数百人在麾下，由骄傲耀武扬威地带领大军。他旁边是一个纵欲的领主，也是来攻击良心的。良心是所有基督徒和四大美德的领袖和捍卫者。

良心对圣洁的愚拙者[4]说：“你们最好和我一起躲进神圣教会的堡垒联谊房。让我们坚守在那里，并以农夫皮尔斯的爱为名义，呼求自然把我们这些傻瓜从魔鬼手中营救出来。让我们召集所有人进入联谊房，告诉他们坚守在那，奋力抵抗魔鬼的子孙。”

这时自然听到良心[5]的呼召，从行星中走出[6]，派出他的先锋——热病和流感、咳嗽和癫痫、痉挛、牙痛、黏膜炎、白内障、皮肤病、肿瘤、发烧、疯癫和不计其数的疑难杂症。这些自然的先锋们迅速在人们之间蔓延，至少有一千人丧了命。四处都是一片哭号：“发发慈悲吧！自然和死亡来临，要置我们于死地！”纵欲的领主呼唤他的骑士安慰来扛住他的大旗。“武装，武装！”领主大叫，“全民武装！”

没等战鼓擂响,也没等先锋官报出他们的名号,骑士们就已经交上手了。

头发花白的耄耋一马当先,负责扛着死亡令旗。自然率一众疾病紧随其后,用邪恶的传染病毒和瘟疫、天花横扫千军。死亡紧追其上,把国王、骑士、皇帝、教宗统统碾成粉末。神父与平民皆被他击打而无生还。许多将士的情人女眷在死亡的重击之下都晕厥在痛苦之中。

最后,出于仁慈,良心恳求自然收手,说道:"暂且收兵,看他们是否弃骄傲大军而转变成真正的基督徒。"于是自然收兵,希望看到人们悔过。这时幸运开始向幸存者献媚,承诺使他们长寿;并派出色欲去引诱所有结婚或没结婚的男人,汇集乌合之众来反对良心。

色欲靠谄媚假笑来进攻,口吐靡靡之音和动人情话,并用闲散和浮夸之气武装自己。他手持弓箭,鞘内是血迹斑斑的箭,箭羽上是温柔誓言和虚假婚约。他一刻不停地用唇枪舌剑攻击良心和神圣教会的教师们。

这时贪婪也来密谋策划,攻击良心和美德。他用贪欲武装自己,好像一头饥饿的野兽。他所有的武器都是用来攫取和囤积的诡计,他用谎言和鬼话来欺骗人们。买卖圣职者派他去攻击良心,他们向人们传道,任命支持敌基督者的教士,这样他们就可以保住自己现有的财产。贪婪以男爵的身份来到国王的议会,当着整个宫廷的面向良心下跪。不久,诚实逃离宫廷,虚伪取而代之。男爵通过四下散发金币,贿赂了威斯敏斯特宫的大部分官僚。他只要快步走到一个法官面前,附耳说上几句——"收下吧,大人,让这事顺其自然吧。"——即可买通他!然后他就赶到大主教的法庭,把律法变成圣职买卖同时,他也不忘贿赂主教区的大法官。为了一件貂皮大衣,大法官就可以毁坏一桩白头到老的婚约。

“啊!”良心大叫,“我要告诉上帝,贪婪曾是个基督徒;他是一个勇猛的战士,只要手里有钱就会无所畏惧坚持抵抗!”

生命不禁大笑,把衣服裁成新款,给自己套上了一身嘲弄服装——他想,圣洁不过是个玩笑,谦卑也是奢望。于是他视忠诚为奴隶,谎言为模范;良心和忠言对他来说全都是废话。

凭借一点幸运,生命恢复了元气,他追随骄傲,蔑视美德。自然最终要来杀戮除良心之外的所有生灵,但是生命无视自然的力量。他置身事外,为自己找了个情妇说:“我和健康都很兴奋,因为不久就可以使你不再害怕死亡或耄耋。和我们在一起你就可以忘记悲伤,不再为罪孽担心。”

生命和他的情人财富过着安逸的生活,最后生下了一个叫懒惰的孩子,这是一个惹祸精。他发育速度惊人,很快成年,娶了妓院的妓女绝望。她本是陪审员汤姆的女儿,汤姆油嘴滑舌,满嘴谎言,总是做伪证。

懒惰作战非常小心,他制作了投石器,把绝望的恐惧抛向四面八方。于是良心惊慌失措,请求耄耋向绝望宣战把他吓跑。耄耋手持一把叫“美好希望”的宝剑,全副武装,不久就把绝望赶跑,并与生命格斗。生命仓皇逃到良药那里寻求帮助,并付重金寻求灵丹妙药。良药非常开心,然而他所做的一切只换来一顶单薄的玻璃头盔[7]!但他仍然相信良药能赶走耄耋,用灵丹妙药来赶走死亡。同时耄耋继续和他交战,但是却误打了一个戴毛皮兜帽的大夫。大夫晕了过去,不到三天就死了。

“现在我明白了,”生命说,“名医良药都阻止不了死亡。”但他仍希望能恢复健康,于是携带善良,跑到一个富庶快乐的地方,叫作“欢乐之城”,有时也被叫作“舒适相伴”。

耄耋紧随着我[8],疾驰过我的头顶,使我前额谢顶,头顶光秃。啊,什么也掩盖不住他的给我留下的印记——他粗暴地践踏过我的脑袋!

"没教养的耄耋,"我说道,"快停下你粗暴的行为!人的头顶难道是让你践踏的吗?至少你也要经过我的同意!"

"你这个混蛋说什么!"他嚷道,下手更重来打击我。他重击在我耳下把我打成了聋子;他一拳打在我的嘴上,打掉了我的牙齿,又用痛风绑住我,把我困在家里。我的妻子看到我的惨状,就可怜我,诚心希望我能早点归西。因为她喜欢碰触的我的那部分身体(特别是在夜里我们赤身裸体的时候),已经不能取悦她,耄耋和她一起摧毁了它。

我沮丧地坐在那儿,看见自然经过;这时死亡正靠近我。我吓得发抖,疾呼自然来帮我脱离险境——"看白发苍苍的耄耋来袭击我了!自然,请为我报仇,我要逃离他!"

"如果你要报仇,就进联谊房。"自然说,"待在那直到我让你出来。出来前,你要学点手艺。"

"你说我该学什么手艺呢?"我问。

"学会爱,"自然说,"放弃其他的一切。"

"但我怎样能谋生呢?"

"如果你能真心去爱,你活着时就不会缺衣少食。"他说。

听了自然的建议,我就出发上路,通过忏悔和悔悟之路来到联谊房。在那儿,我看到良心在做所有基督徒的监护人和保护者。城堡被七个巨人包围着,他们是敌基督者的拥护者,正在和良心搏斗着。

懒惰用他的投石器在英勇奋战,有一支由的骄傲神父组成的军队做其后盾,至少有一千多人。他们身穿短上衣,脚穿尖头靴,手持长剑,像是一帮割喉党。——他们总是和贪婪狼狈为奸。

“圣母在上，”一个邪恶的爱尔兰神父叫道，“只要我能得到钱，我才不会在乎良心！他还不值一杯上等麦芽酒！”其他人也随声附和，同时枪林弹雨射向良心——宽头带钩的箭和渎神的诅咒，比如“上帝的心”、“上帝的指甲”等等，他们几乎把联谊房夷为平地。

“帮帮我，学问，”良心哀求，“我几乎抵抗不了这些邪恶的神父和高级教士了。”

修士听到呼救声赶来相助。由于他们业务不精，不久以前曾被良心唾弃。这时贫困跑来对他说：“这些修士出于贪婪，希望能为自己在教会谋得生计。也许因为他们贫穷，缺乏捐助，所以就讨好富人以求生活安逸。但是既然他们选择了寒冷和贫穷，那就顺其自然。别用教会的生计麻烦他们。一个靠乞讨为生的人，比那自食其力施舍别人的更会撒谎。修士们放弃了世间的享乐，就让他们像乞丐那样生活，要么像天使们那样靠灵粮为生吧。”

良心对此一笑了之，他亲切地召集修士们，安抚他们说：“先生们，衷心欢迎你们来到神圣教会。但有一事相求：你们待在联谊房要谨守法纪，不要嫉妒神职人员或平民百姓。那我就可以保证你们不愁吃穿，什么都不缺乏。——但是你们一定不要再研究逻辑，而要学会爱。因为连圣方济各和多明我都放弃土地、职位和学问，渴慕圣洁的生活。

“如果你们想谋生，想想自然的法则，上帝创造万物都按一定比例，数目固定且有限度——‘他数点星宿的数目，一一称它的名。’[9]

“如此，国王骑士以及国家的守护者们，他们任命下属都会有定数。为了给属下发俸禄，他们会写下明确的人数，否则不管他们多么卖命，也不会付给他们。任何其他上战场的人都会被视为官兵，他们抢掠死人财物，被人们痛恨。

“另外，所有修会教规要求僧侣、修女都有固定的数目。同样这也适用于教徒和普通人——各个阶层都有明确数目——除了修士外任何人都适用。常识上来说，给修士发俸禄是有罪的，天晓得你们的人数有多少！能进天国的人数有限，进地狱的却是无数[10]。所以我真诚希望你们都去登记盖章公证——不能再增加人数了！"

嫉妒听了这话，告诉修士去大学里面学习逻辑法律和沉思——学习宣讲柏拉图，引用塞内加证明世间万物都应共有。

*

我相信向众人宣扬此教义[11]的人一定是骗子。因为上帝通过摩西授人律法："你们不要觊觎你邻人的东西。"[12]但是英格兰的教会很少遵守。本堂神父的职责是聆听人们的忏悔；他必须认识他教会的所有教徒，并医治勉励他们来做忏悔，使他们为自己的罪孽感到羞愧，所以他才被称为牧者。但是羞耻却使他们放弃牧者职位跑去做修士，就像携带借款逃往威斯敏斯特的骗子[13]，要么乞求债主饶恕他们，要么乞求多宽限几年还贷。他们在威斯敏斯特拿着别人的钱去寻欢作乐[14]。就像很多向修士忏悔的人——比如陪审员和遗嘱执行人：他们给修士小费为死人祈祷，然后用他们辛苦赚来的剩余的钱来享乐。这样他们让死者到审判日也不能偿清债务。

*

为此嫉妒憎恨良心，并资助修士们去学校学习哲学。同时贪婪和冷酷攻击良心，他此时正在联谊房里坚守。他命令门卫和平紧闭大门，不让搬弄是非和散布谣言的人混进来。这时伪善攻击城堡，和良心在大门口恶斗。许多为良心和美德而战的明智老师都被他严重挫伤。

良心派出一个擅长聆听忏悔的医生。"去治愈那些被罪孽所伤的病人和伤员。"他说。那医生便制造了一种灵药可以让人们为自身过错而忏悔；可以偿还皮尔斯的赎罪券，条件是"欠债要还"。

但是有些人不喜欢这个医生，送信出去打听城里有没有下药轻点的外科医生。欲望之爱躺着呻吟，每次斋戒时候他都表现得痛苦异常，像要死了一样。他说："有个大夫比教区神父的药理知识更丰富，知道怎么用药，他可以配制灵丹妙药，人称修士医师逢迎。"

"让他来联谊房，"忏悔对良心说，"我们很多人都被伪善给伤了。"

"我们并不需要他，"良心说，"没有比教区神父、感化者[15]和主教更好的医生了——除了农夫皮尔斯，他的权能胜过所有人，他可以为所有没有欠债的人赦罪。但你这么焦急，也许我应该让逢迎医生来诊治你们。"

修士逢迎很快听到这个消息，马上跑到主教那儿，求得恩准来从事牧者工作。他大模大样携带推荐信，不久便得到书面许可，让他可以在任何地方聆听忏悔。他到良心处敲打大门。

联谊房的门卫和平打开大门，急切地问："有何贵干？"

"我要和忏悔谈谈，"逢迎说，"这关系到你们所有人的健康和利益。所以我要来这儿。"

"他和很多人都病着，"和平答道，"伪善把他们伤得很重，不可能好转。"

"但我是医生，"逢迎说，"医术高明。良心知道，他亲眼见过我的本事。"

"在你进来之前，最好告诉我你的姓名。请不要隐瞒。"

托钵僧的同伴回答道："当然，这位就是名叫'混入人家'的神父。"[16]

"哦！快滚吧！"和平叫道。"天啊，我早就听说过你的狗皮膏药。除非你改头换面，否则你别想进来。八年前，我认识一个和你一样的人，穿着修士袍来到我工作的地方，装扮成医生来诊治我的主人和主妇。一天趁我主人出门的时候,他来给女人们看病,和她们通奸,野种都出来了!"

这时礼貌劝和平打开大门,说:"让修士和他的朋友进来吧,他也许有些手段,可以说服生命离开贪婪和骄傲,让他们惧怕死亡。也许我们可以看到生命和良心拥抱,言归于好。"

于是,在礼貌的调停下,修士得以进门,来到良心处拜见他。"欢迎,"良心道,"你能治疗病人吗?我的表弟忏悔受伤了,你能照看一下他的伤口吗?教区神父的药膏药粉太烈,他不愿意换药,已经耽搁很久,年复一年,伤口都已经发炎了。"

"拖得太久了,"修士说,"但我有办法。"

他检查了忏悔的伤口,给他敷上一种叫作私人配方的新鲜药膏。"我会终生为你和你爱的人祈祷。"他又对另一个病人说,"女士,我会在弥撒和晨祷中为你祷告,你会和我们修会一样分享心灵恩赐——当然需要收点小钱。"

于是他四处圈钱,谄媚那些来忏悔的人。忏悔很快就忘记为自身罪孽哭泣,也不再像以前那样夜间无法入眠。在这个随和的忏悔牧师的抚慰下,他不再忏悔,这真是治疗所有罪孽极好的药方。

懒惰和骄傲看到这些,就更猛烈地向良心进攻。良心恳求神职人员相助,并令忏悔守卫大门。

"忏悔正仰卧大睡做着美梦,"和平报告说,"大部分人现在都是这样。修士用他的药方蛊惑众人,他的药膏温和,人们都不再惧怕罪孽。"

"天啊!"良心大叫,"我要去朝圣,走遍天涯海角也要找到农夫皮尔斯。只有他能摧毁骄傲,让这些巴结生活、反对良心的修士们诚实正直地生活。但愿自然为我复仇,帮忙治愈我,直到我找到农夫皮尔斯!"

他大声呼求恩典,把我从梦中惊醒。

附录A

C文本里的“自传体”段落

我一觉醒来，发现自己在康希尔(Cornhill)，和凯蒂在这里的一间小木屋里生活。我们衣衫褴褛，生活贫困，就像乞丐——然而，我们并没有得到那些在伦敦城里四处闲逛、无所事事的隐士和乞丐的照顾，因为我曾把他们都写在了我的诗句里，像理智教导的那样表明我的观点。

我在一个炎热的收割季节遇见理智，那时我正与良心擦肩而过[1]。虽然我非常健康，劳动让我练出了一身肌肉，但是我喜欢悠闲的生活，喝喝酒，睡睡觉。正当我沉浸在白日梦中神游世界时候，我听到一个声音，那是理智的声音，在斥责我：

> 你为什么不在弥撒仪式上服侍或在唱诗班唱歌，不帮农民收玉米，帮他们收割堆垛、捆扎麦穗？为什么不起早给自己找个带头收割的活儿？为什么不像城镇看守，手拿号角站着，彻夜不眠守在外面，提防小偷来偷我的庄稼？为什么不去补鞋、放羊放猪、扎篱笆耙地、到集上去卖猪卖鸭？不管怎样，你应该做点对大家有用的事情，为赡养年老体弱者尽些本分。

“哦，老实说，”我回答，“我没力气，也用不好镰刀，我个子太高没法弯腰干活——实话说，我跟不上别人！”

“那你有自己的地方住吗？”理智问，“还是家里有条件供养你？你看上去就像个败家子儿，只会浪费时间和金钱。也许你是乞丐，在酒窖门口打转，在斋戒日时候蹲在教堂门口，编些故事骗人。等你到了正义奖惩人们的地方，这样的生活不能给你加分——‘因为上帝按照各人所行的报应他。’[2] 也许你四肢不全，也许遭遇意外变成残疾，所以有借口不去工作？”

“很多年前，当我还是个小孩子的时候，”我回答，“我的父亲和朋友们总是想方设法送我去求学，所以我才能读懂《圣经》，并学到了对我身体和灵魂有益的知识，当然，我对此也持之以恒。帮助我的朋友都已经过世了，但除了这长长的教士袍，我至今仍没有找到更适合我的生活方式。如果我要谋生，我就要从事我学到的最擅长的工作，因为《圣经》上说：‘各人蒙召的时候是什么身份，仍要守住这身份。’[3]

“我住在伦敦城里，也在伦敦工作[4]，我的工具是主祷文和《祈祷书》，有时还要为死人做超度，还要用《诗篇韵文集》和《七悔罪诗篇》[5]。我用这些对那向我求助的灵魂歌唱，希望我的这些衣食父母，能够在我每个月一两次拜访他们时欢迎我。于是我四处游历，今天去这家，明天去那家。我就是这么乞讨的，没有布袋也没有钵盂，就带上我的肚腹！

“另外，理智先生，我深信你不应强迫神职人员去做工。因为《利未记》[6] 里记载，上帝的律法说，有天赋从事圣职工作的人不应该辛苦去做陪审员、去前线杀敌——‘不可以恶报恶’[7]，《圣经》是这么说的。因为那些接受剃度的人是天国的子民和基督的牧者，他们的工作是在教堂和唱诗班里服侍上帝。《圣经》说：‘耶和华是我的产业’[8]，又说，‘温柔的生活会给人自由’[9]。

“所以神职人员的工作是服侍基督，那些辛苦劳作的活儿是农奴做的。只有出身自由民家庭、其父母都是教徒的人才能担任圣职。农奴和乞丐的孩子和私生子都应该用他们的双手去干活，尊贵血统的人应该服侍上帝及其同胞，做与其身份相配的事——唱诗、记账或做财务咨询师等。

“但现今，奴隶的孩子做主教，私生子成了执事长；肥皂商和他们的孩子买来了骑士身份，而真正贵族的子孙却在劳作流汗——他们把自己的房产抵押出去来抵抗敌人，为国王和国家而战，保卫人民。应该牧养穷人的僧侣们收购骑士的财物，攀龙附凤。现在即使教宗和教会的赞助人也弃贵族血统于不顾，任命买卖圣职者[10]的孩子们看守圣殿。慈善和圣洁的生活都消失殆尽，要到这些新时尚都过时，或有人摧毁它，才会重现。

“所以理智你不能指责我，因为我的良心告诉我基督让我做什么。比起世上的其他事情，我们的主更喜悦圣洁人的祈祷和慎重的忏悔。‘人活着，不是单靠食物。’[11]——因为主祷文就是证明：‘愿您的旨意成就’，可以为我们提供一切。”

“但我看这不怎么适用你，”良心打断说，“在城里乞讨并非圣洁的生活——除非是修道院院长让你去乞讨。”

“不错，”我回答，“我承认我浪费时间。但是想想：一个商人可能老是做赔本生意，但是如果最终他做成了一笔足够养活他后半辈子的大买卖，那他还会在乎他先前的那些亏损吗？——通过上帝的恩典他得到了财富，好比寓言所说：‘天国好像宝贝藏在地里’[12]，又说，‘妇人找到她丢失的银币就请朋友邻舍来，对他们说：我失落的那块钱已经找着了，你们和我一同欢喜吧’[13]。我也在依赖天恩给我的意外赏赐，来开始我人生的新纪元，让我能够从过去的损失中翻本。”

“那我建议你换工作，”理智说，“立刻开始更能受人赞誉的生活，让你的灵魂受到尊重。”

“是的，而且要持之以恒。”良心插嘴说——于是我赶去教堂去敬拜上帝。

我在十字架前双膝跪下，捶打胸膛，长吁短叹向地含着主祷文；

我低声啜泣，不知不觉睡着了。

在梦里，我看到了比在马尔文山做梦时看到的更多东西。我又一次看到人头攒动的田野，理智打扮得像个教宗，良心为他手持牧杖，站在国王面前布道……

附录B “最穷的人就在我们身边”
C文本，第五节，第71—97行

最穷的人就在我们身边。如果我们环顾四周，就会看到囚犯在地牢里，穷人住在棚户区里，被孩子拖累，被地主强索地租。他们用纺织攒下来的钱交房租，买牛奶和麦片给那些饿肚子的孩子们做粥喝。他们自己经常挨饿，冬天还要被严寒折磨而无法入睡。她们一起床就要去照顾孩子，天不亮就起来去做羊毛的梳理、清洗和整理工作，挑灯照明，摇车纺纱——这些住在棚户区的女人艰辛的生活让人不忍目睹，也无法描述。

还有很多像她们一样受苦的男人，他们整日忍饿挨渴，却尽力不表现出来——因为他们羞于乞讨，不愿告诉别人他们的需求。我已经在世上看到太多这样受苦的人，他们孩子众多，除了变卖物品外没办法养活他们。他们所挣不多的几块钱被很多只手争抢，而修士们则在吃烤鹿肉，吃着面包，喝着便宜的麦芽酒，也许还就着冷肉和腐鱼。在斋戒日的时候，一些便宜的贝壳对这些人来说就是一顿大餐了。实话说，帮助这些负担重的人，抚慰这些佃农和瞎眼跛脚的人才是真正的仁慈。

导读与注释

作者介绍

1. 参见 George Kane, *Piers Plowman. The Evidence for Authorship*, University of London Press, 1965。

2. 参见 W. A. Pantin, *The English Chwrch in the Fourteenth Century*, Cambridge University Press, 1955。

3. 参见 J. A. W. Bennett, 'The Date of the A-text of P. PL.', *P. M. L. A.*, Lvii, 3, June 1943; and 'The Date of the B-text of P. PL.', *Med. Aev.*, xii, 1941。

4. 1550 年,这首诗就被三次印刷,并于 1561 年由欧文·罗杰斯(Owen Rogers)最后一次重印。

5. 参见 G. R. Owst, *Preaching In Mediaeval England*, Cambridge University Press, 1925, and *Literature and the Pulpit in Mediaeval England*, Cambridge University Press, 1933。

序 幕

做梦人在精神上还不够敬虔,他的观点是基于暂时的标准。他看到的世界是无政府的混乱状态:各行各业的人其目的都是要获取,而无视天堂和地狱。国家和教会的当权者变得专断独行,不再用爱和宽恕来协调律法。朗格兰描绘的国家的建立是以大鼠和小鼠的喜剧形式表现出来的，模仿了他那个年代英国国会的议程，说明政治就是争夺自我利益。猫没有得到遏制，尽管无数律师在法庭上辩论，但整个社会还是出于无法纪的状态。

1.东方和太阳是上帝在《圣经》中的象征。

2.即贯穿全诗的普遍意义上的吟游诗人。参见第十五节注释31。

3.在圣保罗的文章里没有这样的话，朗格兰也许指《提多书》(1:10—12)、《以佛所书》(5:4)或《歌罗西书》(3:8)。

4.加利西亚的圣雅各陵墓是雅各在圣地亚哥的著名圣地，是朝圣者喜爱的圣地。

5.四大修会即加尔默罗修会、奥古斯丁修会、多明我修会和方济各修会(或小兄弟会)。

6.修士和正规神父之间的冲突被形容成暴怒之罪。“世上最深重的罪孽”，朗格兰可能指一种永恒的分裂。这种大分裂的影响之一就是把修士分成了两派，一派支持罗马教宗，另一派反对教宗；后者选了一个与教宗匹敌的总牧师。

7.爱德华三世在位期有过四场瘟疫，分别发生在1349年9月、1361年2月、1369年和1375年6月。第一次瘟疫是黑死病，至少夺取了三分之一人口的生命，因此这片土地未被开垦，本堂神父无法收取什一税。

8.字面上讲就是歌颂利用圣职谋利——即在各地的小教堂里为死人做弥撒所得到的钱。

9.指宗教法庭，用来隐喻审判日。

10.见《马太福音》(16:19)

11.“红衣主教”(或曰“枢机主教”)来自拉丁语的“轴节、铰链”一词。利用这种衍生意，朗格兰把基督教王国真实的精神锁链和真实改变人命运的锁链相比较。教宗乌尔班六世因谴责贪婪的红衣主教们而激怒了亚眠的红衣主教，于是在法国红衣主教中组织了一个叛乱团体，并于1378年在他们自己国家中选出了一个与教宗抗衡的克雷孟七世。同年十月，英国国会在格罗斯特开会时，同时收到了来自教宗和叛乱的红衣主教求助的信。这可能就是朗格兰攻击他们放肆选举教宗的原因。

12. 所有评论家都认为此人是朗格兰自己。

13. 在中世纪英语中"天使"一词有时用来指先知或传道士。此处的天使可能是当时著名的传道士罗切斯特(Rochester)主教托马斯·布云顿(Tomas Bruntan)。他用拉丁语——因为是一种国家场合——为理查二世加冕仪式所做的布道词至今尚存；他在其中表达了国会的抱怨声，并用了大鼠和小鼠的国会寓言。

14. 大鼠代表国会里最有影响的成员，小鼠指地位不太重要的成员。

15. 这里的猫应该是指冈特的约翰(John of Gaunt)而不是爱德华三世，后者年龄太大，不会给国会造成麻烦。

16. 这只老鼠也许是指彼得·德拉马(Peter de la Mare)。其在1377年为顾问会议提出国会草案来向新国王理查建议。与此同时布云顿也发表了讲道词，指出国王的年轻是大家都关注的事情。

17. 见《传道书》(10:16)

18. 这里指冈特的约翰在1377年末退休享受追逐的乐趣；或是1378年他反对法国的运动。

第一部分

第一节

圣洁的天国教会，上帝的女儿，是她把做梦人当作孩子来接待，为他解释他所看到的景象，纠正他的态度，并阐明物质的正确用途。当他认出她之后，记起了他遗失的洗礼的恩荣，并提出诗歌后来发展的中心问题："我怎样才能拯救我的灵魂？"她用简单的话道出了基督信仰的根本：必须通过已经植根在心里的爱来寻找真理，并实践人们本身就有的美德。但是他仍然对这个世界提出很多疑问。

1. 圣约翰·克里索斯托认为："上帝赐给我们的任何必需品都是公共财产。财产公有对我们来说是一种比让一些人贫穷更适合的自然的生活方式。"圣西普里安、教宗大格列高利等人也认同这种教义。

2. 见《创世纪》(19)。

3. 见《马太福音》(22:21)。

4. 朗格兰是指道德意识。

5. 中古英语文学经常会提到犹大吊死在树上这件事。朗格兰同时代的曼德维尔说过当他参观圣地的时候这棵树还在。

6. 见《约翰一书》(4:6—8)和《约翰二书》(1:2)。真理和仁慈是不可分割的，书的其余部分都围绕此主题展开。

7. 这些引用无法找出出处，因为朗格兰有时会把不同的福音书混淆，这里也许是指《约翰福音》(15:1—6)。

8. 也许指《撒母耳记上》(22:2)或《撒母耳记下》(23:8—39)。

9. 指撒拉弗（Seraphim），基路伯（Cherubim），德乐尼(Thrones)，神权天使(Dominations)，神德天使(Virtues)，神力天使

(Powers)，主权天使(Principalities)，天使长(Archangels)，普通天使(Angels)。第十级是路西弗，他坠入了地狱。

10. 此处真理含有忠诚的意思。

11. 见《以赛亚书》(14:13—14)。

12. 这被认为是用来解释空气、土、水和木中的精灵的起源，他们比其他叛逆天使的罪行要小。

13. 指"恺撒的物当归给恺撒"，和"神就是爱"。

14. 指通过基督完成。见《以弗所书》(3:9)和《约翰一书》(1:3)。

15. 见《申命记》(6:6，10:12)。

16. 见《以赛亚书》(53:2)和《启示录》(22:2)。

17. 见《约翰一书》(1:14)。

18. 见《马太福音》(7:2)和《雅各书》(2:13)。

19. 见《雅各书》(2:26)。

20. 见《路加福音》(6:38)。

第二节

圣教会向做梦人展示了她的对头(奖赏)已经攫取了她在教会和国家里的地位。她代表的是金钱的力量，我们开始明白序幕里对这个世界的控诉就是唯利是图——一切都是用来卖的，这是被法律认可的。她嫁给骗局是一个得到所有公务人员及神职人员支持的阴谋，这寓指报酬和奖励与贿赂和腐败的结合。主要的支持者民法先生和买卖圣职者分别代表民法和教会法律，他们控制着英国社会。神学反对婚礼时引述了奖赏女士的劣迹，并诉诸法庭，这关系到正确的奖励或报酬原则。她的同党都躲起来等候裁决。

1. 其字面义原指报酬，这里指贿赂。一些学者认为她代表爱丽丝·佩勒斯，爱德华三世的情人。

2. 指代欺骗和谄媚。

3. 左面象征邪恶。

4. 参见《启示录》(17:4)对巴比伦妓女的描述。

5. 人们认为名贵的宝石可以用来解毒治病。

6. 见《马太福音》(7:17)。

7. 参考《启示录》(21:2,22:17)中圣城作为新娘的形象。

8. 见《诗篇》(15)。

9. 见《诗篇》(140:3)。

10. 指教会法庭的办事员,他们的职责是传讯和警告犯人出庭。

11. 他们为国王或大领主采购生活物资,经常会肆意压价,还常常不付货款。

12. 这是典型的中世纪契约的书写形式。

13. 这些见证人所从事的职业都以敲诈勒索而臭名昭著。

14. 见本节注释 1。

15. 见《路加福音》(10:7)。

16. 指位于威斯敏斯特的法庭。

17. 所有这些“马匹”都是教区与教会法院有关的神职人员。

18. 指在教区偏远地区行使属灵管辖权的主教任命的官员。

19. 半年零十一天正好是 1359—1360 年的反法运动的确切时间:从爱德华三世 1359 年 10 月 28 日登陆加来到第二年 5 月签订《布雷迪尼条约》。这次事件中,吟游诗人和信使中的骗子也许就是在传播关于战争的谣言。

第三节

国王身边都是一些讨好奖赏的朝臣,包括神父和法官等。她与他们的交易表明了她是一个歪曲正义者。她和良心之间的辩论深度分析了人和神的奖赏关系：良心用人类的回报标准来映衬由神的律法统治的末世论理想中的王国——这时律法本身就是爱的仆人。

1. 一个定期为某人祈祷以得到报酬的人。

2. 当时捐助教会的人的名字与肖像经常会被绘入彩色玻璃中。

3. 见《马太福音》(6:1)。“上帝的人”应指神父或修士，朗格兰的意思也许是当你要捐赠时不要去叫修士来看。

4. 见《马太福音》(6:2)。

5. 见《马太福音》(6:3)。

6. 此话并非来自所罗门，而是来自《约伯记》(15:34)。

7. 教宗本笃十一世死于1304年，据说是被毒死的。

8. 暗指爱德华二世的被废黜和谋杀。

9. 指爱德华三世时期与法国的战争(1359－1360)。

10. 此处说明在1359－1360年的战争中英国军队遭到溃败，处境艰难。

11. 暗指1360年5月8日的《布雷迪尼条约》，爱德华放弃对法国王位的主张，还有大部分法国领地；法国太子同意他以300万金币赎回他父亲约翰国王。

12. 国王有时从行为不良的人处收取费用，以免除其惩罚，这被称为“国王的和平”。

13. 见《诗篇》(15)，《以赛亚书》(33:14－18)。

14. 见《诗篇》(26:10)。

15. 见《创世记》(14:21－23)。

16. 见《马太福音》(6:5)。

17. 见《撒母耳记上》(15)。

18. 见《撒母耳记上》(15:32－33)。

19. 见《撒母耳记上》(15:12－14,16)。

20. 见《以赛亚书》(2:2—5)。

21. 表明在爱德华三世和理查德二世时期,人们经常无视禁止人们携带武器的法律。

22. 见《以赛亚书》(2:4)。

23. 见《以赛亚书》(2:4)。

24. 这表示当时人们普遍相信占星术的各种奇特的预测。

25. 见《箴言》(22:1)。

26. 见《箴言》(22:9)。

27. 见《帖撒罗尼迦前书》(5:21)。

第四节

和平请愿反对罪行,这为理智和律法提供了一个判例案件。奖赏为了贿赂证人和原告无所不用其极。罪行代表着打着服务王权幌子而受到的野蛮不公正。律法的尊严最终被维护,奖赏及其喽啰丢尽了脸面。国王接受理智和良心做他的顾问;但是施行律法需要整个国家的支持。理智必须向全民布道让他们忏悔。国家的改革依靠社会的改革。

1. 理智很可能是以迪奥尼修·卡托的名字为他的仆人取名。卡托写于四世纪的《道德箴言》,在中世纪时期很盛行。朗格兰频繁使用卡托的语言,认为他是描述道德相关问题的伟大作家。

2. 见《罗马书》(3:16—18)

3. 和平控诉的是供货商的罪恶,见第二节注 11。

4. 王室法院通常的惩罚就是听从国王发落,也就是没收其财物,除非国王宽容地找到一个折中的办法来接受罚款。

5. 一个人因欠债或有任何个人行为而被捕可以为自己找保人。很明显,保释是用于包庇有钱的犯人的,破坏了司法公正。

6. 狡猾的意思是说赔偿比惩罚更能弥补过错。

7. 见“序幕”注释 4。

8. 十四世纪大部分时间教宗法庭设在阿维尼翁，但是 1377—1383 年设在罗马。

9. 此处是有意讽刺，因为这份赦免名单包括了罪行最深重的人。

10. 原文为拉丁语，来自英诺森三世的名言。

11. 当佃户死后无继承人时土地应归还国王。

第五节

理智的布道从关注人类律法转到关注上帝的指令及其在日常生活上的应用。做梦人被感动而开始忏悔，这时我们第一次听到他的名字：威尔。诗人所知道的世上的愚蠢和恶行现都包含在传统观念里。这些都是摧毁社会的恶行，牢牢植根在人性深处，导致其愚昧而无可救药。强盗罗伯特直接出现在基督面前偿债这件事说明人们不可能自我拯救；忏悔在祈祷中提及此话题，概括了救赎的主题，这被写入第十八节。从未听说过真理的朝圣者代表着已忘记如何引导人们朝圣的教会，当人们出发寻找真理时故事达到令人振奋的高潮，但是他们仍需向导。而皮尔斯正相反，圣教会曾在做梦人梦中指出善良的农夫通过常识就能知道真理。他准确简单地解释了戒律，试图通过提醒他们与天授美德之间自然的亲缘关系来鼓励他们。

1. 指发生在 1362 年 1 月 15 日的猛烈暴风雨。接着，一场大瘟疫广泛蔓延。

2. 很可能指酒馆老板娘，由于贩卖劣质酒而被惩罚。一对棍棒可能是用来分散众人的。

3. 中世纪常用谚语。

4. 见《箴言》(13:24)。

5.见《马太福音》(25:12)。

6.这里,真理等同于圣灵。

7.骄傲。在C文本中,对豪金骄傲的描述被加在这里。

8.色欲。在C文本中,对豪金好色的描述被加在这里。

9.愤怒。在A文本中,此罪行被省略了。朗格兰此处通过一个例子主要描述了修士和在俗神父之间的怨恨。

10.愤怒在此影射争吵通常以两种方式之一终止:要么在俗神父变得像修士那样贫穷,要么修士获得财富可以像在俗神父那样骑着高头大马。

11.C文本把此处改成在鸡棚里。

12.有的女修道院院长的确想要听到修女的忏悔,但这种实践很快被乔治四世用严格条例禁止。

13.《彼得前书》(4:7,5:8)。

14.她通过假秤来欺骗纺织工。

15.在布罗姆赫姆的小修道院里有个非常著名的十字架,据说是耶稣受难被钉上的十字架的碎片做成的,朝圣者常去礼拜。

16.早在理查一世在位时,英格兰的放贷制度就由伦巴第的商人建立起来。伦巴蒂人和犹太人都收取高昂的利息,也都犯有剪硬币的罪。

17.此处的十字架是指钱币背面的十字架,指代钱币。

18.见《诗篇》(112:5)。

19.以货品的形式来提供贷款是一种惯例。借贷人要用金钱形式连本带息偿还,放贷人也可用低价买回货品。

20.贪婪在和骑士做交易时,通常用很低的价格从他们手里买丝绸;在这里他具有讽刺性地说他的客户绸缎商没有付学徒费。

21.此句来源不明,可参见《箴言》(22:7)和《帖撒罗尼迦后书》

(3:2)。

22. 见《奥古斯丁书信》(153:20)。

23. 所谓《诗篇》注释，朗格兰也许指的是“标准评注”(Glosa Ordinaria)，这句话引自圣奥古斯丁的评注：“他的确给予宽恕，但以一种取悦公正的方式；他的罪行不会让他逍遥法外。”

24. 见《诗篇》(18:25)。

25. 见《诗篇》(145:9)。

26. 见广为引用的奥古斯丁对于《诗篇》(143:2)的注释：罪火会被恩典的浪花浇灭。

27. 见《希伯来书》(13:17)。

28. 饕餮去忏悔那天是周五斋戒日。

29. 他是个出租马的人。

30. 根据伦敦对妓女在夜间的规定，她们——特别是弗莱芒女人——禁止住宿在城里，必须要待在规定的地方，也就是泰晤士河对岸以及公鸡巷。

31. 这是一种易货的古老游戏。两样物品价值的不同由卖者的朋友评估，如果不同意，就任命裁判。

32. 这是所发现的最早提到罗宾汉歌谣的记录。切斯特伯爵也许是康斯坦茨的配偶，康斯坦茨是金雀花王朝的杰佛里的遗孀，亚瑟王子的母亲。尽管他功绩卓著，但没有发现有关他歌谣的记载。

33. 指路得岛著名的切斯特十字架。路得岛是朝圣者经常去的地方。

34. 见《罗马书》(13:7)。

35. 根据尼哥底母的伪福音书，忏悔者的名字叫迪马斯。

36. 见《路加福音》(23:42)。

37. 见《路加福音》(7:42)。

38. 拉特罗即等于强盗,参考《路加福音》(23:39)。

39. 忏悔者的祈祷主要是陈述信仰,然后请求修正与宽恕,这综合了使徒信经的大部分成分。

40. 全文来自《圣周六颂歌》。

41. 见《创世记》(1:26)。

42. 见《约翰一书》(4:16)。

43. 在中古英语中,正午是指从上午十二点到下午三点。但朗格兰在此是象征性说法,因为正午是魔鬼最考验人的时间,基督死亡之时,正是他和魔鬼抗争的时间。正午也是宗教人员的午餐时间,基督通过他的死,用他的宝血喂养他的子民。另外,当世界被黑暗笼罩时,基督之光降入地狱用其血养育我们居住在黑暗中的先辈,正午的光在他死的那刻离开尘世,照亮地狱的黑暗。

44. 见《以赛亚书》(9:2)。

45. 见《马太福音》(9:13)。

46. 见《约翰福音》(1:14)。

47. 见《诗篇》(71:20)。

48. 见《诗篇》(32:1)。

49. 见《诗篇》(36:6—7)。

50. 参见《马太福音》(9:36)。

51. 这是由于他的异域装扮和他穿得像个朝圣者的样子。

52. 讨饭碗和布袋总是要携带的,前者用来喝水,后者用来装吃的。真正的朝圣者皮尔斯带的是装种子的篮子而不是乞丐的钱包;基督命令其"收割者"什么都不要携带,见《路加福音》(10:4)。

53. 除了普通的朝圣徽章,每一次朝圣之旅都有其特殊的标志,朝圣者在归途中会将其醒目地戴在帽子上、别在《圣经》上或挂在脖子里,表明他完成了这次朝圣之旅。

54.朝圣者经常去西奈参观圣凯瑟琳修道院及其遗迹。

55.指圣维罗妮卡的手绢的复制品,据说圣维罗妮卡的手绢曾经奇迹般地印上了基督的容貌。

56.这些圣地被认为在曼德维尔的游记中有大量篇幅的描写。

57.皮尔斯之名即源自彼得,彼得是基督的第一个收割者,也扮演了“磐石”的角色。

58.无数朝圣者的捐赠使坎特伯雷的圣托马斯·贝克特圣地成为英国最富裕的圣地。

59.见《马太福音》(22:37—40)。

60.出处不详。

61.《诗篇》(44:23),《马可福音》(4:38)。

62.《何西阿书》(13:3)。

63.指与七宗罪相对的七大美德。

64.意指圣母马利亚。

第六节

在朗格兰的时代,第一需要是赶走瘟疫、实施劳动法、去除黑死病之后的浪费和懒惰的不公正行为。农夫皮尔斯(社会的供应者,是基督教团体的象征)试图在社会各阶层中实施律法,不得不求助于“工作还是贫穷”的原则。但是这方面他却失败了:尽管有骑士配合,但是劳工们却不遵行,他们又回到无政府的混乱状态。

1.出自《箴言》(24:27—34),可以作为本书的主旨。

2.用现代英语表达,就是指一小块地。

3.这里提到骑士,因为朗格兰遵循旧例把教会分为三部分:教士、战士和劳动者。二等阶层的职责是捍卫上帝的律法及其教会。

4.见《路加福音》(14:10)。

5. 所有这些人被剔除是因为他们生活不检点，不能帮助皮尔斯务农（和下文皮尔斯的妻子对比）；他们因此把自己与基督教社会相隔绝。

6. 见《诗篇》(69:28)。

7. 见《申命记》(24:12—13)。

8. 可能指威克利夫穷神父。

9. 见《加拉太书》(6:2)。

10. 见《罗马书》(12:19)和《希伯来书》(10:30)。

11. 见《路加福音》(16:9)。

12. 见《创世记》(3:19)。

13. 见《箴言》(20:4)。

14. 在中世纪的艺术中，狮子象征马可，公牛象征路加，鹰象征约翰，人象征马太。

15. 见《马太福音》(25:18—30)。

16. 见《诗篇》(128:2)。

17. 黑死病之后，英国劳工稀缺，劳工要求高薪。劳动法强迫健壮的劳工按公认的薪酬率受雇，但是没人遵守此条款。

18. 见狄奥尼修·卡托的《道德箴言》(1:21)。

19. 土星的影响是恶劣的，它跟洪水、干旱等自然灾害有关。

第七节

真理给皮尔斯的信意味着人们可以不用朝圣，就能通过诚实做工和合作获得赦免。这可以适用于社会的各个阶层。但当看到赎罪券后，发现并不是真的赎罪券，而是阿塔那修信经中熟知的经文时，皮尔斯意识到这不能拯救人们，社会改革不能有效进行，于是像摩西从西奈山返回一样，撕毁了赎罪券，毅然自己选择新的方式：终生持守贫穷和祈祷，帮那些不能靠自身得到赦免的人求得赦免。

1. 人们通常认为赎罪券能够免除因罪行而带来的惩罚，而不是原谅他们的罪行。因此不是一般意义上的赎罪。

2. 字面上意思是放弃向真理朝圣。寓指努力工作耕种田地，在世上建起一个基督教社会，这本身就是通往真理的途径，是获得赦罪的最好方式。

3. 这里的两种律法指十诫的两种分类，即我们对上帝的职责与我们对世人的职责。

4. 见《诗篇》(15:5)。

5. 此处说法来源不详。

6. C 文本此处说："你们的智慧来于我。将恩典赐予之物买卖是亵渎。"

7. 见《马太福音》(7:12)。

8. 见卡托《道德箴言》序言警句第 23 行。

9. 他是著名的故事大师。他的《经史》(*Historia Scholastica*)是对《圣经》的改写，其中夹杂着许多传说。而朗格兰凭着记忆加以引用，经常会窜改原文。

10. 这不是格列高利所说，而是《传道书》(11:6)中哲罗姆的评注。

11. 参见《箴言》(19:17)。

12. 见《路加福音》(19:23)。

13. 见《圣杰罗姆书信》(125)。

14. 见《诗篇》(37:25)。

15. 参见《耶利米书》(5:8)。

16. 这些阿塔那修信经中的话取自《马太福音》(25:46)。

17. 见《诗篇》(23:4)。

18. 见《诗篇》(62:3)。

19. 见《马太福音》(6:31)。

20. 皮尔斯(Piers)之名源自彼得(Peter)的法语译名(Pierre)。而皮埃尔又衍生出另一个名字珀金(Perkin)。在这里,神父先后用这三个名字称呼皮尔斯。

21. 见《诗篇》(14:1,53:1)。

22. 见《箴言》(22:10)。

23. 见卡托《道德箴言》(2:31)。

24. 参见《但以理书》(2:39)。

25.《创世记》(37:9—10)。

26. 指人死后在两年或三年之内举行弥撒为死者的灵魂祈祷。

27. 即颁布赦罪令的信。

28. 见《马太福音》(16:19)。

29. 教长指一个省的修道院首脑,这些赦免文书都是由他们授予的。

第二部分

第二部分的主题是精神生活,仁慈的发展使教会最终全副武装和基督的敌人做斗争。在第一部分里,做梦人孤身一人,通过他对皮尔斯改造众生失败的困惑,开始他的朝圣之旅了。皮尔斯也从一个属血气的人向属灵的人转变,但是做梦人很久都找不到行善,是因为他错误地在尘世寻找它,所以找不到。他寻找的行善、多行善和行大善最终被证实不是三种不同的职业(普通人、神父和主教),而是同一个充满了耐心和仁慈的生命。积极的人生成就就是信仰的成就,也就是说,积极的人生是一种修行的人生。

第八节

修士动听的比喻没有打动威尔，他又踏上梦幻旅程，在梦中遇到了他自己的翻版——思想。思想代表那些威尔能够获得的关于获取真理的方法。他根据外界事物描述行善、多行善和行大善，而没有提到为通过信仰与恩典行善所做的必要准备。于是威尔转向智慧看他是否能在行动中解释行善。

1. 修士经常结伴而行。

2. 见《箴言》(24:16)，参见《诗篇》(37:24)。

3. 但《哥林多前书》(10:12)指出:“所以自己以为站得稳的，须要谨慎，免得跌倒。”

4. 见《哥林多后书》(11:19)，在这里思想错误地理解了圣保罗的话，将其讽刺语气理解成了祈使语气。

5. 主教的权杖上端是个钩子，下端是长矛。

6. 即伤害教会或主教。

第九节

智慧是一种自给自足的能力，其试图在自然人，即物质能力和精神能力协调发展的人身上找到行善。人有种天赋叫作理智，缺少理智的人就要由教会庇护。由于智慧过高评价了自然的力量，他将世上的悲苦归咎于滥用身体以及人们不遵守婚姻律法，后者造成了非自然而生的后代。但是他知道行善是灵魂的一种本能，而不仅仅是表面遵循法律。

1. 通过智慧这种能力，做梦人开始认真地思考人生。智慧告诉他人类灵魂的创造和人类的理性天性，即“明智”，那是上帝赋予人类最好的礼物，这就引向了婚姻的主题。

2. 这里的“空气”是指“火”，而“风”指的是属于世界的下层空气，天国的空气则是属灵的元素，或上帝吹入亚当鼻孔的生命的呼吸。

3. 参见《约翰福音》(12:31)。

4. 见《诗篇》(148:5)。

5. 上帝用三位一体的形象直接造了人，圣父与圣子、圣灵共同塑造了人。但之后朗格兰又自相矛盾地提出上帝确实在造人时使用了“言语”——尽管其不是媒介。

6. 参见《创世记》(1:26)。

7. 参见《箴言》(4:23)。

8. 参见《腓力比书》(3:19)。

9. 参见《约翰一书》(3:8)。

10. 见《约翰一书》(4:16)。

11. 见《马太福音》(25:12)。

12. 见《诗篇》(81:12)。

13. 四大博士是：圣哲罗姆，圣格列高利，圣奥古斯丁，圣安布罗斯。

14. 也许是指《使徒行传》(6:1—4)，但是《雅各书》(1:27)的内容更贴切。

15. 见彼得·坎托的《概略》第 49 章第 135 节。

16. 见《箴言》(1:7,9:10)。

17. 见《雅各书》(2:10)。

18. 见《诗篇》(34:10)。

19. 参见《约翰福音》(2:2)，或《创世记》(1:28)。

20. 参见《约翰一书》(3:12)。根据中世纪传说，该隐在亚当和夏娃为罪受责的忏悔和禁食期间出生。于是在书的评论中，该隐成了邪恶后代的第一人。

21. 见《诗篇》(7:14)。

22. 参见《创世记》(6:1—2)。上帝的儿子们和人类的女儿们结合，根据一些评论者的看法，就是塞特的儿子们和该隐的后代结合。上帝对塞特的命令没有写在《圣经》里，但有可能取自彼得·考迈斯特。

23. 参见《创世记》(6:6)。

24. 见《以西结书》(18:20)。

25. 见《马太福音》(7:16)。

26. 参见《约翰福音》(14:6)。

27. 这是所知最早提及奇特的风俗——邓莫腌熏猪肋肉的文献。在英国埃塞克斯郡的邓莫地方每年赠予当年关系和睦的夫妇一块腌熏猪肋肉作为奖赏。

28. 参见《哥林多前书》(7:9)。

29. 引自布里德灵顿的约翰(John of Bridlinpton)的拉丁文诗句。

30. 即禁食日。

31. 见《哥林多前书》(7:2)。

第十节

威尔纯粹的智力寻求在这本节中失败了。在谴责他们的敌人时，他和他们的向导们互相误解且自我要求过高。研究她认为威尔是个世俗的伪君子，她推荐了基本的基督教美德，并激烈抨击了那些伪善地把饕餮生活和肤浅的神学推测结合在一起的人。尽管威尔表面上屈服，但是他无视研究关于禁欲的教导，继续寻求智力上的优秀成就。他听到学问对教会中有学问的伪善者的预言性谴责，于是他猜想唯一正确之路在于武力。经书的回答把他推向另一个极端——

放弃一切，转向简单的信仰，因为学问已经证实是无用的。

1. 朗格兰所述“经书”指的是所有神圣作品，包括《圣经》与教父们的著作。

2. 参见《箴言》(1:7,14:16,23:9)。

3.《马太福音》(7:6)。

4. 参见《约伯记》(21:7 及以下)。

5. 见《耶利米书》(12:1)。

6. 见《诗篇》(73:12)。

7. 见《诗篇》(11:3)。

8. 见《诗篇》(132:5—6)。此处说的是约柜，但朗格兰的意思是：我们听说上帝在财富(以法他)中，但我们却发现他在乡村的穷人中。

9. 指在圣保罗十字架前露天公开布道。

10. 见《以赛亚书》(58:7)。

11.《多比传》(4:8)。

12. 主人不在大堂时，欢乐的气氛和随意款待就开始减少了。

13. 见《以西结书》(18:20)。

14. 见《加拉太书》(6:5)。

15. 七艺包含“三艺”(语法、逻辑和修辞)和“四艺”(算术、几何、天文、音乐)。

16. 见卡托《道德箴言》(1:16)。

17. 见《加拉太书》(6:10)。

18. 见《罗马书》(12:19)。

19. 通过线条和数字的占卜艺术其起源是往地上投掷泥土，之后这些随机的点被快速记录在纸上。

20. 见《约翰福音》(14:9—10)。

21. 中世纪的押韵拉丁对联，出处不详。

22. 见《马太福音》(7:3)。

23. 一种懒惰胆小的鹰，以吃害虫害鸟为生，不适合狩猎。

24. 见《路加福音》(6:39)。

25. 参见《撒母耳记上》(4)。

26. 见《诗篇》(50:21)。

27. 参见《以赛亚书》(56:10)。

28. 这个著名的预言主要是关于一个流行的观点，也就是一个强力君主的出现，有必要的话，他能惩罚教会人士。

29. 原句是说爵爷们用《诗篇》第一篇教训他们。

30. 见《诗篇》(20:7—8)。

31 意暗指君士坦丁皇帝最初把意大利的领土送给教宗，并向教会捐赠大量财富。朗格兰的意思是一旦国王和贵族们接管了修道院的财产，他们就应向修士定期捐赠，使他们停止乞讨。英格兰的僧侣被称为格列高利的孩子，因为将修道院制度引入英格兰的圣奥古斯丁就是被教宗大格列高列派来的。

32. 阿宾登是古代著名的修道院，据说是第一个被引进英格兰的修道院，作为英格兰修道生活的代表。

33. 见《以赛亚书》(14:4—6)。

34. 整个预言如下：学问预言邪恶修会将在末日被摧毁。天国来临之前，教基督者该隐会出现，会被行善忠实的信众击败。

35. 参见《提摩太前书》(6:9—10)。

36. 见《便西拉智训》(10:10)。

37. 见卡托《道德箴言》(4:4)。

38. 参见《雅各书》(2:5)。

39. 做梦人是随口说的，他也许是想到了《彼得一书》(2:21)，但是更像是想到了《马可福音》(16:2)。

40. 参见《歌罗西书》(3:1)。

41. 参见《路加福音》(5:27)。

42. 参见《罗马书》(12:19)。

43. 参见《启示录》(20:12,15)。

44. 见《约翰福音》(3:13)。

45. 寓指所罗门著名的裁决,参见《列王记上》(3:28)。

46. 威尔又一次爆粗口。(在C文本中这些话是鲁莽说的。)就这个问题的中世纪教义,有人认为,但丁没必要把亚里士多德和其他人写入地狱中来证明他的正教信仰。他还刻意把一个异教徒来福士放入天堂,据维吉尔所说,因为他是个义人,朗格兰也明白这个道理。

47. 见《马太福音》(23:21—3)。

48. 见《诗篇》(36:6)。

49. 参见《撒母耳记下》(11:14—15)。

50. 参见《传道书》(9:1)。

51. 一句混含拉丁文和古法语的谚语,其意类似"不能纠正就要忍受"。

52. 见《诗篇》(14:1),但他也许还想到了《马太福音》(19:17)。

53. 参见《马可福音》(13:9)。

54. 参见《诗篇》(119:46)。

55. 奥古斯丁不是在布道中,而是在《忏悔录》中说的这话。

56. 参见《马太福音》(20:4)。

第十一节

在A文本中,做梦人被他的向导抛弃,于是通过经验来学习。在B版本中,他失忆了,通过他和修士辩论关于他遗体的下葬权,又回到老年时候的寻求。他担心自己的救赎,于是现在愿意聆听超越智力辩论的新的教诲。他的老师们是经书、信实（暗示对神圣教会最初教导的忠诚）和图拉真皇帝——一个通过遵循仁爱的自然法则而从地狱中被拯救出来的活生生的例子。他们称颂贫穷、善良和仁慈，表明基督是罪人的朋友。尽管威尔仍然质疑；但他转向自然界寻找到更多的证明，最后得出令人绝望的结论：除了人类之外，上帝喜悦他创造的一切。他被一种新的叫作想象力的天赋所拯救，这是一种总结过去、阐释人生的力量。

1. 圣伯纳德的名言。

2. 参见《约翰一书》(2:15—16)。

3. 这句被认为是柏拉图说的著名箴言，很可能出自《箴言》(16:9)。威尔向学问和经书表达的这种命运前定的观点导致了他的懒散的宿命论。

4. 他也许想说的是“不要担心明天”。

5. 做梦人的名字威尔在此处正代表了人类的意志能力，而这里的智慧看起来也像是做梦人自身的智慧。因为追随情欲，他做了智慧警告他不要去做的事情，毁掉了自身之中的神圣形象。

6. 在第二十节中，修士变成了《约翰一书》(2:18)中的敌基督者——这样就和《约翰一书》的前两句中提到的三种诱惑连接起来。纵观全诗，修士被指责纵容罪行、愚弄忏悔；他们是金钱、运气和敌基督者的奴隶，他们的所做所为不是为了天父，而是为了俗世。

7. 因为他们贪图殓葬费和有钱客户的遗产。

8. 出处无可考证。

9. 见《约翰福音》(3:5)。

10. 信实代表诚实生活，忠实于自己的道德和社会责任，持守真理。这是圣教会最先教给做梦人的。因为遵守自然法则，像图拉真这样的异教徒也有可能拥有这样的美德。

11. 参见《提摩太前书》(5:20),《提多书》(1:13,2:15)。但圣彼得对此并未发表评论。

12. 见《利未记》(19:17)。这里的弟兄指修士。

13. 见《马太福音》(7:1)。

14. 见《提摩太前书》(5:20)。

15. 见《诗篇》(50:21)。

16. 即人们用忏悔的方式向他们说的事。

17. 经书改述了《马太福音》(22:1—14)的寓意。

18. 见《以赛亚书》(55:1)。

19. 见《马可福音》(16:16)。

20. 见《诗篇》(145:9)。

21. 根据中世纪著名的传说,圣徒大格列高利记挂异教徒图拉真皇帝的正义,殷切地为他的灵魂祈祷,得到上帝的回复说已经把图拉真从永被诅咒的地狱中释放出来。在大多数版本中,图拉真被说成从地狱中带回并接受洗礼。但是朗格兰的描述取自弗拉津的雅各的《金色传奇》,并没有说图拉真复活。

22. 朗格兰没有说明是谁说的,也许是信实或经书。在C文本中,此话出自鲁莽之口。

23. 见《约翰一书》(3:14)。

24. 参见《马太福音》(25:40)。

25. 见《路加福音》(14:12)。

26. 参见《罗马书》(8:16—17)。

27. 参见《彼得一书》(2:2)。

28. 见《约翰福音》(8:34)。

29. "世人"在《旧约》中出现了19次,但在《新约》中没有出现;而"神的后代"在《新约》中出现10次,没有出现在《旧约》中。

30. 见《加拉太书》(6:2)。

31. 参见《路加福音》(7:48)。

32. 参见《马太福音》(7:2)。

33. 参见《路加福音》(24:13—35)。

34.《路加福音》(10:40—42)。

35. 根据传统解释，抹大拉的马利亚代表“沉思”的人生，圣马大则代表“积极”的人生。

36. 见《箴言》(30:8)。

37. 见《马太福音》(19:21)。

38. 见《诗篇》(37:25)。

39. 参见《路加福音》(1:37)和《马太福音》(17:20)。

40. 见《诗篇》(34:10)。

41. 见《诗篇》(43:1)。

42. 参见《诗篇》(37)。

43. 简单地说就是作为一个神父。

44. 见《雅各书》(2:10)。

45.《诗篇》(47:6—7)。

46. 这种奇怪的想法始于亚里士多德的《动物史》(第6卷第2章第9节)。

47. 中世纪有人认为孔雀受淫欲驱使，公雀会踩碎母雀产下的蛋，以使其配偶可以更多与自己欢愉。

48. 参见《哥林多前书》(4:5)，圣教会建议做梦人保持沉默。

49. 参见《彼得前书》(2:13)。

50. 原文为法文，见《便西拉智训》(11:7—9)。

51. 见《便西拉智训》(11:9)。

52. 见《创世记》(1:31)。

53. 见卡托《道德箴言》(1:5)。

54. 参见《箴言》(17:28,10:19)。

第十二节

想象力通过这场追寻了解了威尔——做梦人和自己的经历相遇,他其实早就认识到却从未留意。威尔抛开吹毛求疵的神学辩论,想象力使他能够均衡地看待以前困扰他的那些问题——学问和圣职在救赎事业中的正确定位,关乎命运前定的真理,信任上帝的恩典和宽恕的必要性。做梦人现在几乎已经治愈了智慧带来的骄傲,为第十三节的转折做准备。

1. 见《路加福音》(12:38)。

2. 见《启示录》(3:19)。

3. 见《诗篇》(23:4)。意指上帝的惩罚转为慰藉。

4. 见卡托《道德箴言》(3:7)。

5. 见《哥林多前书》(13:13)。

6. 劳卡玛杜尔的圣母教堂至今仍是著名的朝圣之地。

7. 参见《哥林多前书》(7:8)。

8. 朗格兰是要称颂忠诚和顺从,他举例的这些人都是滥用上帝天赋,不忠于自身天命的。

9. 据说希波克拉底出于嫉妒他侄子盖伦的学识而谋杀了他,不久之后懊悔而死。维吉尔作为一个伟大的魔术师而扬名。

10. 可能是传奇英雄沃里克的盖伊的妻子。在盖伊求婚时,费利西亚使他吃了不少苦,但婚后不久,盖伊便离家出走,再也未与她亲近。

11. 她是沃尔特勋爵克利福德的女儿,亨利二世的情人,在1177年被埃莉诺王后毒害。

12.见《路加福音》(6:38)。

13.见《路加福音》(12:47)。

14.见《哥林多前书》(8:1)。

15.见《约翰福音》(3:8)。

16.见《约翰福音》(3:11)。

17.这句话是《约翰福音》(3:8)的延续。

18.参见《利未记》(20:10)。

19.参见《约翰福音》(8:3—11)。

20.见《马太福音》(7:1)。

21.参见《哥林多前书》(11:29)。

22.参见《民数记》(1:50—51)。

23.参见《撒母耳记上》(13:9—14)。

24.参见《撒母耳记下》(6:6—7)。

25.见《诗篇》(105:15),《历代志上》(16:22)。

26.见《哥林多前书》(3:19)。

27.见《路加福音》(2:15)。

28.参见《马太福音》(2:11)。说到东方的博士进入房子,不论这是否是圣路加所说"旅店",这都告诉我们耶稣不是诞生在一座豪宅。

29.见《路加福音》(2:7)。后面一段引文的出处不明。

30.牧羊人和诗歌之间的传统组合被圣路加的话加强了:"牧羊人回来被主的荣光照耀并赞美主。"

31.见《诗篇》(32:1)。

32.见《马太福音》(15:14)。

33.暗指神职人员的好处,最早只有神职人员享有免受世俗法庭审判的特权,后来能识字人也有这样的待遇。要求这项特权的人必须念出放在面前的一段拉丁文圣诗,才能免于受死。

34. 见《便西拉智训》(5:5)。

35. 见《诗篇》(62:12),《马太福音》(16:27)。

36. 见《诗篇》(135:6)。

37. 见第十一节注释 47。

38. 指朗格兰时代流行的寓言书籍之一。

39. 亚里士多德在其《动物史》中描述了云雀,但是朗格兰喜欢援引重要作品的言辞,提到《逻辑学》是因为亚里士多德在中世纪后期被尊崇为逻辑和辩证大师。

40. 见《彼得一书》(4:18)。

41. 见《诗篇》(23:4)。指那些处在异教徒和无信仰之人中间仍坚定不移过正直生活的人。

第十三节

在这一节中,威尔放弃头脑中的疑问,进入属灵人生最后的朝圣之旅。良心和忍耐使他在面对高桌旁的伪君子时可以克制忍受,它们不是内在心理的外在表现,而是上帝所赐的恩典。自旅途一开始,作为爱的力量无限的主张者,皮尔斯又被提出来。这场讨论的重点是忍耐的谜,和一种由神的羔羊代表的完美的爱的力量。良心相信了忍耐,离开学问,三人出发走上了之前皮尔斯走过的忍耐贫穷之路。通过和豪金的相遇,他们又想起了七宗罪和平原上的人,世人都要学习的新课程是谦卑,整个人类都将踏上孤独的朝圣之旅。

1. C 文本明确写道,"一个像修士那样的人"。

2. 见《路加福音》(10:7)。

3. 修士所得的捐助来路不正,所以尽管他们可以享受美食,但是他们的美食被一种与死后的惨景相混合的苦涩调料所破坏。

4. 此句出处无可考证。

5. 忍耐和威尔吃的食物是由忏悔圣歌组成的悔改。

6. 参见《马太福音》(10:22)。

7. 参见《诗篇》(51)。

8. 参见《诗篇》(32)。

9. 见《诗篇》(32:6)。

10. 见《诗篇》(51:17)。

11. 见《以赛亚书》(5:22)。

12. 参见《哥林多后书》(11:24—27)。

13. 见第十一节注释 12。

14. 是沃尔特·马佩斯(Walter Mapes)对圣约翰的《启示录》的仿作。在其中有对僧侣晚餐时情况的描写。

15. 位于西班牙埃布罗河上游的埃米利安修道院的隐士。据说她只饮用煤渣里榨出来的水。

16. 见《马太福音》(5:19)。

17. 朗格兰不停重复此话，但这并不是《圣经》的原话，尽管《马太福音》(10:22)有此意的表达。

18. 这里的拉丁铭文是指逾越节。宰杀羊羔和穿越红海象征着基督徒从旧律法走向了享有恩典的新生活。

19. 这个谜语可解释如下：所谓"首创历法的星期六"是指圣星期六，即逾越节；而"星期三"则指月中的复活节第四日(星期三)。在圣星期六晚上，新教徒将接受洗礼，逾越到恩典的生活中。逾越节的标志是逾越节羔羊，也就是神的羔羊耶稣。忍耐所携带的神秘之物就是神羔。而"星期三的所有智慧"指复活节星期三的弥撒和祭礼仪式。按西方教会传统，在春分(3 月 21 日)满月后的第一个星期日为复活节，故圣星期六和复活节星期三均受满月影响。

20. 见《约翰一书》(4:18)。

21. 神羔的形象实际上是教宗作为礼物来送给国王和重要人物的。

22. 见第十九节注释 27。

23. 指英法两国国王。

24. 参见《箴言》(19:2)和《罗马书》(5:3)。

25. 指君主赠送的和收到的新年礼物。

26. 参见《马可福音》(14:3)。

27. 参见《路加福音》(19:8)。

28. 参见《路加福音》(21:2)。

29. 参见《雅各书》(1:3)。

30. 使徒式的忍耐就是毫无怨言地忍受人类的贪婪和敌意,把那些生活在"饥饿之地"的人带来忏悔。朝圣者遇到的豪金就来自于"饥饿之地",于是他们开始慢慢感化他。

31. "艺人"(minstrel)有时意指一个家庭里有特殊技能的佣人。做梦人有一种双重讽刺,豪金看上去像个艺人,也把自己叫做艺人,但是他认为自己的付出应比其他艺人得到更多回报;他看不起他们,尽管他又嫉妒他们的成功和名望。其实他也是他们中的一员。诗中提到的虚假艺人代表那些滥用天赋自我满足和中饱私囊而非取悦上帝的人。虚假艺人不仅仅是杂耍卖艺的人,他们是有信仰却不实践的人,他们为了俗世而放弃了真理。

32. 这些是观看艺人表演的大人物们给艺人的普通礼物。

33. 即与邪恶作战的世间全体基督教徒。

34. 相当于是制造甜点的人,他们售卖装饰蛋糕和圣饼。但豪金是个普通的烘焙师,而圣饼不仅仅是一种精美的甜点。

35. 这里很可能暗指每户每年呈给罗马教宗的献金。

36. 见《马可福音》(16:17—18)。

37. 见《使徒行传》(3:6),据说圣托马斯·阿奎那拜访教宗的时候,发现他正坐在金钱成堆的桌旁,说:“你看,教宗不再是一贫如洗了。”圣托马斯说:“是的,但是她也没有能力对那些中风的人说——起来行走了。”

38. 斯特拉特福德提供了伦敦的一部分面包。

39. 指著名的1370年饥荒。切奇斯特于1369年当选市长,于1370年10月卸任。

40. 参见《加拉太书》(1:10),《马太福音》(6:24)。

41. 见《诗篇》(10:7)。

42. 见《诗篇》(57:4)。

43. 也许是他们那个时代著名的巫师。

44. 见《马太福音》(6:21)。

45. 见《路加福音》(6:25)。

46. 这句话与其说是引语,不如说是律法。

47. 见《诗篇》(101:7)。

48. 见《路加福音》(10:16)。

第十四节

“积极人生”豪金与忍耐对峙。忍耐是属灵生命的第一重要阶段,也是自我否定的可行性的活证据,他毫不妥协地逐一回击,扭转了豪金的所有价值观,消除了他世俗的态度,教授给他忏悔和贫穷的意义。当想象力回答了威尔理论性的问题时,忍耐对属灵生活的实践问题给出了确定性的答案。本书第一部分提出的关于衣食财富的问题最终得到解答,世俗生活让位于全然信任上帝。

1. 见《路加福音》(14:20)。

2. 悔悟分为三部分:心灵悔悟、口头忏悔和赎罪。

3. 参见《马太福音》(6:25—6)。

4. 见《约翰福音》(14:13),《马太福音》(4:4)。

5. 见《诗篇》(148:5)。

6. 见《诗篇》(145:16),这是用来饭后祷告的话。

7. 以弗所的七个沉睡者,被德西乌斯皇帝围困在一个山洞里,在362年后的狄奥多西二世时代醒来,是非常著名的民间传说。

8. 参见《以西结书》(16:49)。

9. 戴福斯(Dives),等同于是富人,出自拉丁文武如大版《圣经》,《路加福音》(16:19)中提到这个富人的名字。

10. 见《诗篇》(76:5)。

11. 见《诗篇》(73:20)。

12. 这也许是对《马太福音》(29:23)的评论。

13. 见《以赛亚书》(30:15)。

14. 基督受难是我们救赎的保证。在这里他被象征化为一种法律文书或释放令,是人类的原罪被偿还的证明。但之后,朗格兰又声称这种文书只能写在由我们自己的贫穷和忍耐制成的羊皮卷上,换句话说,基督受难的救赎作用需以我们自己的努力为前提。

15. 参见第三节注释2。

16. 参见第一节注释1。

17. 参见《马太福音》(19:23)。

18. 见《启示录》(14:13)。

19. 见《路加福音》(6:20)。

20. 忍耐在此勾画出七宗罪的每一罪都试图战胜穷人但却都失败了,因为穷人有贫穷做保护。愤怒的压迫者也许可以胜诉,但愤怒本身却战胜不了穷人,因为愤怒没有好处。

21. 参见《腓力比书》(2:7)。

22. 参见《马太福音》(19:29)，《以弗所书》(5:31)。

23. 这段话取自博韦的樊尚(VIincent of Beauvais)所著的《历史之镜》(*Speculum Historiale*)第十卷第十一章。

24. 见《马太福音》(7:1)。

25. 树林繁多的奥尔顿关口位于萨利和罕布什尔的边界，此处森林茂密，不法分子经常逃至此地等候来往温切斯特的商人和驮队。

26. 详细出处无法考证，但塞内加的确在他的《信札》中说过类似的话。

27. 这句话其实是引自罗马诗人尤维纳利斯(Juvenal)的《讽刺诗》第10卷22节。

第十五节

在灵魂那里，高等的属灵天赋最终与智慧相结合。所以在他关于善世仁慈的论述里(基督-皮尔斯作为例证)，正面和负面的例证被结合在一个幻象中，威尔由此明白了教会的本质既可以带来善果也可以带来恶果。这段论述是多行善的序幕；因此，在其对教会的审视中，它强调了神职人员的高度责任，要将圣爱的使徒理想和贫穷结合在一起——其结局一定是全人类的救赎，不管是异教徒还是基督徒。威尔的个人困惑和英国本土的问题不再重要，爱的力量看来可以包容一切。

1. 圣保罗通常由一把剑作为象征，寓指他的殉难。

2. 在C文本中，他的原名叫“自由意志”。

3. 朗格兰看上去误解了伊西多尔的拉丁文，此处应是“记起”，不是“抱怨”。

4. 引自伊西多尔的《信源》(*Etymologiarum Liber*)第十一章第一节，还有《差异》(*Differentiarum Liber*)第二章第二十九节。而对于奥古斯丁，朗格兰有时在使用他的名字时脑海里却没有对应一段具体的文字。

5. 见《以赛亚书》(14:13—14)。

6. 见《箴言》(25:27)。

7. 见圣伯纳德《信札》第1卷201。

8. 见《罗马书》(12:3)。

9. 见《诗篇》(97:7)。

10. 见《诗篇》(4:2)。

11. 圣奥古斯丁关于这些话的注释如下：那你们为什么贪爱这些短暂的东西而裹步不前呢？为什么追随这些最后的东西好像它们是最先的呢？因为你们想让那些东西永远和你们同在，但它们其实不过是过眼云烟。

12. 朗格兰也许想到的是《雅各书》(2:1)。

13. 神职人员会把谚语、比喻和箴言等引入到他们的布道里。

14. 参见《马太福音》(23:27)和《使徒行传》(23:3)。

15. 这段话并非出自圣克里索斯托的著作里，而是出自伪托克里索斯托所著的《关于〈马太福音〉的第三十八篇布道文》，作者不详。很明显，威尔的引用都出自记忆。

16. 神父被禁止佩带武器，但他们总是忽视这点。

17. 见《马太福音》(18:3)。

18. 这一行可以解释为离合诗，作者由此间接介绍自己。

19. 见《哥林多前书》(13:4—5)。

20. 见《哥林多前书》(13:12)。

21. 参见《诗篇》(42:5)。

22. 可能是意指他的玫瑰经讲得很好。

23. 这象征着自我考验和忏悔。

24. 见《诗篇》(6:6)。

25. 见《诗篇》(51:17)。

26. 神父们通过言语与工作来判断仁慈,但只有皮尔斯能看穿外在表象直视意愿。他能看透伪善。基督的神性传递了给他,两者共享权能,是为一体。

27. 参见《马太福音》(9:4)和《路加福音》(11:17)。

28. 参见《传道书》(9:1)。

29.《哥林多前书》(10:4)的话在此和《马太福音》(16:18)相连。

30. 见《马太福音》(6:16)。

31. 圣埃德蒙,殉道者,东盎格利亚的国王,死于抗击丹麦人入侵。

32. 意即:我曾见仁慈作为神父或僧侣出现,但从未见他做过修士。

33. 意即:如果可能的话,仁慈愿意以修道院院长或高级教士的形象出现,但不多见;因为朗格兰后来写道,仁慈一度与高级教士相见。

34. 削发修行僧侣的无檐便帽显出没有剪过的卷发。

35. 见《西拉奇书》(31:8)。

36. 见《诗篇》(4:8)。

37. 圣加尔斯和受伤雌鹿的传说是中世纪非常著名的故事之一,但取自十世纪的传记,没有可信性。加尔斯可能是普罗旺斯人,罗纳河上一所修道院的院长。

38. 隐士圣保罗被尊崇为第一隐士,他在公元 230 年 22 岁时走入底比斯沙漠,在一个洞穴中生活了 90 年。圣安东尼在此发现了他,在第二次拜访他时发现保罗死亡。其生平由圣哲罗姆编辑,是一部沙漠教父文学的经典;关于圣保罗的故事不计其数。

39.实际上是制作帐篷,见《使徒行传》(18:3)。但是乔叟也以为他是编篮子的。

40.根据现在被大大歪曲的传说记述,她和起死回生的拉撒路在高卢南部过着离群独居的生活。

41.见《约伯记》(6:5)。

42.来自不知名人士对《约伯记》(6:5)的一个注释。

43.见《诗篇》(112:9)。

44.部分取自彼得·坎托的著作,部分取哲罗姆《信札》第66章第8部分。

45.也即《弥撒曲》的第四节。

46.朗格兰对穆罕默德的论述在中世纪极为流行。此故事也许取自博韦的樊尚的《历史之镜》第23章第40节。

47.参见《耶利米书》(17:8)和《以西结书》(47:12)。

48.见《马太福音》(7:7)。

49.见《马太福音》(5:13)。

50.异教徒一词原指荒地上的居民。

51.参见《马太福音》(22:1—14)。

52.寓言里的肥畜代表新受洗的人,他们纯洁诚实,与朗格兰论及的野兽或异教徒相对反。这些纯洁的人需要来自他们神父的灵性滋养,所以他转向论述的主题:神职人员。

53.参见《利未记》(11:3)及其后。

54.见第十节注释8。

55.见《马可福音》(16:15)。

56.见《约翰福音》(10:11)。

57.见《马太福音》(20:4)。

58.见《马太福音》(7:7)。

59. 见《加拉太书》(6:14)。

60. 暗指1312年维也纳宗教会议对圣殿骑士团的镇压。

61. 见《路加福音》(1:52)。

62. 参见《申命记》(12:6)。

63. 见第十节注释31。

64. 见《申命记》(23:25)。

65. 见《以赛亚书》(3:7)。

66. 不是在《和阿西书》中，而是《玛拉基书》(3:10)。

67. 见《约翰福音》(11:43)。

68. 参见《但以理书》(9:24,26)。

第十六节

审视完仁慈在世上的工作，灵魂把威尔的注意力转移到从历史和人心两方面了解它生长的最终根源。沉浸于更深的神秘幻象中，做梦人最终找到他的向导皮尔斯。耶西之树的复杂寓意代表教会结出圣洁人生的果实。以色列人等待基督的诞生，人类灵魂里的恩典人生等待信仰、希望和仁慈的恩赐。皮尔斯和树的梦幻之后，是和死亡作战的救世主的诞生和成长。从这种预示中醒来后，威尔在分享神秘救赎之前必须获得信仰和希望。时间就是四旬节，因为耶稣受难节和复活节的启示即将来临，寓言快速准确地发展。通过他和先驱亚伯拉罕的会面，威尔获得了最基本的天赋——信仰三位一体。这三位一体被用充满画感的语言向他描述出来，因为它源自于上帝的三种本性，人类的重生必将由此发生。

1. 树的形象出现在《以赛亚书》(11:1)，《诗篇》(1:3)，《箴言》(11:30)，《耶利米书》(17:8)，和《启示录》(22:2)。在C文本中，生长于人的心灵中的树被称为“上帝的形象”。

2.见《诗篇》(37:24)。

3.见《马太福音》(12:32)。朗格兰的观点是出于自由意志故意犯罪,就是冒犯圣灵;因为自由意志可以选择圣灵的力量来抵制犯罪。

4.威廉想起神圣十字架的古老传说,告诉我们基督的十字架是怎么从这三根树枝中而生。

5.参见《马太福音》(13:23)。

6.树的果实是义人,他们通过内在的三种发展状态遵从属灵的圣洁;其中最低的是婚姻状态,高一点的是节制状态(守寡),最高的是童贞状态。

7.指地狱最靠外的边界,先知的灵魂在此等候基督降临来解救他们。

8.参见《加拉太书》(4:4)。

9.参见《路加福音》(1:28)。

10.因为皮尔斯代表上帝的神父,所以是他教导基督怎样保护自己免遭魔鬼伤害。在C文本里,是自由意志教导了基督。

11.见《马太福音》(9:12)。

12.参见《约翰福音》(11:35)。

13.参见《约翰福音》(10:20)。

14.参见《马太福音》(12:27)。

15.参见《约翰福音》(2:15)。

16.参见《约翰福音》(2:19)。

17.见《马太福音》(26:25)。

18.参考为濯足星期四晨祷的唱和:“我的友人以亲吻为标志背叛了我……他通过个亲吻犯下的罪留下了这个邪恶的标志。”

19.镜子代表虚空,参见(《雅各书》(1:23—24)),显示给人们想要看到的，却掩盖真相。基督说犹大就像镜子一样反映了很多人的愿望，并欺骗他们，他是骗子谄媚者；除了基督别人都看不透他。参见《箴言》(29:5—6)。

20. 见《马太福音》(18:7)。

21. 参见《约翰福音》(18:8)。

22. 参见《希伯来书》(2:14)和《哥林多前书》(15:26,54)。

23. 参见《哥林多前书》(1:24)。

24. 如果第三是爱，这些话就是指由圣灵表现出的上帝的忍耐和长期受苦。

25. 基督和圣教会结合，产生带有三位一体形象的世人，因此他们是从神而生的，参见《约翰福音》(1:13)。

26. 朗格兰在此尝试解释为何基督徒的三种圣洁（婚姻，节制，童贞）是三位一体的映象。

27. 见《马太福音》(27:46)，《马可福音》(15:34)。基督的呼喊象征着其人性与神性的区别。

28. 亚伯拉罕仍在谈论基督的人性，这也包含了节制的本性。他的人性来自于他有人类的母亲，就像他从上帝之父身上得到神性一样，这些正如他所说，是以婚姻为象征的。于是他说人类的婚姻如果不是真正的“三位一体形式”，就是不完整的，除非有法律问题在其中。孩子的出生是上帝后代在天堂绵延不绝的象征。在天堂只有一种繁衍的源头（即上帝），其繁衍不需要中介，但是人类需要。

29. 这段话不在《圣经》里，而是取自关于马利亚诞生的伪福音书里，这是高级教士对乔基姆说的话，此人后来成了马利亚的父亲。

30. 参见《创世记》(18:2)。

31. 参见《创世记》(17:23)。

32. 参见《创世记》(12:2,12:16)，《罗马书》(4:13)。

33.见《路加福音》(1:55)。

34.参见《创世记》(14:18—19)。这些都是救赎将临的象征,而麦基洗德的故事则预示圣体圣事礼。亚伯拉罕是基督的圣职者的代表农夫皮尔斯,并由此象征性地学习了弥撒祭祀。

35.亚伯拉罕在传统意义上是等待基督来临之前死掉的义人灵魂的保护者。参见《路加福音》(16:22—23)。朗格兰还将他称为上帝在世上的传令官,因其是一切因信称义者的父。[《罗马书》(4:11)]即使在地狱中也一样,因为他承担了告诉其他世上所有族人都将因其而受祝福使命。

36.施洗约翰是等待在灵薄狱里的最后一个先知,他告诉其他人世上发生的事——基督的诞生和施教等。

37.《约翰福音》(1:29)。

第十七节

希望追随着信仰的脚步,带来爱的律法,老的律法规定的是教条,新的律法规定的是希望。威尔在协调信仰和工作之间的困难,由仁慈这个他寻觅已久的大师化作善良的撒马利亚人或基督的形象来解答。撒马利亚人不管在言语上还是行动上,都说明了律法应如何实施。他流畅谨慎的语言和关于爱、光和温暖的简单比喻都适用于三位一体对生命问题的教义;爱和怜悯来自于神性之心灵,唯一不可饶恕的罪行是熄灭爱的冷酷无情。

1.他代表以赛亚即将来临,所以被称为先行官。

2.律法通过基督的死,凭借他的宝血而圆满。

3.见《马太福音》(22:40)。

4.参见《路加福音》(10:30—37)。

5.所有这些行动都表明基督通过救赎和圣体圣事治愈人类。

6. 在圣体圣事里要“吃”基督的“圣体”和“饮”“基督的宝血”。

7. 通往耶路撒冷的路由于原罪而被封住了，没人能安然度日，除非依靠信仰或遵循正义之律法（威尔就是这样的人）。而既然基督他作人类血肉之躯，在策马奔向耶路撒冷的路上拯救了伤者，从而从魔鬼的攻击中保卫了属灵的朝圣。

8. 参见《何西阿书》(13:14)。

9. 救赎之后，信仰有能力指导效仿基督，而不仅仅是预报他的到来。

10. 见《约翰福音》(12:32)。

11. 见《马可福音》(3:29)。

12. 参见《帖撒罗尼迦前书》(5:19)。

13. 这段话指出每个人必须拥有点燃上帝怜悯之火的仁慈热炭。

14. 参见《马太福音》(18:27)。

15. 见《马太福音》(25:12)。

16. 纳瓦尔王国的旧都。

17. 见《哥林多前书》(13:1)。

18. 见《马太福音》(7:21)。

19. 参见第十四节注释 9。

20. 因为身体是圣灵的殿，参见《哥林多前书》(6:19)，谋杀就是反对圣灵的罪。

21. 见《启示录》(6:10)。

22. 见《诗篇》(145:9)。

23. 这些内容是从《箴言》中概括而来。参见《箴言》(10:26，19:13，21:19，27:15)。

24. 见《哥林多后书》(12:9)。

第十八节

诗歌在这部揭示威尔寻找终极真理——律法——的象征性戏剧里达到了高潮。曾被证明是绊脚石的律法,在身穿皮尔斯的盔甲参赛(代表他享有了人性)的耶稣的作用下而圆满实施。这种幻象使得耶稣受难日的圣体圣事和复活节守夜以及赎罪的教义栩栩如生。四大美德之间的辩论是正义和慈爱之间永恒辩论的一部分,不可调和的矛盾被耶稣的受难调和了。基督对路西弗所作的激情演说肯定了慈爱的正义和胜利,并暗示它的能力无可限量。在打开地狱之牢时,基督也打开了人类灵魂的黑暗,把灵魂从罪中拯救出来。当威尔在复活节早上醒来时,他准备好去接受圣体圣事。

1. 可能是孩子唱歌,老年人唱和。

2. 在棕枝全日所唱的赞美诗,是轮唱与和唱和的称颂部分。

3. 扣住马刺是册封骑士仪式上的必要部分。燕尾靴指当时通过装饰使身材纤细苗条的时尚。

4. 见《马太福音》(21:9)。

5. 见第十七节注释 8。

6. 参见《马太福音》(27:19)。

7. 郎吉努斯的名字最先出现在尼哥底母的伪福音书中,其故事被记录在《金色传奇》第 47 篇中。

8. 参见《但以理书》(9:24)。

9. 参见《诗篇》(85:10—11,13)。

10. 怜悯和真理、和平和正义之间的冲突,被象征性地表达为她们来自四个地极。真理和正义不相信来自寒冷之地的救赎的可能。朗格兰此观念也许来自于《以赛亚书》(43:6):"我的众子从远方带来,将我的众女从地极领回。"这里的四个少女通常被指为是上帝的四个女儿。

11. 此处的黑暗指世间的黑暗，基督之光紧跟着进入地狱。

12. 见《约伯记》(7:9)。

13. 见《诗篇》(30:5)。

14. 参见《诗篇》(4:8)。

15. 见《马太福音》(14:28)。

16. 根据尼哥底母伪福音书，西面的两个儿子在基督死时起死回生。参见《路加福音》(2:25)。

17. 夺取加沙之门的参孙是基督的一种形象，他打开了地狱之门。

18. 见《诗篇》(24:9)。

19. 在尼哥底母伪福音书里，撒旦和路西弗是个不同的人。朗格兰把路西弗写成引诱夏娃和基督的人。

20. 参见《马太福音》(4:3,6)。

21. 参见《马太福音》(27:19)。

22. 见《约翰福音》(12:31)。

23. 参见《诗篇》(24:8)。这个《诗篇》里的问题是由路西弗提出的，耶稣通过《诗篇》作者之口加以回答。

24. 参见《以赛亚书》(9:2)和《马太福音》(4:16)。

25. 见《约翰福音》(1:36)。

26. 朗格兰使用的是“Lizard”一词，这和词与女性连用指的是诱惑夏娃的蛇有短腿，就像蜥蜴或鳄鱼一般，同时有一张年轻女性的脸。即使没有腿，脸还是保留的。

27. 见《马太福音》(5:38)。

28. 即指将基督钉上十字架的罪抵销了撒旦的罪。

29. 参见《出埃及记》(21:23—25)。

30. 基督对人们的恩典可以解除路西弗的诡计带给人们的恶果。因为路西弗使用不正当的手段,而基督仅仅通过正义就可以把人类从他那里解救出来。

31. 见《马太福音》(5:17)。

32. 见《诗篇》(7:15)。

33. 指的应是未来末日审判的场景,参见《约珥书》(3:2,12,13),朗格兰的意思也许是基督在审判日时候为人类的罪行请求宽恕而不是裁决。

34. 见《诗篇》(51:4),因为罪唯独冒犯了他,他可以选择原谅。

35. 见《哥林多后书》(12:4)。

36. 见《诗篇》(143:2)。

37. 腓尼基人的月亮神——在中世纪文学中以及在弥尔顿的作品中她被认为是一种恶魔。

38. 参见《诗篇》(47:5)。

39. 见《诗篇》(85:10)。

40. 见《诗篇》(133:1)。

41. 崇拜十字架的耶稣受难日仪式和轮唱的歌:"哦,主,我们赞美你的十字架;我们赞美歌颂你的复活,看到这个十字架,喜乐涌入全世界。"

第十九节

这一节先是很快回顾了征服者基督的世间王国的建立、成长、革新、腐败和衰退——然后把我们带回到序幕里描述的世界。行大善指的是回到世界上和敌基督者做斗争。首先,开始于弥撒中的冥思,基督作为国王和征服者的一生事迹得到了讲述,威尔看到了他的胜利成果在这个世界上的应用。之后,在基督在世上的代理者皮尔斯的带领下建立了基督教社会，皮尔斯本人和恩典不久都消失了，骄傲再次袭击教会，带来思想上的困惑。为革新而做的防御，因人们逃避新律法——“偿还你所欠的”规定的条件而被暗中破坏。威尔清楚地看到了教会和他自身腐败的根源。

1. 参见《以赛亚书》(62:2,3)。

2. 参见《使徒行传》(4:12)和《腓立比书》(2:9—12)。

3. “基督”的含义是“上帝任命的”，因此，朗格兰把它作为耶稣王者的象征——他那救世主的力量，经常被先知们表述为“征服”。因此，基督作为君王和征服者的说法在复活节和升天节时被反复提到。

4. 见《腓立比书》(2:10)。

5. 这些礼物所代表的是君王所必需的美德，世间的国王以此来讨天国君王耶稣的喜悦。

6. 朗格兰并没有自相矛盾。理智、正义和真理的礼物是紧密相关的，我们可以想象乳香盛放在金器里的情况。

7. 基督所做的新酒代表仁爱的新的律法。

8. 基督作为行善是顺从的，作为行大善他获得赞美，而作为至善他把仁爱带给人类。

9. 见《撒母耳记上》(18:7)。

10. 参见《罗马书》(6:9)。

11. 参见《路加福音》(24:46)。

12. 关于使徒圣多马在印度布道受难的说法由来已久。

13. 见《约翰福音》(20:19)。

14. 见《约翰福音》(20:28)。

15. 见《约翰福音》(20:29)。

16. 见《马太福音》(18:28)。朗格兰在整首诗中都声明赎罪所附带的条件同样可应用于对现实中的债务以及各种不当收入的赎免。

当现实的罪造成时,光忏悔是得不到赦免的,必须有弥补的工作进行。朗格兰把当时教会的堕落与腐化归咎于对这种条件的忽视。

17. 参见《约翰一书》(2:18)。朗格兰只是引用了《约翰福音》,他的诗并没有暗示世界末日即将到来,尽管他可能这么考虑过。

18. 见《哥林多前书》(12:4)。

19. 这是四大拉丁教父。

20. 如序幕所指,这是所有道德发展起来的关键。

21. 朗格兰可能想到的是《诗篇》(16)。

22. 见卡托《道德箴言》(2:14)。

23. 即那些故意犯罪反对圣灵、拒绝帮忙挖渠的人。

24. 因为没学过修士的诡辩,此代理神父能够向良心揭露教会的真实情况。

25. 参考豪金关于教宗坐骑的评论。

26. 红衣主教特别是在法国的主教愿意住在阿维尼翁,他们反对罗马教宗搬往罗马的决定(1367 年和 1377 年)。1377 年六个待在阿维尼翁的主教在 1378 年造成了教会大分裂。阿维尼翁有很多犹太商人,他们可以满足教廷不断增长的需要。1379 年一个富有的犹太人给阿维尼翁带来了支持对立教宗克雷孟的红衣主教们,克雷孟是保护犹太人的。

27. 朗格兰可能暗指两个敌对教宗之战,他也批判教宗乌尔班及其反教会分裂者的战争宣言。这场战争开始于 1379 年 4 月。

28. 见《马太福音》(5:45)。这段文字的背景很重要,因为教宗无法爱他的敌人,而只是爱那些爱他的人,而上帝真正的代理人皮尔斯则跟随基督的教导。

29. 参见《希伯来书》(10:30)。

30. 这是一句法律格言。

第二十节

没有了幻象干扰，做梦人通过一系列情节急剧发展的滑稽闹剧描述了和敌基督者之间（也就是教宗与俗世之间）的战争。在成功抵制了色欲、骄傲和绝望之后，城堡被胆小的自满背叛了。自满忘记了仍要偿还忏悔之债，就让虚情假意的修士进入了城堡，使我们又回到了唯利是图的俗世。于是良心必须再次出发寻找皮尔斯，以便使教会根基得以重建。

1.参见第五节注释43。这里的中午是指审判日。

2.朗格兰的观点和传统观点一致。最后一节的国王错误宣扬其可凌驾于律法之上；但是在现实中物质非常贫困的威尔，走到另一个极端——他过于小心，极端地自我否认。他和贫困之间的辩论表明他在这点上对自己的质疑。他极度自责自己过于温顺，不愿乞讨。

3.这是对《马太福音》(8:20)的一种诗意的阐述。

4.参见《哥林多前书》(1:23—27)。

5.随自然而来的疾病、饥荒、耄耋和死亡都是上帝派来帮助良心和美德战斗的。

6.中世纪人们认为疾病是由天体行星所掌控的，行星是自然在天上的居所。

7.即一种想象出来的保护或骗人的手段。

8.做梦人形象地描述了每个人所遭遇的困境。

9.见《诗篇》(147:4)。在《圣经》的象征性语言中，没有被上帝赦免的人是不受其眷顾的。

10.参见《启示录》(7:4—8)。

11.朗格兰反对修士以及其他为勒索和叛逆找借口的人歪曲使用此教义。

12. 参见《出埃及记》(20:17)。

13. 即贿赂法官(参见第二节与第九节)。

14. 即指他们用借来的钱贿赂官员,与其交好。

15. 在重大案件中由指定的神父来聆听忏悔并赐予赦免。

16. 见《提摩太后书》(3:6):"那偷进人家,牢笼无知妇女的,正是这等人。这些妇女担负罪恶,被各样的私欲引诱。"

附录A

1. 这指的是在第九节中关于良心的幻象。当时他正在做白日梦,再次看到了他想象中之物。他与那幻象擦肩而过,遇见了与他交谈的另一个幻影。此对话实际上发生在威尔的肉体和精神之间。

2. 见《诗篇》(62:12)。

3. 见《哥林多前书》(7:20)。

4. 作为一名没有圣俸的神父。

5. 《七悔罪诗篇》即《诗篇》(6,32,38,51,102,130,143)。

6. 参见《申命记》(3:9—12),但根据接下来所述,他可能指《利未记》(19:18)。

7. 见《帖撒罗尼迦前书》(5:15)。

8. 见《诗篇》(16:5)。

9. 此句来源无法确定。

10. 也就是说,拥有财富是这些人唯一的可取之处,他们用大量钱财来谋得圣职。

11. 见《马太福音》(4:4)和《申命记》(8:3)。

12. 见《马太福音》(13:44)。

13. 见《路加福音》(15:9)。

珍珠

I

1 你这颗王子的掌上明珠，
在耀眼黄金中熠熠生辉！
我敢断言即使找遍东方
也没有珍宝能与之匹敌；
明亮圆润拥有夺目光华，
精巧玲珑不堪盈盈一握，
胜过我见过的所有宝物。
唉，可惜竟将它失落园中，
滚落埋没在那片草丛。
我不禁追悔莫及失魂落魄，
只因那失踪的宝贵珍珠。

2 在那个遗失它的地方，
我牵肠挂肚反复自责，

希望能将它失而复得，
这样才能驱散我的忧伤，
重为我带来好运和健康。
我郁郁寡欢愤愤不平，
又心急如焚备受煎熬。
沉思之际，我隐约听到
好似有甜美的歌声拂过。
想到它风姿卓越绝代芳华，
却被无情埋没在烂泥之中。
大地啊，你玷污了一块奇珍，
我那宝贵无瑕的珍珠！

3 那里定要撒上芬芳的香料，
因这宝贝在那里化作尘土。
白色、蓝色、红色的花朵
在阳光之下分外绚丽夺目。
在珍珠坠入尘土的地方，
花朵果实都不会枯萎。
如果庄稼坏死杂草丛生，
又哪来粮食可以收割？
生来的好种子必不腐坏，
花草所以能够蓬勃繁茂
是因那宝贵无瑕的珍珠

4 我在这个伤心的地方，
步入那绿树成荫的花园。

当日正值八月仲夏，
农民挥汗收割庄稼，
珍珠失落的园中草坡
树影斑驳香草艳丽。
紫罗兰、姜根、紫草，
还间或夹杂着牡丹，
姹紫嫣红百花竞放，
处处洋溢甜美的芬芳。
我确信在这草地之下，
掩藏着宝贵无瑕的珍珠。

5 在那里我虔诚祷告，
乞求上天不再让我悲伤。
我闷闷不乐心中抑郁，
纵使理智也无法调解。
我痛心哀悼无价之宝，
恐惧忧伤在内心交织。
尽管基督用花香安慰，
我仍萎靡不振意志消沉，
倒在繁花似锦的草地上，
任浓郁花香把我包围。
昏沉沉我不禁进入梦乡，
梦到那宝贵无瑕的珍珠。

Ⅱ

6 在那里我灵魂飘然而出，
身体仍沉睡在青草地上；
神的恩典下我灵魂出壳，
冥冥中游历那奇景异幻；
浑然不觉自己身处何地，
但只看见这里悬崖峭壁
高耸入云把天空分裂。
我面朝向一座森林眺望，
树林后的岩石层层耸立。
这若隐若现的壮丽奇观
让我目瞪口呆叹为观止。
人间编织出的锦绣山河
怎能展现这景色的一半？

7 山坡上的美景忽隐忽现，
峭壁透明纯净层层闪耀。
丛林炫目亮丽环绕四周，
靛蓝色的树干微微舒展，
树叶如纯银般明亮灿烂，
繁枝茂叶在微风中颤动。
穿过树林阳光照射过来，
霎时光芒跳动影影绰绰，
脚下精美碎石玲珑闪烁，
宛若那名贵的东方明珠。

假如与这美丽奇观相比;
只怕连太阳也黯然失色。

8 这山上的美景令我开怀,
我暂时忘记离别的苦痛,
贪婪地呼吸四溢的果香,
不禁被果实勾起了欲望。
勇敢飞鸟穿越火红丛林,
每一只都在欢喜地歌唱,
希特琴也不能奏出这样的歌声。
鸟儿们鼓动翅膀齐声欢鸣,
甜美旋律在天空中回荡,
人类无法演绎这等歌唱,
唯有幸在此间仙境天堂。

9 机缘巧合我继续探行,
穿越这奇异的林中美景,
无人能尽述这旖旎风光。
我精神抖擞心情愉悦,
翻山越岭,奋勇前行,
风景越发令人流连忘返,
举目望去皆是鲜花果树。
篱笆草坡和宽阔的河流
像是环绕着河岸的金边。
不知不觉我已来到水边,
天啊,这是何等美丽风光!

10 溪水流经的峭壁之上，
到处都镶满璀璨的绿玉。
河水轻拂过甜美的叹息，
像奏起空灵呢喃的音乐。
河床深处铺满美丽石头，
一块块好似穿过明镜，
折射出耀眼的炫目光芒，
像疲劳的人们沉睡之际
在冬夜天空闪烁的流星。
鹅卵石如宝石纯净明亮，
溪水闪烁跳跃熠熠生辉，
天啊，这是何等壮丽风光！

Ⅲ

11 这山丘之上的奇幻美景，
谷中苍苍林木和清冽溪水，
以及繁花似锦的美丽草地
使我欢欣喜悦不再悲伤，
心中的苦闷也逐渐消失。
情不自禁我来到溪水旁，
欢喜雀跃欣赏汩汩流水。
我沿着潮湿的深谷探行，
更觉激昂兴奋精神百倍。
不管前面是厄运还是好运，

带来的是慰藉还是伤痛，
那被命运女神眷顾的人，
总会逢凶化吉收获良多。

12 这里美景奇观数不胜数，
瑰丽的风光也言之不尽，
几乎没有一个凡夫俗子，
能领略这十分之一的美丽。
想必令人向往的天堂仙境
定隐藏在宽阔河流的彼岸。
溪水这时在狭窄之处分流。
我看到对面山坡和山谷边
赫然伫立环带围墙的城堡。
河水颇深我不敢贸然跋涉，
但却令我对彼岸更加神往。

13 我探境寻幽之心更切。
虽然这厢风景美不胜收，
但彼岸风光必更胜百倍。
于是乎我环顾河流两岸，
试寻一处浅滩涉水过河。
但是沿着河滩深入探行，
感觉危险临近险象环生。
我极度恐惧且紧张至极，
但想就要到这绝佳胜地，
我不禁对此间越发神往。

14 这里的景观愈发奇幻。
在风光秀美的溪流前面
伫立水晶般闪亮的峭壁，
折射出无数绚丽的光线。
我目光飘忽掠过崖底，
隐约看到一位白衣少女。
她温文尔雅清纯秀美，
令我感到与她似曾相识。
她如精雕细琢的金像一般
在岸边顾盼生姿光华夺目。
我目不转睛地痴痴望她，
心中越发想要一探究竟。

15 我仔细观看少女的面庞，
不禁更加为之神魂颠倒，
恨不得插翅飞到她的身边。
渴望与她交谈却欲言又止，
相遇在这样的奇异之地，
我顿时心生恐惧惶惶不安。
但这时她忽然仰起头来，
面目如象牙般白净皎洁，
霎时我失魂落魄心神荡漾，
心中更添仰慕不能释怀。

Ⅳ

16 然而我胆怯心生顾虑,
呆呆杵在那里哑口无言。
我双唇紧闭目光警觉,
像厅堂之鹰静静站立。
我猜她定是天上的精灵,
唯恐让她看到我而逃离,
那就再也不能与之亲近。
少女婀娜多姿娇小妩媚,
纤尘不染有如翩翩仙子。
她袅袅娜娜地徐徐站起,
华丽衣衫缀满珍珠饰物。

17 君王的珍珠富丽堂皇,
凡人有幸才能亲眼看见。
少女如百合般脱俗清丽,
她风采迷人,步履轻盈,
白衣飘飘沿着河岸而下。
微张的衣袂挂满名贵珍珠,
我敢说我从未见过如此珍宝。
她低垂的衣袖舒展开来,
上面绣着双层珍珠配饰,
美丽衣裙与之相得益彰,
褶边也镶满宝贵的珍珠。

18 少女头戴一顶名贵王冠，
冠顶镶有一颗绝美珍珠，
除此之外再无其他配饰。
这颗纯净洁白的珍珠
镶在雕花的王冠顶上，
使她堪比王族华贵雍容。
她的皮肤比鲸须还要洁白，
一绺金发轻轻散落在肩头，
亮丽肌肤和珍珠相映生辉。

19 银色珍珠布满她袖口褶边。
就在她举手投足之间，
珍珠晶莹摇曳莹光闪闪。
我又看到她胸前的衣服
赫然镶有一颗绝美珍珠。
人们还没看清它的大小，
就已经被它的珍贵震慑。
无人能描绘出它的美丽，
也无言语能形容它的纯净，
它的稀有珍贵举世无双。

20 珍珠般的少女优雅从容，
一路顺着斜坡翩然而下。
我欣赏到佳人在水一方，
不禁欢天喜地兴奋异常。
她的来临比起亲友到访

更能令我感到心花怒放。
珍珠少女谈吐温文尔雅，
令我如沐春风心旷神怡。
少女取下王冠向我行礼，
她的眼波流转声音甜美。
我能和这绝世佳人相遇，
不禁暗自庆幸不枉此生。

V

21 “哦，珍珠。”
我说道，“尊贵的少女啊！
你就是那令我哀痛伤心、
日思夜想的宝贝珍珠吗？
自从我把你遗失在草丛，
就思念成疾郁郁寡欢。
但是你却在这天堂之地，
远离尘世罪孽得到重生。
我们天上人间两地相隔，
我的宝贝在天堂里享乐，
却徒留我这个老珠宝匠，
在尘世里承受苦痛伤心。”

22 少女光彩照人缓缓抬头，
可爱的灰色眼眸盯着我。
她戴上珍珠王冠郑重答道：

“先生，您这样说不太合适。
想想您的珍珠飘然而去，
她就像重回到珠宝盒中。
栖息在生机盎然的花园，
没有罪恶忧伤再搅扰她。
若您是充满爱心的珠宝匠，
这里就是您无尽的宝藏。

23 “但是，仁慈的珠宝匠啊，
如果您因失去珍珠而痛苦，
这就未免显得有些愚蠢。
您遗失的不过是一朵玫瑰，
按照自然规律花开花败。
但是有了这珠宝盒的保管，
这朵玫瑰就成了贵重珍珠。
命运有时宛如一个窃贼，
如果你仍继续沉迷不醒，
它必令你最终一无所获。
作为一个仁慈的珠宝匠，
是不会为此怨天尤人的。”

24 我把这温柔来客看作珍珠，
她的话语不亚于金玉良言。
我说道：“你这有福的人啊，
谢谢你驱散了我的悲伤，
我感到已经不再困惑犹疑。

本以为我的珍珠绝尘而去，
但却幸运地在此失而复得，
能与她徜徉在这明媚丛林。
我要赞美天主及其律法，
带给我这样美好的祝福。
若我能超然世外与你同在，
我就是最幸福的珠宝匠了。”

25 “珠宝匠，”少女认真地说道，
“你为何如此地冥顽不灵呢？
你没有深思熟虑说出的话，
句句听上去都不合情理。
你不知道自己在说什么，
就不经思考地脱口而出。
你相信我身处山谷之中，
是因你亲眼在此看到我。
但你又说不管发生什么
都想永和我安居在天堂。
后来你竟然要放弃一切，
想跨越这条溪流障碍。
对于一个普通珠宝匠来说，
这一切都不可能。

Ⅵ

26 “你这珠宝匠不值得赞颂，

因你只相信亲眼所见的。
说上帝撒谎是多么无礼，
尽管命运让你身体死亡，
主已确保你的灵魂得救。
但若只相信眼睛所见的，
势必就会歪曲上帝本意。
如果你只相信眼前事物，
那就会变得骄傲又固执。
义人难免也会判断失误，
唯靠理性逻辑才能裁决。

27 “如果你向上帝哭诉请求，
也要理由充分才能抱怨。
如果你想栖居在这丛林，
那首先要征得上帝同意，
因为你很可能会被拒绝。
如果你想涉过这条水路，
一定要先听听前人之言。
你僵冷的尸首会归于尘土，
进入天堂之前一定会腐烂，
这是因为亚当悖逆了上帝。
所以你要想跨越这条河流，
那就一定先要经历死亡，
然后再等待上帝的裁决，
看看你是否能进入天堂。”

28 “亲爱的,请不要这样说我,”
我说道,“难道又让我痛苦悲伤,
放弃失而复得的珍珠吗?
我的命运多舛尝尽悲欢,
宝贝珍珠徒增我的悲伤。
那常被人们觊觎的财富,
失去之后只会带来痛苦。
自从我失去这宝贝珍珠,
已不在乎自己家业衰败。
我离群索居不顾流言蜚语,
但是这能治愈我的伤悲吗?”

29 少女义正词严朗朗说道:
“何必过于看重自己的悲伤?
人们总是难舍小小的离别,
而忽略那更为重要的事情。
但是你一定要克服自己,
不管顺境逆境都热爱上帝。
愤怒绝对不会带来快乐,
受苦的人一定懂得温顺。
你像一只困兽走不了多远,
尽管挣扎叫喊懊恼愤怒,
但你最终要接受上帝审判。

30 “万事只有上帝可以裁决,
而且不会有丝毫的偏差,

否则你的善行都是徒劳，
你的悲伤也会无处不在。
让我们停止争论和抱怨，
去寻找浩荡天恩的慰藉。
神体恤众生会听你祷告，
向你彰显他的非凡恩典。
无论你在默默承受苦痛，
还是在痛诉自己的不幸，
他都安慰你让你远离痛苦。
任何时候只有他才能审判。”

Ⅶ

31 这就是她的回答，接着我说：
“愿我主不认为这是冒犯。
若我言语莽撞有不敬之处，
那是因为遭此巨大损失，
我的心灵已被深深伤害，
于是悲伤痛苦源源不绝。
我一直都仰仗主的怜悯。
亲爱的，尽管我粗鲁莽撞，
但我已失去了生命的祝福，
请不要再对我冷言冷语，
我已哀怨凄惨愁肠寸断。
想到你曾慰藉我的灵魂
你是我所有的欢乐之源。

32 “你给的有欢乐也有痛苦，
但你给的痛苦远胜欢乐。
自你遗失草丛无处可寻，
我以为从此与你天涯相隔，
如今重逢，悲伤烟消云散。
分离之际我们已是一体，
好不容易我们在此相见，
可见上帝也不愿我们分离。
你谈吐高贵而我粗俗愚钝，
但基督的恩典、圣马利亚
和圣约翰是我的欢乐之源。

33 “我终日惶惶与忧伤相伴，
但有幸看到你无忧无虑。
尽管我承受这痛苦伤心，
但你却对此并不在意。
我请求你不要再做争论，
平心静气地坦诚告诉我，
你过得如何且从头说来。
你的幸福快乐令我欣慰，
一想到这我就心花怒放，
这就是我的欢乐之源。”

34 “愿上帝赐福给你，”她答道，
脸上闪烁着圣洁的光芒，

“欢迎来到这里稍作停留，
你的话语让我心悦诚服。
狂妄自大和趾高气扬
都会被上帝拒之门外。
我主并不喜欢训斥指责，
在他掌管的天地之间，
所有人都应温顺谦卑。
因此你若来到他的面前，
务必顺服谦虚虔诚膜拜，
这才能讨圣主欢喜
他就是我的欢乐之源。

35 “你说我过着快乐的生活，
要知道我是如何修行
才能一步步走向幸福。
要知道遗失珍珠的时候，
我当年正是豆蔻般年华，
但多亏我主这圣洁羔羊，
开恩允准我做他的新娘，
让我戴上王冠成为王后，
永享幸福直至永永远远，
并能继承他所有的财产。
他钟爱我我也全然属他，
他的护佑、财富和传承
就是我的欢乐之源。”

Ⅷ

36 “有福的人啊，这是真的吗？
如果我言辞不妥还请原谅。”我说，
“你难道就是那天国的王后，
被世人无限尊崇顶礼膜拜？
我相信圣母马利亚
用处女的子宫孕育圣婴，
只有她配做女王佩戴王冠
谁的价值与权能能超越她呢？
由于她的善行和仁慈圣洁
我们尊她为阿拉比的凤凰，
这只来自造物主的神鸟，
纯洁无瑕正像爱心王后。”

37 “啊，爱心女王！”少女赞叹道，
她屈膝下跪，抬起头来。
“完美的圣母，幸福的女士，
您是神圣恩典之源。”
她徐徐站起又稍做停顿，
转而对我温柔地说道：
“先生，很多狼子野心的人
想要谋权篡位成为至高者，
但是他们统统不能成功。
她不仅仅是天堂的王后，
尘世和地狱也由她主宰。

没有人能侵占她的领地，
因为她是爱心女王。

38 “在上帝天国的宫廷里
有一个独一无二的特点：
有权进入这个王国的人
都会成为这儿的王后或国王，
其他任何人都无此特权。
如果众人都享有这待遇，
该是多么令人兴奋欢喜。
希望每个人都能有这厚礼。
但我的圣母，耶稣的生母
孕育天地万物掌管天国，
她从来不对我们发火，
因为她是爱心王后。

39 “就像圣保罗曾经说过：
我们都是基督的肢体，
所以我们要彼此相爱。
大腿和肚脐，胳膊和头颅
需紧密结合才组成身体。
基督徒都是天主的创造，
我们都是有生命的肢体。
所以还请您仔细想想，
紧密结合的众肢体之间
能会有什么深仇大恨呢？

头颅绝对不会去憎恶
戴着戒指炫耀的手指。
我们都生活在爱与快乐里,
通过爱心才能得见圣母圣父”

40 “我相信信徒的爱心和仁慈,”
我说,“如果我的言语不当,
希望不会冒犯你惹你伤心。
你这么年轻但却位居高位,
成为至高无上的天国女王。
一个在尘世挣扎受苦的人
坚定执着决心终生忏悔,
拼命地用痛苦换取幸福。
还有什么比通过爱心成王
能带给他更大的欢喜呢?

Ⅸ

41 “如果你所说的一切都属实,
那么仅仅有爱心就足够了。
但这一生并非只有两年光景,
既不是来学如何取悦上帝,
也不是全部用来忏悔祈祷。
不管是主祷文还是福音书,
但让你在第一天就成为王后,
上帝爱我,我不信他犯糊涂。

也许他会命你做天国的伯爵夫人，
抑或是其他比较低的职位，
但马上任命你做天国的王后，
这个职位恐怕有点太高了吧？”

42 “对天主来说无所谓快慢吧？”
这位聪明的少女回答，
“他所指示的都是正确的，
他所行的都是公正的
你来听听四福音书中
马太在弥撒中所说的。
他的寓言说明天国的公正：
‘我的仆人们啊，作为园主
我要修剪我的葡萄园了
现在正是时候雇人做工。’

43 “这指定的日子众所周知，
园主一大早起来去雇人
进入他的葡萄园做工，
并听候执行他的命令，
进入葡萄园他们开始工作。
订下合同说一天一钱银子，
他们修剪枝叶加固树身。
晚一些园主又到市场上，
看到很多闲人就问他们：
‘今天没活吗？没什么计划吗？’”

44 “闲人们齐声回答园主：
‘从早上太阳出来到现在
我们一直都等在这里，
但都没人招呼我们干活。’
‘去我的葡萄园，做你们能做的。’
听园主这么说工人们很满意。
‘晚上结账，我一定给你们应得的。’
于是他们都进入葡萄园做工。
园主继续赶路遣人进园做工，
就这样不知不觉直到天黑。

45 “黄昏时分，日落前一个小时，
他又看到些身材健壮的闲人，
于是走上前去郑重问道：
‘你们这一天都无所事事吗？’
他们回答没人雇佣他们。
‘年轻人，进我的葡萄园干活吧。’他说。
不久太阳落山夜幕降临，
他把工人召集过来发放工钱，
这指定的一天就结束了。

X

46 “园主对管理园子的说：
‘去，把这些人都叫来，

我要给他们发放工钱。'
园主唯恐他们说闲话，
于是让他们一字排开，
给每人付了一钱银子，
从后往前付给他们工钱。
于是那先来的开始抱怨，
因为他们干活劳苦受累：
'这些人只工作了一小时，
我们应该得到更多报酬。'

47 "'我们一整天都受热劳累，
而这些人只干一两个小时，
但你竟叫他们和我们获得一样报酬。'
园主回答其中一人道：
'我们在街上讲定的
不就是一钱银子吗？
为什么你又诸多要求呢？
拿上你的工钱走吧。
我们之前确定的价钱
你怎能够讨要更多呢？'

48 "'我的东西我说了算，
我做好人你就眼红吗？'
基督说过：'我这样安排，
那在后的将要在前，
在前的将要在后了。

被召的人多，选上的人少。’
因此穷人会得到他们应得的。
尽管他们来得晚，籍籍无名，
他们所做的不多，微不足道，
但上帝开恩会赐予他们更多。

49 “从圣母那里我所得到的
完美的人生和幸福快乐
要比世上任何人都要多。
尽管我在黄昏才进入园子，
但我主知道我做工的价值，
马上就付了我全额工钱。
虽然其他人比我来得早，
花了整天时间辛苦受累，
然而要想拿到全额工钱，
还要等一年以上的时间。”

50 我直截了当说出我的想法：
“你的说法并不怎么可靠。
众所周知上帝公正严明，
否则《圣经》就是无稽之谈。
《诗篇》的作者也曾指出：
‘你给予他们实际应得的
哦，你是公正严明的天父。’
若人一整天地辛苦干活，
却看到别人先拿到报酬，

那就造成偷懒者不劳而获，
干得越少的人拿得越多。”

Ⅺ

51 “天国中都是合理分配，”
少女礼貌答道，
“每个人不管干多少
都会得到公正的回报。
我们伟大万能的天父，
不管裁决温和还是严厉，
都绝对不会吝啬给予。
他的恩赐像滔滔江水，
他拯救信徒远离罪孽。
上帝的祝福是满满的，
上帝的恩典是够用的。

52 “你已经让我理屈词穷，
看来我不该拿这钱银子。
你说是因为我来得晚，
不配得到这丰厚报酬。
心存敬畏坚持祈祷的人，
会失去天国的丰厚赏赐吗？
人们年龄越大越容易
放弃正义去犯下罪孽，
仁慈和怜悯使他们谨慎，

上帝的恩典足以做到这些。

53 “纯洁无瑕的婴儿享有恩典，
出生不久就有幸接受洗礼，
然后就可以被带进葡萄园。
当死亡降临之时，
那清白无辜的人离开之前，
上帝会给他们发放酬劳。
他们住在尘世听从上帝呼召，
为何不能马上得到全额报酬？
上帝的恩典足够做到这些。

54 “人类在最初因祝福而被造。
因我们祖先亚当偷吃禁果，
我们自此以后就陷入罪里，
死后还要经受那炼狱之苦。
然而很快有一个办法出现，
可以让我们重新回归天国，
就是通过十字架上耶稣的宝血
和宝贵的洗礼，在那样的困境中
上帝的恩典足够人们用的。

55 “大张的伤口中流出的水和血，
如同活水源泉拯救世人。
宝血把我们从地狱救赎出来，
免于再次死亡，而水的洗礼

洗去那来自亚当身上的罪孽。
就这样我们再一次获得新生，
上帝自始至终没有遗弃我们，
我们又一次得到神的祝福。
上帝的恩典是多么伟大！

Ⅻ

56 “一个蒙恩之人肉体犯罪，
必会承受精神上的痛苦，
这是罪孽要付出的代价。
但是出于公正，无辜之人
不会白白地吃苦受罪
上帝也断然不会做出
伤害清白之人的裁决。
而所有那些罪恶的灵魂，
如果忏悔就会得到宽恕，
那么清白无辜的正直人
就更有理由得到救赎。

57 “所以我敢就此做出结论，
这两种人都有理由被救。
义人需要仰望依靠上帝，
而无辜人与神安然居住。
《诗篇》里有记载说：
‘主啊，谁能登上你的山？

谁能安息在你的圣所呢？'
作者接着又急切回答道：
'就是手洁心清，不向虚妄
起誓不怀诡诈的人。'
所以无辜人必定会被拯救。

58 "如《圣经》所说义人定会得救。
他们不会刻意对同胞使诈，
也不会愚蠢地亵渎神灵，
他们必将站在神的圣所前。
所罗门曾经清楚地指出，
智慧会带给人们荣誉，
并显明神国所处之地。
就像古老的谚语所说：
'你必须拥有坚强的意志，
才能进入这美丽的王国。'
当然不经历痛苦和危险，
无辜人仍会被公义拯救。

59 "听《诗篇》里大卫怎么说义人：
'主啊，不要试探你忠实的仆人
因除你之外没有一个义人。'
就这样你来到判案的神殿，
希望听到正义的宣判。
但是他双手被残忍地钉住，
在十字架上痛苦地死去。

以此换来让你通过审判。
那么不是因为你们的请求，
而是因为你们的纯洁清白。

60 “如果你仔细地阅读《圣经》，
便会深刻领悟书中故事。
耶稣走在一群老人里面。
他们抱着婴孩向耶稣求助，
哀求赐给孩子健康和恩惠。
他们祷告请耶稣抚摸婴孩。
耶稣的门徒责备那些人，
吵吵嚷嚷众人驻足不前。
但耶稣却亲切对他们说：
‘让小孩子到我这里来，
在天国的正是这样的人。”
公正的乞求使无辜者得救。

Ⅻ

61 “耶稣召集这些温顺的人，
亲切地说：‘除非像小孩子，
否则断不能进入神的国。
清白无辜毫无过犯的人，
如果去叩击天国的大门，
大门会马上为他们打开。
珠宝匠不惜牺牲重金，

寻找一种永恒的幸福，
他变卖财富、羊毛和亚麻，
为自己买回一颗无瑕珍珠。’

62 “‘这颗珍珠代价极其昂贵，
珠宝匠为了它倾其所有。
正如掌管天地的父所说，
这珍珠像天国一样纯净。’
它纯洁无瑕一尘不染，
而且圆润光滑玲珑剔透，
属于世上所有公义之人。
我主圣洁羔羊洒其宝血
来作为换取和平的誓约，
为弃绝世界荒蛮买来珍珠，
你们完美无瑕的回报!”

63 “哦，你这纯洁的少女，
身着名贵的珍珠衣裙，
佩戴着君王的珍珠，”我说道，
“哪个能工巧匠把你装扮?
为你裁出这美丽的衣裳?
你一定是大自然的杰作。
皮格马利翁断然塑造不出，
亚里士多德也无法描绘。
你雍容华贵，宛若天使，
你的美丽更胜过鸢尾花。

聪明的人，请如实告诉我
这无瑕珍珠在天堂代表什么？”

64 “我主羔羊总是带来安慰，”
少女回答，
“拣选我做新人与我设立盟约，
用财富回报我在世的苦痛，
赐我恩典让我位居尊贵，
并称呼我为他的爱人：
‘请来到我这里，我的爱人
因为你纯洁无瑕。’
他赋予我能力和美貌，
用他的宝血洗涤我的外衣，
为我戴上王冠，永保洁净，
为我穿上洁白的珍珠衣裙。”

65 “哦，纯洁的新娘明亮耀眼，”我说道，
“拥有罕见财富和尊贵地位，
什么样的羔羊使你高高在上，
拣选你做他的新妇共享幸福？
许多美丽智慧之士寻求基督，
历经艰难跋涉但却求而不得，
唯独你无与伦比的王后除外。”

66 “我的确纯洁无瑕，”她又答道，
“我能理直气壮地承认这点。

但我不是无与伦比的王后，
我们都是羔羊幸福的妻子，
算起来有一百四十四万人。
正如《启示录》里面所记载：
圣约翰在锡安的山上
看到在新耶路撒冷城里，
她们都身着华丽的婚服。

67 “我所提到的耶路撒冷
还有你想知道的这个人——
我的羔羊、我的主、我的珍宝、
我的快乐、我的爱、我的幸福——
先知以赛亚以极大的同情
描述了他的温顺和忍耐：
‘清白无辜没有任何过犯，
但他仍然被人们残忍杀害。
他像羔羊那样默默忍受谩骂，
闭口不言不做任何的乞求，
像羔羊一样落入屠夫手里，
被耶路撒冷的犹太人杀害。’

68 “我的爱人在耶路撒冷被害，
并且被钉在十字架上受难。
他为了我们的悲伤痛苦
不顾一切全然奉上自己，
加倍承受了我们的不幸。

他那美好而圣洁的脸庞
被他们肆意地鞭打虐待，
这从来没有任何过错的人
却被残忍钉在十字架上，
忍受人们的诅咒和嘲笑。
这被背叛和出卖的人，
却像羔羊那般温顺，
在耶路撒冷为我们而死。

69 “在耶路撒冷、约旦河和加利利，
圣约翰在那些地方施洗，
他说过有关以赛亚的话。
当耶稣前去见约翰的时候，
他做出了如下的预言：
‘哦，上帝的羔羊坚如磐石，
他将担负世人犯下的罪恶，
让我们这些罪人得自由。
他下定决心拯救世人。
他的门徒将传扬他的事迹，
他为我们在耶路撒冷而死。’

70 “我的爱人在耶路撒冷两次现身。
两名先知作为证人一再重申他的温柔和善，
他第三次出现被也同样温顺，
这在《启示录》里曾清楚地记载着。
他登上王位，端坐在圣徒之上。

使徒保罗看到他面前敞着一本书，
在书的封面上盖了七个章。
不管人间、地狱还是耶路撒冷，
所有人见到都会害怕。

XV

71 “这耶路撒冷的羔羊洁白无瑕，
浑身上下没有任何杂毛瑕疵，
他的毛发细密光滑纯白如雪。
每一个没有被罪孽玷污的纯洁灵魂
都值得成为羔羊的妻子。
尽管每天都有新娘蜂拥而至，
但我们之间都能够和平相处，
我们真心希望彼此相生相依。
如果上帝祝福那么越多越好，
庞大队伍让我们的爱更繁茂，
会赢得更多声誉，永不消减。

72 “没有祝福，没人会胸佩珍珠
来到我们面前，胸佩珍珠的人
也永远不会彼此冲突争吵。
尽管我们肉体已在泥中腐烂——
你一直为此哀哭不止，
但是我们会最终得胜，
而且我们确信只死一次。

羔羊的保佑使我们不再忧虑，
他使我们每个人都欢喜快乐，
每个人都得到至高的祝福。
这荣誉独一无二，永不消减。

73 “如果你不同意我说的话，
就看看《启示录》里的记载。
约翰说：‘我看到羔羊
站在锡安山上，高贵美丽。
同他一起的有十四万四千个童女，
都有他的名和他父的名
写在额上，我听到天上有声音
比汹涌的山洪暴发的声音更大，
还有雷打在黑色岩石上的震响
我相信这响声，永不消减。’

74 “‘然而，尽管响声巨大，
但他们的声音却振聋发聩。
我听到他们在吟唱新歌，
这歌声听上去充满喜乐，
像竖琴师弹奏的音乐般清脆。
他们的声音整齐，美妙动听。
在天父宝座前众长老肃穆而立，
四活物向天父屈身下拜
他们的歌声，永不消减。’

75 “‘除了羔羊的圣徒们以外,
他们所认识的世间艺人
没一个有如此精湛的技艺,
能来演唱这天国的神曲。
因为神的圣徒离开尘世后,
就像初熟的水果来到主前,
言行举止都像羔羊那样,
从不撒谎不说邪恶悖逆之言。
纯洁的圣徒与圣主永不分离。’”

76 “请你能够接受我的歉意,我的珍珠,
尽管我对你主观臆测,
但不应挑战你的智慧。
你是为基督神殿拣选的新娘,
而我却只是个下里巴人。
你像艳丽芬芳的玫瑰,
生长在这祝福的河岸,
快乐幸福与永生相伴。
你这可爱的人纯洁无瑕。
我有一定要向你表明,
虽然我有点笨拙愚蠢,
但我的祈祷会让你感动。

XVI

77 “我请求您仔细地聆听,

尊贵的少女，你一定不会
拒绝我这个小小的请求。
您的家不是在城堡里吗？
你的住所和会客厅呢？
你提到耶路撒冷，最宏伟的国度，
由大卫王执掌的地方，
地处巴勒斯坦，
并非建立在草堆旁；而是在犹太。
这定是有史以来最高贵的城堡。
月光下你如此纯洁无瑕，
你的居所必定也一尘不染。

78 “你所说的圣徒成千上万，
他们一定拥有坚固的栖身城堡。
美丽的珠宝若没有地方收藏，
流失在外无家可归未免遗憾。
但我沿着河岸一路走来，
却并没看到有什么建筑，
只有你独自一人在此徘徊，
欣赏这迷人的溪流美景。
如果你真住在一座城堡里，
那请带我看看你的圣所。”

79 “你所说的在犹太的城堡，
是圣洁羔羊为人类受苦殉难
所寻找的城。”少女温和地回答，

"就是我们所说的旧耶路撒冷，
那里就是原罪开始的地方。
但是在《启示录》里使徒所说
是上帝所指示的新城。
这圣洁无瑕的神圣羔羊
带领其圣徒来到那里，
神圣队伍如新城般洁净。

80 "我们所说的这两座城堡
都被叫作耶路撒冷，
第一个也叫'上帝之城'或'希望之城'，
在一座城里我们的平安得以建立，
因羔羊选择此处为我们献身。
在另一座城中也有平安可以栖居。
当肉体在坟墓中腐烂，
我们的灵魂就会来到这城。
我们会永远欢欣喜悦
因他的圣徒纤尘不染。

81 "温柔纯洁的姑娘啊，"
我乞求这美貌的女孩，
"请带我到那富饶之地
让我看看你美丽的闺房。"
"这是上帝严命禁止的，"
这聪明的人儿回答我，
"你现在不能进入圣殿，

除非我劝说羔羊开恩，
特许你进入城堡观看。
你可以从外面观看，
但是却不能走进来。
你没有权利走入这里，
除非你清白无辜纯洁无瑕。

XVII

82 “让我来做你的向导吧。
你朝着溪水的源头走，
我会在对岸与你同行。
那边山上能看到城堡。”
于是我马上奋勇前行，
披荆斩棘直到登上山顶。
透过迎风摇摆的树杈，
我看到那城在远处闪烁，
如圣约翰在《启示录》里描绘的画面。

83 像使徒约翰看到的那样，
我看到这城宏伟壮观。
新耶路撒冷巍然耸立，
宛如从天而降金碧辉煌。
精金而铸的城像明净玻璃，
城墙根基用各样宝石装饰，
共有十二根基层层相连，

又各自用名贵宝石砌成。
这座城堡正如使徒约翰
在《启示录》里描绘的那样壮丽。

84 约翰说过这些珠宝的名字，
我因此对其状了然在心，
第一层根基是用碧玉砌成，
底部闪闪发着绿光；
第二层是蓝宝石和玉髓，
通体纯净晶莹透明；
第三层是无瑕的绿玛瑙；
第四层是青翠的绿宝石；
第五层底座珠宝是红玛瑙；
第六层是红宝石，这场景
正如使徒约翰在《启示录》里看到的。

85 约翰所提到第七层根基
是用名贵的黄碧玺装饰；
第八层是纯净的水苍玉；
第九层是用双色的黄玉；
第十层用翡翠牢牢固定；
第十一层是柔和的紫玛瑙；
第十二层是治病痛的紫水晶。
这些根基上是碧玉的城墙，
城墙好像明透的玻璃，
正如使徒约翰在《启示录》里描绘的画面。

86 约翰描述的场面呈现眼前：
高耸宽阔陡峭的十二层阶；
城堡伫立在正方形的基座上，
长宽高都非常精确恢宏壮观；
金精的街道好似明透的玻璃；
碧玉的城墙闪闪发光如蛋白；
恢宏的城堡里面宽敞明亮，
遍布无与伦比的名贵珠宝。
这王宫圣地的每一个广场
长宽高度都恰是十二弗隆(furlong)，
正如使徒约翰的描述一样。

XVIII

87 我看到更多约翰描述的场景：
城堡的每一面墙都有三扇门，
高大的外墙总共有十二扇门。
入口装饰着贵重的金属盘，
每扇门都用纯净的珍珠做成
每扇门上都刻有一个名字，
来自《圣经》里以色列十二支派。
按照预言的出生日期排列，
年龄最大的刻在最前面。
所有街道都华光闪烁流光溢彩，
在这里他们不需要日月光照。

88 这里并不需要日月光照；
因为上帝本身就是街灯，
又有圣洁羔羊做城的灯，
整个城堡因他光华万丈。
我可以看穿墙壁住所，
全都透明无法阻碍视线。
你也可以看到至高宝座，
万能的上帝正端坐其上，
一道生命河水从中流出，
光芒万丈明亮胜过日月。

89 日月之光也不能与之媲美；
从底部流出的生命河水
迅速蔓延席卷每条街道，
冲洗得没有一丁点污秽。
在那里没有教堂和寺庙，
万能的上帝成其主宰，
那圣洁羔羊做出伟大牺牲，
使众人灵魂得救。
每一条路、每一个入口
都打开着，不论早晚。
月光之下不洁净之人，
总是不能进入那城。

90 在那里也不需要月亮，

她变化不定，灰暗阴冷；
更何况那里原没有黑夜，
为什么月亮要费尽心力
与这河水的华光争竞呢？
各大行星也身处窘境，
太阳也相形见绌黯然无光。
河边生命树高大整齐，
结出十二样生命果子；
它们每年十二次结果，
每个月都重获新生。

91 月光之下看到这等奇迹，
足以使人极度震惊。
看到如此壮观奇景，
我呆若木鸡不知所措。
神圣光芒令我欣喜若狂。
我完全可以做这样的断言，
领受此等恩惠的凡人身体，
即使能够被教士细心照料，
在这月光下也要黯然失色。

XIX

92 这时皓月在天空中升起，
而落日的余晖还未散尽。
忽然，我更加吃惊地看到，

悄无声息的城墙之内
一刹那间影影绰绰，
都是装扮如童女的人，
像我的爱人般欢喜快乐。
她们头戴王冠身穿白衣，
每个人的胸前都佩戴着
能带来幸福喜悦的珍珠。

93 玻璃般发光的纯金路面上
她们兴高采烈翩然前行。
童女们清一色的白色长袍。
在这么多人中很难看出
谁才是最欢喜快乐的那个。
我估计大概有十万之众；
羔羊傲然走在队伍之首，
后面他的七个纯金喇叭闪闪发光，
他的衣服如珍珠般洁净白亮。
队伍浩浩荡荡列队走向宝座，
少女们像做弥撒般温和优雅，
她们都面带喜悦幸福前行。

94 羔羊驾临带来的欢乐，
凡人的语言无法表达。
终于羔羊来到宝座前，
长老们向他匍匐敬拜。
众天使集聚周围呼唤，

浓郁的芳香四处弥漫，
乐声如波涛那样宏大。
众人歌唱赞美天堂极乐，
他们的嗓音都充满喜悦，
把天堂的神曲传遍三界，
衷心赞美宝座上的羔羊。

95 我凝望羔羊，喜出望外，
崇拜之情不禁油然而生。
他是我至今所见过的
至圣、至善、至尊之人；
他风姿绰约温和有礼，
一袭白衣纯洁无瑕；
但近看他胸口却被刺穿，
伤口大开在汩汩地流血，
鲜血迸溅在他的白衣上。
啊，我暗想谁犯下这罪孽？
那先前洋溢的满腔喜悦，
瞬间便化作悲痛哀伤。

96 虽然他的伤口赫然显现，
但他的幸福却毋庸置疑。
他快乐幸福的脸庞上
看不出一丝痛苦的痕迹；
他充满喜悦无限安详，
浑身散发着生命之光。

我看到了我的小王后，
她曾和我在林间相遇。
主啊，她演奏的音乐多美妙，
在众少女中，她多么纯洁。
我心中充满对极乐的渴望，
我下定决心要涉过此河。

XX

97 欢天喜地的场面比比皆是，
我不禁神情恍惚如坠云雾。
尽管我的爱人在河流彼岸，
但我渴望与她在那里相聚。
任何艰难困阻也无法拦阻，
我要跳入河中拼命向她游去，
哪怕立马死掉也在所不惜。
但正当我要跳入河中之际，
突然从自己的幻想中惊醒。
这样一厢情愿只会被拒绝，
因为这并不是神的旨意。

98 单凭我一股脑的热情固执
恐怕断断不能取悦天主。
尽管我内心冲动行为鲁莽，
但我还是停下来戛然止住。
就在我冲到河边的时候，

恍然从梦中惊醒过来。
原来自己仍在这美丽花园，
正身处在这个小土坡之上，
宝贝珍珠就曾在那里遗失。
我禁不住有些不寒而栗，
站起身来伸了伸懒腰，暗道：
“现在起一切听从神的旨意。”

99 忽然被驱逐出神圣之地，
我不由自主地心生恐惧。
喜乐的画面历历在目，
我久久沉浸不能自拔。
痛苦哀号，我泣不成声：
“哦，高贵的珍珠，天下奇珍，
你的话对我而言是多么宝贵。
你真实地出现在我的梦里。
如果你真已蒙恩进入天国，
就听从神的旨意讨他欢心。”

100 我将全然听从神的旨意，
从此坚定不移真心实意。
珍珠会在天堂为我祈祷，
神的奥秘让我更加向往。
人的欲望总是想要更多，
直到希望毁在自己手上。
因此我被踢出神圣之地，

幸福喜悦也都尽被摧毁。
主啊，违背你旨意的全是傻瓜！

101 主的旨意要正确对待，
基督徒可要全然圣洁。
我日夜寻找的神、上帝
和最好的朋友业已找到。
我在这山丘上灵魂脱壳所见令人悲恸；
凭着基督的珍贵祝福，
还有我的祝愿，我宣誓，
我的珍珠已经归属上帝，
主的宝血和身体代表
神父赐予的酒和面包。
愿我们这些神的仆人，
能奉主旨意为主发光，
永远做主的纯洁珍珠，
阿门，阿门。

苏菲·朱厄特

十字架之梦

夜半时分，
世界正在酣睡
我安然入睡，
竟做了一个
梦中之梦。

睡梦中我看到那棵树，
巍峨耸立，直入云霄。
这是林中最耀眼的大树
明亮绚烂，宛如灯塔。
只见它遍体覆盖着黄金，
夺目宝石闪耀在它脚下；
五块宝石镶嵌在十字座里，
在这个绞架上熠熠生辉。

神的天使们环绕守望它，
这有史以来最精美的杰作。
它绝非用于罪犯的绞架，
因为圣灵曾经在它那里，
亲眼看到人类得到救赎，
所有被造之人欢欣雀跃。

虽然饱经摧残备受羞辱，
但我看到这棵欢乐之树
身披金甲依然傲然挺立，
它身着宝石外衣雍容华贵，
浑身散发着快乐的光芒。
然而我透过华丽的面具
却依稀能看到它的过往。
它必遭受过可怕的伤害：
右边的身体仍血迹斑斑。
我心中顿时泛起无限悲哀，

迷迷糊糊我似在梦中，
依稀看见它身披金甲，
但是后来又隐隐约约
见它血汗交织饱受摧残。

我依然安静地躺在那里，
凝神望着这棵医治之树，
心中隐隐泛起阵阵酸楚。

朦胧之中，我如堕云雾，
这颗高大而美丽的神树
竟然打破沉寂开口说话；

“我曾历经沧桑四处漂泊，
终回到我被砍伐的树林。
遥想当年我被他们强迫，
生拉硬拽离开自己的树干
被做成一个路边的绞架，
让罪人吊在我身体上面。

兵士们把我横扛在肩，
竖在山顶，固定结实。
就在那时我远远看见，
拯救人类的无畏君王
勇敢坚定地向我行来，
最后攀爬在我的身上。

大地在我的脚下战栗，
我一点不敢弯曲折断，
因不敢违背神的意愿，
所以我必须牢牢挺立。
如果我不能坚定站立，
那么他们会全都倒下。

万能的上帝解放了自己，

意志坚定地登上绞架。
在众人面前他无所畏惧，
因他要让全人类得自由。
当他用双臂拥抱着我时，
我禁不住全身摇摆战栗。
但是我终不敢匍匐在地，
我必须要坚定牢牢站立。

那天我被做成十字绞架，
托起伟大君王天国真主，
我绝对不敢偏离真理。
他们用黑色钉子刺透我，
我身上满是深深的创伤。

我不想也不敢去伤害
任何一个大张的伤口。
士兵们放声嘲笑我们(我和天主)。
当主的灵魂离开之时，
我已被他的宝血浸透。

正是在那个山顶之上，
我经历许多奇闻逸事，
亲眼看见了天主死去，
黑暗包裹住他的尸体；
乌云遮蔽了他的光芒，
阴影慢慢地淡出云幕。

天主的死讯令人悲愤，
闻讯之人皆痛不欲生，
因基督就在十字架上。

我看到人们四处赶来，
悲伤疲惫仍甘心下拜，
温顺臣服于万能上帝。

他们把主从痛苦中取下，
唯独留我伫立在那里。
我遍体鲜血累累伤痕，
重创之下我体无完肤。

他们聚集在尸体面前，
抚平弄直圣体的四肢，
俯看休息的天堂之主。
这时看到了死亡之树，
便给主做了一个坟墓。
他们用锐利石器雕凿，
辛辛苦苦地费尽心力，
把得胜的君王安放进去。
这时暮色已经渐渐昏沉，
他们便齐声吟唱哀歌，
礼仪结束后便各自回家。
他们的心已病入膏肓，
至高至尊的天国之王

被他们孤独地留在那里。

在哀歌唱起的那个地方
我们三个孤零零地站立，
低声哭泣久久不能自已。
天主那美丽灵魂的居所，
此时已经逐渐变得冰冷。

我们后来被全部推倒，
横七竖八散落了一地。
兵士们为我们掘了深坑
门徒们闻讯赶来找到我，
把我保存为我披金挂银……”

图书在版编目(CIP)数据

农夫皮尔斯:中世纪梦幻文学精选 /张晗编译. —杭州:浙江大学出版社,2016.2
ISBN 978-7-308-15363-8

Ⅰ.①农… Ⅱ.①张… Ⅲ.①世界文学—作品综合集—中世纪 Ⅳ.①I11

中国版本图书馆 CIP 数据核字(2015)第 286275 号

农夫皮尔斯:中世纪梦幻文学精选
张 晗 编译

责任编辑	谢 焕
责任校对	陈晓璐
封面设计	周 灵
出版发行	浙江大学出版社 (杭州市天目山路 148 号 邮政编码 310007) (网址:http://www.zjupress.com)
排 版	浙江时代出版服务有限公司
印 刷	浙江印刷集团有限公司
开 本	880mm×1230mm 1/32
印 张	9.625
字 数	232 千
版 印 次	2016 年 2 月第 1 版 2016 年 2 月第 1 次印刷
书 号	ISBN 978-7-308-15363-8
定 价	38.00 元

浙江大学出版社发行部联系方式:(0571)88925591;http://zjdxcbs@tmall.com

Teacher Toolkit:

Helping You Survive Your First Five Years

卓越教师工具包

帮你顺利度过从教的前5年

[英] 罗斯·莫里森·麦吉尔 Ross Morrison McGill 著

中国青年出版社
CHINA YOUTH PRESS
中青文传媒

图书在版编目（CIP）数据

卓越教师工具包：帮你顺利度过从教的前5年 /
（英）罗斯·莫里森·麦吉尔著；申少帅译.
—北京：中国青年出版社，2021.3
书名原文：Teacher Toolkit：Helping You Survive Your First Five Years
ISBN 978-7-5153-6134-5
Ⅰ.①卓… Ⅱ.①罗… ②申… ③彭… Ⅲ.①课堂教学—教学研究
Ⅳ.①G424.21
中国版本图书馆CIP数据核字（2020）第226452号

卓越教师工具包：帮你顺利度过从教的前5年

作　　者：〔英〕罗斯·莫里森·麦吉尔
译　　者：申少帅
策划编辑：刘　吉
责任编辑：于　宇
文字编辑：刘凤怡　张祎琳
美术编辑：佟雪莹
出　　版：中国青年出版社
发　　行：北京中青文文化传媒有限公司
电　　话：010-65511270/65516873
公司网址：www.cyb.com.cn
购书网址：zqwts.tmall.com
印　　刷：大厂回族自治县益利印刷有限公司
版　　次：2021年3月第1版
印　　次：2021年3月第1次印刷
开　　本：787 × 1092　　1/16
字　　数：177千字
印　　张：15
京权图字：01-2020-1305
书　　号：ISBN 978-7-5153-6134-5
定　　价：49.00元

目录

Introduction
前 言

当教师的工作虽然要求很高，但却可以改变人们的生活！我开始从事教学工作的时候就知道自己想当一名教师—— 一名可以真正改变他人生活的教师。

我是如何开始的

我的家人由于工作变动要旅居英国各地，因此我在学校所受的教育也相当分散。从我5岁起，我们在一个地方待的最长时间是3年，这种状况一直持续到我快上完学的时候。频繁转学的后果很明显，我在学校表现不佳，几乎每一门课的成绩都不好。但是，我在学校的负面经验也塑造了我今天的教师角色。

我第一次正式的教学经历是在19岁，当时我已经开始攻读教师培训学位。小时候，父亲一直鼓励我提出新的想法，写下来并说给别人听。他对小玩意儿和小工具的热爱带给我很多乐趣。对我来说，设计是自然而然的事情，因此教学设计似乎是理想的选择。回首往事，我发现正是这些经历让我喜爱创新并提出新的想法。这就是@TeacherToolkit的开端，我当时甚至都没意识到！

是什么造就了优秀教师

你可以说我老派，但我就是喜欢努力！教书、学习以及教育的世界是我生命中不可或缺的部分。父亲一直都是我的动力。毫无疑问，教学充满了挑战，我刚从教时就是如此，现如今则是压力更大、复杂性更强、约束更多。对那些刚入行的新教师来说，现在能把课堂教学坚持5年以上真的很难，但是我相信教学比以往任何时候都更有意义！在这本书中，我将分享自己课堂教学中的酸甜苦辣，并提出相关的建议，以便你能从我的成功（和错误）中获得启发，从而走出困境。

那么，怎么才能成为优秀教师呢?

价值观和愿景对一位教师形成自己的教学方法至关重要。如果除去所有外部干扰，例如课程计划、责任义务、批改作业以及在教学中遇到的其他事情，那么你所面临的就是教学方法的问题。我们在课堂上“做什么、为何做以及如何做”与你的愿景和价值观息息相关。在教学中，价值观和愿景之间的主要区别在于：愿景只适用于你在学校的时候；价值观则时刻伴随着你，指引你如何过好自己的生活，而且它会根据你的经历、你所在地区的人口特征、你（和你的家人）的心理状况等因素不断发展。你当实习教师时所处的环境会塑造你在一个学校中的价值观。你在不同部门和不同学校的工作经历也会塑造你的价值观。在职业生涯中，我们要学会利用自己的优势来应对一系列的情况。个人生活的际遇和经历也会左右我们的决策和价值观。我们都有与生俱来的遗传密码；作为教师，我们有能力将其进一步塑造成自己的“教师遗传密码”。

如果要我在本书开头就向读者提出结论，那就是：要成为优秀的教师并没有唯一确定的方法。

完美的教师并不存在。我没有暗示谁曾经做到过，或者通过阅读本书或任何其他书籍就能够做到！在本书的两百多页文字中，你能看到的是迄今为止我所有的教学积累，其中的建议和经验都可以为你提供实用参考。在下一次的课堂教学中，你可以选择任何策略进行尝试！对我来说，《卓越教师工具包》是我“教学灵魂”的流露。我深入总结了自己的过往，并尽自己身心所能汇聚成了这份书稿。

本书没有能解决你在教学中个人弱点的灵丹妙药。教育是一生的旅程，而本书只是你的专业学习之旅中的一个章节。这是我的故事，欢迎你参与其中。

这本书能帮你什么

《卓越教师工具包》汇聚了我二十余年的课堂教学经验，它能为你提供多种精挑细选的策略和想法。书中分享的经验涉及听课、会议、课程计划、批改作业、行为管理、建立年级组、管理晨会、资源共享以及与助教一起工作等方面。但凡你能想到的，我都已经做过了，并且会在书里和你分享这些经验的酸甜苦辣。此外，我还会和你分享怒视的奥秘。

除此之外，这本书还收录了我的4个5分钟课程计划。其中一个是全新的，你还从未见过！马上翻开书查找吧。

这本书是为谁而写的

《卓越教师工具包》适用于那些正在接受教师培训的人、刚接触课堂的教师以及从教还不满5年的教师。本书参考英国的教师流失率（40%，数据来源于英国教育部），提出多种策略，帮你打下稳固的基础，从而能在遇到困难时渡过难关。

根据我的课堂教学生涯来看，前5年是最艰难的，但不要灰心！我的前5年中有过轻松的时刻，也有过很多我甚至想要转行的时刻。本书将告诉你，是什么让我能一直坚守在课堂上，以及为什么我觉得教学是一种终生的事业。本书还会告诉你一些同行的趣闻轶事，让你了解课堂教学工作的情境、关系和策略，不仅能帮你度过教学的前5年，还能让你终身受益！

为什么是维特鲁威（Vitruvius）[①]式的教师

写这本书的时候，我想到了自己最初的教学经历，想到了许许多多由我指导入行的教师。我经历了学校生活的方方面面，从实习教师到刚肩负起学校管理职责的中层领导。我想起自己写过一篇关于“一位名师的视觉剖析”的文章，其中与莱昂纳多·达·芬奇的《维特鲁威人》做了类比。维特鲁威以《建筑十书》闻名于世，该书由十本建筑学著作组成，写于公元前30年至公元前20年间。维特鲁威认为，建筑师在设计建筑时应关注坚固、实用和美观这三个中心主题，他还将此与人体的“完美比例”联系了起来。

我借鉴了这一理念，把它运用到从教前5年的教师应当具备的品质中。5年中的每1年都与一种品质相对应，分别是韧性、智慧、创新、协作和进取。这样一来，《卓越教师工具包》可以看作一个纲要，让你了解与这5项品质相关的所有知识，帮你不断进步，从而顺利度过从教的前5年。

- **韧性**　第1年——度过新手教师见习年
- **智慧**　第2年——改善你的教学
- **创新**　第3年——尝试突破并要有创造力

① 维特鲁威是位建筑家，他提出了人体的黄金比例。维特鲁威在此可以表示“完美、全面发展以及均衡”的意思。——译者注

- **协作**　第4年——与他人分享并合作
- **进取**　第5年——走向中层领导

现在就开始

完成教师培训后，你还算不上是完成品——你将一直都处在“培训中”。教学是一种使命，而你才刚刚起步。我虽从教多年，但也算不上是完成品！作为教师，现在的我和20年前的我、去年的我，甚至上学期的我都有所不同。无论外在因素如何变化，我始终要求自己不断发展，以满足学生和学校的需要。

在你的教学生涯中，你将获得知识、技能和经验，但是这些都不足以完全应对课堂教学的实际情况。你的这些才能必须联系起来，整合成一个更大的整体；你必须要具备恰当的品质，并按自己的方式把这些品质结合起来。这就是我所说的维特鲁威式教师。今天就开始朝着维特鲁威式的风格努力吧。

登陆www.teachertoolkit.co.uk，可线上学习、下载5分钟课程计划系列教案、教学视频和课堂管理图表等拓展资源。

CHAPTER 1

RESILIENT
如何改作业、做计划和讲课

刚当教师的时候，

我最难忘的经历就是

在扫帚柜里改作业……

这个完美的小窝

很适合改作业，

而且还能小睡一下！

如何主导自己的课堂

你很焦虑并感到孤独；你发现学生们开始替代你掌控课堂的节奏，两三位学生定下了基调，很快，连那些表现良好的孩子也开始紧随其后。那么接下来你应该怎么做？

大多数的新教师都能从理论上说出下一步该怎么做，但是把它付诸课堂实践则要困难得多！无论你怎么做，当教师的前几年都会遇到这样的情况。你永远都不会觉得自己已经做得足够好了。你始终认为自己可以做得更好，或者觉得其他人还能用不同的方式去处理！

在你能主导课堂之前，如果没有掌握基本的课堂基础知识，这些悲惨的现实会吞噬你的个人生活，并侵蚀你的思想。在我看来，教学第1年的关键是要有韧性。

你的工作永远做不完，而且总是能以其他的方式去做！

什么是韧性

韧性的定义是："能够承受困难或快速从困难中恢复。"

要做到有韧性就需要你能沉稳、坚强、坚忍、坚决以及坚定。这是在教学的第1年乃至前5年甚至更长远的时间里，你要不断努力保持的日常心态。

韧性不是天生的品质。我个人认为它也无法直接传授。我们必须学会坚韧不拔，无论我们是否有能力克服个人生活或职业生活中的重大困难。我们必须从错误中吸取教训，不断变得强大，从而为下一次遇到困难做好准备。因此，在面临挑战时，我们应当学会保持坚韧。我认为，这是度过教学中第1年以及为今后教学生涯打下坚实基础的关键属性。

为什么要有韧性

回首二十多年来的课堂经历，韧性（或者说保持坚强）是能够概括到目前为止我所有经验的一个关键因素。像你还有大多数教师一样，我也遇到过无数挫折。是韧性让我一直在坚持！相信我，我不是英雄，也并不独特。我也有很多次想放弃，在第三章开头我会谈到一个自己想当逃兵的例子！但是对我而言，教学就是要通过你在生活中和课堂上的经历把自己塑造成一名教师。当事情出现问题，或者不是像你所期望的那样时，你需要振作起来，继续前进并从挫折中学习。

我不打算在这里过多地讨论细节。教学是一项非常困难和复杂的工作。回想一下1993年，那时教学工作很困难。我当时刚接受培训，教学时用的是黑板，没有电脑或交互式白板！今天的教学工作也很困难，教师达成考试目标的压力越来越大，责任和工作负担越来越重，加上工资和养老金紧缩，以及生活成本不断增加，这使教师的生活在经济上变得十分困难。

但是，教学是我一生的事业。我从事教学有两个很简单的原因：我喜欢我的学科，也喜欢和孩子们在一起。是什么让你从事教学的？是什么激励了你？（请别告诉我是因为学校假期！）

有韧性的教师可以借助自己的优势，来应对学校中不同程度的意外情况。缺乏韧性的教师则可能会不知所措（警告：这在你的第1年中将会至少发生一次）。缺乏韧性的教师会陷入阻碍自我发展的困境（警告：这也将会发生）。这个行业的性质要求我们所有人都必须能够进行反思，一旦掌握了这项技能，我们就能提高自己的韧性水平。

对于大多数人来说，度过教学生涯的前5年就像是在游乐场坐过山车：有急转弯，有陡坡，还有疯狂难测的变化！

在教学中，无论我们的想法如何，都难免要被习惯左右。

时间表会把我们的行为惯例化：每小时的下课铃声告诉我们什么时候可以开始行动；学校的就餐时间告诉我们什么时候可以吃饭。办公室政治以及教师与学生的讨论和共识（我是成人，你是孩子，诸如此类）也会影响我们。此外，我们也经常遇到各种挑战常规的经历。

在这部分中，我将讨论有关教学和当好教师所涉及的韧性，这些内容涵盖了你需要尽早掌握的主要领域，以便为你今后的教学生涯打下坚实的基础。

推特名称：@TeacherToolkit

真实姓名：Ross Morrison McGill

我的工作是什么？伦敦的副校长和多产的博主。

专业方向？设计技术，课程计划。

为什么要关注我？我是一名设计技术专业的任课教师，自18岁起就在课堂上任教。我从2000年开始担任学校负责人，并于2014年9月开始担任副校长。我撰写有关教育的文章，专注于教学和学习以及员工的福利。我在线上创建并分享课堂教学的资料。现在的写作更多关注领导学校、员工发展以及教育政策，尤其是向象牙塔式的知识发起挑战。

重复改作业、做计划和讲课

优秀的教学并不复杂，把简单的事情做对就行了。这是我多年来总结出的真言，你应该谨记于心，尤其是在你从教的前几年中。一些“简单的事情”你要在第1年中尽快掌握，它们能帮助你改好作业，理好计划，讲好课。

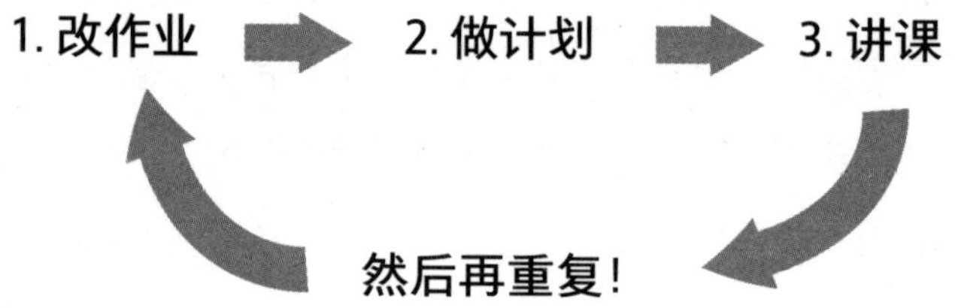

在你的教学生涯中，你总是要改作业，做计划，讲课。总是如此！完全掌握这三个部分需要时间，尤其是“讲课”部分。在你掌握技巧来减少改作业和做计划的时间之前，这三个部分会占据你校内校外的分分秒秒（有时连睡觉都会想着这些）。

让我们来更仔细地看一下这三件事对教师的一般期望。

1. **改作业**　批改你收上来的练习本！你可能会被改作业搞得焦头烂额，可能无法正视问题，也可能会埋头工作到深夜。尤其是当学生对你批改的作业弃之不理时，或者当大多数学生并没有按你给他们的反馈行事时，你可能还会拷问自己，“我干嘛要费这个事？”但是我要再说一遍，无论如何你都要认真批改收上来的练习本。
2. **做计划**　不管你喜不喜欢，你接受的教师培训都在向你灌输做好课程计划的必要性。有些人会说，课程计划越详细，你的课就越好——这完全是胡说八道！课程计划确实很有价值。而且即便你在课堂上教了很久的学，课程计划对你和你的学生依然非常重要。但是，它不能每天都占据着你和你的生活。

3. **讲课**　对教师的第三个期望是把课讲好。你必须能改好作业，做好课程计划，这样你才能讲得好。这不是你即刻就能实现的目标。你的讲课水平会随着时间不断进步，这本书的意义就是帮助你不断提升自己。

我想确保你能真正理解这三个部分对你第1年打下坚实基础以及今后数年发展的重要性。下面再重复一下这个过程：

1. **改作业**　你可能会觉得奇怪，这个循环为什么从改作业开始，但是改作业会对你的课程计划产生影响。批阅学生的作业，掌握他们各自的理解水平，找出他们理解错的内容，对于你下节课的课程计划是非常重要的。
2. **做计划**　使用任何对你有效的计划形式。在讲课前使用5分钟课程计划或者为你所涉及的内容创建一个详细的分步骤计划……要确保你

行动建议1：准备一个应对意外状况的B计划

要对意外状况有所预计！我们大家都碰见过意外状况，而且我可能很快就会再碰见一个。所以，在进行教学（和做课程计划）时，你始终要有一个B计划。教学的奇怪之处在于，计划好的课程可能会上得一团糟，而没计划过的课程却上得出奇地顺利。这到底是为什么？学生是难以预估的，因此你的课程计划和课堂教学也是难以预估的。但是，你真的停下来想过吗？为什么有些课程很成功，其他的却不是很成功？试着尽可能地去想一下。

能去执行，并且确保是根据最重要的人——你所教的学生制定的。

3. **讲课** 教授你所计划的内容，如果你的学生把课程引向其他更有趣的方向，也可以教授事先没有计划的内容。但是要热爱教学，投入热情，与人分享，不断精进。顺其自然，并敢于突破！

4. **不断重复** 现在再重复一遍这个过程！（可能）会比上次好一点。

批改作业的类型、场所和注意事项

不得不承认，我曾经花钱请过亲戚帮忙改试卷。评卷的标准非常简单，总而言之是非常明了。我当时很年轻，而且疲惫不堪。

这是好主意吗？省下的时间（和花掉的钱）值得吗？答案当然是否定的。（要说我当时觉得这不值，那是在撒谎——不过也只值一小会儿而已。）后来，无论如何我都会检查完所有的试卷，以确保我能给每个孩子准确的反馈。

对于改作业，你会抓狂地想要找出最适合你和你的学生的策略。你会尽量减少所花的时间；你甚至可以让学生批改自己的练习本（这没关系）。在你多年的教学生涯中，你很可能会在教室的角落里攒下一堆要批改的作业，偶尔会带着愧疚的目光看一眼积满灰尘的试卷和练习册，并承诺自己明天会用更多的时间去批改，只是现在还不行！

不能不改，也不能什么都改

当看着那堆作业时，你可能会考虑以下几点：

- 我能不改作业吗？
- 如果这样的话，能持续多久？

- 我能在学校里不接触学生的时候改作业吗，而不是花自己在家里的时间改？
- 下一次部门检查练习本是什么时候？
- 如果我不改作业的话，那么某某某会要他们的练习本吗？
- 我能把它们放在角落里忘了吗？
- 我的良心是否能接受我的决定？
- 学生们到底会看我的反馈吗？

我记得很清楚，有一次我让30份家庭作业从我的手中慢慢滑落——掉进了垃圾箱里。（我知道这样不对！请原谅。）这当然要被强烈谴责的，但确实是个很有价值的教训……

三个月后。家长会……

场景：面无表情！

有的教师想（而且确实）什么都改。但是，每次学生交作业时，并非每本作业都该改或是能改。当学校期望和你自己部门的看法，甚至和你自己对评价的理解不一致时，你可能会对此感到困惑。

你会困惑为什么有的学生会对你的反馈弃之不理，你确实应该感到困惑。但是，谨记——你改变不了所有的东西。别想着你能做到这样，甚至连试都不要试。你必须找到一个平衡点，你可以改学生的练习本，但不是每本都改。要谋划怎样才能更聪明地工作。我真希望自己多年前就知道这一点，但当时我任由那些作业从自己手中滑落。

批改的类型

批改分为以下两类：

1. 总结性批改

总结性批改是指，根据一个框架或成功标准对作业进行批改，并打分。

总结性 = 评价。

就总结性批改而言，要问自己的关键问题是：

- 学校、部门或关键阶段是否有供教师使用的一致体系？
- 你将使用什么样的评分系统？
- 你打算使用普通中等教育证书（GCSE）还是中学高级水平考试（A - level）的分数？
- 是10分制还是20分制？

2. 形成性批改

形成性批改不给学生打分，而是对学生所处的水平进行说明，从而改善学习。

形成性 = 告知。

就形成性批改而言，要考虑以下几点：

- **评价系统**　对学生作业的评价，有没有一种所有学生都能理解的统一方式？是否有统一的批改标记？试试下面的标记：

  WWW（某某方面进展顺利……）

  EBI（如果……就会更好……）

  IOTI（为了改进……）

  三颗星和一个愿望
- **使用数字或字母表示关键批改点**　你有没有考虑过为学生编一份关键批改点清单，并将每个点以数字或字母表示？这样你就不用把完整的评价内容写出来，可以只通过数字或字母来进行评价。要不要试试用对应问题或文本的数字/字母来批注作业？

- **留出进行纠正的时间**　一旦你花时间批阅了学生的作业，他们回去必须改正错误，或者重做需要改进的地方。一个好策略是给学生留出时间，一把作业发给他们，就让他们在课堂上改正或重做。这个环节能让他们改进以往的错误并吸取教训。

一些我改作业的场所，以及对其是否可靠的判断

1. **花园**　花园在冬天不是个好去处，考虑到1年中的学期时间里，你只有一两个月能待在户外，在花园里改作业完全是幻想。千万别去这里批改作业，否则你就是在和自己开玩笑。
2. **酒吧**　效果不佳，效率通常会随着时间/饮酒的增加而降低。
3. **公共汽车**　很适合视觉性的作业，但是对于校对工作和红笔做标记的精确度则非常糟糕。
4. **教室**　相当可靠——你不用把工作带回家，而且你身边还有资料来辅助你完成这个过程。不过也有一个巨大的缺点，那就是一位同事可能突然进来和你说话，从而打断你的工作，比如：“这个作业/评价真棒！我能复印一份吗？”“我能占用你一分钟时间吗？”
5. **你部门之外的一个办公室**　如果你想远离总和你聊天的同事，这倒是个好策略。缺点则是，一张陌生的面孔出现在学校的另一部门会引起更多的闲聊。
6. **教师休息室**　不同学校的教师休息室差异很大。有的没有充分使用，有的则过度使用；有的没有桌子，没有足够的电脑，有的则有充足的空间来进行工作。评估一下你所在的学校教师休息室的工作环境是否可靠。
7. **部门办公室**　一个非常可靠的工作场所，通常是个避风港。你要充

5分钟批改计划

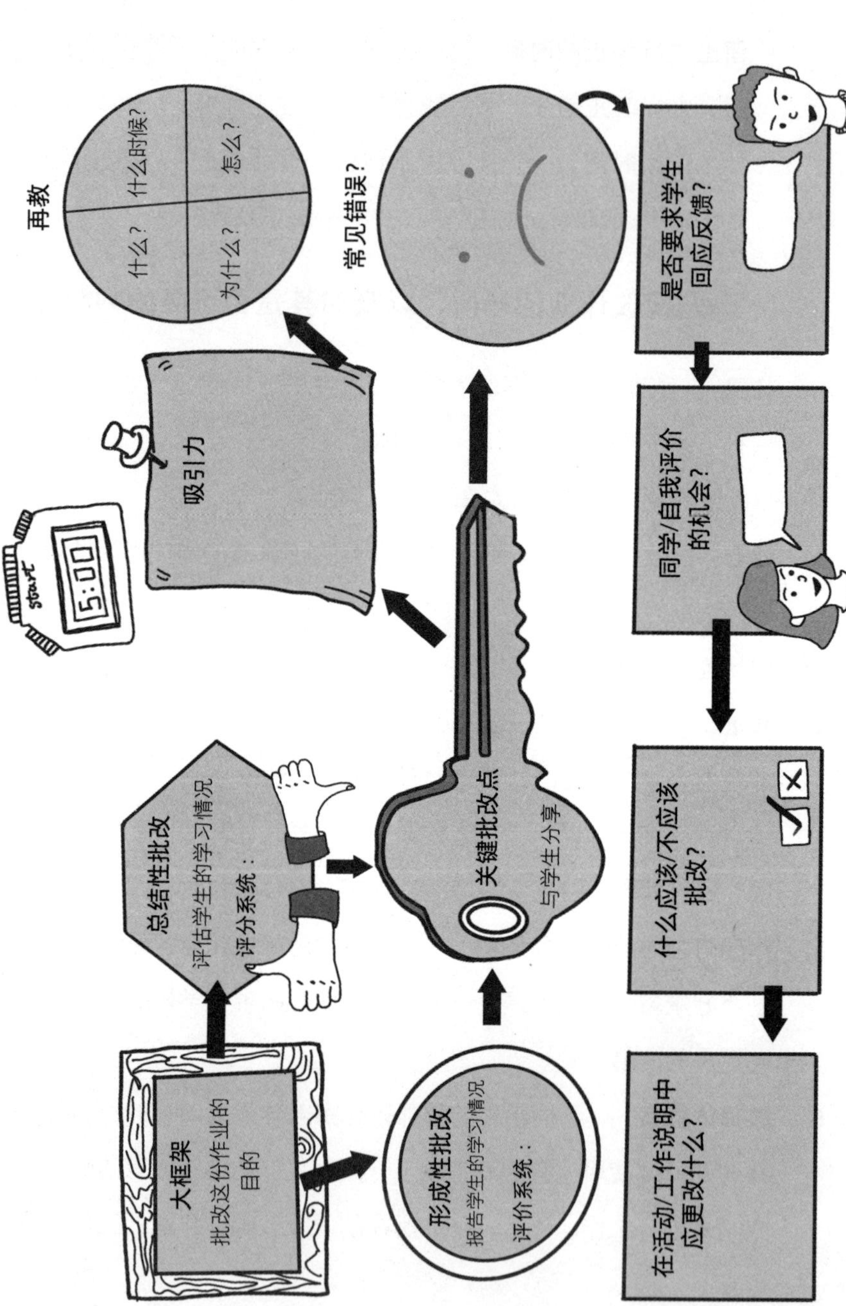
大框架
批改这份作业的目的
形成性批改
报告学生的学习情况
评价系统：
总结性批改
评估学生的学习情况
评分系统：
关键批改点
与学生分享
start
5:00
吸引力
再教
什么？
什么时候？
为什么？
怎么？
常见错误？
是否要求学生回应反馈？
同学/自我评价的机会？
什么应该/不应该批改？
在活动/工作说明中应更改什么？

分了解自己的同事，在什么时候工作、什么时候征求意见、什么时候说话、什么时候不说话、什么时候笑、什么时候哭……以及什么时候改作业，都会有不成文的规定！

8. **餐桌** 一个非常可靠的地方。广播里放着没歌词的纯音乐，来点我最爱喝的酒，再许下一个完成后的奖励——比如在酒吧过夜、点个外卖或做个晚饭——这里可能是我改作业最喜欢的地方，也是最有效率的地方。

9. **部门的扫帚柜** 刚当教师的时候，我最难忘的经历就是在教室右边讲台出口的扫帚柜里改作业。那是一个小工具柜，大小能够放下一些教科书、解剖刀、凿子、几包铅笔和薯片……发挥一下你的想象力，我确实在这个柜子里改过作业。这个完美的小窝很适合改作业，而且还能小睡一下！

制定课程计划要考虑哪些因素

对世上每位教师的第二个期望是：为课程做计划。不管是在脑子里想还是在纸上写，不管是一课一课的还是一大段时间的——要选择最适合自己的。

一开始要有详细的课程计划

教师培训机构规定课程计划要很详细，从长期看这是难以保持的，但在开始的时候是很重要的。

在接受研究生教育证书（PGCE）培训的时候，你会有额外的时间来做这样的课程计划；而在第1年见习从教（NQT）时，你做课程计划的时间则会减少。在你从教的这一阶段中，你需要把课程计划做得非常详细。原因是什么呢？只有这样你才能掌握课程计划的必要组成部分。但课程计划永远无法符合真正的教学实际。记住这一点，始终要有一个B计划。

在第1年见习从教时，不管是在一张纸的背面草草记录想法，还是在你的教师记事簿或学校模板上书写，一丝不苟地撰写课程计划是非常重要的。我之所以这么说是因为我已经当了二十多年的教师，我知道自己的课程计划是让学生充分发挥潜能的关键。曾经我只懂得要保持坚韧，随着时间的推移，我发现如果我能早点掌握“吸引力”（使学生们专注于课堂并能较好地吸收知识的能力），我就可以让自己的课程计划更好地聚焦在学生的学习上。如果我23岁的时候就有今天的眼光，就不会像以前那样挣扎了。

作为新教师，我们的课程计划常常是要控制学生的行为，关注我们想要（或希望）实现的活动或激动人心的想法，从而能影响到他们在课上的表现。但是我们都知道学生是很复杂的，教师要对他们抱以很高的期望，好好组织每一堂课并进行反思，这样才能打破障碍，把学科知识传授给他们。

就课程计划而言，很多人的失误之处是他们过于关注实际活动而不是学习。我们计划学生要做什么活动，自己要做什么活动。然后，我们就要关注学生有没有按规定好的方式或时间来行事。在过去的10年里，尤其是在分年级的听课中，很多教师都因为上课没有按课程计划或是偏离了课程计划的结构而遭受了失败。

经验增长后，可列整体框架

不要只是让学校、导师或高等教育机构（HET）规定你“必须”制定课程计划。我坚持认为，作为一名新教师你需要主动经历这个过程，以便了解你要在哪些地方帮助学生。请想一想，你和你的学校最终的目标是什么，不管你是多才多艺的教师、特立独行的人、经验丰富的老手，还是别人口中水平不行的人。过于拘泥细节的课程计划都是没有必要的。

一课又一课，一天又一天，随着你经验的增长，课程计划逐渐变得没有那么重要了。为了应对日常教学，你的韧性不断增强。当你开始承担更多责任并理解学年的本质时，你会认识到在一年中课程计划并不是特别重要的关键点。随着时间的推移，经验开始起作用了。如果你能做到“在心里以终为始”，这个习惯将比事无巨细的课程计划作用更大。

整学期的工作计划要指明你想带学生走的路，以便在你教的科目上取得好成绩。在你积累教学经验的时候会形成一个“整体的大框架”，就不再那么需要“每天的框架”和迂腐的课程计划了。

行动建议2：用“我们在学什么”来做课程计划

要想真正有韧性，所有教师都需要采用期中计划的模式，这样课程计划才能做到内容精炼而知识丰富。这就是“为什么”。我们在学的是什么？为什么要去学？如果你能使用“我们在学什么”而不是“我们在做什么”的课程计划，你很快就会对自己的课程计划产生信心，从而专注于教学中的重要内容；要随着时间的推移而进步，不要把每次课当成孤立的活动。“评估在你的课堂上什么有用什么没有用。”（@pepsmccrea）

课程计划的终极指南

在做课程计划的时候，不管你是每节课做计划，每周做计划，还是完全不分时间，都可以参照这份在每个课程计划里要做什么的终极指南。下面的列表只是建议，并不是一成不变的。它不是关于如何上一节很出彩的课（或是一节很不好的课）的，而只是我所采取的行之有效的方式。你可以把它看作一个有用的提示，从中获取一些关键的课程计划标题。

- **大框架**　脑子里总是要有整体的情况，也就是你的班级背景（学生处在哪个阶段）、你计划的干预措施，还有你需要的资料。一开始心里就要想着要达成的目标。
- **目标和成功标准**　为一节课或多节课做计划的时候要有目标。不要把目标藏在自己心里，要把实现的标准告诉学生们。我不是很擅长这个，所以不得不定期给自己写提醒。我不太喜欢把目标写在黑板上，或是让学生把目标抄写在练习册上。黛布拉·基德（Debra Kidd）在《来自前线的笔记》（*Notes from the Front Line*）一书中警告说："即便每节课只花两分钟让学生抄写目标，那么浪费的学习时间每天就要10分钟，每周就要50分钟，每年就要32.5小时。"不要再抄写了，而要通过口头告知确保学生理解目标。永远不要让人去猜。
- **参与**　这并非总是必需的。在我教的课程中，90%都非常乏味。因为学生要么是默默地独立学习，完成作业，听取评价，然后修改，要么只是偶尔地表现一下。为了引入关键概念，或者我称之为"吸引力"的东西，我打算通过参与活动来解释困难概念。愉快的活动或是趣闻轶事可以作为隐藏动机或是娱乐消遣来吸引学生。海威尔·罗伯茨（Hywel Roberts）在他的《啊！》（*Oops!*）一书中把它称为"钩子"。
- **吸引力**　这一点非常重要。

- **读写能力/计算能力**　一定要设计推断出数字或涵盖读写能力的内容，以帮助培养知识和技能。
- **学习评价**　这是教学中的一个难点：设计让学生能自我评估并和同学交换评价作业的模式，确保你表达了能使学生进步的目标、反馈和总结性要点。
- **差异化**　差异化是计划各种技术和资料，从而让学生接触到你这一科目的课程。不用为每节课都做计划，但要做长久的计划。
- **资料**　耗费时间，但至关重要。请教、偷师还是借用都行。要在网上寻找灵感。不断积累，并保持新鲜。
- **学习片段**　你要说明什么由教师主导，什么由学生主导。不要期望在一节课中能出现很多片段。你要决定什么是对你和你的学生最有效的，要灵活一点。别惦记着能一节课就有进步。这是不可能的！

吸引力

吸引力是每个课程计划的根本。你会经常听到我讨论它。现在我处的阶段只考虑这一个问题。学生在学什么？他们能带走什么？他们上课时会带回来什么？就这样！专注这些，让学习集中在“吸引力”上。

五分钟课程计划

我第一次创建5分钟课程计划是在2008年。我第一次分享是在2010年。（参见www.teachertoolkit.co.uk）自从上线分享以来，它被：

- 浏览了超过250万次！
- 翻译成了12种语言。

- 150多个国家的人们下载。

经过世界各地教师的改编，现在这一系列已经有了38个相近的版本！还有一个把课程计划转换成PDF文件的电子版，正在网上广为传播。

如果你还没试过，现在就开始进行计划吧——只需要5分钟！

在此处查看5分钟课程计划的视频教程：

创建自己的讲课资料

改作业，然后做计划……再接着去讲课。你在第1年就会开始教学，但别指望这1年会很完美。这本书剩下的部分将要你反思自己的教学。教完前5年你会有很大的进步，但永远做不到完美。世上本就没有所谓的“完美教师”。你要分享、评估和反思自己的教学，不断取得进步。教学是一辈子的事。

资料

资料马上就能帮到你的教学，而且对你在前5年至关重要。要利用资料来帮你教学！

随着你开始了解如何管理自己的时间，你要学着创建自己的资料，一开始你要从任何你能找到的地方搜罗。抓住每一个机会，从同事那里或其他可靠的来源获取资料。参观区里的其他学校，结交在别处当教师的朋友，践行从教师培训日获得的想法。

5分钟课程计划

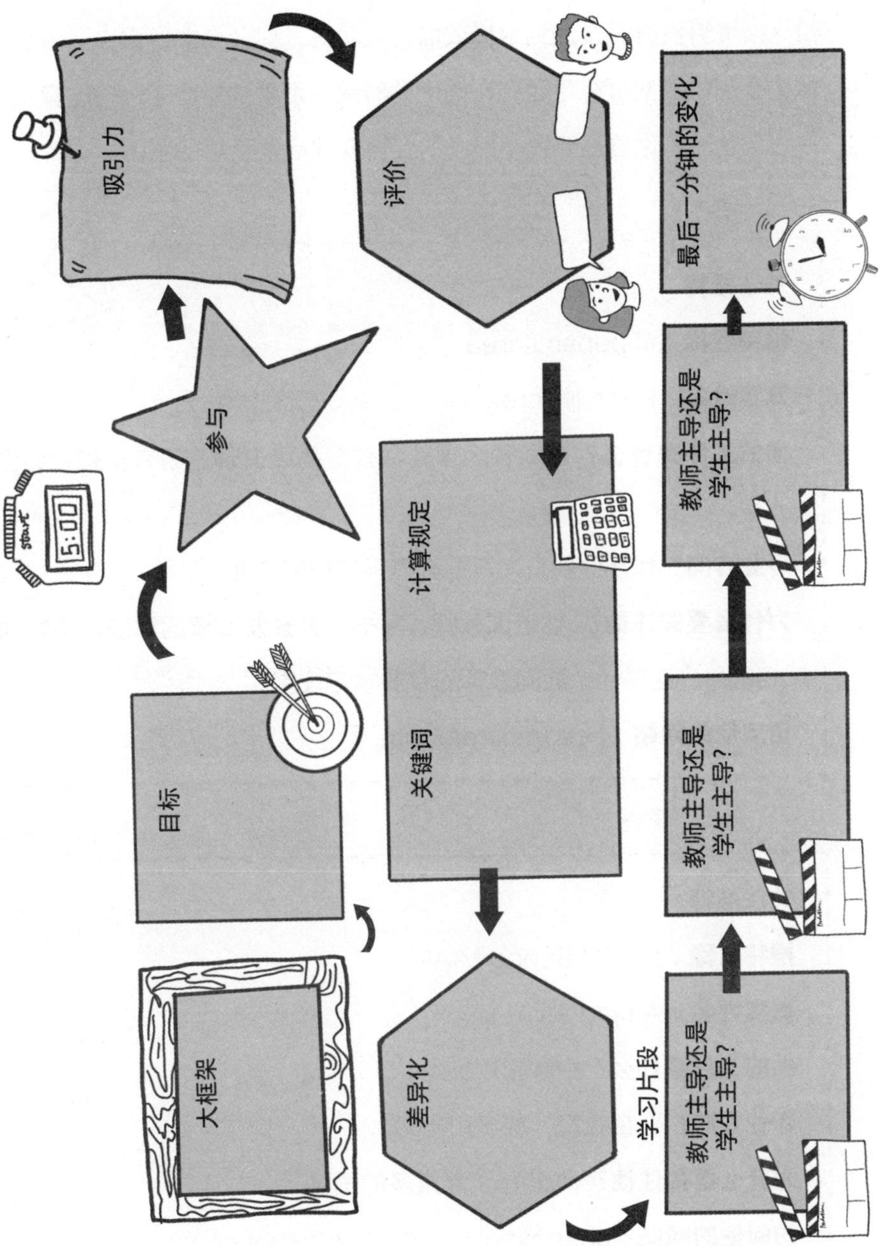
5:00
大框架
目标
参与
吸引力
评价
关键词
计算规定
差异化
学习片段
教师主导还是学生主导？
教师主导还是学生主导？
教师主导还是学生主导？
最后一分钟的变化

随着你职业生涯的不断发展，你会对自己积累的资料感到非常兴奋；当这些资料没有完全达到目标或取得成功时，你又会非常沮丧。当学生把你精心制作的活页练习题扔在地上的时候，那就更糟心了——这肯定会让你心灰意冷！你总是要把干巴巴的资料变成启发灵感的东西。

关注推特

推特名称：@pepsmccrea

真实姓名：Peps Mccrea

他的工作是什么？布莱顿大学教师教育高级讲师、研究员和社会企业家。

专业方向？教学创新，尤其是教育科技初创企业。

为什么要关注他？ 他培训教师，写书，并开发很棒的想法，例如@staffrm，这是一个面向教师的专业学习社区。

访问他的网站：pepsmccrea.com

关注推特

推特名称：@ASTSupportAAli

真实姓名：Amjad Ali

他的工作是什么？中学副校长。

专业方向？融合教育，教学和学习。

为什么要关注他？ 他分享了非常多的资料。

访问他的网站：cheneyagilitytoolkit.blogspot.co.uk

必备的课堂教学工具

白板笔、白板擦、词典、iPad、洗手液、年历记事本、计时器、卡片、遥控器、茶水、迷你白板、瓶装水、电脑、U盘、打孔机、订书机、规则手册、铅笔盒、便签纸。

注意自己的教师形象

教师在学校内外都要维护公众对这一职业的信任，并保持较高的道德和行为标准。

——英国教育部《教师标准》

这包括星期五晚上去酒吧时，在社交媒体上，甚至是开车时！在学校社区里，你可能认识每一个人。你教的学生可能是你最好的朋友的孩子。当你要责备他们时会发生什么？如果你在校外时间与你的朋友互动，你要如何走出自己的教师身份？这是个棘手的问题。

遵守规则

问问自己下面这些陈述或问题，有多少是你在课堂上发现自己想过、听过或说过的。

1. 好吧，你们思考一下这些问题，我先出去吸根烟。*

2. 这是我的私人电子邮件地址。*

3. 在这学期里，我不会改你们任何一个人的练习本。

4. 好。不明白的请举手。

5. 不要选普通中等教育证书的那个科目，它对你没什么用……

6. 你为什么不做作业？作业很容易的。

7. 如果你需要帮助的话，请让你妈妈给我发短信。*

8. 你只需要为了考试而学这个，然后你就可以忘了它。

9. 我今天什么都没计划，而且我忘了我在做什么。你们能不能继续涂色或者看看书……

10. 我教的另一个班做得很好。你们今天到底出了什么问题？

11. 你必须在这里，而我不用。

12. 你的教师是谁？（回答）好吧，这就能解释得通了。他们甚至都不是正规的教师。*

13. “喂？妈妈，抱歉，我正在上课，现在不方便接电话。”

14. 站在角落里，双手放在头上。*

15. 我周末喝得烂醉！ *

以上大部分内容都写得很诙谐——但属于很谨慎的诙谐；你是职业教师。

*星号标示的陈述无论如何都要避免。

（这些都是防护、健康与安全问题。）

行为准则

我们都需要一个基准。行为准则确保我们在一套明确的专业标准内工作。下面是一些来自英国教育部《教师标准》的规定。

- 在保持优秀教学水准的同时，“对所教学校的校风、纪律和做法给予适当和专业的尊重”。这是每位教师应尽的义务。
- 除了个人生活中可做可不做的事情之外，必须“了解规定其专业职责的法定框架，并在框架内行事”。

- 每位教师必须“承认并尊重他人的权利”。“他人”不仅仅包括同事，也包括学生和学校的来访者。

如今，越来越多的媒体关注学校里价值观念的重要性，包括：民主、法治、个人自由和尊重。根据彼得·克拉克对伯明翰学校和“特洛伊木马”事件调查结果的报告，我们要接纳那些有不同信仰的人，不管我们在哪所学校工作，即使是一所宗教学校，也必须“质疑极端主义观点”。

作为教师，我们必须时刻注意，不要向孩子宣扬自己的个人观点，要确保在表达个人信仰时，不利用学生的弱点或导致他们做出违法的事。

英国教育部怎么说

作为一名新教师，你需要快速学会如何与学生和同事相处，始终要与他们处好关系，并遵守适合教师专业职位的适当界限。根据法律规定，你要重视保护学生的身心健康。英国教育部文件《保护儿童在教育中的安全》是每个教师必须要读的，它有助于我们了解课堂教学之外责任的本质。所有教师至少应该阅读本文件第1部分。（www.gov.uk/government/publications/keeping children safety in education–2）

你上次读它是什么时候？

付诸实践

我不想班门弄斧，只是提个建议，无论你经历了什么，都应该保持自己的职业道德。

请思考以下问题：

1. 这份职业与其他职业有什么不同？

2. 你的专业判断是否体现了特定的价值观？

3. 你对自己教的孩子产生了什么影响?

我相信以上问题的答案会很有趣，每个人都会有不同的答案。作为教师，在校内和校外保持行为端正是有必要的。当然，我并不是说你不能在周五晚上去酒吧，也不能在社交媒体上发布自己的状态，随着你在教学方面的经验越来越丰富，你身上会自然而然地具有专业精神。在你的个人生活和职业生活中，你必须保持一定的行为水准。不管是在校内还是校外，都要维护公众对这一职业的信任，并保持高标准的职业道德和行为表现。

一要穿着得体。

二要三思而后行。

三要准时。

另外，不要从工作场所偷拿东西，即使是复印室的一叠打印纸。毕竟，这是学校的财产，不是给你家里的打印机准备的!

劳工运动

在你职业生涯的某个时候，可能会需要采取罢工行动。我曾参与过罢工，但也曾处于由于各种原因而无法罢工的位置。例如，参观一所学校，即使我正在访问的学校有一半的教职工都没在岗!

无论你如何看待罢工行动，我都必须向你表明，如果你是工会的一员，你就有义务进行罢工。但这并不意味着你必须这么做! 你可以出于任何原因，可能是特殊情况或你个人的观点，而决定不参与罢工。无论是什么情况，在做决定之前都要确保你已经掌握了所有的事实，你需要广泛阅读，与同事交谈，必要时还可以与你的校长谈谈。

作为一名教师，罢工从来不是一个容易的决定，它应该永远是最后的手段。

你是否准备一直做教师

"超过一半的教师（52%）表示，在过去的12个月里，他们认真考虑过辞去目前的工作，近一半（47%）表示他们已经认真考虑过离开这个行业。"

这组令人痛心的统计数据来自康雷思公司所做的《英国校长及女教师协会教师工作满意度与幸福感调查》。你可以打开下面的链接阅读这份报告中更多令人震惊的统计数据，其中包括"关于工作，教师最关心的是工作量（79%）"。说明一下，这项研究是由民意调查机构康雷思公司进行的，该公司在2013年10月30日至11月10日期间采访了英国的501名教师。另一份有趣的报告是由英国教育部出版的《工作量挑战：对教师反应的分析》。这份报告显示，"两项任务……令大多数调查对象不堪重负：一，记录、输入、监测和分析数据（56%）；二，对批改作业详细程度和频率的过深/过多的要求（53%）"。

《英国校长及女教师协会教师工作满意度与幸福感调查》：www.comres.co.uk/polls/nasuwt-teachers-satisfaction-and-wellbeing-in-the-workplace-survey

《工作量挑战：对教师反应的分析》：www.gov.uk/government/publications/workload-challenge-analysis-of-teacher-responses

给高层领导和学校管理团队的五点计划

按照这五点计划来提升学校教师的幸福感。

1. **责任**　保持高期望，但也要兼顾灵活性。免除不必要的检查表，让教师以适合学生的方式在课堂上授课。例如：通过从评估性听课和日常教学中取消课程形式表，减轻课程计划和批改作业的负担；确保所有教职工都清楚对批改作业的期望——学生练习册并不是每一页都要批改；简化报告和课堂评价，时间表以及工作安排。

2. **工作量**　减少教职工不必要的工作量——没完没了的会议、在方框里打对勾的形式表和模拟评估检查！不要为了开会而开会。如果确实要开会，提前公布议程和会议材料。召开30分钟的简短会议，把员工召集在一起澄清问题或问答讨论，出席会议的人仅限相关的教职工。要相信教职工能做好工作，如果他们不能满足期望，就要对期望做出调整和改善，同时也要进行“谈话”，但一定要灵活。

3. **职业发展**　学校应设置大量的持续职业发展预算：至少占学校总预算的1%—2%！投入资金，为学校教职工提供量身定制、差异化的内部持续职业发展。

4. **人员流失**　杜绝霸凌者、监督人和领导在校园里训斥教职工的现象，因为教职工正被补习任务以及沉重的工作量压得喘不过气。坚持要求政府、工会和政策制定者减少剧变，并开始巩固自2010年以来的变革。最有效的就是在课堂上好好教和好好学。其他都是次要的。教书永远是一个高尚的职业，但如果我们留不住教职工并且不为他们的持续职业发展投资，那它肯定不会成为一个可靠的职业。

5. **真正的支持**　每一所学校都需要有意义而且现实的愿景，以促进教职工的幸福。快乐的学校有快乐的教师，快乐健康的教师造就快乐的学校，取得快乐的成果。为了实现这一目标，无论耗费多大的精力，都需要对每一位教职工加以支持和指导。应该认真倾听教职工的心声。每个人都有潜力。作为学校的领导、管理者或评估人员，需要发现并释放这种潜力。为每位教职工配备一名教练/导师以及一名评估人员，并留出时间在这方面开展工作。教练/导师实际上可以通过结构化/日程化的方式满足员工幸福以及个人和专业的持续发展的需求。

给教师的三点计划

你需要照顾好自己；当教师是非常非常有压力的职业。

这里有一个简单的三点计划：

1. 睡觉。 2. 吃得好。 3. 不再烦恼。

话虽如此，但我是在学校忙了11个小时后写的这一章。有趣的是，写这本书的时候，我越来越多地谈论教育，烦恼竟变得越来越少了！尽管面临工作时间长、压力大、消极、感觉不受重视、困难重重、媒体总是对我们的工作报道不断等问题，但我们大多数人内心确实喜欢这个职业，这是我们最想做的事情。当遇到困难的时候，我们要牢记这一点！

英国广播公司最近（基于经济合作与发展组织的研究报道）的一篇文章表明：

> 尽管有种不被重视的感觉，但教师的工作满意度仍然很高，大多数人表示，他们会再次选择教书作为职业。即便“英国的教师学期里每周要工作46个小时，远远高于国际上38小时的平均水平”。

在你整个的职业生涯中，能有一段时间在一个地方，远离电脑，远离工作环境，甚至远离家庭，来为自己做一些事，这是非常重要的。我知道并不是所有人都能做到这一点，因为我们每个人在课堂之外都有自己的义务，比如照顾孩子和家庭。以下是我所做的一些事情：

- 成为一名半职业足球运动员
- 写了一本书

显然，在假期里你有更多属于自己的时间。你很有可能会乘飞机出国，而且根据你的情况，这类活动会随着你的职业生涯发展而改变。例如，我早年曾在1年内出国11次，而现在有了儿子的陪伴，我已经4年多没有出国了！

行动建议3：接受不完美和做不完

教学是一辈子的事业。你永远做不到完美，也总有做不完的事情。早早接受这一点，你就能逐渐掌握韧性的艺术：知道何时停止，知道何时不再烦恼，知道何时该照顾你自己！

工具包1：如何做好文书工作

看教师的桌子有两种方式。如果很整洁，他们可能花了太多时间整理书桌！如果乱糟糟的都是报告和资料，你在一大堆作业下面几乎找不到键盘或钢笔，那么这个教师很可能是在忙学生的事。

有件事你已经知道了：教师的文书工作负担过重。文书工作会困扰你整个教学生涯。在你从教的第1年，文书工作绝对是非常混乱，你会想："我到底该怎么才能做完这堆工作？"到了第2年，你可能已经知道什么是能缓一缓的，什么是非常紧急的。当你经验更多的时候，你会发现哪些策略对你最有效，哪些对你无效。这是你凭经验掌握的。毕竟，并不是所有的文书工作都与课堂有关。

是的，我确实说过，并非所有的文书工作都与你在课堂上的主要角色有关。很让人伤心，不是吗？

写这一章的时候，我考虑了此刻自己的工作现实。我们刚刚过了复活节，到了同事们所说的"无聊季节"。这时学生们进入了最后的复习期，模拟考试都结束了，考试的热度正在酝酿。公开考试前的准备正在进行，年终报告也快写完了。

在这个无聊的季节，我们还要在管理信息系统中输入评价，以便能够生成数字式的学校报告，以及在过去六七个月为每个学生做出的评价。这个任务很艰巨。它虽然是数字化的，但依然算是文书工作。

按照优先级排序

把文书工作分成四个层次考虑：

1. 紧急的 要确保自己能去做它。

2. 有用的 将来可能需要用到，把它放在一个安稳的地方。

3. 没用的 马上扔到垃圾桶里。

4. 有趣的 想看这个，但没有时间。先把它放在这里妥善保管。

“有趣”的文书工作是最困难的。你想读读它从中学到东西，你知道如果自己有时间读它，将有助于你的职业持续发展。但是，你是根据自己的状况来选择阅读它的，而不是因为它是学校的政策文件而必须要读。因此，你很难找到合适的时间来读它们。我存了很多文章，把它们塞进书桌的角落里，以便在清晨能略读几眼或是在午餐时粗略地看看。然而，现实情况是，我只有在每年春天大扫除时，或是假期整理文件时才会看到这些保存的文章。我的阅读兴致早已经没了，只好把它们丢在垃圾箱里。

你做得越多，你就想做得更多。所以，知道什么时候该停下来，知道哪些材料要保留，哪些该扔掉是很重要的。你需要把自己的优先顺序列好。在每学期开始前，看看日历上的关键日期，去预测关键的节点。

工具包1：如何做好文书工作

1. 形成惯例并坚持 在学校和家里给文书工作分配固定的时间。实际上，我已经尽了最大努力不把工作带回家，但要说我从不回家工作也是不公平的！很多个假期，我都会带一大堆要批改的作业回家，尤其在复活节假期交上来要批改的作业是最多的。

2. 合理利用你不用和学生见面的时间 大多数学校都遵循《学校教师薪酬和环境文件》（STPCD），检查你的合同，如果你的课程表上有幸安排了不用和学生见面的时间，那就按照其原本的用途好好利用："在教学日备课、做课程计划和批改作业（PPA）。"

3. 要有条理 为自己设定明确的目标来完成特定的任务。

4. 要有系统性 从整理你的文件、材料和资料开始，只保留必需品。找个地方放剩下的东西，只要看得见不会忘就行！随手清理；没有什么比循环利用或撕碎一张纸更让人满意的了，但是要再仔细检查一遍，确定你已经用不着它了，而且不涉及机密。然后，把你的文书材料整理成一个系统，这样你就能知道要用的东西都在哪里。

5. 无纸化 不要打印所有内容。可以在电脑屏幕上阅读文件并保存。如果你没有想到一个文件，你就是不需要它！

工具包2：在课堂上管理好学生的行为

说到课堂上的行为管理，有一个关键词……

一致性

不用考虑别的。立下明确的规矩，形成惯例，确保你能说到做到，并且培养学生根据你的指示行动。如果你无视这一点，那就是在纵容。确保你设定的处罚有始有终。

任何学校内部的一致性都需要团队合作、高质量的沟通和培训，以及让学生看到他们的行为后果会得到公平、透明和基于个人需要的处理。一致性对教师的行事至关重要，无论你是教了1年还是教了30年。一旦你很好地了解了自己的学生，与他们建立了稳固的关系，能相互尊重，并且能让他们马上保持安静，你自然而然就能灵活处理行为管理的界限了。但在这个阶段你必须保持始终如一。

遵守学校的纪律守则

当你不断进步，对自己的行为管理有了更大的自信，甚至决定根据自己的课堂教学调整规则时，你要确保自己与整个学校的政策保持一致，并且永远不会对整个学校的纪律守则造成损害，确保与你每天共事的同事保持一致，使整个学校都有良好的行为。《泰晤士报·教育副刊》的一篇专业文章指出，“特立独行的教师会损害其他教师的行为管理”。“每个学校都有特立独行的教师，不遵守学校规定，从来不管学校的行为准则。”

不要特立独行。虽然不少学校（和学生）因另类的（说难听点是“不服从管教的”）教师而受益，但是另类的教师如果不遵守学校的行为准则，那么他们对别的教师没有任何帮助。当你开始在一所新学校工作时，必须尽快了解学校的行为准则。不管你在课堂上的行为管理是什么风格，始终都要遵守整个学校的纪律守则。学校的行为守则是为了在整个学校建立一致性，你必须努力维护这一点。

在同一篇文章中，保罗·迪克斯（Paul Dix）说：

你可能认为这对自己的课堂教学没什么实际影响，但你最好能

更加谨慎。另类的教师占了便宜，其他教师则要为他买单。

保罗·迪克斯是行为管理专家，他在这里为见习期的新教师提了40个建议：*www.pivotaleducation.com/40-tips-for-nqts*。

我最喜欢的是：

- **建议1** 限制你要求全班注意的时间。教师讲话太多会导致低水平的打断。
- **建议5** 建立与学生家庭的联系。往表现良好和学习良好的学生家里寄表扬信。
- **建议30** 碰到不良行为时，提供3个明确的选择，让学生有时间做出决定。
- **建议34** 坚持不懈地激发孩子的积极品质。
- **建议39** 温和地处罚学生，在处罚时回想一下他们之前的良好表现。

关注推特

推特名称：@pivotalpaul

真实姓名：Paul Dix

他的工作是什么？培训师、作家和演说家。

专业方向？行为管理。

为什么要关注他？关于如何处理课堂表现的难题，能提供很好的建议。

公正且平等地对待学生

众所周知，在教学中公正和平等（或平等对待）是不一样的。学生会因为没有被同样对待而感到愤愤不平，为了平息相关的争论，我总是问他们是否愿意被单独对待。在99%的情况下，回答都是一声响亮的“是”。这样，我就有理由根据他们个人的需要以及处罚的背景对他们进行适当的处罚。

秘诀就是让你的学生知道公正和平等之间的区别。从长远来看，这会让你省去很多烦恼。平等意味着对他们一视同仁，但并不意味着以同样的方式对待他们。在处理不良行为时，你需要明确这一点。

公正意味着教师必须尽最大努力，给每个学生取得成功所需的东西。但是，不同学生需要的东西可能差异很大，这意味着事情并不总是平等的。这将是教师在课堂上面对学生时最难办的事情。这是一个情感与惩罚的问题。

工具包2：在课堂上管理好学生的行为

“怒视”是经验丰富的老教师的独特技能，他们会扬起一边眉毛，有时候是两边，或者皱起眉头，两边眉毛摆出各种架势，它能让最不老实的学生也安生下来！我见过老教师这么做，也看到许多学生因此而坐得笔直。如果你注意到有同事这么做，停下来看看——这对你的职业持续发展非常有用。

我的建议：在家对着镜子练习怒视——它会成为你的秘密武器！

以下摘自保罗·迪克斯的博客：“对，你被留堂了……下周四”：延迟的处罚效果不大（www.pivotaleducation.com/right-you-are-in-detention-ernext-thursday-delayed-sanctions-have-less-impact）。

惩罚拖延的时间越长，与最初行为的关系就越弱。为了让处罚最能产生效果，你要做到：

- 尽快执行（立即或当天）。
- 不推给另一个人来实施。
- 将处罚用于恢复并重新确定对孩子的期望。
- 处罚力度相称。

试着构想一个分级结构，把最费时的惩罚留给最需要你投入时间的学生，同时立即执行较低级别的惩罚：

- 口头警告。
- 课后一分钟（与教师讨论自己的表现，并就下一次要做的事达成一致）。
- 在教室内挪动（远离其他同学或与教师坐在一起）。
- 必须帮助教师在课间休息时安排教室。
- 与教师共进午餐。
- 惩罚作业（要在家完成额外任务，连同家长的签字，第二天上学前交给你）。
- 缩减的留堂时间（10分钟），以便你可以亲自监督他们。
- 提前到学校留堂——学生提前10分钟报到，与教师一起备课。

培养你的行为管理气质

让学生正确行事是一个复杂的过程。你比我更了解你的学生。对我有用的东西可能对你没用，反之亦然。所以我只能给你提供个框架，以便作为新教师的你来培养自己的行为管理气质。

课程计划要以学为中心，而不是以活动为中心　不断地告诉学生成功的标准，让每个人都清楚课程的重点。这并不是必须要写在白板上或写在学生的练习本上；只需要你和你的学生都知道是它什么。

必要时要严格，但要知道什么时候该放下架子，花时间和学生处好关系　只有学生清楚自己的位置在哪里，不能打破的界限在哪里，他们才会永远尊重那些坚定而且公正的教师。他们会知道什么是可以做的，什么是不可以做的，如果他们真的做得过分了，他们应该明白自己已经越界了，知道自己什么时候该道歉。再次强调，一致性是关键。一个人要是前后不一，不够理性，情绪不稳，就没有人愿意和他打交道。留着嗓子用来对着月食喊吧！

迅速杜绝不良行为，并尽快处理任何想扰乱学习的学生　要明确表示，他们如果违反规则将会被立即处理。我的课堂上不能让学生扰乱学习。当他们违反规则的时候——是的，确实经常发生——我会对他们进行一对一谈话，做出警告，然后惩罚！

遵守规则　遵守学校的行为准则，遵守你部门的行为准则，并严格遵守你自己的课堂纪律。

注意小事　你每天都要这么做，不管你学校的环境如何。学生的行为表现是难以预测的；你要做好准备，对不同的情况和不同的行为表现要有多种对策，这很重要。在行为表现稳定之前，要准备着反复强调。

英国教育部是怎么说的

根据英国教育部关于学校纪律和开除学籍的指导(www.gov.uk/school-discipline-exclusions/discipline)：

如果学生表现不好，学校可以惩罚他们。

惩罚（有时称为“处罚”）的例子包括：

- 责骂
- 给家长写信
- 从班级或小组中除名
- 没收不适合带到学校的东西，如手机或MP3播放器
- 留堂

留堂的注意事项

“老师，如果这次可以不留堂，我保证下节课一定会好好表现，而且你还能早点回家陪老婆和孩子……”

留堂——唉！这是一件避免不了的无聊事……所有的教师都需要在某一时刻进行留堂，当这一刻到来时，你成功的秘诀就是要理解什么时候，为什么以及如何进行留堂。此外，尽管听起来令人沮丧，但你要获得所在部门和孩子家长或监护人的支持，以及学生的理解与配合。这期间还要注意完成你应该做到的工作量，努力遵守学校的规程，并保持良好的行为管理标准。

明确留堂的意义

说到留堂，我也有过类似的经历！我布置过你能想象到的任何一种留堂，从因为做错事让单个学生留堂，到以各种正当的理由让全班学生留堂（例如，设备丢失——食品技术课上的厨刀）。有些是过于挑剔了，有些是有充足理由的，还有一些是绝对需要的！我恐怕得承认，我在10年前让学生留堂时过于随意，而且给他们布置了大量的作业。我最近也意识到这种严重的惩罚本不应该让全班同学一起承受；这种场景令人沮丧，尤其是当班里一半学生在课上表现得无可挑剔，自始至终只有两三个学生在捣乱的

时候。

所以，在一节课快结束时，学生们开始分心、互相聊天混时间，你要问问自己：是不是每个孩子都表现得不好，以至于你不得不在下课后把他们全都留下，或者放学后把他们留校？每个孩子都要留，真的有必要吗？让他们抄写作业真的是帮他们反思自己行为的最好方法吗？

好教师会与学生保持良好的关系，保持适当的威严，并在必要时果断采取行动。教师在布置任何形式的留堂时，必须根据法律规定，牢记要维护学生的身心健康。这并不是说任何留堂都应该是愉快的经历。肯定不是那样的。但至少对你和学生来说，这应该是一个有所产出的活动。这意味着，对一个学生或一群学生进行必要的留堂，目的是使他们保持良好的行为表现。请注意，我要说的不是全班留堂是否有道理，因为每个班和每节课情况都不同；你自己必须对这么做的原因非常有把握。

不要以错误的理由布置留堂

- **作为处理最爱捣乱的学生的第一步**　留堂需要一些灵活性，因为你不能每天布置一次。我不是说不要把最难处理的学生留堂。绝非如此！但你要做得灵活一些，以此来表明一个态度，而不是直接就用留堂惩罚他们。处理这些行为，并确保你已经与当事的学生沟通过，表明这是他们所作出的错误选择应该承担的后果。
- **当你感到筋疲力尽、压力大或身体不适时**　当我筋疲力尽、压力大或者对自己的班级很生气时，我会最大限度地利用自己的情商，审视自己布置的留堂是否合理。这不是因为软弱，而是我想确保自己遵守了学校的行为准则。我是公正和理性的吗？还是因为今天心情不好或是感冒了而反应过度？
- **为了卖弄**　千万不要为了卖弄而布置留堂。无论是在“好班”

（一般来说，表现良好）面前，还是在“差班”面前，或者是在同事面前，因为你要关心他们是怎么想、怎么看的。为了卖弄而留堂会构成潜在的危害，因为它会搅乱你将来布置留堂的逻辑。请立刻停止！

一定要以正确的理由进行留堂

- **作为威慑**　对那些行为不端、扰乱课堂教学的学生进行留堂。
- **执行你所设定的后果**　作为一名教师，你要确保能说到做到，要让学生明白错误的选择确实会导致一定的后果。当一个学生违反纪律时，全班同学都看到你布置了留堂，这是很重要的。这怎么强调都不为过，所以我要再说一遍。当一个学生违反纪律时，全班同学都看到你布置了留堂，这是很重要的。人类是群居动物，如果一个学生看到另一个学生表现不好，却没有受到管教——学生们就会认为这种行为在你的课上是可以接受的——如此一来，看到别人不好好表现的学生马上就会跟着学起来。如果你对之视而不见，那你就是在纵容错误行为。
- **符合学校的行为准则**　确保你了解学校的行为准则，并据此布置留堂。在我工作过而且行为准则执行较好的学校，每个人都了解这个体系。在这种情况下，行为准则简单明了，你经常能发现，当教师不遵守学校的体系时，学生会纠正教师，特别是那些心情不好或是一直难以达标的教师。如果发生这种情况，行为准则就会起作用。

在留堂之前问自己以下问题

坚持进行留堂需要你花费一番功夫。首先，它在你批改作业、做计划和教学的时间之外，消耗了你的精力。教师最不需要的就是为那些行为不良的学生花费额外的和不必要的时间。不过，你需要在留堂上投入时间，以确保你班里的表现达到尽可能高的标准，并符合学校的期望。另外，从长远来看这也是值得的，尽管有时你会厌倦反复向学生说同样的话并进行同样的惩罚。你经常会觉得自己像只鹦鹉！但是，正如我之前所说的，你将来一定会尽可能地避免留堂，但是在你教学生涯的早期，你需要布置（甚至多布置）留堂，直到你成为经验丰富的课堂教学高手为止。

问自己如下问题：

1. 学生越界了吗？

2. 你已经给过他们最后的机会/最后的警告了吗？

3. 如果不布置留堂，你会破坏学校的行为准则吗？

4. 留堂是否主要针对最先捣乱的学生？

5. 什么时候是你/学生完成留堂的最佳时间？

你知道吗

英国教育部学校纪律和开除学籍指南的政府立法规定："对于课后留堂，学校不必通知家长，也不必告诉他们留堂的原因。"当然，许多学校希望避免这种情况，并提倡明确的支持性行为准则，从而使所有学生都能了解。学生记事簿和学校的行为准则都能帮助学校把期望传达给家长和学生。

在布置一对一和集体留堂时，请务必考虑以下几点以保护自己。

1. 学生有什么需要你特别注意的吗？例如，如果你单独把他们留在教室里，他们的父母会感到愤愤不平吗？我曾有学生说："如果爸爸发现我回家比预期的时间晚，他会揍我的。"你会怎么做？

2. 学生知道留堂的事吗？

3. 学生家长知道留堂的事吗？如果需要通知，有没有打过电话，发过短信，或是寄封信过去？

4. 如有必要，是否已通知相关的工作人员？

5. 留堂地点在哪里？

6. 别人能清楚地看到你和这个学生吗？如果这个学生很脆弱，你该怎么安排对学生和你都合适的惩罚？

7. 留堂多长时间？你希望学生在这段时间内做什么？

8. 你要做什么？你想好要对学生说什么了吗？你要怎么说？是否在其他学生或教师能听到的范围内？

9. 接下来是什么，什么时候做？在下节课吗？和同事以及父母一起？

10. 最后，你是否利用这个机会重建关系，以确保教和学能够继续下去？这对于减少重复留堂至关重要。

行动建议4：别为荣誉或省时间取消留堂

如果你能阻止课堂上的不良行为表现，你就会发现自己需要布置的留堂越来越少。这个迹象很好，表明你正变得越来越有韧性，但永远不要把停止布置留堂当作一个荣誉或是腾出时间的方式。这只会导致你的课堂产生更多的问题。

工具包3：在课堂与家庭之间建立积极的关系

作为一名教师，你要能与家长和监护人就学生的学习成绩、行为表现和身心健康进行有效沟通，处理积极和消极的问题。你要做到清晰、一致、沉着和坚韧。家长会是这么做的好时间。这一章的重点是其余时间进行的交流。

在整个学年的日常教学中，你无法和每一位家长或监护人都进行交谈，但你可以努力地去尝试。尽管教学很费神，但与父母协作往往能带来工作中的意外收获。

正面反馈和好消息

傍晚给学生家长打个表扬的电话，再没有什么比这更简单有效了。不要低估这种谦虚交流的重要性。只花30秒的时间，就能在课堂和家庭间建立积极的关系。你自己也会感觉好很多！

表扬什么

- **成绩**　要是孩子在学校获奖了或者取得了其他成就，就让家长知道。绕过所有的常规机制，例如在线奖励平台、小贴纸和课堂表扬等。往学生家里打个电话效果非常好。不然的话，你用学校的记事簿写一句表扬的话，让学生拿给家长看也不错。
- **身心健康**　父母和监护人想听到自己的孩子在学校过得很快乐。谁不想呢？无论你在什么场合，不管是家长会还是一通傍晚的电话，记得说："嗨，您儿子/女儿在班上表现很好，在学校看起来既健康又快乐。我想告诉您这些情况。"
- **积极贡献**　如果你看到一个孩子在学校和课外做出了积极的贡献，一定要告诉他/她的家长或监护人。这可能是捡了一片垃圾，跟学校的访客打了招呼，替抱了沉沉一摞书的教师开门，或者是在学校的演出中扮演了主角。

要摒弃关于学生在课堂上害羞的谬见！不管是什么，一定要对他们表示祝贺，并在与学生父母和监护人沟通时表示感谢。这些小小的谈话、表扬和安慰通常会对孩子的生活产生很大的影响。

沟通学生的学习

在你教书的第1年，与学生家长和监护人协作将成为一种常态。毕竟你要与他们的孩子打交道！在这1年里你的主要精力自然会放在改作业、课程计划和教学上。当你去应对这三个基本的核心部分时，其中两个部分和学生父母有直接联系，另一个则是间接联系。

- **改作业**　一个和家长沟通的直接联系就是改作业。改学生的练习本要认真仔细，要好好改。在可能的情况下，定期做这件事（同时还要小心地处理你的工作量以及工作与生活的平衡），以确保父母在翻阅孩子的练习本时知道什么被批改过了。
- **做计划**　间接的联系是你的课程计划。计划不足或计划过度，标准太高或标准太低，你都有可能会接到学生家长出其不意的电话。我就曾接到过这样的电话。

要记住，你和你的课程会被学生和家长用一个词，或者最多一句话来作总结。砰！你的教师声誉在学生家里只会留下一张快照。可能星光熠熠，也可能被一个11岁的孩子给出卖了。所以，好好做计划吧，不然就等着被家长识破吧！

- **讲课**　如果可能的话，建立一个体系，让学生把练习本带回家，并上交有家长参与的作业。学校里发生的事情总是要牵涉到教师、孩子、家长/看监护人、学校这四方。在你改的练习本上定期写下评论，并鼓励学生带它们回家，这可以成为一种让父母/监护人参与到孩子的教育中的巧妙方式。

工具包3：在课堂与家庭之间建立积极的关系

布置家庭作业要充分考虑家长/监护人的情况。

1. 并非所有父母都有时间帮忙　布置学生可以自己完成的任务。

2. 使用学校网站或社交媒体记录作业布置情况　如果家长或监护人能够了解到详细情况，那么对于任务是什么、要求是什么以及何时完成就不会感到混乱了。你不妨考虑一下在线数据处理的方式。

3. 不要觉得父母/监护人具有学科知识　许多父母可能至少在一二十年前就结束了教育和学习。如果让我辅导自己10岁的儿子做光合作用的家庭作业，我可能记得基本原理，但如果问我细节，我就得重新进行复习了。

4. 布置具体的家庭作业任务，让家庭参与其中　布置一个能让家庭成员经常参与进来的家庭作业是很好的，但是确保你不会处罚那些显然做不到这一点的学生。你可以让他/她与其他人一起完成作业。

打电话

与学生家长沟通的方式有很多，但我想重点说说打电话。你可能会觉得打电话这样简单的事太过老套，但是不要低估它的影响。

工具包4：给家长/监护人打电话要注意什么

1. 站起来　我曾经读到过，站起来打电话能提高应变能力。你可以试一试。我站着来回踱步的时候感觉反应更灵敏。不管打电话是因为积极的表现还是消极的表现，都要下意识地确保谈话直截了当。

2. 提前准备好要说的话　这可以让你打的电话简洁干练。

3. 使用小纸条　它能确保你不会漏掉任何东西。

4. 谢谢他们　始终感谢家长/监护人的支持。

5. 学校风气　始终确保你再次强调了学校风气和学校行为准则。

6. 紧扣主题　确保你掌握了所有的事实，并重点谈主要的行为和后果。不要拘泥于细节，把谈话变成针尖对麦芒。这会让通话失去应有的作用。

7. 让学生在办公室里听电话　对家长的通话使用免提，让学生听电话。观察学生的反应是很有趣的。这效果很好！

8. 周五傍晚的正面电话　对于你来说，一周的疲惫终于结束了，也让你有机会和学生家长分享欢度周末的好消息。它同时还能让你回家的脚步更为轻快。

9. 留到第二天　尤其是有情绪波动的问题，最好等24小时再联系学生家长。

10. 上学前打电话　我在早上7点往学生家打过赞扬的电话，也打过批评的电话。一定要考虑这对孩子和家庭的影响。这个时段很繁忙，他们都在准备工作和上学，我没法知道每个人的情况，但哪位家长会愿意早上7点拿起电话，然后听到教师告诉他们一些坏消息？如果是我的话，肯定会脾气暴躁。当天晚些时候你在课堂上看到学生时，会知道这对孩子产生了什么影响。我曾经这么做过——有好的效果，也有坏的效果。

电话小纸条

1. 我打电话是想告诉你关于你家孩子的新进展。
2. 现在方便谈话吗？
3. 分享具体的细节/行为/结果。
4. 谢谢你的支持。

5. 有其他问题吗？祝你度过愉快的夜晚/白天。

应对难以联系的父母/监护人

绝大多数家长都想知道孩子在学校的表现。学校有义务在每学年多次与家长沟通，并且作为教师你的工作就是履行这一职责，直接与学生父母协作，尤其是作为班主任。你每年都会有好几次被要求完成关于自己学生情况的报告。在一些情况下，没有家长的参与可能预示某些学生家里的情况并没有预期的那么好。

你认为父母或监护人不在乎吗？如果那个学生家里没有直系亲属，其他人对这个孩子的学校消息，不管是正面的还是负面的，会关心多少呢？

有些家长确实不关心孩子在学校的任何情况。我曾在一些很有挑战性的学校工作过，这些学校位于伦敦最贫困的地区。我教过的很多学生，他们的家人都很难联系到。原因有很多，但是显而易见——家庭支持确实对学生的课堂成绩有很大影响。

向你的同事寻求意见

当遇到难以联系的家长和监护人时，我强烈建议新教师向校内有经验的同事请教。这些人可以是安全负责人、儿童保护官、咨询师和心理学家、教育福利官以及乘坐校车的人员等。

我经常差点就犯错了，幸亏有老同事的帮助，他们总能在我与学生家长联系之前告诉我很多关键的信息。学生家长很难联系到是有原因的。好好调查一下。与你的年级主任或孩子的班主任谈谈，与在学校工作多年的同事处好关系，在联系学生家长之前尽可能多地了解信息。在掌握孩子及其家庭的基本情况之前，千万不要打电话。你的同事会跟你分享很多关于个别学生及其家庭环境的情况。这通常可以解释这些学生在课堂上的异常情况、行为表现，甚至练习本上写的内容！

工具包5：看护学生们在课外时间的安全

一些快速计算：

每周：1×20分钟课间值守＝20分钟

每年：每学年38周=38×20分钟＝12小时40分钟

我已经教了17年书，也就是215小时20分钟。

毫无疑问，在你的职业生涯中不可避免地要做课间休息或午餐时间的值守工作。学校可能专门配备监察人员，也可能不配备。但不管怎样，你都有可能以某种形式站在那里值守，以看护孩子们课外时间的安全。

义务和注意事项

值守的形式很广泛，可能是最平常的课间值守，也可能是二月某个单调、沉闷、寒冷的周四早上冒雨在学校门口站着！你可能会问，为什么要写这些？承担这种责任有好的一面也有不好的一面，这种经历可能让你成功，也可能让你失败。但是，就我所知，没有任何一所学校在课间值守方面提供职业持续发展的建议。

课间值守的好处

1. 你会呼吸到新鲜空气（如果你是一名体育教师，这可能就没那么大吸引力了）。

2. 你能看到不同场景下的学生。

3. 你可以在教室外和学生说话。

4. 你可以和平时不常见面的同事见面聊天。

5. 你出现在学生的视野范围内是很重要的，这有助于维护学校里的行为表现水平。大家都知道，如果学生能看到教师，他们就不会要什么花招了。

课间值守的坏处

1. 当你已经筋疲力尽时，这是你最不想做的事。

2. 不，要是值守结束后你马上就有课，或是还有报告或阅卷这类工作要做，值守真的是你最不想做的事情。

3. 经常是又冷又湿！

4. 学生在走廊上从你身边跑过时，可能会撞洒你的咖啡。

5. 你很有可能会看到一场混战，你必须处理它，还得做一些文书工作。

最佳实践

关于教师富有创造力的实例，我能想到很多！上一堂15分钟的信息技术课，让学生完成或打印他们的家庭作业，或者让学生参加学校的项目，让他们通过完成在线阅读测试来提高自己的读写能力。凡是你能想到的，教师都能做到。通过管理社团或任务，他们可以让二三十名学生离开操场或走廊，坐在教室进行更有组织的活动（但不一定占用额外的课程时间）。

主动与你在课堂上遇到的棘手学生建立联系，并在操场上与他们一起活动。那是他们的地盘。我亲眼见过一位教师，每逢课间休息都和学校里最顽劣的学生一起打篮球。这对他和学生们都是一次很好的锻炼机会，而且回到教室或走廊时，他们都变得很听这个教师的话。为什么？因为他一直都站在学生的立场上，在课程之外与他们建立了关系。这是双赢！

做好准备

不管你是否喜欢新鲜空气，是否喜欢和学生互动，完成各种值守都并不是你会优先考虑的事情——特别是周二早上（通常是学生变得有点活跃的时候）湿冷刮风天气的课间值守。做好准备是很有帮助的。

工具包5：看护学生们在课外时间的安全

· 早来晚走（如有可能）。

· 保持警惕。你的意志力将经受最严峻的考验：风、雨、雪、欺凌事件、扭打和戏谑。

· 制定后备计划。如果你和同事一起值守，计划一下值守会因为生病、作报告……或者你忘了时间而导致的情况！

· 确定最近的支援（例如，更有经验的同事）以备紧急情况。

· 确定最近的火警警报器和紧急出口。

· 谁是离你最近的急救员？

· 确定离你最近的电话（不是你的手机）。

· 确定最近的厕所，你可能要去的。

· 带个口哨，确保你知道学校的规则，特别是室外活动的规则。

· 有的学校会提供鲜亮显眼的夹克。如果他们没有提供，向学校提出建议，要不然就来回走动让学生能注意到你的存在。

以我的经验，你要么和（部门之外的）新同事交朋友，一起制作小圆饼干，要么就经历孤独和压抑吧。事情本不应该是那样的。学校或领导很少在上班时为学校的教职工提供支持。我曾经被人说过“支持？你想要什么样的支持来帮你度过操场上短暂的值守时间？”

不该做什么

我敢肯定大家都能飞快地说出一长串讨厌的情况。下面这些是我的。不要做出这些违反学校规定的行为：

- 迟到，否则你会看到一名学校领导站在你的位置上，皱着眉头，用鞋尖轻敲冰冷的水泥地板。
- 站在操场的一角，与同事交谈，忽视学生。
- 早退……
- 当着全校师生的面使用手机（这违反学校纪律）。
- 事先知道你将缺席，却忘记找人替补。
- 忽视情绪不稳定的情况。
- 忽视脏话、随地吐痰或乱扔垃圾。
- 只是站在那里，仿佛不存在一样，不与学生互动，不交流。

到各个值守地点走一走

好好享受课间休息时间。你可以到各个值守地点走走，打声招呼，送点巧克力、煮好的甜食或者茶水，以此来为自己树立一些声望。甚至可以叨扰学校领导，要点预算，每周买一盒巧克力，把它作为员工福利！

行动建议5：多向老教师学习

你做的工作越多，获得的经验就越多。在一个学年中，你很有可能看到、听到和碰到一系列的事件、情绪和故事。你需要为意外做好准备，保持头脑清醒，积极地给自己寻找获得训练的机会。你可以跟老教师们多学习，当你们一起在学校散步的时候，让他们指出都看到了什么。我相信这是很明智的，而且能帮你在学校生活的方方面面培养韧性和意志力。

CHAPTER 2

INTELLIGENT
如何进行差异化教学

一个实习教师进行课堂展示

需要的所有东西都准备好了。

一切都能按计划进行吗?

尝试思考自己的教学过程

从教的第2年可能是我整个职业生涯中最快乐的时光，希望你也能如我一般享受其中。如果能在一所学校稳定下来，从教1年后你便能获得不少经验和阅历，同时也会更加了解身边的同事、自己的学生以及学校的制度。那么接下来你要做的就是在自己的教学上花更多的心思。

本书第二部分讨论的不仅是从教生涯的第2年，还是如何成为、如何作为以及如何坚持做“有智慧”的教师。这是成为维特鲁威式教师的第二个部分，它指的是教师要在多个方面发挥自己的才智，培养解决问题的能力，汲取促进学生成绩提高的知识和经验，思考如何科学利用自己宝贵的时间，培养自我反思和接受同行反馈的能力，提高自己的情商。

为什么要有智慧

在从教的第1年，你的自信会不断提升，对教学基本要素的把握也会更进一步，尤其是批改作业，制定课程计划，进行授课，以及对这一过程的重复。但是，你或许还没有掌握“思考教学”的过程。那么在第2年，你就要开始努力成为一名有思想的教师。举个例子来说，你或许知道如何用课程计划来分配当日、次日以及下周的教学内容，但是你可能还没思考过如何去顾及班上的每一位学生，以及如何在每位学生身上都获得最完美的教学效果。此外，你可能还未想过什么才是评价以及追踪学生进步的最佳途径，可能也没考虑过听课其实大有用处。

有“智慧”并不是说你要满腹经纶，而在于要能分辨出什么能影响学生，什么是徒劳无用的。比如，冗长的课程计划、只关注课堂活动而不是学习本身，这些就可以舍弃，要支持更多对教师教学方法有用的想法，比如使用数据、实施差异化教学及合理安排课后作业。

在这一部分的开头，我会针对时间管理提一些建议。首先，要好好考虑自己的时间。如果你能花点时间，迅速思考一下并提前计划，做出聪明的决策，更好地安排时间使学生取得进步，那你已经开始向卓越教学迈进了。成为一位高水平的教师需要经过多年的磨炼，但是在从教的第2年里，你有大好的机会为将来的长久发展打下良好基础。每一位教师都要对教学实践进行自我评估，并接受同行的反馈。

随着从教生涯不断发展，你需要不断地拓展你的学科知识、教学技能及理解能力，以满足工作中的需求。在所有的教学活动中，你都必须合理运用迄今所掌握的教学经验，并扩展专业知识的广度，从而能不断设立更高的期望，促进良好的进步，展示优秀的学科知识，做好课程计划和教学，适应所有学生的需求，准确地利用评估和反馈，并有效地进行行为管理。这个清单很长，但是如果你能做到这些，你就完全有能力通过自我反思及分析自己的教学实践来提高你的教学能力。这非常重要，它关乎“智慧”的习得。

如果你能培养一定程度的意识，并建立起自己的教学方法，接下来你很有可能要用到与别人共事的经验；对此的更多介绍请见本书的协作部分（第四章）。

从第一章中我们了解到，从教的第1年，你的内心和外表都要保持坚韧，直到你站稳脚跟。这并不是说圣诞节之前你都不能展露微笑，也不是说你得减少与学生的情感联系。保持坚韧只是说自己要有坚强的性格，以应对可能出现在你身边的各种信息、情绪和感觉。

在本章中，你会面对许多教学中需要深思的问题，对于这些问题你要逐渐积累丰富的知识并形成深入的了解。一旦你变得坚强，并对要做什么、为何做与如何做有了更好的想法，以及对干扰课堂的外部因素有了更深的了解，你就能以聪明的方式来改进自己的教学。你要用好作业评价，追踪学生进展，以帮助学生进步。你还要帮助领取学童津贴的学生，实行差异化的教学策略和情感关照，以便能帮助辅导小组里25名以上的学生。总之，你要让自己更有智慧（提升认知），以便自己能坚持下去，并形成维特鲁威式的教学。

利用数据协助教学工作

还是年轻教师的时候，我没有利用数据来协助我的工作。我想大概是因为我不懂数据吧；从来没人教过我怎样使用它，或是告诉我它多么有用。这可能是时代特征吧。20多年前，数据的使用从来都不是大多数任课教师的主要讨论话题。那时候英国教育标准局刚刚成立，督查工作提前6周通知，每次持续一个星期。

事后看来，我当时只想着把课上好，回家后，除了批改作业，23岁的我只想找点乐子，摆脱应对学生表现的无尽压力。现在情况不同了（至少在数据方面）。根据英国教育部制定的《教师标准》指南，每个教师必须“使用相关数据监测学生进步情况、设定目标并计划后续课程”。不得不说，刚获得教师资格时，我几乎都记不住目标到底是什么，更别说监测数据了！如今，教学上发生了许多变化，我不会说“那时候的教育比现在好多了”这种话，万万不会。现在的教学比以前好多了，好得太多了。

我的转变发生在我从教的第3年，当时我不得不认真处理数据。在此之前，我唯一接触过的数据就是职业培训、测验的等级和普通中学教育证书考试的分数。

即使是现在，在数据方面，我也从来不敢说自己达到了数学家的水平，而且各种缩略词始终是我的雷区。对于那些教育界之外的人，我们说的话就像是另外一种语言。如今，我对数据的理解仍然不够透彻，但比以前要懂得多。我知道的东西已经足够让我享受数据带来的便利，也能够更好地理解它，以便为未来的工作提供指引。

关键的问题在于，理解数据以后要如何去使用它。此外，学校是否希望通过利用数据来提高教学水平？

下面是我关于理解和使用数据的建议，以帮助你武装自己，并且更有意义地利用数据。

数据就是你班上学生的信息

探讨“数据”是很好的，但是除了普通中学教育证书考试的成绩、逐渐消失的标准评估考试和等级描述以外，对教师来说什么才是数据？

实际上，数据是关于你班上学生的信息。我知道这听起来跟没说一样，但如果再进一步讨论的话，它其实包括了各种信息：

- 之前的所学和成绩（两者不同，要注意区分）
- 当前预测和途径
- 预测结果和表现模式，包括小组分析
- 班上接受学童津贴的学生
- 有特殊教育需求和需要帮扶计划的学生

- 有社交、情感和行为需求的学生
- 需要拓展的有天赋、有才华的学生
- 考试成绩
- 基于你自己或之前的教师教学经验的定性和定量信息

为何理解数据如此重要

正如之前所说的，刚开始任教时，我几乎是在摸着石头过河，从来没想过什么样的作业应该得C，什么样的作业应该得D。如果你也有同感的话，不必担心！我也是花了好几年的时间才掌握这项技能，能够自信地预判一份作业的得分，并且确保判断正确。尽快让自己参与学校的评分审核。自从这么做以后，我再也没有收到过分数审查员让我调整评分界限的审核标记。

为什么呢？因为在整个评分过程中，我理解了评价标准和成功标准。这些反过来能帮助我理解要求是什么。这是天才之举，还是聪明指导和深刻判断的结果呢？对我来说，是后者。

理解评估标准＋理解成功标准＝理解数据

根据我的经验，绝大多数教师对上述公式都有着正确的理解，学校也应该相信教师们能够对考试、水平和作业情况做出正确的判断。毕竟，我们是所教学科的专家。但是，如果有一个清晰的通用框架，我们就可以创建（而不是去检测）标准！我们可以利用这些信息来指导学生达到成功标准。作为一个行业，数据让我们在外部机构审查导致的不信任文化中更有安全感。

充分了解数据管理器

观察一下你所在学校用于评价和报告的系统和软件。数据管理器会玩的花样可能比你在教学当中用的还要多，但我还是建议你从每天使用的软件和系统开始，以确保你充分利用了它们。

问问自己这些问题：

- 我充分利用这个软件为我的学生服务了吗?
- 我充分利用这个软件为我的教学服务了吗?
- 我充分利用这个软件为我的部门服务了吗?

思考以下问题：

- 软件中有没有你觉得不可靠的地方?
- 你会如何利用这些数据来指导你的教学?
- 有哪些信息是已传达给学生的?

我相信你肯定对软件中的一两个部分比较了解。因此，你必须以此武装自己从而以更加聪明的方式去工作。试着去克服软件中一些简单的信息通信故障和麻烦，以确保你在评价时不会那么懊恼。你可以请其他教师或是利用其他学科的数据，来检验你对数据的掌握情况。

如何掌握数据

当你开始理解数据，并且你的评价准确性不断得到确认，尤其是通过部门的审查或外部的肯定，你对掌握数据的信心将会逐年增长。

为了进一步掌握数据，你必须着手对其进行处理，从而了解你需要做些什么。在电子表格或软件上整理数据确实需要掌握一定的技术，以便调整信息使其显示特定的分数、学生、结果、教学组以及重点考题。一个功能强大的软件或一个完备翔实的数据库可以让你真正地掌握数据，并掌控所有的事实和数字。

下面关于教育中最常见、最常用的（也是最令人讨厌的）缩略语指南，主要是与数据相关。考虑到数据的特点，这份缩略语清单在本书出版时可能都已经过时了，但无论如何这些术语本身是不会变的！

令人头疼的缩略语

- A-level：中学高级水平考试
- ALIS：A级信息系统
- ALpS：高级绩效系统
- AQA：英国资格评估与认证联合会
- AWPU（N）：年龄加权学生单位（数字）
- BTEC：商业与技术教育委员会
- C&G：伦敦城市行业协会
- CAF：通用评价框架
- eCAF：电子通用评价框架
- EAL：英语作为附加语言
- FFT：费舍尔家庭信托（评估学生表现的慈善机构）
- GCE A：普通教育高级证书
- GCE AS：普通教育高级证书（补充）
- GCSE：普通中等教育毕业证书
- G&T：英才
- HESA：英国高等教育统计局
- IB：国际文凭课程
- JCQ：英国资格认证联合委员会
- KS：关键阶段
- KS1：关键阶段1 第1—第2年（5—7岁）

- KS2：关键阶段2 第3—第6年（7—11岁）
- KS3：关键阶段3 第7—第9年（11—14岁）
- KS4：关键阶段4 第10—第11年（15—16岁）
- MidYIS：中学信息系统
- NCER：全国考试成绩联盟
- NVQ：国家职业资格证书
- OCR：牛津、剑桥和RSA（皇家艺术学会）考试局
- PANDA：表现与评价
- PI：表现指标
- SAR：自评报告
- SAT：标准评估考试
- SEN：特殊教育需求
- SENCO：特殊教育需求统筹主任
- SFR：统计概要会报（英国教育部数据发布）
- UPN：唯一学生编号（英国学生证系统）
- YELLIS：11年级信息系统

进行差异化教学的策略与建议

你不需要在每节课上对每个学生都进行差异化教学，在此我想重申一下：你不需要在每节课上对每个学生都进行差异化教学。

每节课对每个孩子都进行辅导是不现实的，但是你可以将以下策略纳入到你的教学实践中，久而久之，你的教学自然而然就有差异化了。这对你的学生，对你改作业、做计划和教学都很有助益。

10大差异化策略

1. **座位安排策略** 虽然听起来简单，但座位安排确实非常有效。把每个孩子安排在教室里对你和他们自己都最合适的位置上。千万不要相信孩子所说的“我跟我的好朋友坐在一起会好好学习的”这种话，他们不会的！
2. **带着爱心与关切批改作业策略** 这是你能用到学生身上的最精细的差异化策略。
3. **使用数据策略** 密切关注学生数据，并通过形成性反馈把信息传达给学生，这是你在批改完成后最实用的差异化策略。
4. **口头反馈策略** 你的反馈必须要有意义，精心总结并且为每个孩子量身打造。一句“做得好”或“非常棒”，可以满足他们的自尊心，但这对你来说是在浪费时间，也无法帮助学生取得任何进步。要用明确的形成性评价来表扬学生。
5. **课堂展示策略** 建立一个资源库用于在课堂上展示学生完成的作业。
6. **支架式策略** 为学生提供支架式的写作框架。
7. **安排可选择型任务策略** 在布置任务时，至少提供两种难度不同的选择。
8. **形成性与构建性提问策略** 这可以说是我最喜欢的策略了！以不同的方式在课堂上进行提问，效果也会非常不同。你可以去我的博客搜索一个叫做“准备、暂停、突袭、反击”的资料。它会改变你的教学和你向学生提问的方式。
9. **学生主导策略** 指定一名学生开启一个话题或负责一次全体活动。
10. **学生互教策略** 让学生挑战自己，把自己学到的知识教给其他同学，并通过观察教学结果对自己进行评价。

改作业、做计划、讲课（重复这一过程）、差异化

上面提到了维特鲁威式教学的“改作业、做计划、去教学（重复这一过程）”模型，这里提供一些关于差异化教学的建议，来帮助你在教学中达到更高水平的智慧和认知。阅读并践行下面的一些方法，你在输入阶段就能做到差异化，而不是空等着对输出的结果做出反应。

差异化的批改

- 仅仅通过批改，你就可以对每个孩子进行差异化反馈。注意时间/细节。
- 批改作业，但不必每一页都改。不过所有学生的作业都必须改……
- 我要说的就是这些！

差异化的计划

对每个教师来说，这个方面可能是最困难最耗时间的。你的时间一直不够用，在你思考要针对不同能力、不同需求的学生提供不同版本的资料时，时间已经悄悄溜走了。我的建议是什么呢？寻求帮助。在网上寻找替代资料，与同事交流看看他们使用的资料，或与专家（例如英语作为附加语言的教师或特殊教育需求统筹主任）合作，帮助自己转化或调整你的资料以适合特定的学生群体。学校其他教师的信息和专业知识的丰富程度总是令我感到惊讶，所以你要走出你的课堂，去看看其他部门的教师能给你提供什么帮助。

- 同时规划两个课程目标，这样你就可以给学生布置难度适当的作业。
- 使用支架式资料、模板和讲义——其中有些有框架，有些没有框架。
- 鼓励学生围绕不同的学习目标进行学习。例如，A组的目标为X，B

组的目标为Y。

行动建议6：逐步使用差异化教学方法

最偷懒的差异化方式是每节课都布置一个全班性的任务，等着学生完成，然后简单地把后续任务或反馈进行差异化。一定不要这样做。

但老实说，有时候我们确实会不得已而这样做，因为工作要求太高、工作量太大，我们实在分身乏术。

所以，在你培养维特鲁威式本领时，可以先暂且避开这个左右为难的模式。随着本领的提高，你对差异化规划的运用将更加自如，花在课前规划上的时间也会更少。

差异化讲课

简单地说就是提供选择。当学生可以进行选择的时候，你会惊讶于自己在课堂上能有多愉快，课堂氛围能有多融洽。我们都喜欢有选择，也都可以做选择。在每节课上都提供一些不同的选择。要允许学生换座位，或选择他们喜欢的任务去完成。这将有助于集中学生的注意力，并带来好的学习效果。

如果你只是给学生一本简单的活页练习题，那你用什么方法都没有差别。至少要给学生两种不同的资料或任务进行选择，使不同能力的学生都能取得预期的进步，此外还要为相对弱势的学生（包括可能被认为在学校表现不佳的领学童津贴的学生和少数民族学生）提供其他选择。可以在习题上提供评价标准，为特定学生提供选择或调整作业的某些部分。不管怎样，对每一个孩子都要保持同样的期望水平，让他们都能得A。

出色的维特鲁威式教学要求教师能做深入细致的计划。这并不难做到，一些小事，比如定向选择，就能确保学生使用好课堂作业，并接受难度适中的挑战。

关注推特

推特名称：@cherrylkd

真实姓名：Cherrtl Drabble

她的工作是什么？副校长。

研究方向？特殊教育需求。

为什么要关注她？因为她热衷于研究特殊教育需求；同时她还是一个热心的博主，总是提醒我们每个教师都有责任确保班上学生的需求得到满足。

如何为贫困学生提供支持

对于全国各地的学校都迫切需要的国家资助战略，我在这里不谈它的利弊，只说说什么是学童津贴。

"学童津贴是为英国公立学校设立的额外基金，用于提高贫困学生的文化水平，缩小他们与同龄人之间的差距。"（英国教育部及教育拨款署）

我在伦敦工作过的几所中学里，学童津贴的总额甚至超过了75万英镑！学校可以用这笔钱雇用更多的教师，缩小班级规模，提高对基础薄弱学生的培养目标，增加对他们的干预措施，或雇用巡游教师，带着学生参加丰富的校外活动，拥有更多和外界接触的机会。这些是学生在家接触不到的。

现在把发言权交到你们手上，任课教师们。你们班里哪些学生是领学童津贴的？你会用什么方法来支持学校的愿景，提升那些贫困学生的成绩？

高质量教育能够对家境贫穷的孩子产生很大的影响；这是教师改进、完善自己教学实践的另一个原因。

作为教师，为了能对领学童津贴的学生产生影响，你要做到：

- 支持学生独立学习
- 培养学生的思维能力
- 提供有助于学习的清晰评价
- 提供支架式材料
- 认真追踪学生数据并及时通知他们具体情况
- 定期家访
- 对学生的高出勤率提出表扬
- 采用明确的读写干预来提高他们的学科知识
- 有针对性地为特定的学生需求提供帮助和资源
- 鼓励自学，并提供在校内完成作业的相关便利条件

更多信息请访问：

www.gov.uk/pupil-premium-information-for-schools-and-alternative-provision-settings

关于教师休息室的注意事项

想象一下，你走进了教师休息室，坐在舒适柔软的椅子上，从饭盒里拿出一份精心准备的奶酪火腿三明治。你马上就要咬到那块切成三角形的

面包了；你的身体在椅子上逐渐放松……这时你听见休息室的另一头传来声音，“从我的椅子上下来！”

欢迎来到教师休息室

教师休息室可以是一个繁忙的地方、一个荒废的地方，甚至可以是封闭私密的地方。我还去过一些不让校长和学校领导进入的教师休息室！我不得不强调每所学校都要设置教师休息室的重要性，你可以离开自己的部门，在那里偶尔和同事们一起休息或吃午饭。这对增进同事关系和提升员工福利至关重要。千万不要坐错座位。

了解教师休息室政治对你度过早期的职业生涯至关重要，而且你需要正确地应对以取得最大的收获。不要被吓到了。毫无疑问，对于任何一所学校和教师来说，设一间教师休息室都是校园生活的一个重要的基本方面。

规模较小的学校，例如只有10—50名教职员工的小学，肯定有教师休息室，并且作用非常重要。这将会成为——并应当成为——学校活动的中心。

然而，许多规模较大的学校，特别是那些有新校舍的学校，选择了取消教师休息室，把空间留给了部门的“中心”和“区域”。对于教师，尤其是新教师来说，这是一个更好的安排吗？不！新教师必须在部门外花时间建立自信。你所在的学校是如何为新教师提供便利的？

为什么要去教师休息室

- 离开自己的部门，躲开部门是非。
- 换换场景，远离日复一日的常规活动。
- 能找到同事谈事或娱乐，否则你可能永远都没有机会见到其他同事。
- 最重要的是，这里是迈向合作的关键一步，我们将在本书第四章继续讨论这一点。

无论你是一个新教师还是已经在目前的学校待了很长时间，你都应该使教师休息室成为你学校生活的中心。这会使你变得更有韧性。你是否有足够的勇气到自己的课堂或部门之外进行活动呢?

我知道一些休息室会因为政治风气、教育学风气、责任风气和领导风气而有所分化，但这只是暂时的，你可以改变它。你要发挥自己的作用，让整个教师休息室的风气得到改观。

在我工作过或访问过的学校里，最好的教师休息室是那些能够对教职员加以关照的——每一个教职工都要照顾到。学校的人力投资者认证是确定学校如何对教职工的表现和发展进行投资的可靠方式。下次去学校面试时，在学校接待处注意一下人力投资者牌上的内容。这个虽小但关键的指标能够体现出一个学校制度的好坏，它不仅能确保学校的生产力，还能保持校内的和谐氛围。

休息室氛围融洽/不融洽

休息室氛围融洽的标志：

- 教师能自己组织活动，如教职工午餐、酒吧串游、家长教师协会问答之夜，甚至一起度假。
- 教师们互相为对方沏茶。
- 互相讲笑话和开玩笑。
- 有温馨安宁的氛围——教师们聚在休息室的角落里，分享个人或职业问题，进行私人或私密的谈话。

在一个氛围不太融洽的休息室里，教师们会怯于互相交谈，并且不敢在别人听得见的范围内公开交谈，害怕遭到报复。与此同时，一些比较强势的人物，如工会代表或是在学校待了一二十年的老教师，他们的想法往往能得到充分表达并且被倾听。然而对于新教师来说，除非他们特别自信，否则可能会在从教头5年里感到非常压抑。

知识就是力量

权力可以分为三种类型：知识型、金融型和地位型——即有知识的人、有钱的人和有权说“行或不行”的人。作为一名任课教师，你已经具备了维特鲁威式权力中的一种：你是一名学科专家——你拥有知识。作为一名教职员工，你对自己的学校非常了解。

一条关键性建议是：尽可能多地阅读一些政策、博客、手册、讲义和指南，并理解他们之间的联系。见多识广的教师在任何学校都会很有地位。知识就是力量，所以一定要博闻强识。

教师们都喜欢强有力的事实。他们喜欢真凭实据，最重要的是，教师和其他博学多才的人一样，他们了解自己的本行，并能够自信地表达出来，无论是代表自己还是代表他人。这种类型的教师在教职工会议上是非常引人注目的。他们关注政策，并了解细节和大局。如果你听从我的建议——并且知道是什么、为什么、怎么做以及如果做了会怎么样——你一定会回来感谢我的！

休息室生存法则

在我当教师的头5年里，我在几所不同的学校工作过，我对于教师休息室的经验也在不断增长。我很快就明白了，休息室的风气完全是由教师们掌控的。

并不是所有在休息室度过的时光都是美好的。我走过了艰难困苦才有所收获，也吃了不少亏！大部分是由于缺乏知识和经验造成的。

以下是休息室内的一些场景以及如何应对的方法：

- 你是否曾与代课教师共处一室？过去打个招呼吧。
- 你是否从未在员工简报会上公开发言？明天就是个好机会！

- 休息室的角落里是否有一些员工正聚集在一起进行社交活动？鼓起勇气去参加吧。
- 休息室需要改容换貌吗？为什么不建议每学期更换一次室内物件呢？

行动建议7：多去教师休息室转一转

同部门外的教师一起，了解自己部门之外的经验。不仅仅是如何批改，或是关于教学的事情，还可以探讨整个学校的氛围如何。这通常可以快速地印证你的想法，或对你有所启发。可以边喝茶边聊！尽可能地远离你的教室和部门。养成每天去教师休息室的习惯。有的学校要求教师参加员工简报会，有的学校不要求。为了自己的成长，也为了改善学校的风气，教师们应该尽可能多地去教师休息室转一转。

工具包6：合理安排并有效利用你的时间

你已经教了1年的学，并且掌握了基本的知识。现在是从教的第2年，你的日程表会有所增加。你要认真思考怎么去安排自己的时间——怎样变得更有条理并且工作的时候更有智慧。

你可能希望有一章专门讲时间管理，我在简短解说之后就会直奔主题。不过，我对如何删繁就简改进教学这个话题非常热衷，还请宽容我多说几句。你会发现这是很值的！

我们的时间都很紧张，这是事实。课堂教学中对教育工作者的各种要求，加上对满足所有学生需求的期望，以及对教师系统和教师管理的期望，会导致繁文缛节。

不管你在学校的角色或职责是什么，管理好并有效利用你的时间对你在工作中能取得什么样的成绩总是有着重要的影响。对新教师来说，培养时间管理能力并不容易。你要应对截止日期、整个学期不断变化的工作量、你部门同事（以及部门外同事，例如一个班主任）的请求，当然还有学生和家长对你提出的要求。这其中大部分应该是可以预见的，但发生意外之事也是在所难免的。

对于预料之外的事情和需求，你必须要有稳妥的时间管理策略，以应对落在自己身上的额外压力。从绝大多数教师的情况看，大部分全职教师每天与学生保持联系的时间占全天时间的75%—90%。尽管教师身上及其时间安排上的压力是很普遍的，而且人们几乎也认为这是理所当然的，但我们自己不能这么认为，也不应让它成为负担。

工具包6：合理安排并有效利用你的时间

- 给予直接指导，这对学生非常有吸引力。
- 简化课程计划并改进评价，以便学生根据反馈查缺补漏。
- 设计需要学生负责的评价。
- 设置能够启发灵感的、差异化的以及可自选的家庭作业。
- 在对自己/同行听课时，找到收集证据的方法。
- 回顾教学，转变教学方法，成为学习的引导者。

省时任务表

☑ 保持消息灵通

我的核心建议是：知道你的目标是什么；知道你的截止日期是什么时

候；知道每项任务的重要性——因为别人要靠你来完成一些事情，即便是事情才刚刚开始着手。

☑ 坚持优先次序原则

在确定了时间管理问题以后，这两个问题是值得静下来好好考虑的：第一，这个任务是否重要；第二，它的潜在影响。问自己一个简单的问题："如果我不及时完成这项任务，会发生什么？"并非所有的事情都很重要，有些事情的影响也不是特别大。何不把任务分为中等优先级（M）或低优先级（L）。考虑教学任务对教学质量的重要性和潜在影响，或是对儿童的关怀、帮助或指导。每天、每周和每学期确定你的优先事项是至关重要的。

☑ 坚持适度减负原则

我们似乎更善于增加自己的工作量，而不是去减少它。创造时间和空间去把更少的任务做好，这非常重要。可能有一堆活动或任务可以扔一边交给时间去处理。有些任务可能一直都不是那么重要，也没产生过什么实际影响。那么每次你给自己或他人增加新工作量时，也要减少一些别的工作量。但是，作为一个新教师，很可能不是你给别人分配任务，而是别人给你分配任务。这时你要大胆勇敢一点！问问你的顶头上司，为了按期完成任务，有哪些其他工作可以放弃。或者，要是没法放弃，至少也让他们知道目前你所面临的压力。

☑ 多干还是少干

为了提高你在时间管理上的智慧，也为了避免你走到彻底放弃的那一步，决定多干还是少干，就需要你仔细分析自己要完成的各项任务。在为自己的课程做计划，或是跟踪进度时，或是为了确保得到学生高质量的反馈时，你会多做什么？少做什么？

☑ 提高个人能力

一个提高效率和避免浪费时间的重要方式是提高个人能力。在会议中完成行政任务；有效地利用科技来更好地管理信息，例如，使用谷歌文档来协助办公。

行动建议8：尽早控制好你的时间

沉重的工作负担，极少的可以不保持联系的时间，不得不考虑额外的截止日期等意外事件，这些都会不断地使你透支。尽早控制好你的时间，否则的话，要么你会完全被工作控制，要么别人会给你分配更多的任务。

工具包7：如何解决评价学生作业的难题

无论是教师还是学生，我们都通过接受反馈而获得成长。

优秀的教学相当于被系统而准确地评价过的预先学习。

正如第一章详细讨论的那样，批改一个班级的作业，并以此来指导自己的课程计划和教学，这是你从教第1年要学的最重要的技能。一旦你能驾驭教学，就要开始更聪明地思考，自己是如何改作业的，使用的是什么方法，在班上是如何使用和计划评价的，从而对学生进行估量，并确保他们取得进步。

评价作业的注意事项

作为教师，我们必须：

- 全面掌握所有学生的起点、进步以及背景；

- 准确有效地利用评价手段；
- 在向公开检查提交学生作业时，了解如何评价相关学科和课程领域及法定评价要求；
- 即使每份作业并非一定要批改评价，也要利用形成性评价和总结性评价来确保学生取得进步；
- 确保批改、评价和反馈定期进行；
- 使用相关数据监测进步情况、设定目标并规划后续课程；
- 清楚了解班级内所有学生的需求，包括有额外学习需求的学生和超出预期的学生，能够使用独特的教学方法来吸引和支持他们，并对教学方法进行评估。

作业评价能指导你的教学计划；它是差异化的，是你作为一名教师能做的最有效的事情。

我不得不承认这是这本书中最难写的一章。对此，你可能会想问为什么。

关于评价的一些问题

- 第一，全国范围内的作业评价正在发生变化，目前（在我创作这本书的时候）教育行业对于第1—3的关键阶段，没有指导评价学生作业的全国性框架。
- 第二，我承认，作为教师我们必须要进行作业评价，但作为个人，作业评价让我压力倍增。这让我想起了在开始评价之前，有无穷无尽的作业需要我去批改。

我为什么不喜欢评价？

在第一章中，我强调了要给学生批改作业，并给出明确反馈，好让他们能依此进行改进。改作业不必过于频繁，但要定期给学生反馈，不管是以口头形式还是以准确的评价，鼓励学生根据自己的需要对反馈做出回应。

然而，最近和英语教师的谈话使我明白了这一切有多么困难。英语学科中教师承担的工作量和背负的期望是相当严苛的。批改作业时被要求的深度与详细程度令人发指，比如考试委员会对大量控制性评价的要求。不管学校的批改守则是怎么宣称要帮教师减少工作量的，这些外部的期望，以及我们自己想为学生好好写评价的本心，都让这些宣称很难实现。

所以，最大的问题是：如何恰当简化批改和评价以减少工作量？

> 批改应该是首要任务，但20年过去了它依然没能成为我的首要任务！难道它是一杯盛满毒酒的圣杯吗？无论我们做什么或说什么，它都是一个负担；就像你身上的一个顽疾。前脚刚走，后脚又回来了。

如果想要改善我们对批改和评价的愿景，那就必须从全职任课教师的角度出发。来看看全职教师的一些情况吧。

教师简况：全职的中学任课教师

讲课：每周20个学时（“25小时时间表”中的1小时课程）

时间表：共25小时（留出5小时可以不保持联系的时间）

负责班级：15个不同的班级（每个第三关键阶段班级1个学时的非核心科目，如戏剧）

作业批改：约450本（按每班30人计算）

每7周为一个学期：约批改3150本作业

*以上数据均为估值。

没错！每7周就有3000多本作业需要批改和评价！考虑到还将有一部

分课余时间专门用于参加会议、给自己充电和进行课外俱乐部活动，我们怎么能指望这位教师会在指定的时间内完成所有的工作呢？能做到这一点是完全不现实的，更别说做好了。

那么，为了保持工作与生活之间的合理平衡，保持一定程度上的幸福，并同时保证批改学生的作业帮助学生进步，你该怎么处理评价呢？

不管你最后在学校是怎么做的，都要确保对你和你的学生切实有效。当然，这也必须符合全校的评价准则，以确保你所做的事情能有成效。此外，确保你的评价是为了学生评的，而不是为了教育部门评的！

评价的五点计划

我们都应朝下面的方向努力。

1. 形成高质量的评价
2. 形成跨学科的诊断性反馈
3. 在合理的工作量基础之上进行批改
4. 牢记常识性的方法
5. 确保我们始终给学生和教师做出正确的评价

付诸实践

行动建议9：观看《奥斯汀的蝴蝶》

为了确定学生的进步和目标，我强烈建议你看看罗恩·伯格（Ron Berger）的课堂视频《奥斯汀的蝴蝶》（*Austin's Butterfly*）。如果你没看过的话，它将把你的反馈意见转化为一种评价形式。

工具包7：如何解决评价学生作业的难题

1. 在教室周围贴一些有关成功标准的标语。

2. 和学生分享成功标准，但也正如黛布拉·基德所说，不要每节课都说课程目标。

3. 提供支架式教学模板和写作框架。

4. 鼓励学生互改作业并自我评价。

5. 要确保部门内部定期安排教师们一起批改，进行评分审核。

6. 让你的学生在评价之前进行自我评价。给他们一些难度不断增加的选择，让他们感受一下这个过程。

7. 不要搞突然袭击的考试。为什么要让学生措手不及？永远不要这样。

8. 定期对你所在的部门进行评分审核，在我看来一学期一次即可。

9. 遵循学校对于批改指南和读写测试的批改规则。

10. 选出两三个基础最薄弱的学生，并定期批改他们的练习本。在课堂上和课外（有学生在场时）做这件事。

11. 利用形成性评价和总结性评价的框架来确保学生的进步。学生们应该人手一份。

12. 试着利用黄色方框来减少你的工作量并标出关键批改点。

扫描二维码观看视频并思考以下问题：

- 你如何将这种技巧应用于你的学科/课程中？
- 你认为这种技巧存在缺陷吗？

思考评价时，问问自己以下问题：

1. 学生在交作业前有没有机会对其进行修改？

2. 有没有安排课内时间供学生处理反馈？

3. 给出的反馈离完成还有多远？

4. 学生这次的作业是形成性评价到总结性评价过程中的一部分吗？

5. 作业中的哪些部分会得到评价？学生的期待是什么？

6. 批改和评价对学生友好吗？

7. 作业是否根据读写能力进行批改？是否符合学校的批改规则？

8. 评价是否有助于学生不断取得进步？

9. 学生能否（逐渐）在作业上表现出来进步，即根据反馈采取行动？

如果你对以上任何一个问题无法给出答案，你就需要重新思考自己为什么要对学生作业进行评价。

用黄色方框做标记

用荧光笔在学生的作业上画一个黄色方框，表示你用来改进已评价作业的部分。你可以通过以下两种方式使用此技巧。

1. 在要批改的部分周围画一个醒目的黄色方框。例如，如果一个孩子在文章的中间部分需要加强，那么你只需要突出并修改这一部分。你可以对班上绝大多数学生采用同样的做法，也可以根据学生的需要改变方框的大小或位置。

2. 在作业旁的空白页上画一个醒目的黄色空框。方框的大小表示修改量的多少。你要指出，学生作业的哪个部分需要在黄色空框中重新修改。

对于转变为成长型思维和重新规划学生群体，黄色方框这样的技巧非常有用。通过创建显眼的彩色方框的标准反馈行为，你可以把它推广到整个学校。

全国性局面

考虑到当前关于（全国统一课程）水平之后生活的争论，我们必须牢记，学习不是线性的，此外，不同学科或不同学校对于如何界定“5级水平是由什么构成”，看法有所不同。这些方法的效度和信度也备受关注。

以往的评价只关注成绩本身而非所学知识。新的“进步8措施”在优先关注学生所学、关注学生的起点而不是终点方面，取得了一些进展。

校长汤姆·谢灵顿说过，我们需要一种更加定性的方法，其基准应是无条件的，而且便于教师、家长和所有学生理解。

关注推特

推特名称：@headguruteacher

真实姓名：Tom Sherrington

他的工作是什么？一名经验丰富的校长，对课程、评价、教学与学习充满热情。

研究方向？他提议创建英国初中毕业考试框架，作为“一个一致、统一且包容的系统，服务各种水平的学生”，这可以作为英国教育部的英国初中毕业考试的替代方案。

为什么要关注他？我和汤姆曾一起共事。相信我，他绝对值得关注！

真实的评价和进步。@HEADGURUTEACHER的实话实说。

在实践中，只有以下几种方法可以检验学生的表现，教师能从中推断出学生的学习情况：

测试：对正确答案、错误答案或者扩展答案的质量评估。这会产生一个总分。

根据某些标准对学生作品进行定性评估。可以是一篇文章、一幅画、一个设计、一场表演。这些评估可以产生大量成果：批改、分数、整体得分或水平。教师的专业判断水平至关重要。

绝对基准：学生能做（或还不能做）什么的直接性评价。我建议学习目标可以简单地被分为可做/不可做的评价；在大多数情况下，还有熟练程度。

点击以下链接阅读全文。

headguruteacher.com/2014/10/19/authentic-assessment-and-progress-keeping-it-real/

工具包8：布置有差异、有选择的家庭作业

教师必须布置家庭作业，并计划其他课外活动，以巩固和扩展学生获得的知识和对知识的理解。

——英国教育部《教师标准》

你同意上述说法吗？家庭作业在你的课上、在你的部门甚至在你的学校里是否是优先考虑的事？

家庭作业：一个备受争议的话题

我想每个教师都经历过为了遵守学校守则而布置家庭作业的时期。如果你说你没有，那我会觉得你不够诚实！可悲的是，当高层领导试图为全校的作业布置、作业收集、作业整理以及作业结构制定战略方针时，每个

教师都会被置于这种境地。通常他们的计划不一定会遵循你的课程计划或课堂学习情况。如果你受制于时间表，被严格地监控每周布置了什么作业，记录学生交了哪些作业，那么要在恰当的时间布置高质量的作业是很难的。通常没有时间可以用来追踪你批改的是什么作业，以及它们的价值何在。家庭作业这个概念永远也不会消失。

不管你是否喜欢家庭作业，除了课堂上的时间之外，学生总要找时间和地方来完成一些课外的作业。家庭作业时常会受到家长、教师和学生的诟病。家长和教师争论最多的是，家庭作业会减少孩子在家里恢复精力、休息或玩耍的时间。还有其他的批评，这些也使家庭作业蒙受了恶名。

教师布置作业的质量不佳是个常见的问题，当作业成了迎合学校领导的工具时，质量肯定就会下降。我还记得自己布置过的很多作业，有些简直骇人听闻：涂色、画海报、看新闻……我承认曾按照“一刀切”的模式，让学生在假期后的“下节课再交作业”，这样一来他们和我很可能就忘了这回事！我布置的所有作业几乎都没有100%的提交率，除非我花大量时间来威胁、催促和/或对完成的作业给予奖励。对于忙碌的任课教师来说，差异化的家庭作业是很难维持的。

当然，还有一个很大的问题，家庭成员是否能提供便利和支持，使孩子能够在一个安全且有利于学习的环境里完成作业。

关于家庭作业的一些禁忌

先说一说在布置家庭作业时必须避免的几点：

- **在课前点名时收作业**　试想这样一个场景——教室里很安静，课堂氛围也很平静，你点名点了一半，发现有个学生还没有交作业，于是对他进行了严厉警告。平静的课堂氛围就没了。

- **下课铃响了，赶紧布置作业，不然学生就走了**　　绝对不要这样做！
- **布置“一刀切”式作业**　　你把布置的作业写在了白板上，让所有人抄在作业本上。然后发现自己不得不争分夺秒地帮其中某个孩子把作业抄到本子上，因为可能他写得不够快；或者他看不懂或不会拼其中的一些关键词，也记不清它们的意思；还可能一半的学生已经离开教室，包括这个孩子的好朋友，并且下一个要上课的班级已经在外面排好队了。不要布置这种家庭作业！

搞定家庭作业的10个方法

1. **要有差异化**　　家庭作业能为学生提供按照自己步伐继续学习的机会，并提供不同难度的挑战。布置差异化家庭作业并提供多种作业选项。你会得到更加令人激动的结果。
2. **提前计划**　　要有计划地布置家庭作业，而不是把它当成填满课时的最后一击。它绝不能单纯用来满足课程作业时间表的要求或是用来安抚家长。带着对学生的关爱与关切来计划家庭作业。如果你重视家庭作业，学生们也会如此。
3. **发挥创造力**　　家庭作业给了教师和孩子们发挥创造力的机会。布置家庭作业的时间因素很重要。在一节课开始时布置家庭作业，你就可以在剩下的时间里修正学生们理解上的偏差。设定一个开放的截止日期，就能给学生更多的自由去发挥他们的创造力。作业真的必须在下节课或者下星期提交吗？还要以统一的格式？真的非得这样吗？
4. **清除障碍**　　家庭作业在家庭和学校之间架起了一座桥梁。这种联系也可以（而且应该）是学科、教师和学生之间的。考虑把家庭作业与学校其他科目联系起来，以便把中期和长期计划纳入所有工作计划中。

经过精心计划，两位教师可以双管齐下地投入以产生更大的影响。清除学习上的障碍正是我们教书的原因，不是吗？

5. **把环境因素考虑在内**　有些孩子连完成家庭作业的安定家庭环境都没有，更不用说按照要求的标准去完成家庭作业了。然而，如果教师清楚这一点，情况就会有所不同。如果你能纳入一些因素来抵消不良的社会经济因素，并引导学生在校内完成家庭作业，那就太棒了！

6. **反馈**　作业必须得到批改，学生需要得到反馈。如果你不打算改作业，就不要布置作业。我所说的批改不是指简单地打勾和打叉。可以考虑少布置一点家庭作业，这样你就可以提高批改质量。你布置的作业量少了，学生就有时间修改并根据你的反馈查漏补缺。也可以考虑其他的反馈方式。

7. **提高学习能力**　围绕你的工作计划有条理地布置家庭作业，可以提高学习过程的效能，并培养学生的能力。

8. **换一种思维**　如何将家庭作业与学生的课外学习联系在一起呢？强加在家庭作业头上的污名是由于没有看到它的附加价值。有些人认为家庭作业会给教师带来不便，学生在家时有更好的事情去做。这种看法不无道理，但如果家庭作业可以起到增加价值的作用，且经过认真设计和评价，那情况就大有不同了。家庭作业的内容应与课外学习有关。此外，应根据学生的需要和兴趣来布置多种形式的家庭作业。

9. **使家庭作业成为有价值之物**　家庭作业反映了教师和学校的价值观。使家庭作业成为有价值之物，对学生在课外付出的努力进行奖励。这可以通过详细的反馈以及鼓励学生完成和修改作业的对话来实现。这些对话能把我们希望在学生身上激发出的价值观灌输给他们，同时也使学生的努力有所回报。

10. **自我反思** 如果你能做到以上所有的事情，家庭作业就可以成为学生进一步巩固他们学到的或未学到的内容的机会。给学生足够的时间去做好家庭作业。让他们通过课内和课外的自我评价/同伴评价反思自己。

书评速览

《跟家庭作业说拜拜》(*Unhomework*) 这本书提倡让孩子们主导自己的学习，这也正是我在课上鼓励他们去做的。我的目的是从侧面对他们进行引导。如此一来，随着时间的推移，我发现他们对我的依赖越来越少。

——马克·克里西（Mark Creasy）

马克·克里西这本《跟家庭作业说拜拜》与我的“外卖式”家庭作业观点不谋而合。令人惊讶的是，我们竟同时发现了对方的理念。当听到其他教师对于家庭作业的安排有着同样的想法时，我们感到很开心！

《跟家庭作业说拜拜》提倡启发性的、深思熟虑的、基于项目的和差异化的家庭作业，这对我自身的教学实践也有启发。克里西摒弃了传统的布置作业和催交作业的方法，重新点燃了作业的价值，为所有中小学教师提供了一系列可靠的作业策略、应变能力和思维方式。对他的理念进行检验，你会发现，它将减少教师的工作量，同时提高学生的毅力和独立性。

“外卖式”家庭作业

“外卖式”家庭作业鼓励教师们在课堂上布置具有挑战性、启发性、差异化的家庭作业，供学生自主选择。给学生一张作业“菜单”意味着他们可以自行安排整个作业进程，教师可以不再介入，只是引导每个孩子独立完成作业（或是鼓励他们逐渐掌握最有效的方式）。

这种“外卖式”的概念可以应用到任何事情上，例如，员工发展、教师培训或行动研究，以使员工做出明智和专业的选择。当人可以自己选择时，不管是学生还是教师，他们对任务的积极性都会提高。这将给他们带来一种自由感；他们可以选择做什么、怎么做，并有机会按照自己设定的截止日期提交完成的作业或工作。难怪“外卖式”家庭作业会使学生对做作业感到兴奋并且动力满满。

接下来看看如何布置“外卖式”家庭作业吧！

工具包8：布置有差异、有选择的家庭作业

· 为某个关键阶段、项目或年级组的学生写一份有15—30个家庭作业选项的清单。

· 把家庭作业选项分为“前菜”（易于完成且基于先前所学的知识）、“主菜”（需要付出努力方可完成）、“甜点”（较难完成但值得尝试）。

· 增加一些季节性的家庭作业选项，例如针对复活节、圣诞节或暑假的作业。

· 决定是否按照特定主题的评价标准对作业选项进行排序。添加成功标准可能会使“外卖式”的刺激感荡然无存，也可以添加奖励措施来改善，一切都由你来决定。

· 添加一个简单的说明（不超过一个句子），描述每个作业选项及其要求。

· 确保每个关于家庭作业的要求都是简单易懂的，并保证其“外卖式”的特性，也就是说不再需要你进行进一步的指导。

· 确定你要用什么方法来展示——使用大标语、抽奖摇彩法、交互式白板或者摇号箱，叠在一起后粘在墙上，还是附到学生作业本的背面……？

· 考虑每半学期随机布置一次“外卖式”作业（以及常规作业）。

· 考虑把所有的“外卖式”作业选项添加到在线水果机风格的随机选择器中（www.classtools.net/education-games-php/fruit_machine），让机器为每个孩子选择要做的作业。你觉得这样太随意吗？那让孩子们根据你动过手脚的作业活页进行选择吧。隐秘的作业布置方式会给学生一种能够自我选择的错觉。

“外卖式”家庭作业

打造自己的“外卖式”家庭作业

“前菜”单　在这一部分，为某个关键阶段、项目或年级组写一份有5—10个家庭作业选项的清单。这部分的家庭作业应当是根据之前所学且很容易完成的。

添加成功标准，以及一个关于作业要求和评价准则的简单说明。确保每个关于家庭作业的要求都简单易懂，并保证其“外卖式”的特性，也就是说不再需要你进行进一步的指导。

“主菜”单　在这一部分，写一份有5—10个家庭作业选项的清单。这部分的家庭作业应当是需要一定的努力才可以完成的。

学生将被要求完成额外的作业，无论这些作业的内容是否在课上有所涉及。

“甜点”单　在这一部分，写一份有5—10个家庭作业选项的清单。这部分的作业应该是有难度但能吸引学生去尝试的。

要求学生在课外完成大量有难度的作业。这肯定需要付出很多努力，但完成作业的奖励也是很丰厚的。

评价/奖励标准　这一部分应涉及批改和评价。每一份作业将如何评价？可以在作业说明的旁边附上评分/批改规范。说明时间要求、网站链接和可能获得的奖励。

“自选”单 自选作业清单让学生在清单限定的选项中自由选择。可以用星号图标表示供学生使用的可选项，旁边附有指导说明。

菜单计量表 菜单计量表是解释所有可选作业的关键。可以用时钟图标表示作业将耗费的时间（1个时钟表示30分钟），用辣椒图标表示家庭作业的难度（3个辣椒表示非常难），用辣椒颜色的深浅表明作业的差别程度。

工具包9：如何为听课做准备

情况可能会非常糟糕……

在我接受教师培训的第3年，我和我的大学导师凯伊·斯特布尔斯教授一起完成了自己人生中的第一次听课。她可能已经忘了，但我永远不会！那是一节给第3关键阶段学生上的电子技术课。课程目标是让学生学会焊接基本元件，连接电路。

想象这样一个场景。我已经准备好了所有必需品：烙铁、湿海绵、锡焊料、剪子、钳子、红色电线和黑色电线。一个实习教师进行课堂展示需要的所有东西都准备好了。

你觉得一切能按计划进行吗？

当然不会！为什么呢？因为我把所有的精力都放在课堂活动上了，只是按照上课的时间控制来做课程计划并进行授课。

那么在我的课上究竟发生了什么呢？第2排的一个学生觉得不舒服，在演示桌前蹲了下去，我根本没注意到他的异常。丝毫没有意识到接下来将要发生的灾难，我开始进行演示。焊烟从烙铁尖上一缕一缕地冒了出来。焊烟含有硫磺成分，会加剧反胃的感觉……

在我刚焊好第一个接头几秒钟后，焊烟就从第一排飘到了第二排的那个学生身上，接着他就吐了，呕吐物穿过第一排，全部溅到了我的桌子上！没错，溅到了我精心准备的教具上，还有地上、我的鞋上、裤腿上、实验服的侧口袋上、学生的课本上、练习本上，甚至溅到了我的备用烙铁上！

学生们集体情绪失控。我这个实习教师也不知所措，立马冲到了洗手池洗手。讲台右边，一个设计技术员提着拖把和桶走了进来。讲台左边，我的导师一边仔细观察，一边开始把学生疏散到教室的另一边。

然后……我生平第一次见识了怒视的威力！

不，（发出怒视的）不是我！是我的大学导师。

她瞪着眼。然后我看到课堂秩序以最快的速度恢复了！几个学生被委派了特定的任务。乱成一锅粥的教室恢复了平静，尽管有一两个学生被吓得脸色苍白，还在捂着鼻子和嘴，但最终我们还是重新回到了正轨！

现今的听课

你的第一次听课可能会在你教学实习培训期间进行，听课人通常会就你的优点、缺点以及如何在未来改进教学实践做出反馈。听课的结果通常根据一系列详细且具体的标准进行评定。为了实现评定职称、督查、职业持续发展或是研究目的，听课将成为教师职业生涯中的常事。一旦我们对此有了经验，便能驾轻就熟了。

变化的教学环境

正如我所说的，当前的教学和学习环境在课程评分这一问题上正在发生转变。我们面临的挑战是，从依靠一次性的课堂表现进行评分转向了一种更精细的模式，即要长期收集可靠且有效的信息来源（不涉及评分）。这一变化正在发生，我相信，作为一种职业，我们将越来越善于检验教学和学习的质量，这不仅仅是针对某个班级而言的，最终还会扩展到整个学校。

毫无疑问，英国教育标准局已经损害了教师之间互相听课的方式。随着环境的变化，我们正在探索更巧妙的听课方法，把重点放在改进教学上，我们要找回属于自己的听课方式，使它成为一个积极、愉悦和宝贵的工具，以促进反思和发展。

我们必须大刀阔斧，从对听课的总结性评价转向形成性教学和学习模式。如果我们真的想要使听课成为教师学习的工具，那我们就需要摆脱评估固有的评价体系去进行思考。

扫描二维码，看看励志演说家埃克申·杰克逊（Action Jackson）对于听课有什么话要说。关注@Actionjackson获取更多视频！

听课的一些问题

伯明翰城市大学教育学讲师马特·奥列里（Matt O'Leary）博士为我写了一篇名为“教师与听课”的博客，其中讨论了与听课相关的“效度”和“信度”：

“效度一般与评价对所要评判的技能、知识、态度和/或其他品质进行抽样的程度有关。信度与一致性、准确性和结果的可复制性有关。效度和信度这两者是密不可分的。

高风险听课的表现因素必然影响听课的效度和信度。很明显，教师们希望尽他们最大的能力去表现，因为很多事情都取决于听课的结果。但在听课时，教师和学生的行为往往与平常不同，这样一来，就难以了解他们的实际水平或真实潜力。这就是心理学中的‘霍桑效应’：当一个人知道自己正在被观察时，就会产生不同的表现或感知的倾向。”

为了有效地利用听课，我们需要克服一次性听课存在的问题，它常常让人觉得是刻意而为的，因此不能代表教师的日常水平。这就是为什么所有学校和所有教师都非常需要使用同行之间相互听课的指导模式。

以往的模式中存在的另一个问题是听课人的主观性。有大量研究证据表明，听课的人对于什么是“有效教学”这个问题各执一词。

“简言之，两个不同的听课人视角不可能是一样的，他们还会无意中把自己的主观偏见投射到对所听课程的评价上，这反过来会令人怀疑整个评判过程的信度。”（马特·奥列里博士）

全职任课教师平均每周上20小时左右的课。每学年上38周的课，约760小时。20年来，每学年我都会有大概3个听课课时。下面的问题很有意思：

- 如果听课人更频繁地来听我的课，他们会看到什么？
- 如果来听课的不是一个人，而是两个人，那会怎么样呢？
- 如果我也在参与观察过程呢，如果我能观察来听我课的人呢？
- 如果听课人和我可以借助IRIS Connect（教育类视频软件）这样的工具，来观看我在教室上课的录像，那又会怎么样呢？之后会发生什么呢？

为听课做好准备

接下来我们来看一些关于反思的问题，帮助你分析和思考你正在听的课，或者是你刚教过的课。

免责声明

在你继续往下读之前，我要声明以下问题仅供教师进行反思。

以下问题均不能用于时长20分钟的听课、一次性听课或评分型听课。如果要将以下问题用于听课，那么教师/听课人应把它们视为在一系列课程中逐渐提出的一系列问题。

学科知识与评价的使用

1. 在实行干预措施前，是否对学生的理解程度进行了系统有效的核查？
2. 批改是否始终是高质量并具有建设性的，以确保学生快速得到提高？
3. 是否提出了关键性问题以对知识的理解和学习深度进行评价？
4. 学生是否有时间进行思考和口头演练？
5. 读写能力是否定期评价，学生是否对错误进行回应/改正？
6. 还有比举手更有效的方法吗？
7. 是否鼓励了学生的好奇心？

教学

1. 学生们是否比教师努力？
2. 学生们能否解释他们所做的事情与他们想学的东西之间的联系？
3. 学生们能否在课后说清楚自己应该怎么做？
4. 学生们能否说明他们所做的是如何基于之前所学的知识？
5. 学生们能否在学科之间进行联系？
6. 学生们受到启发了吗？
7. 教师始终对所有学生都抱有高期望吗？
8. 是否抓住了每一个进行社会、道德、精神和文化教育的机会？

9. 干预措施是否密切关注并满足了学生的需求？

10. 助教是否参与了课程计划？

11. 是否抓住了每一个发展学生读写能力和计算能力的机会？

12. 是否安排了各种各样的活动，包括富有想象力、鼓励冒险的活动？

13. 任务之间是否设立了巧妙的过渡？

进步

1. 教师是否有韧性、自信和参与度？

2. 教师是否有独立的思想和行为？

3. 课程目标是否过于严苛？是否对学生具有挑战性？

4. 学生是否始终保持较高的参与度？

5. 教师是否为班上不同的学习群体制定了所需的规划？

6. 随着时间的推移，学生是否取得了较大进步？

7. 是否有证据表明所有学生都在课程中取得了进步？

家庭作业

1. 教师是否提供了对学生的学习有重大影响的、适当的定期反馈？

2. 教师是否布置了差异化的家庭作业？

3. 学生们喜欢做作业吗？

学习态度

1. 学生是否表现出高度的参与、礼貌、协作与合作？

2. 表扬是否发自内心而且有意义？

3. 是否对不认真做作业行为的苗头进行了处理？

4. 学生是否有独立性和责任感？

5. 是否有证据表明要遏制极端主义，或至少对其进行明智的辩论？

6. 学习进程是否是持续的？

7. 行为管理是否具有一致性和系统性？

这些问题涵盖了《教师标准》对所有教师的期望。

更多内容请扫描二维码进行查看。

行动建议10：充分利用听课

我们必须要努力去进行协作，并充分利用听课。一旦你确定了自己目前的优势和发展领域，你就可以尝试专注解决问题的提问方法，这种辅导形式能够确保你对自己的发展领域进行更加详尽的思考。

专注解决问题的提问方法

1. 与你的团队（不超过3个人）分享你的优势和发展领域。

2. 专注于一个发展领域（教学的一部分而不是整个范畴），并尽可能详细地描述它。说说你现在是怎么做的，例如，你目前是如何管理第4关键阶段的家庭作业的？

3. 鼓励你的团队提出明确的问题。例如，你如何跟进未交的家庭作业？问题由提出者进行解答。

4. 多问些试探性的问题。例如，你如何确保家庭作业是独立完成的？（尽量问简短问题且不要给出建议；给在场的人时间进行思考。）

5. 对有意义的问题进行讨论以后，将从中学习和领悟到的东西进行总结。

致新教师

毫无疑问，听课总是会让新教师伤透脑筋。尽管没有必要，但他们就是会紧张！对于20年前的我来说，别人走进教室来听我的课，然后提供有意义的反馈，这种事我连想都不敢想。那我到底是怎样撑到今天的呢？

其实，就像大多数同事一样，我所做的不过是召集一群志同道合的同事在我身边帮助我成长：请他们对我的教学提出批评，或者找他们寻求帮助，等等。我能说出很多同事的名字，其中几位我们至今还保持着联系，他们曾经在以下几个方面给过我建议。

- 辅导小组
- 学科
- 准备资料
- 如何应付棘手的学生

此外，还有同事与我分享经历，互相倾听，一起放松。与同事建立融洽的关系是很重要的，因为某些时候在学生和家长面前，你真的需要他们的支持。如果你能在工作上的非正式和正式场合都做到这样，那么你会在学校度过更加快乐的时光。在以后的日子里，请继续分享趣闻轶事吧。

如果你能达到这一阶段，那就意味着你已经开始向维特鲁威式教学的智慧模式进发了。这将鼓励你在成长过程中保持一定的韧性，以便你稍有经验之后，能够大方地张开双臂欢迎任何人进入你的教室。为自己欢呼吧！

工具包9：如何为听课做准备

1. 事先就听课重点达成一致。

2. 不要刻意做任何不同于平常的事。

3. 保持所有常规的程序和期望值。

4. 保持冷静把课上好！做你最擅长的事。

5. 专注于学生的学习，而不是活动。

6. 确保学生们一直处于比你努力的状态。

7. 最后是反馈。在与听课人讨论课程内容之前，先自己反思课堂表现。这可能比实际的听课本身更重要。反馈应该是有意义的，并且在听课进行之前就有一致的重点。整个反馈过程都应涉及听课重点。

行动建议11：以被听课的心态去上每一节课

以被听课的心态去上每一节课。这会确保有人听课时你的状态保持不变。

- 保持始终如一且稳定的状态。
- 确保你的教学保持稳定、专注和高标准。
- 鼓励学生以同样的状态继续学习。
- 让你和学生们习惯教室有人听课的状态。

听部门内其他同事的课

我刚从教时还不知道这一点，但我的首要建议是去听你们部门其他同事的课。以此为起点，并保持下去。当你觉得火候差不多了，或者当你觉得胆子够大了，就可以开始去其他部门听课了。直到今天我都还在沿用这个方法。这是我给每一个与我交谈的新教师的首要建议。

向听课敞开怀抱吧

不管是哪种听课形式，非正式的或正式的、针对发展的、针对评估的、含点评或不含点评的，作为教师我们应始终做到通过听课和被听课分享优秀教学经验。

我完全理解为什么教师们老是想逃避听课。但是经验表明，很多的转变，比如从惧怕困难到迎难而上，从为了展示而教学到为了教学而展示，都是在被听课的过程中得以实现的。

如果教师们一直畏首畏尾，学校内部就会有结构不良的危险，如评估制度疲软和员工发展乏力。每个教师都是可以进步的。我坚信你拥有这样的品质，能与具有特定技能的听课人相协调，与落后的或是怯于被听课的教师互相协作。这就是指导的重要性得以凸显的地方。我们将在第五章中详细讨论。

听课听什么

听课应将以下因素纳入考虑范围：

- 课堂活动也要观察，并与学生就此展开讨论。
- 教师数据和对长时间的/关键阶段进步的跟踪也应讨论。
- 此外，听课应是一个形成性的过程，不应进行判断。

不要在没有听课重点的情况下去听他人上课或被他人听课；听课要精心筹划。否则你就会感到迷茫，并且想要收集所有信息来源，将你所看到的与特定的词汇、标准以及个人偏爱的教学风格相匹配。正如大卫·迪杜所说，切记听课的目标应该是“观看”而不是“寻找”（详情见www.learningspy.co.uk/about-2）。

你要明白这一点，让听课反馈有意义对教师的自我效能感和工作满意度非常重要，此外，那些相信反馈能够影响自身教学的教师，会对集体目标付出更多的努力。

IRIS Connect简介

IRIS Connect是一款基于视频的专业发展工具，使教师能够反思、分析和分享自己的课堂教学实践，从而回顾课堂表现，发现自己的进步。

工具包10：提高自己的情商

相信我，高情商是教师必备的素质。要以高情商去和孩子、家长以及其他教师打交道。

经常会有人在我办公桌上留下这样一些便条："这个问题可以当面讨论吗？""这可以24小时以后再说吗？""我的回复情商高吗？"

这些问题的答案都应该是"当然了"！我把这些便条看作中高层领导面对挑战时的备忘录。它们当然也适用于学生、家长和新教师同事。

提高情商

我不记得在我小时候是否有人讨论过我的情商。也许是因为我当时比较沉稳，一点都不脆弱吧。我也记不太清了。关于是否需要展现自己柔软的一面这个问题，对于一个成年人，尤其是一名教师来说，答案是肯定的。那教师们应该在什么时候把这些社会技能传授给学生呢？

在"如何成为优秀的班主任"一节中，我分享了很多针对师生关系的建议，如何当好班主任是当教师最重要的一个方面。指导学生是一种收获极大的经历，尤其是在教育对个人幸福的关顾方面，教师们承担着塑造孩子人生的职责，并且深受信任。

在学校里培养自律行为的文化对学生和教师来说都至关重要。高质量的学习行为需要师生关系、课程计划和正向强化的支撑。作为教师，我们必须让自己的情绪保持稳定，为所有学生树立好榜样。

其中包括：

- 行事礼貌稳重。
- 示范积极的行为表现，努力建立师生关系。
- 保持冷静，在惩罚学生之前给予其改正的机会。
- 做事情要有始有终，保持教师威严，并与学生进行反思性谈话。
- 不要忽视或直接略过行为不良的学生。

什么是情商

在我当教师的时候，情商风靡过一阵，但我认为它的作用被严重低估了。情商是指调节自己情绪的能力，特别是当你处于充满挑战的环境中时。它对你、你的同事、孩子或父母都同样适用。

情商的一个关键组成部分是自律。“自律”一词指的是控制自己一时冲动的能力，即能在需要时停止做某事（即便还想继续做），也能在需要时开始做某事（即便不想做）。

怎样教学生们自律

我们首先要教会自己自律，以便有能力应付最棘手的情况。

作为教师，我们每天在课堂上要做各种各样的决定。很多决定都没什么意义，但有的决定却是非常重要的。要做出这些决定就需要我们靠情商考虑各种情况，并从中做出抉择。

孩子们不会向他们讨厌的人学习。

——丽塔·皮尔森（Rita Pierson）

试想如果教师和学生之间发生了冲突，我们该如何应对？我们该做什么样的决定？关键影响因素如下：

- 我们的判断
- 我们的影响
- 我们对冒险的态度
- 我们的情绪
- 学生的情绪

以上这些因素每天都会有所不同，但情绪是其中最容易改变的一点，这是我们最需要学着利用情商来控制的因素，同时也是我们需要帮助学生学会控制的因素。在冲突中，重点应被放在结果上。虽然有必要评价适当的结果，但考虑情绪对认知策略的影响也很重要。我们需要思考决定背后的依据，以及引发决定的因素。

"焦虑通常与决策失误有关。"（大卫·格鲁姆，《认知心理学导论：过程与障碍》），当我们对可能造成的结果感到紧张或焦虑时，通常就会做出错误的选择。当学生在课堂上被批评时，或者当我们发现自己处在一些同事带来的额外压力之中时，情况也是如此。

回顾一下关于培养情绪稳定性的建议：

- 示范积极的行为表现，努力建立师生关系
- 保持冷静，在惩罚学生之前给他们改正的机会

建立师生关系

作为教师，你很快就会意识到我们所做的一切都在于与学生建立关系。

如果学生不喜欢你，他们就不会听你的话。但就算他们不喜欢你，他们也必须尊重你。

如果你还没有看过丽塔·皮尔森鼓舞人心的演讲视频“每个孩子都需要一个坚定不移的支持者”，我建议你去看一看。（www.ted.com/talks/rita_pierson_every_kid_needs_a_champion? language=en）

我在这里只引用其中一小部分关于师生关系的讨论：

> 詹姆斯·科默（James Comer，美国著名儿童精神科医师）说，没有强有力的关系，学习就不会有显著的进步。乔治·华盛顿·卡弗（George Washington Carver，美国著名教育学家）说，学习就是理解各种关系。在座的各位都曾被一位教师或一位成年人影响过。

工具包10：提高自己的情商

工作环境充满挑战，我们应当如何提高自己的情商，以便在课上出现问题时能够灵活处理？我们怎样才能时刻保持自律呢？（这一点同样适用于学生）

1. 把你对学生的期望告诉他们。
2. 给予学生可靠的反馈。
3. 给学生提供选择。
4. 别告诉学生该怎么做，让他们自己决定。
5. 对学生耐心一些。
6. 帮学生理清头绪。
7. 允许学生犯一些小错误——我们都是在犯错中成长的。
8. 该道歉的时候要道歉。
9. 以身作则。
10. 保持前进！

确实如此！我们都记得好教师，也都记得坏教师。不管我们是否学到了知识，我们都记得那些和我们关系不错的教师！我们往往从和我们关系最好的教师身上学到的东西最多。为什么呢？因为我们和他们在情感上有了关联，从而被联系在了一起。

每个孩子都值得拥有一个坚定不移的支持者，一个永远不会放弃他们的成年人，这个人深知联系的力量有多么强大，并且坚信孩子们可以变成最好的自己。

工具包11：如何成为优秀的班主任

在我成长的过程中，当班主任是我最喜欢的角色之一。我真的很想念那段日子！想念那30个像自己的孩子一样的小宝贝，甚至是那些让我抓狂的捣蛋鬼！

当我步入领导阶层的时候，我知道教师的一个重要角色——班主任——从此就与我无缘了。当然，当班主任有高潮也有低谷，但它给我带来的高光时刻远远超过了所有其他的东西。随着岁月的流逝，我从自己教过的学生那里收到了许多好消息。有些学生现在有了自己的孩子，有的正打算结婚，有的正在经历丧亲之痛，有的取得了任职资格还让我帮忙写推荐信。纵观90多名学生从11岁读中学到现在的个人发展，我想说：做一名班主任，就是要把学生培养成良好的榜样和能为社会做出贡献的健全公民。

当班主任的快乐

建议阅读这一部分之前先读一下前面关于情商的部分，因为接下来的内容会涉及情商。

成为班主任以后，下面这些问题你都有可能遇到。你会怎样解决呢？

- 你的班上来了一位新生。来了不到一小时，她就拉响了火警。全校师生都要排队站到操场上：足足1200名学生和150名教职工！当你发现事情是由你班上的这位同学引起的，你会怎么做？
- 一名学生已经旷课好几天了。然后回来上课了，虽然社工没有明说，但你知道他在家里被虐待了。
- 被校长要求在星期六早上留堂的学生跑了。
- 一位家长发电子邮件给你，抱怨班里的另外两名学生欺负他的孩子。
- 你班上的一些学生不想在他们的记事簿上写下他们的学业目标。你知道如果不说点什么，年级主任会毫不犹豫地将其定性为违反校规。你的名声就危险啦！

班主任是怎样一种角色呢

多数情况下，你是学生在有问题或有心事时第一个会找的人，有些时候，你可能是他们唯一会求助的人，所以不要低估了班主任这个角色的重要性。你需要学习如何使你的教学适用于对个人幸福的关顾，并在学生不同的身心发展阶段帮助他们学习。

通过每周五次与孩子们见面交谈，你会了解到大量关于他们身体、社交和智力发展的情况。所以，不要低估班主任这个角色的重要性。

作为班主任，你在很大程度上扮演着与孩子父母相同的角色。实际上，你已经成为了孩子的监护人，并对他们在学校日常生活中的个人幸福负有责任。

我可以很自豪地说——尽管当时也会让我想要退缩——我曾经带过的3个班（有两个班分别带了5年多）堪称典范。我为这些学生投入了大量的时间和精力，让他们每天带着阅读练习本来上学，代表学校接受来访者的采访和参观，甚至在他们12岁和13岁的时候，让他们轮流从家里把宠物带到学校。凡是你能想到的事，我们都做过！

但也有那么一些时候，我会对自己感到失望。有时候，我跟那些你所能想到的最差劲儿的班主任也没什么区别。

别变成下面说的这种班主任

- 把脚翘到桌子上15—20分钟还不放下去。
- 不与学生交谈。一句话都不跟学生说。
- 不谈当天时事；不谈最近的媒体热点或新闻。
- 不安排学生做事，比如："某某，请在中午的时候去找麦吉尔先生，请他帮忙组织一下象棋竞赛。"

班主任待办事项

- 为每个学生日设置每日提醒。
- 通过你的一言一行来强化学校风气。
- 提醒被要求留堂的学生按时出现——在留堂之前可能需要提醒4到5次。
- 要求学生提交回执单。
- 记住所有学生的生日。
- 了解每一个学生家里的主要家庭成员。
- 了解学生的课外爱好。
- 要表现出一定程度的严厉，但同时也要有幽默感。

行动建议12：花时间建立师生关系并提升自己

维特鲁威式教学需要倾注大量精力，它是教学中最困难的一个方面，需要你的投入和付出。也有不需要付出代价的东西，但是你没有多少，那就是时间！时间要用来建立师生关系、倾听、与家人和同事沟通……还要挪出一点时间给自己。此外，还要花时间反思、计划和提升自己。你所做的一切都需要时间才能取得进展。学会控制你的工作量以及他人对你的要求。

在需要提交研究报告的无聊季节，或是冬天又冷又黑的夜晚，班主任忘了在早上给学生们加油打气，这是情有可原的。但是我想知道到底有多少班主任根本不把班会课当作一节真正的课来对待。班会课可以持续10—30分钟。为班会课制定计划是很有必要的，特别是在你一天要见学生两次的情况下。我知道让你每天都制定计划有点不现实，但是形成日常惯例还是非常重要的。

班会课10大活动

1. 举行辅导小组讨论会或在提问时间辩论。

2. 组织小组为晨会做准备，不然到最后你可能得自己动手。

3. 组织默读，偶尔可以组织小组阅读。

4. 观看纪录片，或阅读最近的新闻并与全班同学讨论。

5. 和同事一起组织全校性或按年级分组的活动。

6. 为学生提供完成家庭作业的机会；不然学生就会不做家庭作业，或没有合适、安静的家庭环境来做作业。

7. 发表扬信、奖励、明信片、贴纸或巧克力。（巧克力只能在午餐前或在下午放学的路上发。这一点非常重要！）

8. 实行惩罚，进行激励谈话，提醒学生基本的期望和价值观。

9. 默默观察同学关系，特别是弱势群体和异常安静的学生。

10. 管理：在记事簿上签名；收集纸条；发放信件；发放更多的信件；共享虚拟学习环境登录密码；安排开家长会；观看或参与年级内的比赛。在班会管理中，你必须处于主导地位。不然你就会落单……

安全保护

关注那些社会中最贫困、最需要帮助的学生。这些学生可能在你的学校里，甚至就在你的辅导小组里。帮助他们就是我们作为教师的初心。教学不仅仅是教学科知识，而是要培养孩子的各个方面。政客们和政府紧盯着学校排名，却忽视了教师在这方面的重要作用。需要强调的是，我们与学生的父母扮演着同样的角色。不管《教师标准》是怎么规定的，我们都有责任从身体、心理和社会层面守护学生的健康。

所有儿童，不论年龄或能力如何，都有权受到同等的保护，免受各种伤害或虐待。准确来说，保护学生是所有班主任的第一要务。作为一名班主任在学校和学生待在一起工作，是你此生最大的幸事。

工具包11：如何成为优秀的班主任

1. 优秀的班主任总是花时间观察和倾听　他们在建立师生关系上投入了大量的时间和精力。他们与学生开玩笑或进行其他形式的互动，这样一来，他们就可以对当前存在的问题有所了解。他们还善于观察。他们可以使学生免遭排斥，也会在考试季狂潮来临之时向学生伸出援手，以免他们偏离正轨。

2. 优秀的班主任非常严格　形成常规是维持纪律、师生关系以及保持高标准的关键。要想了解班主任所辅导班级的平时状况，一个可靠的方法是看班主任走出教室后或不在学校时，学生们如何表现。如果学生能对代课教师的指示照做不误，或者向代课教师报告他们每个星期二都进行默读，就可以确定这个班主任非常优秀。

3. 优秀的班主任是家庭与学校的桥梁　他们会帮助学生解决各种问题，包括体育用品丢了、作业交晚了、留堂纠纷或储物柜钥匙丢了、家长的来电或来信等问题。有时他们可能需要借给学生钢笔和铅笔等文具（甚至还有钱）。他们会给学生家里打电话，发电子邮件、短信或是在记事簿里留个便条。更重要的是，他们往往是解决任何有关儿童保护问题的第一人。

4. 优秀的班主任能把学生与其他教职工以及其他学生联结在一起　他们会检查学生的记事簿是否完成，是否有家长签名。他们会处理和记录学生的奖励、留堂、家庭作业和常见问题。他们会经常开班会指导学生学习，使其取得进步。

5. 优秀的班主任总是时刻关注学生的学习进步和个人进步　他们会帮助学生为整个学校的活动做准备。他们自己也会参与其中！他们还会帮助学生参加选定的慈善活动，并经常为“救助儿童”或“红鼻子日”做一些让自己觉得难为情的事。

6. 优秀的班主任让所有的教职工关注孩子　他们会在员工简报会上发布关于学生们的重要公告，在教师休息室墙上贴学生的作品，或者分享某个孩子的情况，可能是关于其家中亲人去世的消息，也可能是关于其学业进步的情况。

7. 优秀的班主任总是与学校进行协调以满足学生的需求　他们积极参加各年级的小组活动，并为全校关怀学生幸福的计划做贡献。他们也会参与对所有年级组教师产生影响的细节性事情、学校计划动态的反馈、年度活动以及教学资料。

8. 优秀的班主任有亲和力 他们有时会和学生分享故事，让孩子们了解自己的生活。他们会用真实的故事来激励学生、感动学生并提升他们的认知。

9. 优秀的班主任能和每个学生的家庭成员都处好关系 他们努力为每个家庭和孩子提供更多的支持；他们付出了很多，以至于在棘手的情况下，再愤怒的父母都会卖他们一个面子。他们打破障碍，努力完成每一件事情。

10. 优秀的班主任每天都会关注学生安全 他们时刻关注学生表情、行为或态度的变化。他们会留意那些看起来心烦意乱的学生、特别安静的学生或者是吵闹的学生，并在恰当时间通知有关人员。

关注推特

推特名称：@AndrewHall2015

真实姓名：Andrew Hall

他的工作是什么？专业安全顾问，曾经当过校长。

专业方向？协助学校竭尽所能保证学生的安全。

为什么要关注他？获取最新的安全建议和安全时事新闻。他擅长为教师提供培训，同时还是信息和通信技术专家！

CHAPTER 3

INNOVATIVE
如何打造一堂好课

不管谁来听课，

一个真正的维特鲁威式教师

不需要手舞足蹈、刻意表现，

就能够与学生心意相通。

如何成为一名创新型教师

几年充实的教学生活过后，你变得更有韧性。你已经站稳了脚跟，工作越来越得心应手，在教学中还能做出明智的决定。现在，是时候开始创新了。

是什么造就了一位创新型教师

一旦你有了经验，就该对课程计划和教学方式进行创新了。

不妨设想一下，现在你批改学生的练习题已经非常熟练，学生也确实按照你所说的来做（大多数时候），并按照你的反馈进行自我改正。你不再写详细的课程计划，你觉得自己正在享受教学。这状态还不错，对吧？现在是时候开发你自己的资源，并在课堂教学上做些新的尝试了。就是现在，来些创新元素吧。

创新的定义

"Innovation"（创新）一词起源于拉丁语"innovatus"，是"innovare"的名词形式，意为"更新"或"改变"。它来源于"in"（内，里面）和"novus"（新的）两词的组合。

如何定义创新型教师

对任课教师而言，创新是保持成功的关键因素。然而，课堂创新并不是说用个新方法、新想法、新物件或者是新的技术设备来省时省事儿。

真正具有创新精神的教师是懂得改变的大师。他们能让教学顺应学生的水平和需要而改变；通过了解是什么在阻碍学生的学习，知道何时以及如何进行适当的差异化教学。这不一定是布置在教室中的什么“东西”，而是一种习惯，一种职业道德，教师把自己的教学视为一种改变，一种让所有学生在课堂上发挥全部潜能的改变。

创新能真正把劣势学科转化成优势学科。或者说，它把学生的薄弱环节变成他们全力攻克的内容，以便把学科知识与他们所生活的世界联系起来。不论考试与否，创新型教师都把他们的学科带入生活，使学习真实可感。

创新应该在学校中付诸实践。教师应该处在教育方法和实践的前沿，而教育指南总是在变化。因此，教师实现创新的一个关键问题和障碍，就是教育体系的朝令夕改，这是教育可持续发展的道德困境。

尽管有意识形态和政治干预，但这里还是有一些实用的想法，供你在未来几年在课堂上开展实践。

如何成为一名创新型教师

创新型教师会：

- 创作鼓舞人心的课程（大多数时候）：根据学生的需要来讲课，并帮助他们理解最困难的内容。
- 为学生和其他同事创造、完善和分享优质的课堂资料——最好是把这些资料（在网上）与世界分享。
- 利用技术来提高学习效果，而不仅仅是利用技术来辅助学习。
- 参考跨课程学习，并在自己（和他人）的课堂中实现跨课程学习。
- 开展课外活动来辅助和提高自己的课堂教学。活动要非常精彩，能激发学生参加的热情。

- 掌握自己职业持续发展的命运！
- 拍摄自己的教学视频，以改善和反思课堂实践。
- 紧跟本学科的最新发展、学术研究和课程创新。

课堂创新并不是

- 打开电子设备。
- 教学时拿iPad在教室里走来走去，或用它控制交互式投影仪。
- 使用最新的课堂小玩意儿，比如冰棒棍和迷你白板。
- 带学生到教室外上一次课。
- 因为自己突发奇想，或者学校领导说了什么，就马上在课堂上试试。
- 仅凭自己个人爱好就写博客、使用Skype教室或是社交媒体。

上课很差的经历是怎样的

在继续发展你的创新能力之前，让我们稍作休息。我想与你分享一些东西，证明人无完人，并让你对会出错的事抱有信心，重新振作并继续前进。

下面是对我从教早期的一次听课督查报告：

督查日期 1996/02/08—1996/02/12

本文件是机密信息，只有检查组成员和校长可见。仅在必要情况下，校长可依据教育法案和学校的章程赋予的权限，向另一方展示。

本文件只为协助校长管理学校。未纳入教师所做的其他事项，也并非衡量教师工作的标准样本。针对任何教师的纪律处分，不应以此文件为唯一凭据。

此页为文件副本，用于密呈校长。

文件展示你所教课程质量之简况。

教师姓名	课程	年级组	优秀/非常好	满意/好	不满意
罗斯·麦吉尔	AR艺术	8年级			×
	AR艺术	12年级		×	
	DT设计与技术	11年级		×	
				2	1

还记得我在介绍“韧性”时说过有几次想转行吗？这就是其中的一次，就在我从教的第3年。如今23年过去了，再看看现在的我！

吸引学生的好点子

创新并不仅意味着信息技术。

创新意味着“改变”或“更新”。在课堂上使用技术有利于学习的发展，有利于吸引学生并激发他们的灵感，但是真正的维特鲁威式教师不管用不用信息技术，都能与学生联系在一起。一位出色的教师会让每个学生在任何情况下都能真正地学习，包括使用诸如笔和纸之类的基本用具，甚至还有教室的四面墙壁。

并非每堂课都要手舞足蹈、刻意表现——你也无法一直这样做——但你一定要形成一套惯例，并把培养启发灵感的课程当成你教学手段的一部分。

吸引→联结→激励

在第2年和第3年的教学中，随着自己的信心不断增强，你会想开始在课堂上进行一定程度的试验和大胆尝试来探索创新。这不是指玩弄最时髦的新技术或噱头，而是一种真正的自我完善、吸引每个学生的注意力、激发学生对你和你所教的学科感兴趣的渴望。

我喜欢尝试新事物。如果想达到最佳效果，就需要长时间的全神贯注。例如，我曾试过使用设备和实时打分进行绘画教学，用投影仪展示学生的作品，并投影到教室的白板上。不能上一节或几节课图个新鲜，而应该长期投入，这样你才能实现真正的创新。

接下来几页包含一系列策略和想法，能帮你自立并在学科和课堂上进行创新。

卡罗尔·德韦克

如果你“尚未”熟悉卡罗尔•德韦克（Carol Dweck）的“尚未”评价策略，建议你今天就试试！卡罗尔•德韦克在TED演讲《“尚未”的力量》中讨论了这一内容。这简单的两个字可以用于向学生进行口头反馈，也可以记录在学生练习本上的形成性反馈中。比如我口头上说：“这个不列颠之战的概述很有用，但你‘尚未’比较白天的入侵和夜里的入侵之间的差异。”这样，教师可以指导学生专注于反馈来进行提高，而不是专注于总结性的评价，不去阅读有助于提高学习的反馈，或是根据反馈有所行动。

今天就看她的TED演讲吧！

吸引然后建立联系

为了吸引学生并与他们建立联系，你需要激发他们的灵感。下面的想法是很简单的改变，但却非常有用。

吸引学生的好点子

1. **教室布局**　改变教室环境；放些新颖有趣的玩意儿；改变教室器材的摆放；从家里带些东西来激发和挑战思维。
2. **充满激情**　确保你对自己的教学有激情。如果你不热情，那么学生又怎么能热情起来呢?
3. **清晰明了**　清楚地表达你的期望和容忍界限。必要时予以适当的表扬或惩罚。
4. **庆祝进步**　追踪学生的进步，让他们看到每一小步如何把他们引向更广阔的前景。提供获得成功、称赞和庆祝的机会，并考虑把卡罗尔·德韦克的“尚未”职业素养引入你的课堂以及口头反馈中。
5. **竞争**　时不时地营造竞争感，为团队协作创造机会。

把学生联系起来的最佳方法

1. **了解他们**　这条建议非常简单，但是知道每个孩子的名字，了解他们的个人情况却很有意义。
2. **提供选择**　总是能让学生进行选择，让他们有控制感。
3. **提供多样的选择**　作为选择的一部分，找机会让学生单独、成对或成组工作。多样性的选择是成功的关键。
4. **提供展示机会**　鼓励自我反省、自我提升，并让学生有机会在同学面前公开展示自己的作品。
5. **找出促进他们成长的动力**　多花时间研究什么能够激励你的学生。当孩子本人不在场时，你往往能从其他同学口中获取关于这个孩子的趣事。课后一次小小的交流，就能给你提供很有用的信息以备后用。

吸引学生另一个重要方法是创造性地使用课堂资源。反过来，你也能因此享受精心安排的、启发人心的课程。

制作启发性资源的最佳创意

1. **访问教学网站**　调查在线的教学资料，包括使用社交媒体，挑选出与你和你的学生有关的想法。如果想要改编这些资料，要确保已经得到了允许。
2. **在学校里转转**　每所学校都是卓越的学术中心。无论你想创作什么样的教学资料，学校里马上就有人能实现你的想法。你会惊奇地发现，有很多教师没有在教学楼附近散过步。我很好奇自己多久才能遇见一次几年前在另一个部门见过的人。如果职业持续发展的负责人在学校各个部门安排培训课程，那将会很有趣。对于教师来说，这将是一个很好的机会，让他们了解其他教师和部门如何在课堂上展示资料和教学技能。我要再强调一下，我的首要建议就是："离开自己的部门去转转……今天就去！"
3. **参观博物馆和美术馆**　你可以参观博物馆或美术馆来获得灵感。安排一次课后参观，约上两三个同事一起实地体验一番。
4. **用你的废弃物品建个小宝库**　你可能会感到惊讶，家里有这么多的废物都能变成教室里的宝贝。回收任何东西之前，可以考虑在屋里留点空间归置课堂项目能用到的东西。在家里找一找可用于激发课堂故事、问题和讨论的工艺品。把它们收集在一起，每半学期把它们带去学校。你还可以考虑在自己的社交媒体上发发广告，让关注你的人捐些物品。
5. **跳出思维定式**　任何地方都可以用于进行课堂教学。可以考虑在便携式显示器、旋转门、桌子、窗户或天花板上展示图片或文本。试试可不断保存和使用/更新的数码显示。

现在你已经是"资料达人"了，是时候策划真正具有启发性的课程了。

启发性课程的重要提示

1. **立即开始**　　你正在做什么或者在什么地方，都没关系，你可以立刻就开始。这是我给你的第一条建议。
2. **热身活动**　　学生们喜欢制造混乱，但他们讨厌拼写测试。为什么不试着用学习活动把两者结合起来？试试“掷雪球”吧！你拼三个单词，学生们把它们写下来。数十秒，让学生们把纸片揉成“雪球”互相抛，然后停下来。再重复两次，攒够九个关键词。接着打开纸片，互相进行简单的拼写检查。或者继续游戏，快上完课时再进行拼写检查。
3. **计时**　　把计时器设定成3分钟，让滴答声成为教室里唯一的声音。给学生一些时间安静地思考，以巩固他们到现在为止听到或讨论过的内容。让他们记下一个要互相提问的问题。
4. **巩固学习**　　在上课的过程中巩固学习，可以把这称为中间阶段或是对教与学的回顾。不管叫什么，都要计划定期回顾每个人的学习情况。这不是一次简单地展示课堂进步的小报告，而是让学生真正巩固学习的机会。
5. **课堂反馈条**　　课堂反馈条是一个学生向教师反馈课上所学的好办法。但是，如果你从不跟进反馈信息的话，要求学生完成这些就毫无意义。把跟进反馈信息纳入这节课或者下节课的上课内容吧。

付诸实践

- **投影仪**　　这个工具能捕获图像和视频并实时投影到屏幕上。我最喜欢的一种方法是让学生完成一项任务，与此同时我也在摄像头下进行操作，并把它实时投放到屏幕上。这个办法能极好地捕捉学生的想象力。
- **让学生作为领导者和榜样**　　在抗性材料课程中，我用不同颜色的工作围裙区分学生，从而可以直观地显示学生在课堂上取得的进步。这个办法我已经用了很多年，并用在不同关键阶段的长期设计纲要中。让学生成为学习的领导者，并且扮演教师的角色。久而久之，其他学生就会向学生领导问一些他们自己本应该知道答案的问题，或者在不愿意问教师的情况下向学生领导求助。无论哪种方式，一旦开始运作，你都要密切关注学生向学生领导寻求帮助的情况。学生向自己的同学学习也有不利之处，他们会养成求助的习惯，而不是靠自己的力量取得进步。

- **数据跟踪**　在一对一的反馈、小组反馈、跟踪和激励中，数据跟踪对于一系列课程的差异化和目标设定非常有用。要让学生参与进来，并鼓励他们理解这一过程。
- **笔记本电脑、手机和手持设备**　这些我都用过，并且很幸运地从中受益。但是请注意，有时信息通信技术也会让你失望，你不得不求助于传统的非创新教学策略。在此我有两个建议：a）先不管学校的基础设施如何，找出可靠的信息通信技术；b）如果这些都不行，那就使用实物教具进行讨论。例如，“看这部手机，现在它无法使用，我们该怎么办？”（把讨论应用于课程的情景中）
- **更新并重温你之前教过的课程**　你可能曾经给不同的班级多次上过特定的课程或内容，第2年过后，你可能做梦都会梦见这些内容，它们已经深深印在你的脑海里了。但是，重复同样内容可能会让你丧失激情。不如尝试以完全不同的方式来为你的课堂注入活力。多穿插些活动吧！

潮湿多风的星期三

这是个潮湿多风的星期三。来上课的学生有可能很不安分。因此，你有必要调整课程计划，来适应学生的心情和天气。我并不是说你要降低期望，我的意思是你可能需要减少或改变课程计划的安排，以及对他们完成的结果的期待。我的首要建议是在上课之前留5分钟的缓冲时间。可能只是做做深呼吸，或者发发呆这样的小方法，让学生们在上课前安稳下来。

这天下午还有可能会雷电交加，如果发生这种情况，那就麻烦了！教室里、走廊上，哪儿都能听到孩子们的尖叫。不管你做什么，也不管你多有经验，你都会败下阵来。更糟糕的是，你还无法预料这样的事。那你该如何扭转这种混乱的局面？在YouTube上找个和自己学科相关的视频，声音要大，要能吸引学生，教室的灯开着，不用关，调高音量播放吧！

开展丰富的课外活动

你在面对自己的学科时会感到沮丧吗？

你是否陷在自己的课堂里，想知道如何才能往工作里注入一些吸引人的特质？

我的建议是：和另一位教师一起或自己独立引导一些课外活动！

当你的教学已经稳定，你也变得有韧性，而且能够灵活地教学时，你就会开始想要进行创新了，特别是在你的部门之外。这时你可以为了自己的健康而考虑参加课外俱乐部，或者考虑在部门内部为自己班的学生和其他教师开展丰富的活动。这不局限于与学科相关的活动，它可以是你感兴趣而且想在学校与学生分享的事。比如，天文学、国际象棋或是像卡波耶拉这样非比寻常的新奇事！

> 教师必须为丰富学校生活，弘扬学校精神做出积极的贡献。
>
> ——英国教育部《教师标准》

我为学校生活做出积极贡献的那段时间正是我想远离自己部门的时间。我带领过许多男女足球队取得荣誉，也带他们到过伦敦许多寒冷、潮湿和泥泞的足球场。我多次参加爱丁堡公爵奖探险活动，还多次和语言部及体育部一起到欧洲各地出国旅行。

开展课外活动的价值

开展课外活动的原因有很多，选择不同的课外活动对你和学生会有不同的收获。课外活动能：

- 帮助与学生建立良好的关系
- 帮助打破师生之间的障碍
- 帮助你作为教师来了解学校生活的另一个方面
- 让学生有时间放松休息
- 发掘学生在学习之外的其他技能
- 提升学生的学术能力
- 提高学习的价值
- 帮助他们培养出色的团队合作能力
- 帮助孩子全面成长
- 让学生和教师都可以为丰富学校生活多做贡献

- 消除课程压力，同时能在不知不觉中强化学习
- 消除学校规定的压力
- 促进积极的行为

现在就开始参加俱乐部吧

- 国际象棋俱乐部
- 桌游俱乐部
- 学校广播
- 校报
- 体育运动队的管理员
- 天文俱乐部
- 读书俱乐部
- 野生动物与环境俱乐部
- 园艺俱乐部
- 电影俱乐部
- 科学、技术、工程和数学（STEM）俱乐部：3D打印、机器人、编程和工程
- 辩论会
- 校务委员会
- 艺术俱乐部
- 摄影俱乐部
- 音乐团体
- 戏剧俱乐部
- 爱丁堡公爵奖或童子军

- 摇滚合唱团
- 烘焙小组

听其他教师和自己的课

教学的艺术就如同买新床的艺术：有很多不同的风格，你必须选择适合自己的床；你必须考虑不同的床垫，并试试看它们是不是适合你的身高、体重、睡眠方式……这不是很快就能做出决定的，而是需要大量时间进行尝试、评估和反思。当然，适合20岁的你的床和床垫不一定适合40岁的你。

没有一种教学方法是一直完美的，你的教学应不断进行调整、完善和评估。就像你的学生人数和群体一直在变化一样，你的教学方法也是一样的。我不再是20年前的那个教师了，当然也不是去年的自己了。我一直在改进自己的工作，评估自己的实践。

在过去的3—5年中，我的教学思想发生了很大的转变。我一直在带领其他教师的教学工作，处于这样一个特殊位置，意味着我需要确保自己处于最佳实践的最前沿，带着教师们一起前进。

如何完善实践

完善实践的关键是细节。在我看来，这是关于变得越来越具有反思精神，关于我们将在下一章讨论的维特鲁威式教学的关键要素。你最好的职业持续发展是访问其他学校，并且去听校内外其他教师的课，这一点值得反复强调。

理想情况下，所有学校都应落实一种机制让你可以听自己的课。解决方案有很多，但从根本上说，这还是取决于你的学校能不能建立一个健全而有意义的系统。如果你感到孤立无援，无法融入这个系统，那你可以从网上买个便宜的便携式摄像机。

> 完善自己实践的最好方式，是去听其他教师和自己的课。
>
> @TeacherToolkit

快速的博客回顾

关于听课的想法：外科医生和手术刀

在这个极具启发性的博客中，前英国皇家督导团成员罗伊·布拉奇福德（Roy Blatchford）从听课人的角度对听课进行了讨论。

> 几年前，我躺在外科医生的手术台上，局部麻醉，让医生从手腕上切除了一个良性的黑色素瘤。主刀医生精确地切开以后，把手术刀给了一位初级医师。不到30秒钟，他就拿回了手术刀，显然是不满意切口的方向。他马上对我和那位初级医师说了一些安慰的话。
>
> 我突然想到一件事，在英国皇家督导团，如果我只是在学生离开教室后说一些评论的话，那么我这次的听课对教师就没有多大用处。我可不想外科医生让他的学生继续朝错的方向切，结束以后再给他反馈。我的手腕对我来说太珍贵了。
>
> 从手术刀下离开的那一刻开始，除了正式督查外，我很少有听一节课不互动的。

你会干预吗？如果你发现，课堂发展的方向和计划的不一样，或者“学习”的因素似乎没了，你会介入吗？你要怎么介入，何时介入？要做到这一点，并把它做好，是个精细的技能，需要广博的知识和经验。如果干预措施实施不力或时机不当，可能会造成有害后果——损害专业精神，甚至在学生面前“丢脸”。但是，如果处理得当，对教师和学生都将大有裨益。

当我读到罗伊·布拉奇福德的博客时，里面讲的碰巧与我通过视频技术听同事上课的情况一样，那是我第一次在听课时使用入耳式指导，为教师提供可以借鉴的实时反馈。在某种程度上，这相当于外科医生的手术刀。我在教师教错方向的时候及时喊停，并马上提供反馈。

像这样的远距离观察，我在教室外通过一个小巧的耳机与教师交谈，能够在整个听课的过程中进行指导、探查和提问。这样做的目的是帮助教师厘清一些错误概念和他们遗漏的微小行为和学习片段。这是我第一次意识到自己能够帮教师在正确的时间做出正确的行为。那是我听其他教师课20年来的一个转折点。

我们刚结束，就一起讨论了教学内容，并观看了这节课的录像。在播放课程录像的过程中，那些我介入支持或质疑的地方都是敏锐而且显而易见的。我们一起详细讨论了这节课，并用软件记录了问题、提示和反馈。遗憾的是，软件无法记录我的辅导和指导提示，就在那时，我突然意识到又错失了一个良机；让潜在的（新的）听课人观摩我这个老听课人是怎么提供指导和反馈的（或者至少听听我的评论）。

在任何一位教师的职业发展中，让他们观摩听课人（在课程中）的指导都是很有意义的。我们是否应该经常这么做，以免自己坐井观天？学校是否应该更加努力地设立三人听课小组，以便教职工可以自由地互相听课？我觉得我们都应该朝着这一目标努力。

考虑下面的问题……

1. 我们在什么时候要继续冒险，打消停止尝试的想法？

2. 主刀医生（听课人）应在什么时候接过手术刀，以阻止教师教错方向？

3. 你多久会当一次听课人，干预学生或教师？

4. 如果你进行了干预，影响或结果是什么？干预的反响怎么样？

5. 学校如何建立一种模式，让教师可以在课前、课中和课后观摩听课人是如何听课并提供指导反馈的？

你能做什么

想一想：

- 你上一次听其他教师讲课是什么时候？
- 你又再去听他们的课了吗？
- 你从这个经历中学到了什么？
- 你能提供什么反馈？
- 你什么时候让这位教师根据你的反馈意见采取过行动？
- 你自己是否回顾过？

更重要的是：

- 你上次看自己上课是什么时候？
- 你上一次切实地反思自己的课堂实践是什么时候？

请记住：完善自己教学实践最好的方法是听其他教师和自己的课。

问题反思

教学：

1. 你是否一直对所有学生寄予厚望？

2. 干预的重点是否突出并符合学生的需求？

3. 你是否在课程任务之间进行了过渡？

4. 你如何知道什么时候该说，什么时候该停？

5. 你是如何使用肢体语言和手势来配合指示的？

6. 你是否使用一些小手势来鼓励学生参与？

行为：

1. 是否学生一有分心迹象你就处理了？

2. 你如何处理课堂上吃东西的行为？

3. 你对学生的训诫是否因为班里其他的学生而升级？

4. 你的行为管理方法是否具有一致性和系统性？

5. 如何在课堂中断后继续上课，而不让学生继续关注先前的行为？

学习态度：

1. 学生是否表现出高度的参与、礼貌与协作？

2. 赞美是真诚的吗？还是另有目的？

3. 学生是否具有独立性和责任感？

4. 学习是否会持续进行？

只有当你去听课时，无论听别人的课还是听自己的课，你才能理解并回答这些问题，并让它们帮助你完善自己的实践。通过接受指导和辅助可以让自己更容易找到这些问题的答案。如果你有机会成为其他人的指导人，请牢牢抓住这个机会！在你从教的第2年或第3年，这是非常好的职业持续发展。

但是，请注意。在听同事讲课并提供有意义或不随和的反馈之前，你必须具备相应的基础知识，并确保学校支持你的行为。

行动建议13：录下自己的讲课过程

今天就拿起摄像机给自己录像吧。你不会后悔的……只有最坚强、最有韧性和最具反思能力的教师才能真正创新。主动拍摄自己的实践并分析自己的教学，这是最具创新性的方法之一，它可以帮你自我成长和提高。如果让我决定的话，我会把分析自己的教学视频写进《教师标准》中，使它成为强制性的。

利用教育行业新信息上好一堂课

无论采用哪种教学方法，你都要把丰富的知识和技能带入课堂，把对学习的热爱传授给学生。

在最初的几年里，你可能很容易忘记这一点，因为你正在花时间去掌握教学的艺术，处理课堂上复杂多变的情况。但是只要稍加努力，你就可以把这些课堂技巧与你上学时所学的学科知识结合起来，这对你的学生大有好处。

所有教师必须对学科和课程领域的发展表现出批判性的理解，并提高奖学金的价值。

——英国教育部《教师标准》

不管是从教的第1年还是第40年，每位教师都有责任持续了解学科知识、课程和评价的变化、考试标准以及学术研究的最新进展。

教师们，尤其是新入职的教师在他们教书的头几年，非常缺乏时间，他们几乎没有机会在学校里阅读材料。在校外的时候就更难了，大多数教师只想懒洋洋地躺在沙发上开瓶酒喝。

正如我之前说过的，如今比20年前容易多了。只需按一下按钮，我现在就可以分享学生的作业，让全世界的教师都看到，并获得即时反馈。这在10年前是闻所未闻的。通过社交媒体，你可以更轻松地跟上学科的发展。更重要的是要整体上紧跟时代的发展——教育的发展速度比以往快得多。

请记住，本节全是关于让你如何紧跟时代步伐的。

你需要紧跟什么

所有的这些——在一个理想的世界里：

- 最新的政府立法
- 最新的教育新闻
- 你所在的团体关于专业学科教学最新策略和研究最新进展的消息
- “如今的孩子们”的兴趣所在
- 生命、宇宙和一切——毕竟，你正在帮学生准备在不断发展的世界上工作！

你该怎么做

我的建议是阅读，但要选择时间去做，并仔细选择阅读的文件。当然，这完全取决于你是哪种类型的教师。我早就明白了一件事，那就是你不能什么都看，而且很可能你什么都不会读。我们平常工作太忙了，大多数情况下，一回到家教师就会让自己放松一下。

然而现实是，大多数教师在离开教室前都在批改、做计划、写报告、计算统计数据、备课和阅读。下面我列出了一些想法，可以帮助你紧跟时代的步伐——也许是以你没想到的方式——你可以把这些想法融入你的通勤时间，或者说这是让你更快、更聪明地跟上时代的简单方法。

紧跟时代的步伐

- **与同事交谈**　我衷心建议你参观其他学校，听同事的课并与同事交谈。和同事们在学校“谈论教学”的时间永远都不嫌多。
- **阅读教育博客和网站，并在推特转载**　我喜欢通过博客、电子邮件和推文分享想法，并保存文章以供阅读。我的在线阅读清单很丰富。把有用耐看的内容保存到收藏夹中，并阅读适合本学年当前阶段的文章。
- **阅读政府网站并订阅特定主题的电邮提醒**　这将通知你最新的演讲、咨询和新出版物。然后，你可以选择要关注什么。
- **报纸**　阅读全国性报纸上的教育文章，并关注其教育部分。无论是每周末阅读，还是在假期中专门看特定领域的文章，哪种做法最好，要靠你自己来摸索。想跟上发展的步伐，除此之外没有别的规则。
- **播客**　并非每个人都有时间或意愿坐下来看报纸，或花几个小时在电脑上阅读博客。对于那些上下班开车时间较长的人来说，教育播客是一种了解工作各个方面最新情况的理想方式。
- **书籍**　市面上有很多很棒的书，但是你得慢慢来。我看了一眼自己的书架，大约有30本教育书籍，其中大部分都没动过，也没有读过。有一些我是跳着读的，只有一小部分仔细读了。建议你尽可能地多读，即便你没全部读完。对待它们就像选冰激凌的口味一样——选择你想要的。
- **了解学生**　如果你可以适当地了解学生，并找出是什么使他们活跃起来，你就可以安排课程来启发他们，让他们对未来做好准备。要锻炼自己以满足他们的需求。

- **充分利用课外生活**　　你课外的经历不但有益于你自己的幸福，也能帮到课堂上的你：结识其他职业的人，你就能对自己的学生可能会从事的工作有更多了解；你的爱好和兴趣能为你提供灵感，让你以有趣的新方式来教授特定的主题……
- **职业持续发展**　　参加培训课程。这是你真正应该做的事！职业持续发展可以是正式的，在学校内部或外部，也可以是非正式的，由你自己决定，例如，在放学后的傍晚或周末参加教学会议。如果你参加线上活动，你将对教师会议非常熟悉，并且你还会发现，相比学校毫无新意“一刀切”的培训日，教师会议能以多种方式影响你的课堂实践。

行动建议14：寻找新方法、新灵感

与时俱进对你作为教师的工作是必需的，但这不是这样做的原因。与时俱进的原因是为了使你的教学和课程保持活力，启发学生，激发学生的兴趣。如果你用5年前流行的方式教一群充满好奇心的12岁的孩子，那么你很可能会发现自己教的内容现在根本行不通。要寻找新方法和新灵感。你会喜欢它的，你的学生也会喜欢的。成为维特鲁威式的教师，不断前进吧！

工具包12：使用投影仪等信息技术工具

曾经我在黑板上教书，后来我使用投影仪教书。再后来，9月的一个

晴天，我们系获得了一个互动白板，可供6位教师使用。我们轮流预订那间教室！教师可以向学生展示屏幕上的内容，但是我们永远订不到这个好东西。几年后，每个教室里都有了白板，一夜之间改变了教学方式，至少我们是这么认为的。

又飞快地过了几年，信息技术进一步发展，我上课的方式更加多样化：笔记本电脑、手持设备、投影仪、交互式教育网站、课程计划工具、推特、能够在家庭与学校之间传输资料的技术，等等。

教学变得具有创新性、互动性和启发性。

如今的信息和通信技术

如今没有信息和通信技术手段，我们将寸步难行。科技已经牢牢掌控了学校生活的方方面面，所有的学校和教师都必须接受它。我不说你也知道，大多数学生比教师（当然是我们这一代教师）更懂信息和通信技术，我们这代人一直都在努力追赶潮流。我们生活在科技的世界中，这正是我们的学生所熟悉的世界。

今天的讨论是关于互动白板以及其他所谓的“教育科技”的价值。有个问题非常重要：信息和通信技术能否有助于学习，提高学习的成效?

教学与学习是学校工作的核心，影响着我们所做的大多数决定。在我看来，信息和通信技术能力在教育中地位非凡，与读写能力和计算能力同样重要。我相信它对学生的学习和成绩的提高大有裨益。但是，正如任何经验丰富的教师都会告诉你的那样，你在课堂上使用什么技术、怎么使用它并不重要，重要的是你为什么要使用它，以及如何能帮助学生学习和进步。

信息技术手段和课程的联系越来越紧密，它是计算和编程不可或缺的一部分。如何使用技术以及为何使用，在确保学生在这一新的重要课程领域取得预期进步上意义重大。他们掌握的知识和技能，能运用于学校的其他学科。如果教授信息技术课，维特鲁威式的教师就必须跳出思维定式。

关于信息技术的10个建议

下面是肖基·巴卡尔（Shawki Bakkar）关于信息技术的10个建议（排序不分先后）。

1. 上课之前，准备好所有技术性（耗时）部分。

2. 所有计算机是否都已开机、登录？想象一下学生花15分钟才拿出课本的情景，你不能像这样浪费宝贵的课上时间去开机、登录。

3. 学生是否一直需要计算机？你这节课实际上需要信息技术手段吗？

4. 使用信息技术会增强学习效果吗？还是你只是为了这么做而做？并非每位设计与技术课教师每节课都要使用这些设备！

5. 你正在缩小差距吗？要考虑所有的学生，尤其是优等生，你在课内外该如何帮助他们？

6. 学生是否具备预期的基础知识和技能？如果所有程度的学生一起上课降低了效率，需要重新教些什么？

7. 学生在家能学习吗？不要回避这一点。请记住，你可能需要一些差异化的处理，尤其是针对那些弱势的学生。

8. 你将如何给学生提供反馈？线上，还是书面？如果学生课下无法使用信息技术怎么办？

9. 你将如何向学生展示反馈示例，帮助他们形成好的做法？学生根据你的反馈将如何采取行动？

10. 你能提供什么样的辅助技巧来提高计算或编程能力？你要怎么做？

工具包12：使用投影仪等信息技术工具

投影仪能把图像实时投影到屏幕或墙上。它可能更适合与视觉相关的学科，但我认为它对任何学科和课堂都有很大影响。

· 投影仪非常适合现场演示教学，把学生的作品放在镜头下当场反馈，减少学生进行修改要用的时间。

· 它还很适合圆桌讨论。如果便于携带，教师在课堂上可以随时用投影仪把图像传输到白板上向全班同学展示。

· 有了技术，如果学生再有一些课堂允许使用的便携式设备，那就更好了。你可以把授课电脑中的任何图像传送到他们手中的设备上！

我曾给一群好动的学生上课，虽然总是想让学生在教室里少走动，但这不是我的主要目标。使用投影仪是经过实践检验的，我已经用了20多年，我至今依然使用它，并且用得最多。相信我，这种“实时反馈”技巧在课堂上永远不会过时。永远不会！

当学生得到鼓励并且鼓励学生形成了一种风气，他们会很喜欢看镜头下实时展示的同学的作品。作为一种教学技巧，这个策略的风险较高，需要非常稳妥的行为管理技巧，还要有浓厚的氛围来鼓励所有学生参与、喜爱、支持课堂上所进行的活动。

当信息技术在课堂上不起作用时

说完了信息技术的奇妙之处，我工作过的学校还没有哪所能真正做到让信息技术驱使学生学习，而不是仅仅帮助他们学习。对我来说，许多学校在技术方面仍然很落后。

造成这种情况的原因令人唏嘘，通常是由于经济原因或学校的领导策

关注推特

推特名称：@ICTmagic

真实姓名：Martin Burrett

他的工作是什么？小学教师、演说家。

专业方向？教育技术手段的专家。

为什么要关注他？Burrett不仅风趣幽默，还在线分享了优质资料；他还管理着面向英国教师的知名社交媒体论坛@UKEdChat。

略。信息技术领域被严重地低估了。由于追逐热点以及私改规则，为了实现目标，信息技术还经常被回避。有的校长认为信息技术基础设施，以及需要频繁淘汰的设备开销太大；考虑到（伦敦）一所大型中学每年的费用可能超过10万欧元，这种顾虑不无道理。

即使是投资了设备的学校，如果不对设备提供支持，也会遇到问题。你可以在教室乃至整个学校都装上强大的工具，但是如果没有强大而且训练有素的IT网络团队的支持，以及用于排除故障的强大基础架构和系统的支持，信息技术设备将成为摆设。我工作过的学校拥有让任何教师都能顺利教学的全部必需设备，包括一个人可能需要的所有信息技术设备。但是如果没有合适的系统来支持它，就像我之前说的那样，信息技术对教学和学习只能起到辅助作用，而无法起到驱动作用。

课堂上使用信息技术的主要注意事项

- **重复发生的成本**　支持和维护设备需要的重复成本是多少？教

师通常会忽略这一点，例如每年的场地许可证、可能需要更换的部件以及使用设备需要更新的软件或人员培训。

- **培训**　无论在课堂上使用什么设备，都需要进行大量的培训，这很重要。我想工作的学校是支持个人在课堂上使用信息技术知识和技能的学校，在课堂上使用信息技术的教师，在教师培训日能与其他同事一起促进课堂上的学习。
- **支持**　正如前文所述，你的学校需要有支持信息技术的系统。如果没有可用的信息技术支持，还有许多网站、推特和博客上的教师能给孤立无援的教师提供一些帮助。

行动建议15：利用信息技术设备

行动起来，今天就开始创新！无论你是在一个还是多个教室中上课，你都能找到支持你教学实践以及学生学习的信息技术设备。信息技术能根据你已经在书面上使用的方法，帮你把传统的教学方法变得更有互动性。如果你能用好它，你的教学水平就会飞速提高！

教师工具包的必备技术工具

投影仪、无线网络、教师和学生人手一台电脑、数码相机、视觉效果器、头戴式耳机、扬声器、iPad、U盘、遥控键盘、话筒、遥控器、蜂鸣器、互动白板。

工具包13：制作并实施跨课程教学计划

把跨课程教学纳入你的计划、教学以及批改作业中，可能是一个非常困难的挑战。写在纸上很容易，但是在教学中尝试解决这个问题却并没那么简单。

我所在的学校近期有个培训日，我们将每个单独的工作计划穿插到了整个第3阶段课程规划中，这在我记忆中还是第一次。也许你能想象得到，我们制作了一个学校所能制作的最完备的文件。在教师培训日的时候，教师们能够直观地查看其他部门为不同年级的学生讲授的相同或相似的内容。他们可以发现重复和差异，从而改进课程，以减少或省略特定主题的重复部分。

制作这份文件，只是其中的一部分；我们虽然有计划，但还没有结果，也许我们可以考虑将来再设计这些。我们将反向设计课程，从一开始就明确预期的结果。

> 教学和学习的质量永远不会超过课程的质量。
>
> ——亚历克斯·阿瑟顿（Alex Atherton）

我现在的校长向我传授了我以前常常忽略的课程价值观。

优秀的工作计划是学校课程的基石。它们不只是被写出来而已，它们是用来教授的。工作计划要相互联系、连贯，并且有一个共同的目标：让学生进步。对课程的根本支撑是其内部的评价结构。二者相辅相成，当然课程也不能完全受评价驱使。这对任课教师有什么影响？你在其中扮演什么样的角色？我把课程计划和跨课程联系分为三个部分：短期计划、中期计划和长期计划。在每个部分，我将提供一些做什么和不做什么的实用建议。

从中期计划开始!

从中期计划开始，你已经做好了基础组成部分，如有需要再回去调整。与其他部门沟通你的想法，以使每个人都知道你和学生正在你这门学科里做什么。一旦完成了这个，你就可以开始进行长期计划和短期计划了。一个理想的开始是在网上存一个文档，让每个人都能在线编辑。

中期计划

中期计划可能涉及持续数周的项目。有时还要为“停止工作日”做计划，这天时间表上暂停一天，所有年级组的学生聚到一起学习特定的专业知识、技能或经验。

你的中期计划应保持学科、知识、技能和经验之间的平衡。需要考虑内容该如何讲授，不同课程之间的关系是什么。它们与信息技术、读写能

跨课程实践

我在学校工作时，看到过一个最好的跨课程实践的例子是，学生使用创业技能来设计和销售他们选择的产品，这些技能是他们从个人、社会及健康教育课以及商业研究课上学到的。这些技能都用到了学校礼堂的“市场”里，整个学校包括所有教职工全天都在这里，轮流体验设计理念和一手的产品。赞助商和专家应邀参加，提供建议并观察整个过程全天的进展。这是一次很棒的活动，把所有的学校团体汇聚在一起，培养了学生的一系列技能，这些可以用在他们学的所有科目上，甚至出了学校也能用。

力和计算能力有什么联系？不同学科之间的关系是什么？即便可能不在当前的工作计划中，哪些课外机会也应当被提供？

当你计划进行一天跨课程教学来处理具体的主题时，比如性教育、毒品或是持刀犯罪，请确保所有教职工这一天都能到场。我看到过许多不认真的教师把这些困难的主题抛给整个年级组，让年级组为学生提供重要信息。由于缺乏结构安排，或者教师不对主题提供适当支持，就来让其他教职工后续跟进，这些教学并没有预计的那样成功。如果教师自己都不重视这些课外活动的主题，我们又怎么能期望学生去重视它们？

短期计划

短期计划中的任何跨课程的联系，都要考虑进来。我的意思是，教师为了一节课要经常记录学生在其他学科学习的内容。这样的事通常是偶然的、意外的或者是前一天刚好在教师休息室聊天时提到了。但这不是短期计划。跨课程的联系，需要和学科带头人以及督察组的人认真探讨，而不能只是在教师休息室或走廊上随便说几句。

应该做更多的工作让教职工聚在一起，讨论跨课程的联系。这决不能只留给系主任或负责编写工作计划的教师去做。所有的教师和部门都应该知道其他人在做什么。最好的学校确实是这么做的，曾经与我共事的最优秀的那些年级主任，他们能确切地知道全年中每个部门每个年级组的情况。每个人，包括学生和家长，都要知道该期望什么，该在什么时候期望。

这是短期计划永远无法实现的，这就是为什么我说：从中期计划开始！

工具包13：制作并实施跨课程教学计划

为你的短期跨课程计划做一个简短的概要。不一定要有明确的时间或日期，但可以是一份说明想法的清单。这样如果有机会，例如在教师休息室讨论时，你手里就有一个能跟其他部门讨论的文件。当你需要把学生带到另一门课堂或参与学生的日常活动时，例如需要他们从家里带东西到教室，这就非常有用。

关注推特

推特名称：@DigitalSisters

真实姓名：Emma Robertson, Charlotte Robertson

她们的工作是什么？两姐妹，社交媒体爱好者和Digital Awareness UK联合创始人，为帮助提高学校的网络安全标准而奔走。

专业方向？ 社交媒体专家！

为什么要关注她们？因为她们致力于引导年轻人在网络世界中安全地成长。

长期计划

这里讨论的不是花大量时间来安排一项工作计划。长期计划是指为一整个学年，或者为一整个关键阶段的课程做计划。在写作本书时，社会氛围关注不同课程阶段后的生活，学校和教师有机会根据课程变化来思考长期规划。这对每个人来说都是重大事务，不可能在一个教师培训日就弄完了。这要求全体教职工齐心协力，不管是在部门中还是单独，都要制订完善的短期计划、中期计划和长期计划并将其纳入工作计划中。长期规划将需要不断回顾。

学校、学年的设计以前可以让教师在夏季学期完善工作计划，在考试期积累一些“附加时间”。但是这变得越来越少了。考试期的时间大为缩短，许多学校都正在着手或是考虑把新学年从九月改为从六月或七月开始。教师们做长期规划的时间比以往任何时候都少了！

有些优秀的课程模式正在学校里风行。我的建议是你要考虑学校的愿景，并把学校的价值观纳入你学科的工作计划中。如果你从这个角度出发，就可以更容易地完善长期规划，改善你学校的风气。

不要局限于你的学科

无论是什么专业的教师，都应该明白高标准的读写能力、表达能力和正确使用标准英语的重要性，并且有责任促进这一进程。

——英国教育部《教师标准》

作为一名新手教师，我从未思考过读写能力的重要性。我的意思是，批改练习本时我有责任准确地批改，重点关注拼写、标点和语法，但我从未真正考虑过不遗余力地去提高学生的读写能力。当然，随着时间的推移以及我的实践不断完善，我现在对待这个事情非常认真。

我永远不会忘记年轻时作为班主任的一次经历：学校为所有学生布置了一个暑假作业项目，要求学生汇报在暑假期间学到的东西。我记得改一份作业时，碰见了一个不熟悉的词。作为一名25岁的教师，被学生家长质疑我的单词拼写知识，质疑我的专业素养，这使我真正认识到了读写能力的重要性。这个教训对我很有帮助。我不仅清楚地记得那个单词（gaol/

jail），而且还知道了提高标准的重要性。更重要的是，我在职业生涯的早期就得到了一个教训，那就是，作为教师你不可能无所不知，承认“你仍在学习中”比假装什么都知道、自己永远是对的，要更安全。知识也会随着时间逐渐增加！

你可能会（也可能不会）惊讶，教学中存在着大量的刻板印象和学科偏见，教师也会固守自己的学科。不只一位教师说“我的学科比你的学科要好”，确实有这种情况，但这有时可能会让孩子拒绝学习你的科目。

这么说话的教师可能对另一门学科缺乏了解，或是对学校里教这门课的教师有偏见。不管是什么原因，这种想法对所有人来说都是危险的，你应该尽可能避免它。否则，你就是在损害你的同事，破坏学校的团结和价值观。更糟糕的是，你可能会把这种偏见带给学生。

这与跨课程的长期计划有什么关系

很简单。如果你在学校里不支持其他同事和其他学科，就可能会导致整个学校课程被修改，从而无法满足学生的需求。请记住，我们在学校里不能只为了自己，我们的工作是教书育人。我们常常会忘记，所有教师和学科齐心协力让一切变得更好是至关重要的。

跨课程计划 = 工作保障

如果课程设置合理，那么教学与学习都可以更有效。

如果教学与学习都更有效，学习行为会更积极。

如果学习更积极，家长就想要把孩子送到你的学校。

如果家长把孩子送到你的学校，政府就会进一步资助你的学校。

有了政府的资助，你的学校会非常受欢迎，教师们都愿意来这里工作。

在人人都想要去工作的地方工作，你会觉得工作的地方很幸福，你的工作也有保障。

希望你现在已经了解长期计划的重要性，并把它做好。

在你的学科中建立跨课程的联系或许不难。真正的挑战在于学校，学校要给教师时间去做计划，去安排优先顺序，以便在课堂上建立长期的跨课程联系。这件事不能只凭运气，你应该非常重视。如果学校没有给你时间进行长期计划，请立即去提出要求。现在就去吧！

行动建议16：在跨课程教学计划中进行创新

迪伦·威廉（Dylan Wiliam）为美国中学入学考试写了一篇很出色的论文，名为《原则性课程设计》（*Principled Curriculum Design*）。从这个文件中可以引用的内容有很多，但我在这里只选了一小部分，希望可以激励你在跨课程计划中进行创新：

除了规定的全国性课程外，任何学校都可以自由地教授自己想教授的课程。真正的课程，即年轻人在课堂上的日常表现，需要教师的创造性投入！

工具包14：如何推动自己的职业持续发展

这可能是整本书中我最喜欢的主题之一。我一直都是反思型教师，但是自从八九年前领导全校职业持续发展以来，我就开始非常重视职业发展。这是从我个人的经历中体会到的，而不只是出于我领导他人的职责。

我把这个内容放在本书的“创新”部分中，是因为一旦你在教学上站稳了脚跟，你会更有信心去考虑自己的职业发展。根据你自己的需求和你在学校中的角色，这将会有所不同，并且需要一些思考。并非所有的教师都会把自己的职业发展视为优先事项。除了快要退休的年长教师，还有入行不久的年轻教师。也许是因为他们在学校缺乏职业持续发展的机会，但忽视自己的职业发展，他们可能会过得不太开心。职业持续发展对教师的幸福是很重要的。

在自己的职业发展中进行创新

在自己的职业发展中进行创新非常重要。不幸的是，并非所有学校都能支持你做自己想做的事，而且学校的需求与部门的需求之间，以及与你自己的需求之间还可能存在分歧。为了能做到完全掌控，我亲自处理职业持续发展的问题，并在自己的教学博客@TeacherToolkit上定期进行在线反思。在这个过程中我的自我反思能力不断提高，我的读者人数每年都能增长100万。随着对我博客阅读需求的增加，我发现我需要反思学校生活的方方面面以及我所做的一切。

我一直很清楚这么做是为了我自己的职业发展，而博客上的反馈表明，它促进了全世界很多人的职业持续发展。这只是如何进行职业持续发展创新的一个小例子，但会对你自己（以及许多人）的职业课堂实践产生不可思议的作用。

> 强有力的职业发展能帮助孩子和教师走向成功。
>
> ——教师发展基金会首席执行官大卫·韦斯顿（David Weston）

反思有效的职业持续发展

对学校、学校领导和教师个人而言，牢牢把握职业发展这一点至关重要。考虑以下反思性的问题：

1. 学校里良好的职业持续发展是什么样的？在你学校里是什么样的？

2. 对你而言，良好的职业持续发展是什么样的？你是如何得知的？从何处得知？

3. 职业持续发展如何能帮助你的学生？

4. 职业持续发展提供哪些后续支持？

5. 你对职业持续发展在你课堂实践中产生的影响有何评价？为何作此评价？该如何评价？何时作出评价？

> 教师必须系统地反思课程的效果和教学方法。
>
> ——英国教育部《教师标准》

通过反思“有效的职业持续发展”，教师能：

1. 共同承担职业持续发展和教与学的责任。

2. 维持自己的职业发展，使其成为一个持续发展的过程。

3. 定期评估职业持续发展对学生的影响。

4. 支持彼此的职业发展，包括更关注彼此的进展。

5. 用研究、创新和证据来支持职业持续发展，但并不总是如此。

扫描此二维码，关注“培养优秀教师”，这是教师发展基金会的学术研究。

学科知识

学科知识在“听其他教师和自己的课”中有更详细的介绍。这里，我只谈对你学科领域的职业持续发展的要求。

教师必须对相关学科和课程领域有充分的了解，能培养并维持学生对该学科的兴趣，还能答疑解惑。

——英国教育部《教师标准》

你不能仅凭5年前获得的学位来实现这一目标。你对学科知识的掌握要靠你的教学经验，以及你和学生一起对课程和评价框架的解释。没有实践经验，理论就无从应用。这些都能影响你是什么样的人，你是如何教学的。它们还能明确你的职业持续发展需求，如果它们不能，别人也可能会告诉你！

好的职业持续发展是什么样子的

对我而言，一次性的职业持续发展活动对教师的影响不大，除非这在学校是优先事项，而且能吸引人参加，具有启发性，还能对个人教学实践具有意义。将来要留有机会对职业持续发展进行巩固，留有时间对其进行回顾。如果没有计划进行反思，那么职业持续发展的提供者就没有前瞻性思考，教师也没有时间去评估培训的效果。职业持续发展必须能对第二天上课有用！

我参加过很多“教师培训日”活动，次数多到我都记不清了。我还策划并开展过上百个“教师培训日”。在我参加的最具启发性的活动中，有99%的都是和同事们一起的学校内部活动。其中几次最震撼的活动是由和我关系最好的同事们自己组织的。

过了20年，能对我产生影响的职业持续发展活动，我用一双手就能数得过来。也就是说，在我整个教学生涯中，平均每隔1年才有一次振奋人心的培训日。这远远不够！

教师职业发展的标准模式的思想基础是，教师缺乏重要知识。导致的结果是教师知识很渊博，但在教学实践中却没有那么大作用。

——迪伦·威廉

为什么要审视职业持续发展

近年来，许多咨询都指出，提供给英国教师的机会：

- 依据不足

工具包14：如何推动自己的职业持续发展

下面是我对教师个人的职业发展的一些建议。

1. 参加一次教学会议。

2. 加入Twitter或Facebook小组，和志趣相投且教授同样课程的教师联系起来。真希望我1997年就有Twitter账号，那样就能更快地学到东西，更快地改正错误了。

3. 加入你所在学科的专业协会。例如，我隶属于设计和技术协会（DATA）和学校与学院领导者协会（ASCL）。我每月都会收到一些出版物，让我能及时了解全国新闻，与自己学校以外的人们保持联系。随着时间的推移，我已经能够向两家协会的出版物投稿，并在全国分享自己和学校的课堂实践。

4. 为职业发展分配足够的时间。一天的时间掌握不了任何东西。

5. 花时间参与一些校外对个人发展有意义的事情，把它们与你在学校其他的优先事项相平衡。例如，硕士学位——能让你在很长的时间内持续投入，对你的专业以及学校都有益。

6. 具有出色职业发展模式的学校鼓励为教师选择具有自身特色的职业持续发展道路。除了承担日常职责之外，还要考虑在部门内外能有多种选择。

- 无法充分关注学生的具体需求
- 质量参差不齐
- 落后于国际同行

教师必须通过适当的职业发展、回应同事的建议和反馈来改善教学。

——英国教育部《教师标准》

如何为你和你的学校计划有效的职业持续发展

教师培训日和职业持续发展会议不应该是随机选择的事件，而应该是对个人、小组及学校的一系列有针对性的、优先的有效机会。如果你正在为其他人策划或是自己参加教师培训日，你要从更广的角度去看。

- 要记住，职业发展首先是要帮助教师更好地教学，让学生能更好地学习并取得进步，这一点很重要。你最希望（教职工）在会议中获得什么样的关键体会？
- 你必须尽早思考想让教师在培训日做出什么样的成果。它可能是新的学习方案、工作计划、课程计划、新的课程方案等。让教师的学习能帮助提高学生（以及各个教师的）学习成绩的最佳方法是什么？
- 人们经常忽略活动参与者的幸福感。想想教师怎么才能学得最好，是通过大的问题、高质量的输入、协作或合作学习的机会……？优秀的职业发展要结合现场演示或输入、交流和讨论学习的机会、思考和反思的时间，以及定期的休息时间让教师们一起讨论和社交。有时，差异化的元素很有效，它让教师自己选择会议来满足他们不同的需求。这需要在整体架构中仔细地设计。

职业持续发展常见问题和解决方案

如果你发现自己正在领导他人的职业持续发展，那么：

1. **不要照着幻灯片读**　我们都碰见过这种情况。尽管如此，为了缓解紧张，我们甚至自己也会这么做。“信息输出”是参加各种形式培训的人最讨厌的事，不管是在校内还是校外。

可行的措施：提供讲义让教师提前阅读。如果不能满足，一天里留点时间让教师消化信息并与同事或演讲者进行讨论。然后在你的陈述中，只关注关键信息。这能确保及时把信息传递给观众，并抓住他们的兴趣和注意力。你能与观众更紧密地联系在一起，也会更有趣，更令人信服。

2. **不要在演习开始时检查内务信息**　简介、内务和火灾警报演习是必要的，但却不是最重要的。到目前为止，这是所有培训活动中第二糟糕的部分。要让当天的真正目标远离这些信息。

可行的措施：在印好的议程上，向所有与会者提供内务信息和简介，在同事们就座时把信息展示在屏幕上。

3. **不要超过议程上发布的时间**　我相信每个议程都能简短精炼，刚好在分配的时间之前完成，能让与会人员离开时心情愉快。开会时不要计划过多的内容，不要让问题、最后一刻宣布的事情以及讨论使你的会议超时。

可行的措施：在最后一次茶歇之前多请人提问题。只要有可能，在茶歇时和其他教师单独聊聊，单独回应问题。通过这种方式，可以大大减少把全场听众都绑住的问题。此外，还可以预先解决问题，在投影屏幕上展示关键信息，或者在教师们出入会议室时发放额外的常见问题解答材料。

4. **不要让教职工会议干扰了培训**　当教师聚到一起时，目的应该明确。

教职工会议应在校历的1265个指定时间内举行，并用于信息发布和全体教师聚会。教师培训那几天的时间应该专时专用，只用于教师培训。永远不要让教职工会议侵扰教师培训日！

可行的措施：确保你的培训活动有不同的形式，并说明教师们聚到一起后要做什么，以及他们在发展的过程中能得到什么。策划多个研习会，教师可以选择参加或退出，确保有多个活动可供选择，全天都有参与或退出的灵活性。

5. **不要忘了做点务实的准备工作**　要是我们都坐在一个房间里，但感觉太热了，或者太冷了。这样简单的外部因素就可能导致体验的好坏之别。因此，职业持续发展负责人考虑房间状况及参会人员体验就尤为重要。检查外面是否有噪音，投影仪是否晃动，显示器和视频资源是否就绪这些可能会导致会议失利的因素。还应考虑桌子的摆放、字体的大小、白板笔是否干了、开关门的噪音，大会议室里还要提供麦克风。

可行的措施：仔细检查，反复检查；为以防万一，做一份后备计划！

6. **不要使用低质量的视频文件**　也许有个视频文件很有启发性，甚至与你想强调的要点相关，但要确保在这一领域进行过全面的搜索。在社交媒体世界中，可供我们使用的材料越来越多，甚至可以说是太多了。四处搜索，找找能够避免无脑广告、音频质量差以及业余人员发布的视频内容。

可行的措施：多做调查。确保任何视频都与你的内容相关、具有启发性而且简短精炼。请信息技术人员帮你把选择的视频转码保存在电脑上或记忆棒上，以便：你当天知道文件仍然存在；你可以确保文件中不会出现广告；你可以避免当天出现任何网络连接可能导致的问题。

7. **不要屈服于缩写文化** 作为教师，缩写词是我们日常生活的一部分：DfE、HMI、SEF、EAL、TA、CPD等。全国各地的学校有成千上万的缩写，有些是学校专用的，有些甚至是部门专用的。我并不愤世嫉俗，但也请不要增加我们的负担了。实在没必要每新出一个学校行动计划，就弄一个新的缩写词。

可行的措施：不用新的缩写，也能使一个想法看起来很新颖。可以制作独特的标识，或使用特别的字体或颜色，来突出你的想法。如果培训日涉及的主题包含大量新的政府缩写词，那就可以在讲义上做一份缩写词列表，以供听众参考，并且在演示的时候也要慎重使用缩写词。

聚在推特上讨论职业持续发展

我给一些和我在网上联系的教师推送了下面的问题，这是他们的回复，字数限定在140个字以内。

问题：说一件在较长时间里对你职业有很大影响的“职业持续发展的事”。

- 加入能出版期刊、提供课程和网络的专业学科协会。全国英语教师协会（NATE）和英国国家舞蹈教师协会（NATD）都非常棒。（@DebraKidd）
- 真正让我开眼界的是学习什么。它指的是在教育事业中要有自己的观点——问问“我们要做什么”“我们为什么这样做”这种重要问题。（@lMlssChalk）
- 利用领导力——按照一个有效的行动步骤，每周听课10分钟。反馈、示范并实践，直到准确无误。（@Benita_Simmons）
- 攻读硕士学位，继续研究。学校的工作应以依据为基础。没有它，

事倍功半！（@ RobCampbe11）

- 找机会与许多同事一起计划和讲授职业持续发展。我在主持活动中以及从合作的同事那里学到很多东西。（@ASTSupportAAli）
- 唯一的一个有持续影响的职业持续发展，是我的教育学研究生证书。虽然不能教会我所有的事情，但它告诉我如何继续努力。（@ DisIdealist）
- @SLTCHAT在周日傍晚非常有用，能形成并分享那些定期与同事们聊天获得的想法。（@SSGill76）
- 参加教学会议拓展了我对教学工具的认识，使我掌握了更多的教学技能，也增加了与英国教育事业内部的联系。（@ActionJackson）
- 我取得了教授英语作为附加语言的研究生证书——毫无疑问，这对我的实践影响最大。（@HeyMissSmith）
- 20年前的一堂即兴课至今对我仍有影响——我们像“学生”一样去“上课”，真的很有用。（@Sue Cowley）
- @FUTURELEADERSCT对校长职位的基础培训。开始后的1年内成为校长，并在持续的支持下继续努力。（@TGriffths123）
- 当你持续学习并不断被观察时，和一位有经验的伙伴一起在半开放学制的环境中工作吧，这就是团队工作。（@RehanaShanks）
- 阅读并写博客、在Twitter上讨论想法、时不时在课堂上实践。（@ Informed_Edu）
- 儿童保护培训对我影响很大。我现在知道了如果孩子发现一件事情，要做什么，有什么是要注意的。（@NancyGedge）

CHAPTER 4

COLLABORATIVE
如何开好一场家长会

当我们坐着双层巴士经过伦敦著名的地标性建筑时，老师们都在讨论课堂教学的想法，分享对他们教学实践产生影响的经验……这真是不可思议！

形成与别人协作的心态

在我的职业生涯中，每个工作日我都需要同事的支持。在一所拥有1300多名学生和200名教职工的大型中学工作，帮助别人或接受帮助都是必需的。

团队合作是至关重要的，无论你是和其他同事一起协作，还是参与整个部门、整个年级组、整个学校的项目。你也许可以单独工作一小段时间，表现出一定的韧性，但如果你从一开始没有形成合作的心态，那么随着时间的推移，你对学生和同事的影响将非常小。

协同职业发展

在你从教的第4年，你可能会碰到自然减员的危险。因此，你要专注于重要的事情，忽略那些无稽之谈，并与领导团队携手合作，发展一个更强大、更具支持性的学校群体，同时兼顾你自己在学校内外的幸福。

为了使我们成为维特鲁威式的教师，学校必须给予教师一定的自由，并提供财力支持，让我们能够投身于有意义的长期职业发展，而不用担心遭到评判。具有这种文化的学校才可能培养出积极性很高的教师，这些人愿意继续在学校工作，除非是要升职到其他地方、搬家或到其他教育部门工作，才会离开学校。

到现在为止，你已经度过了职业生涯的形成时期。你作为一名教师的基础已经奠定，风格也已经成型。现在是时候好好培养你的课堂实践，享受并改善你之前所做的事情，然后承担起学校的某种职责。你正在变成维特鲁威式的教师。

在我从教的第6年或第7年左右，在带领自己的部门成功通过了一次“英国教育标准局”的学科督查之后，我考虑辞去在这所学校里的工作，去尝试一些不同的东西。我觉得我已经把所有能做的事情都做了。然而，从后来的情况看，我当时远远没有发挥出自己的全部潜力！我部门的同事也没有发挥出全部潜力。从那以后，这些教师都继续在自己的部门努力工作，并和我一样教书至今。我们这个部门真的很棒，它具备真正的团队精神，在学校生活的跌宕起伏之中大家能互相支持。

协作与支持

要在教师行业取得长期成功，你需要在同事的支持下，培养一定程度的韧性、进取心和创新能力。你还要能在各种情境下支持他人：辅导和指导新教师；支持教职工制定适合自己的职业持续发展计划；进行评估和绩效管理；帮助同事度过个人或职业上的困难时期。为了在自己的职业生涯中取得成功，你需要在自己的课堂之外进行合作。我认识的教师没有一个是靠一己之力就能在职业生涯中做到非常优秀的。

成功的协作不仅仅需要你同事的支持，还需要更广泛的群体的支持。当你开始承担整个学校的责任时，你需要更频繁地与家长、学校理事以及学校的访客进行接触。随着你与学校其他人一起工作的经验不断增加，你的韧性也将得到提高，你的个人能力也需要加强。你将开始突破教室的限制，看到学校的另一面，看到同样工作环境下另一个共存的教育领域。这是一个迷人的世界，你将开始与其他专业人士、顾问以及你自己学校的同事一起工作。

这一章包括什么

在本章中，你将发现与校内外同事协作意味着什么，以及它对你作为一名专业人员的影响。

- 我将讨论如何创建和共享自己的课堂资料，并进一步利用这些资料。
- 然后我会探讨与同事协作的重要性，并解决在他们面前讲话的困难。
- 我将解释如何在课堂上与其他人合作，以及如何组织你自己的职业发展活动，包括如何与其他学校的教师合作来促进你自己和他人的职业发展。
- 我将讨论如何辅导其他同事，如何在一些场合中为其他人考虑得更周到。例如，家长会或学校晨会。
- 最后，我将检视更大的情境——与当地的社区以及与当地和外地学校的教师协作。

如果不跟其他人分享想法、资料和时间，我就无法成为今天的我。在你职业生涯的各个阶段，不管是多么小的需求，都需要同事花时间来帮助你。

与同事互相助力职业持续发展

协作的关键是为了对学生有益，同时也为了对自己成长有益，为了能够高效地与同事一起工作，并促进他人的职业发展。真正且有意义的职业发展，只有在教师相互协作的情况下才能实现，至关重要的是，不要失去这样做的动力。教师在学校里很容易忙于自己的事，所以要确保你能在部门和学校的内外持续分享。

本节以书中“如何推动自己的职业持续发展”部分中的思想为基础，更加注重借助同事促进我们的职业发展。不管你是新入行的，还是像我这样的老手，每位教师都必须全力进行同事对同事的职业发展，以成为真正的维特鲁威式的教师。

同事对同事的职业发展由什么构成

- **简单谈话**　在你的教学生涯中，你会有意无意地寻求同事的关注和反馈。你从教的最初几年中，这种情况会经常发生。在我工作过的最好的学校里，教室的门总是开着的。当然，你会自然而然地去找那些已经成为你朋友的同事，但我的建议是，去你的部门或年级组之外，找一个“批判性的朋友”，一个你信任但更多的是工作关系的同事，这个人可以在你最需要的时候提出公正的批评。
- **听课**　你如何处理同事来听课的情况？最近一段时间，这对许多教师来说成了一种可怕的事情。不过，这种文化现在正从一种一次性听课判断转变为一种持续性的支持和回顾（参见“听课”部分和“职业持续发展”部分）。这种正在变化的文化意味着，教师现在可以仔细听取听课的反馈，而不是被一次性的评价打分所左右。反馈可以更有意义，听课也可以根据每位教师的特点进行。
- **联合长期项目，如课程研究**　课程研究在英国是一种相对较新的实践，但在日本已经有一个多世纪的历史了。它是一种特殊的听课方法，教师以小组（通常是3人小组）的形式来计划、实施和回顾听课结果，重点是看学生能从听课中学到/达成/获得什么，而不是看教师做什么或不做什么。
- **教学会议**　诸如教学会议之类的非正式会议（例如，researchEd、

TMLondon、SLTeachMeet和Northern Rocks）是一场相对较新的基层教师培训革命。这些会议一般通过社交媒体进行组织，组织者和参与者都是教师，在英国各地的学校和大学举办。大多数活动都列在这个网站上：

这种强有力的职业发展活动欢迎所有教师在平台上分享课堂上的实践经验。对于那些参加的教师来说这是一种转变，而对于那些敢于站出来在同事面前演讲的教师来说更是如此。这一切都是为了让同事们聚在一起，在会议环境中分享最佳实践，并听取其他教师的意见。在我看来，这比由公司组织的会议要好得多，那种会议要求学校花300多英镑，派一名教师在当地酒店参加为期一天的活动，唯一的收获就是一顿难忘的午餐！教师会议是令人兴奋的职业持续发展活动，第二天回到课堂上就能产生效果！

- **校内的教学会议**　这就像它听起来的那样：一个教学会议式的职业持续发展活动，供同一所学校内的教职工参加，没有外部访客在场。在指定的训练日或黄昏时间举办。所有参加的教职工都要在同事面前进行分享。根据我的经验，教师们不愿意在自己学校的同事面前讲话。学校内部的教师会议比标准的职业持续发展日相对随意，这种非正式的方式有助于减少教师在同事面前讲话的恐惧感——这有利于学校内部的合作精神。这种职业持续发展是一种教师培训和资料共享，需要在工作日时在学校进行，而不能仅仅是在学校指导时间进行！我想让学校内部的教学会议成为常态，成为大家的范本。

毫无疑问，我给人的印象是非常热衷教学会议的。但是，即使我们能够而且都应该这样做，这也应该与我们自己的优先事项和单个教师的需要相平衡。

如果有什么是我建议所有的教师都去做的，那就是参加由教师们组织的当地教学会议。

@TeacherToolkit

工作，更确切地说是职业持续发展，不可能总是那么吸引人的。要获得显著的发展，有时需要努力工作，但有时努力工作——或者长期的职业发展——并不有趣。作为一种选择，你可以在很长一段时间内继续参加教师培训，提高你的职业持续发展体验……

我的伦敦巴士教学会议

当然，教学会议的模式非常多样。我之所以知道是因为我曾经在伦敦的一辆公共汽车上为50名乘客（教师）组织了一次教学会议！当我们坐着双层巴士经过伦敦著名的地标性建筑时，老师们都在讨论课堂教学的想法，分享对他们教学实践产生影响的经验……这真是不可思议！

协作式同事对同事的职业发展的主要建议

教师的顾虑：听课人背着自己向其他教师谈论自己的课。

解决方案：制定学校职业发展行为准则，确保听课内容保密，而且只向被听课的教师反馈意见。

教师的顾虑：当着你同事的面演讲更让人伤脑筋——你第二天还要再见到他们，这会让你感到尴尬！

解决方案：记住，我们都是教师；我们都在同一所学校工作——尽管是在职业生涯的不同阶段——而且很可能我们都有相同的感觉！这并不尴尬。

教师的顾虑：在你同事面前分享是很尴尬的。

解决方案：没有冒险，就没有收获。如果你不分享，你就永远不会知道别人是否有同样的感受。输赢都很正常！

教师的顾虑：在学校的教师培训日里站起来发言。

解决方案：并不是每个人都适合这种方式，但它却对人的成长很有帮助。试着在培训日中组织会议，在教室里以小组的形式轮流发言并且展示，来增加自己的信心。

教师的顾虑：在一个外部活动上站起来发言。

解决方案：如果没有练习过在自己学校的同事面前讲话，这么做你可能会觉得不太舒服。就我而言，培养了在同事面前讲话的能力之后，我发现自己与不认识的同事交谈时更加自信了。找到适合你的方法。

教师的顾虑：与全世界分享你的资料。

解决方案：从小处开始。与同事分享你的资料，然后与附近学校的教师分享。如果反响良好，就把你的资料上传到一个网站或博客上，并与全世界分享。

为有需要的同事提供辅导和指导

没有比辅导或指导另一位同事更有意义的事了。你早年接受了很多的指导，现在你很快就有机会自己这么做了。可能是指导下一批的见习教师，指导另一名新入职的教师，或是以特定的重点帮助他们改进教学。

辅导

辅导可用于各种情况下的各种人员：

- 最近获得教师资格的教师与刚刚获得教师资格的教师一起工作
- 部门主任与最近获得教师资格的教师一起工作
- 一位教师辅导另一位教师
- 领导层成员指导部门主任
- 心理学家、辅导员、失语症专家之类的专家或顾问与一位教师一起工作

内容包括：

- 做课程计划和/或听课
- 提供课程反馈
- 对项目、资料和课程进行回顾

指导

指导适用于多种人群和多种场合：

- 需要求职帮助的教师
- 就一群学生寻求建议的教师
- 与职业卫生官员一起工作以建立信心的教师

- 向学校董事寻求建议的经验不足的校长

指导对你的职业发展至关重要，我建议每位教师都和各个教育部门的同事们多多相处。经常和能给你提意见的朋友联系，诚实地全面评估你自己的知识和技能，征求四五个其他同事的反馈意见。你可以与你的助教合作，以解决指导者所反馈的问题。

如何开好一场家长会

你应该为每一场家长会做好充分的准备。当然，我所说的“家长”不仅限于父母，还可以是其他监护人，比如叔叔、婶婶和堂兄弟……相信我，每个人都有可能在“家长会”上代表学生出席。

规则一：永远不要迟到。是的，说的就是你，教师！

规则二：穿着得体，如果这是学校的期望。

规则三：知道每一个学生的名字，熟悉他们！

规则四：微笑，倾听，期待建立或加强关系。

规则五：在谈话结束时，告诉对方一个重要的信息。

我一直很善于遵守规则一和规则二，但第三条是我一直努力想要做好的。为什么呢？因为我自己的专业性质限制了我去认识每一个学生。课程时间限定在8到12周之间，学生轮流来上设计技术课。这与在其他科目上教一个孩子整个学年完全不同。不过，我相信这让我有了一个很好的条件，能够在家长会上传授关于如何了解学生的建议。我认为技术课教师是中学里在为应对家长会制定策略上最有优势的教师。在这一节里，我将提供一些自己应对家长会的生存策略。

家长会生存策略

1. 预先准备

- 了解你班上的每个学生。准备一件你可以谈论的事情。
- 为每个学生准备一份短期行动计划。这可以是作为备忘录的简单要点。
- 准备一张简单的明细表，上面有你必须讨论的关键标题。（注：对于最棘手的学生，如果能见到他们的家长，我总是会要一下手机号码和电子邮件地址。总是如此！）
- 为父母或监护人安排一段短时间的提问。

学生：

上课出席率和准时率：________________

课堂准备，如设备、练习本和家庭作业：________________

课堂的重点，例如态度、参与度、团队合作和个人努力：________

行为表现：________________

一般的班级作业：________________

形成性/总结性评估：________________

评论/带回家的消息：________________

想要/需要联系时的联系方式：________________

谈话内容：________________

行动计划：________________

- 也安排一些时间让学生问你问题。如果他们没有问题，就设计一些关键的“封闭式”问题来梳理他们的想法。
- 如果你手头有学生照片、练习本或范例文件，这些都会对你有帮助。
- 在桌子上放一块表或一个时钟，以确保你能按照预定的时间进行。这也提供了一个潜意识的暗示，时间是宝贵的。
- 带一瓶水和一片咽喉含片。咖啡或茶可能会有短暂的帮助，但水对于教师保持清亮的嗓子来说是必不可少的。

2. 开个好头

我知道提供这样的建议有点可笑，但是基本的人类原理始终可以发挥作用，不管你在和谁说话，也不管谈话的背景如何。当你向父母或监护人打招呼时，从椅子上站起来，微笑着和他们握手。即使是在与最难相处的父母或监护人打交道或是交谈时，这也会有很大的作用。文化背景因素也要考虑进去，比如有时可能不需要握手。

3. 要有后备计划

如果你们没能开个好头，那就扭转局面，问学生父母想知道什么。提供一系列的建议——毕竟，你是专家——要允许父母或监护人选择他们希望了解的信息。你可以借着谈论“表现”或“进步”来增加一些你想交流的信息，或者在那种情况下适合交流的信息。父母想知道他们能做些什么来帮助孩子。打开交流的大门是你的责任。

4. 知道该如何与行为不良的学生家长或监护人交谈

在这种情况下，我总是只把谈话引向学生。我坚持不让父母和监护人讲话。要做到这一点需要很大的自信，并且要一直坚持下去。但如果你能引导谈话，让学生找到自己的解决方案，并与家人坐在一起，是可行的。你会惊讶地发现，在谈心的时候真的有很多家长能按照要求不说话。提出特定类型的封闭式问题，以指引对话走向可能的行动计划。这是一个成功的策略！

最终，你希望你的信息能被倾听并接收。你需要得到父母的支持，因此你的信息要简洁明了。在谈话中，如果你能找到一个中间地带——即使是最难接触的学生——不让他们感觉自己是在被数落或是自己不够好，那么你已经在进步了。

5. 保持谈话正常进行

有时，谈话可能会偏离你想说的方向，或者转向父母或监护人“想让你说的话”或者“他们想听的话”。这时候要回到正题上去，尤其是在你从教的前几年里，更要做到精确和沉着。对于最难应对的学生，要有一个简洁的计划，并对谈话中的争议之处有所准备。如果你没提前计划，对话将会变得非常艰难，你要让自己做好最充分的准备。紧扣主题，不要偏离！

在这些情况下，保持冷静，并参考你的明细表。抓住重点，保持简单。不要刺激谈话，也不要问引导性问题。如果你被质问了，一定要用你的关键句子或反馈来反驳。这可能很困难，但意识到自己保持了专业性并冷静处理了状况，你就会感觉好一点。

6. 结束会面

如果你事先规定了会面结束的时间，就能很自然地结束。如果没有的话，你可以使用两个非语言的暗示，来结束正在进行的积极或消极的对话。它们是：在你总结完的时候，站起来握手道别；或者把你身后其他排队等待的父母作为结束谈话的“暗示”。如果没有其他父母在等你，或者你需要结束谈话，就用前者吧……

角色扮演时间

情景1：一位家长和学生来见你，你站起来握手，却忘了孩子的名字！

对策1 使用你的教师记事簿、登记表或数据跟踪表。

“你好，请坐。请在这张名单上找到你的姓氏，我来（赶紧翻翻）查阅一下你的数据/练习本/家庭作业。”

当你查找文件（或范例）时，你可以瞄一眼学生在教师记事簿中指的是哪个名字。

对策2 在手边准备一个最新的座位表。如果你真的一时想不起来名字，这是个很好的视觉提示。如果座位表放了学生照片，就更好了！

情景2：能明显看出，来之前父母和孩子发生了冲突。你说的话可能会使不稳定的局面更加糟糕。

对策1 这个学生在你的课上做得很好，所以你可以提出有意义的表扬，帮助缓解他们之间的紧张关系。这常常会使学生对你和你教的学科产生好感。

对策2 你有问题想和这个孩子讨论。你做出了提前结束会面的专业决定，并解释说你将在一周内给父母打电话。

情景3：需要一个翻译。

对策1 你相信学生能够在双方之间准确地传达关键信息。然后你所需要做的，就是利用你的观察技巧来解释面部表情和语音语调，并用大拇指表示赞成或否定。

对策2 很明显信息没有传达到位，对话变得非常简短。这会令人感到崩溃，尤其是当你想传达好消息、明确的反馈或者严厉责备学生的时候，你会希望家长能百分之百地理解你的意思。安排一次晚些时候的会面，让学校聘请一名翻译。

最佳做法

1. 如果有语言障碍，请安排一名翻译。
2. 在你和孩子、家长之间达成三方协议。
3. 在积极的介绍和结论之间要给出明确的改进建议。
4. 带一瓶水帮助你补水。
5. 准备可与学生及其家长或监护人分享的工作示例。

最坏做法

1. 躲在笔记本电脑或一堆作业后面！

行动建议17：让学生对自己进行量化

要求学生对自己进行量化，表明他们迄今为止的整体表现。

这个简单的操作可以揭示出关于孩子的很多事情，比如他们的自信……扮演辅导者的角色，鼓励学生公开交谈。坚持让父母扮演倾听者的角色，让谈话的重点清晰明确。要利用这段对话，在你、学生和他们的家庭之间建立一个充分协作的行动计划。

1. 考虑到目前为止的整体表现：出勤率、行为表现、努力程度。
2. 让学生在量化表上标出他们的个人设想。
3. 用这个数字作为衡量他们表现的指标，你也能通过它看出他们的自我感觉。让他们和你一起设定口头目标，为了在量化表上达到更高的目标。
4. 设定两到三个目标，并分出优先级。
5. 在家长会结束时拍一张量化表的照片，并在下节课中与学生分享。

2. 对学科、学生或学生的进步没有信心。

3. 让家长掌控谈话走向。

4. 让家长利用这些信息来斥责他们的孩子并贬低谈话的价值。

5. 由于别人的干扰，学生无法参与谈话，例如：全家人都在那里会让学生分心，尤其是当有一个两岁的弟弟或妹妹扰乱谈话的时候！

工具包15：共享课堂教学资料的注意事项

作为教师，我们喜欢在自己的社群内以及与本地其他学校的教师们进行合作，尤其是当我们需要其他同事的指导、帮助和专业技能时。分享和关心是我们与生俱来的本能！

把最好的实践进行分享的理念和观点永远不会消亡。这是一件好事，作为教师我们都应该相互分享想法；在预算紧张的情况下工作，获取新的想法来帮助学生进步就变得更加困难了。然而，由于社交媒体的影响，教学资料的格局正在发生变化。今天，我可以在网上分享一个想法，并且马上就能从自己专业学习网络（PLN）中的同事那里得到即时反馈，这些教师要么与我教授同一门课程，要么对我在网上分享的东西有同样的兴趣。这种反馈有时影响颇远，有时甚至能传到世界各地——这真是令人振奋！我相信我们都能做到。

但是，如果其他人不赞同或不认可你的想法该怎么办？更糟糕的是，别人拿着你花费心血制作的工作计划去卖钱牟利该怎么办？你会有什么感觉？如今，围绕版权和教师自由分享资料的问题比以往任何时候都更加复杂。社交媒体已经使各种思想和资料充分地“为我们所用”。博客也允许教师保存回忆，分享他们自己在教室里和学校里的思考和想法。在过去，我们已经习惯并且也被局限在把资料上传到特定位置以共享、访问和下载，但网络世界正在改变教学实践和资料共享的方式。

在你的部门内以及与学校里的同事共享资料

正如我之前说过的，我们都应该互相分享资料和想法。理想情况下，在你的部门和学校里，这应当是团队努力的结果。

如果资料是免费共享的，通常要向资料所有者询问并提供正确的所有者信息，尤其是在线共享资料！

在你的部门内，可以指派一人负责准备部门或学科的工作方案。他们可能会自己承担为你们创作资料的工作。但是，一个人制作资料的缺点是质量和内容会有局限性。更好的办法是建立一个系统，让你和部门的其他同事都能贡献资料。

如果你的部门主任建议你们每个人轮流为大家准备资料，那就要好好利用这个机会。事情就应该是这样的。这能带来一种更具协作性的文化！

很久以前，在一个很远很远的地方……

教师在纸上通过布告板、复印机和邮寄共享资料，后来逐渐开始使用影印机！教师们在一起工作是更具协作性的事情。随着社交媒体的建立，教师们可能没有意识到他们与自己同事分享的信息越来越少。浏览万维网会让人们从内部寻找专业技能的机会减少。

我要鼓励教师们做的就是离开电脑，到学校的办公室和教室去看看。与同事交谈并在教师休息室里寻求建议。我相信你会发现隐藏的宝藏——想法或资料就在你眼前。

不要低估自己所在学校的专业技能。不要忘记通过简单的讨论与同事分享想法、分享最佳实践，或只是在学校里转转寻找好主意的重要性。

在课堂之外与外界分享资料

我发现现在每个教师总是先在网上搜索资料，尽管他们面前就有现成的资料。教师们在网上分享以下各种信息：

- 免费资料
- 付费资料
- 文章和书籍
- 关于我们读过的书的博客
- 我们所教课程的视频片段
- 样展的照片和学生作品的图像
- 教学、批改和学生反馈的图像

这个清单是无穷无尽的……

强化知识产权意识

- 未经学校明确许可，最重要的是未经学生或家长/监护人的许可，不得在网站或社交媒体上发布学生作品的照片、视频或示例。
- 除非所有贡献者明确允许，否则不得在网站或社交媒体上免费或以其他方式发布任何资料。
- 如果你自己在学校创作了资料，在公开上传之前你应该先核实一下你与学校签的合同。

教师对知识产权和教师资料所有权的意识普遍薄弱。学校在这一方面为教职工做的也很少。这可能不是一个问题，或者可能包含在学校与教师所签合同的细则中。有些教师的合同中有条款规定学校有权保留其在学校时所创作的资料。请查看你的聘用合同，以了解有关这方面的说明。

如果你不清楚这些对于在线共享你自己的资料意味着什么，最好的办法就是引起你直属上司的注意。这个问题我已经研究好几年了，现在把为教师澄清知识产权的最佳信息来源列举出来。

工具包15：共享课堂教学资料的注意事项

如果你是用自己的时间在家里创作资料，而不是在学校，那么据我所知，这些资料是属于你的。你挣的、花的，都是你自己的血汗钱！但如果你是出于自己工作职责而创作的资料，特别是在学校期间，这些资料就属于学校。关于版权的是非曲直，请阅读“学校与版权”（www.copyrightsandwrongs.nen.gov.uk）。这是至关重要的阅读材料！

免责声明：此处提供的信息仅供参考。我不是法律专家，你务必要确保自己的合法权利。

工具包16：如何筹备一次教学会议

这是组织你自己的教学会议的简单指南；这是目前英国所有教师和教育工作者都可以使用的最佳职业持续发展类型！

我的第一条建议是，在你自己计划之前，一定要参加一个别人组织的教学会议！参加的时候，研究活动的各个方面，从餐饮到票务，再到主办，以及如何与众多嘉宾一起组织节目。

教学会议指南

学校筹备教学会议的检查表

你的学校需要/能够提供以下内容：

☑ 学校高层领导的支持和同意，以及乐意参加且充满热情的与会者。

你需要另外两三个同事帮忙。

☑ 现场工作人员随时待命，直到结束，也许还需要一些学生助手在开始时分发小册子并提供指引。

☑ 开放式接待/欢迎仪式/学校地图，以及为来客打印好的姓名标签。

☑ 餐饮人员、设备和美味点心！

☑ 一个温暖舒适的场所，可容纳100—200人就座。

☑ 信息技术设施。

☑ 主持人进行欢迎致辞（最好是职业持续发展领导或校长）。

☑ 干净的卫生间和停车场。

☑ 一个负责售票的网站，以及一个推广活动的推特账户。

☑ 学校的联系方式、路线指引、活动信息（例如，时间和演讲嘉宾名单）和当地的信息（就餐和住宿地点）。

教师组织教学会议的检查表

作为负责组织的教师，你需要完成以下工作：

☑ 通过学校海报、举办网站和社交媒体宣传活动。

☑ 安排一名主持人和几名合作主持人帮助引导活动。

☑ 更新博客和教学会议网站上的信息；调动大家宣传这场会议！

☑ 使用Eventbrite（www.Eventbrite.co.uk）管理门票。通常至少提前2到3个月。门票一般在4周内售完，由于活动是免费的，至少有10%会退票。最好有一个后备名单，以应对退票的情况。

☑ 召集演讲人并整理活动记录。如果你想提高影响，就找一个主讲人。

☑ 寻求赞助和免费奖品。

☑ 为来宾准备好聚会地点，并在活动结束后留下来做整理工作！

☑ 跟每个人见面并打招呼，并以感谢和道别结束今晚。

☑ 让大家在会议室里热情地共享专业技能，相互协作。

☑ 确立活动的基调；鼓励轻松愉悦、大胆尝试的自由氛围。实现多赢！

工具包16：如何筹备一次教学会议

筹备一次教学会议在信息技术方面的准备主要有以下几项：

· **能支持超过100个用户的Wi-Fi网络** 使与会者能够使用他们的便携设备登录到一个有简单域名和密码的Wi-Fi网络。Wi-Fi网络的容量要能够支持100个以上的用户。这将使会场内外的人员都能在推特上关注有专门话题标签的对话，例如#伦敦教学会议。

· **主屏幕** 用来显示客人到达时播放的幻灯片和视频，以及演讲人的演示文稿；能够在演示文稿和用于随机选择演讲人的点名程序之间切换。

· **副屏幕** 向观众显示实时推特订阅量，字号大小要足够让房间后排也能看到。Twitterfall或TweetBeam都是可用的应用程序。

· **音响系统** 用于播放文稿演示和视频的声音，以及供演讲人使用的扩音器（最好是免手持的，如果使用免手持扩音器，请检查电池是否已充满电！）

· **不同硬件的连接性** 比如iMac、iPad和其他设备。

你能从中收获什么

- 100多名热情到访的与会者。真是太好了！
- 大量在媒体上提高你在当地学校的声誉的机会，以及与他人建立联系。
- 如果你鼓励所有教职工都来参加，那就为他们提供免费的职业持续发展建议。几乎所有与会者离开时都会收获新的想法、新的人脉、新的见解或进一步的机会。

- 一种你已经促成了富有成效而且逐渐发展的新风尚的温暖感觉。
- 让你在接下来几个星期里步伐更加轻盈……

关于赞助和奖品的最佳建议

作为对赞助或奖品的回报，可以在宣传材料中加入公司的标志。你可以附上一份简短的声明，以感谢他们的贡献，并把特惠信息传递给与会者。

在所有关于该活动的宣传中突出公司的名称。这些赞助捐款可以让社交媒体上成千上万的人看到，至少教学会议傍晚活动上的100人能看到。另外，还有那些通过音频和视频在线收听的人。预测可能通过社交媒体了解这次活动的人数；预估关注者的范围，并以此来吸引潜在的赞助商。

尝试让赞助商们：

- 赞助茶点
- 赞助会议包或用于装包的宣传单
- 赞助制作和印刷会议颁发的证书（可以加入赞助商的标志）
- 捐赠奖品：礼品券、免费订阅、相机、平板电脑
- 赞助网络上的实时音频或视频内容

5分钟教学会议计划

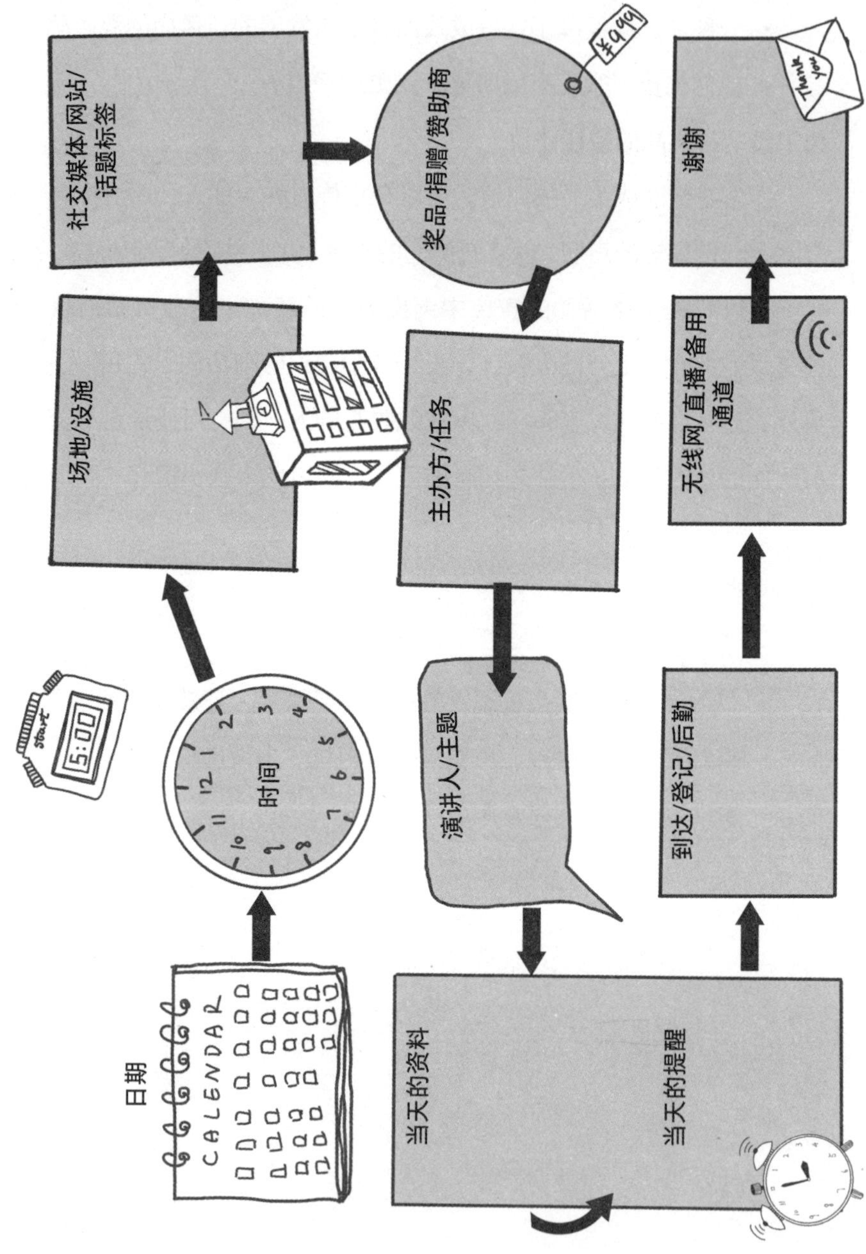
5:00
start
日期
CALENDAR
时间
场地/设施
社交媒体/网站/
话题标签
奖品/捐赠/赞助商
¥999
主办方/任务
演讲人/主题
当天的资料
当天的提醒
到达/登记/后勤
无线网/直播/备用
通道
谢谢
Thank you

工具包17：充分借用助教的力量

多年来，我与许多助教合作过，这里能给出的最重要的建议是：

教师们需要时间和他们的助教交谈来计划课程和讨论学生的需求。

这可能很困难。在曾经工作过的许多中学里，我很少能注意到出勤情况，因为孩子的需求经常变化。对于任何一个特殊教育需要统筹主任来说，要平衡学生、助教和教师的需求都是非常困难的。

> 教师必须有选择地部署辅助人员。
>
> ——英国教育部《教师标准》

无论如何，学生是第一要务。

作为教师，我们有责任指导班上的助教，即使我们没有时间和他们一起做计划，或者没想到他们会来班上！毕竟助教是来帮助孩子的，你需要尽你所能来帮助他们。

你能想象助教在整个中学里一个学科一个学科地跟着一个孩子吗？你能想象助教们全天为5个不同的教师提供支持，并且有可能一直到普通中等教育证书的标准吗？要是我的话会很艰难。助教几乎没有经受过应对这种需求的职业发展训练，但他们需要能够立即掌握你的课程内容，并能随机应变来帮助自己所支持的学生。他们的工作难度很高，需要你的支持和建议。

谢里尔·德拉布尔（Cherryl Drabble）致前国务大臣迈克尔·戈夫（Michael Gove）先生的关于助教的信

德拉布尔在信中针对削减助教数量的提议向这位曾经的教育大臣提出建议。她的信切中要害又慷慨激昂，绝对值得一读。以下是她的一些观点。

"他们（助教）是我拥有的最有价值的资源。"

"我们一起计划所有的活动，这样每个人都对计划拥有所有权，并能看到更大的情境以及我们正在努力实现的目标。"

"每个助教都根据他们的才能和兴趣接受了专门培训来担任特定角色。"

"没有人能像（他们）那样让孩子们理解我的课堂内容。"

"作为一名高级领导，我经常因为各种原因不能上课。你猜我不在的时候谁来当教师？"

点击这个链接，查看这封信原文：cherrylkd.wordpress.com/2013/06/08/letter-to-mr-gove-re-teaching-assistants-please-rt/

善用你的助教

教师必须与同事建立有效的专业关系，知道如何并且何时利用建议和专家支持。

——英国教育部《教师标准》

对与我一起工作过的数百名同事来说，最常见的困难之一就是调整（课堂中实时的）教学以应对所有学生的优势和需求——通过了解他们的生理、社会和智力需求，他们知道应在何时、如何适当区分不同类型的学生。

提示：善用你的助教!

教育捐赠基金会最近向教师和学校领导发布了一份题为“充分利用助教”的指导文件，其中说：“最近的研究表明，当（助教）受过良好的培训，并在有高质量支持和培训的组织良好的环境中使用时，他们可以对学生的学习产生显著的积极影响。”

研究结果提出了七项基于证据的建议，以帮助学校更好地使用助教，分为以下三个方面：

- “关于在日常教室环境中使用助教的建议。”
- “关于使用助教在课外进行有组织的干预的建议。”
- “关于将教师与助教引导的工作和学习联系起来的建议。”

扫描二维码阅读完整报告。

行动建议18：充分了解、借用助教的力量

· 给助教一份资料复印件，让他们自己准备。

· 提前与他们分享特定课程的背景。

· 了解他们的才能，并在课程中加以利用——可能是会说第二语言，有咨询或心理学资质，或曾在其他行业工作过。

· 给你的助教一个讲授部分课程的机会。

工具包17：充分借用助教的力量

1. 在适当的时间为助教提供支持，并帮助他们确定任务的优先顺序。如果在小学时他们被指派来单独配合你，工作就会容易得多，因为他们通常要和一个年级组或者一个班的教师打交道。在一所中学里，助教单独配合一位教师的可能性要小得多。你要为助教提供不同重要程度的事项清单，帮助他们明确优先级，进行班级管理。

2. 在助教向学生讲解定义和意义之前，提前帮助助教掌握学科术语。

3. 鼓励助教退后一步，帮助培养学生的韧性和独立性。当然，这里需要一个特定的背景。比如问问题的时候退一步，给他们“思考时间”，而不是立即提供答案……

4. 当助教对学生提问时，要避免问“是谁”和“做了什么”这样的封闭式问题，而是要问更多需要深入思考的开放式问题，例如“为什么会这样呢”或者“会发生什么呢”。

5. 让助教不要重复你已经在班里做过的指示。鼓励助教坚持让学生首先听教师的话，避免“填鸭式教学”。

工具包18：如何规划、操办晨会

学校晨会是传达学校愿景，确立当天、本周及本学期校风理念的最佳场合。晨会的良好运作，需要靠协作来实现。在晨会前一天，教师需要和其他同事及学生一起做准备。晨会当天的良好局面不可能仅凭你一己之力来实现！要准备好在晨会内容、风格和演讲方面进行协作……

我现在很喜欢领导学校晨会。但在我的教学生涯之初，我是不愿意做这件事的。直到有一天，这个责任落到了我的肩上。我当时是一名年轻的新教师，在一所新建的学校里当中层领导。当时除了我之外，没有人能代表全体教职工发言！

在面对18岁以上的听众或在超过20人的房间里进行公开演讲时，许多教师都会崩溃，双腿发软。但是不必担心，并不是每个人都需要领导晨会。即便如此，你还是有可能要在晨会上发言，可能是作为班主任代表或学科代表，也可能是分享学生在某个时刻的成功。所以，要做好准备！

最佳晨会

- 传达出明确的意图
- 演讲流畅，可以考虑在镜子前进行排练
- 做好充分的准备、排练和时间安排
- 由学生主导或允许学生参与
- 有意义且要避免喋喋不休
- 具备讲故事的艺术并创造机会制造幽默
- 分享最佳教学实践并庆祝学生的成功
- 向全校传达信息以强化校风
- 强化校纪
- 邀请能激发想象力并使学习成为现实的外部嘉宾

最差晨会

- 超时
- 安排不成功，例如，后排听众听不到演讲者的声音
- 使学生感到厌烦、坐立不安
- 在不舒适的环境下进行演讲

- 所需的信息技术设备发生故障；没有备用方案；演讲人为了让设备恢复正常浪费了过多时间
- 信息和会议记录过多
- 过早结束，需要有人临时穿插和发挥
- 过度关注学生行为表现，花太长时间对学生指手画脚
- 在没有专业人士指导的情况下尝试解决棘手的问题，如毒品问题或性行为问题

工具包18：如何规划、操办晨会

1. 考虑听众和晨会背景 考虑晨会所针对的关键阶段或年级组、举办的时间以及与晨会相关的所有事项。

2. 晨会的目的是什么 所有成功的晨会——除了发表必要的声明——都应该有一个目的。要使这个目的对房间里的每个人都有意义。

3. 现实生活中是否有可供晨会参考的东西 媒体界发生了什么？我经常以当天的晨间新闻作为晨会内容的参考。所有现实的参考都必须与学生的年龄段相关。

4. 你想让你的学生记住什么 晨会不是宣扬集体崇拜或反思的时刻，而是一个在课堂之外进行学习的机会。像所有的好课一样，晨会应该仔细进行规划，以取得学习成果。在晨会中你需要学生掌握的基本方面是什么？学生们应当从中了解些什么？如果有教师在会后与学生交谈，学生应该继续了解一些什么？

5. 最好的晨会会让一些学生参与进来 如果可以的话，你会在什么时候让听众参与到晨会当中？晨会中是否有需要听众参与的展示活动，或者是一些基本的提问环节？让学生进行演讲怎么样？许多教师在晨会前几天

让学生准备演讲稿。

6. 排练，排练，再排练　练习对时间的把握，并做好备选计划。我几乎可以肯定总有一些事情会出岔子。如果当天信息技术设备出了问题，你的视频演示无法进行，或者要讲话的学生缺席怎么办？对于这些情况，你必须时刻做好准备。在大多数我工作过的学校里，往往只有经过规划的晨会才能够顺利进行。

7. 计划要做的事，能少不多　晨会通常都会有超时的倾向。我很少召开晨会，也很少能在最初规划的时间内说完所有我想分享的内容。如果需要的话，可以分享一些额外的信息——这些信息对于你的晨会主题可以不那么重要，但必须与你的演讲一致。也就是说要排练，并选出必须共享的关键信息——时间就是生命！

8. 需要进行什么样的反思　我曾经在两所教会学校工作过。即便你不信奉学校认定的信仰，也可能需要进行反思。这可以是简单的祈祷、颂诗或静思。

9. 学生如何进入或退出会场　这是你需要负责的事吗？在进场或退场时会有音乐或视频来强化信息或气氛吗？你需要为此提供辅助工具，还是说这已经被列入了晨会方案？

10. 想一想你对信息技术设备有什么要求　音响、视频和音频。准备一个备用计划，以防视频、USB或信息技术设备出现问题。晨会举行当天早上还可能会停电呢！

11. 你还需要什么资料　你有视觉提示卡或其他道具吗？一定要事先把这些准备好。不要在晨会开始前5分钟才去打印！

12. 记得利用晨会来强化积极的学校价值观和校风　庆祝取得的成绩，并利用晨会时间对学校里的学生进行表扬。要把“有针对性”的批评留在空间更小人更少的小教室。

充分利用参加晨会的机会

作为一名教师，你将会坐着（或更可能的是站着）参加数百个晨会。你会很容易就能说出最好的或最差的晨会。我的建议是，利用晨会的时间好好向你的同事学习；回想一下你发现自己完全被（或完全没有被）一个晨会吸引的时刻，回想一下当初引领你走上教师道路的理由和价值观。当你发现学校比想象中更好时，你会不会在每天下班后感到步伐都轻快了呢？

行动建议19：让学生和同事参与规划晨会

虽然看起来像是你要自己准备所需设备来举办晨会，但认识到哪些部分需要协作是非常重要的。你需要与相关学生的教牧负责人、计划设备用具安排的现场团队，以及帮助你设置演示要求的信息技术人员进行交谈。在与学生及同事谈论晨会内容和演讲内容之前，你要把这些搞定。记住，协作是关键！

记住，晨会将为这一天定下基调。学生离开晨会时的状态会影响接下来的课程。在一次充满吸引力的晨会之后，他们会感到满意并做好投入学习的准备。而在经历了漫长而又无聊的晨会之后，他们会坐立不安，注意力不集中。学生们很可能会忘记你想要传达的关键信息，回到课堂上心烦意乱，无法集中注意力。

为了同事和学生，所有的教师都要竭尽全力地去计划、排练和实现有吸引力的晨会。这对于提升学校的风气和期望至关重要。

不要独自规划任何晨会，让你的学生和同事参与进来。

你应该如此！

问问自己这些问题：

- 某次晨会的了不起之处在哪里？
- 演讲者以什么样的方式使得晨会取得了成功？
- 我可以从此次晨会中获得哪些可以用于下一次晨会中的经验？

对于那些让你想撞墙的晨会，你要想一想：

- 哪些环节出了问题？
- 是什么让你感到如此挫败？

把每一次晨会变成一次学习的机会。记住什么是有效的，什么是无效的，而且当你必须在学校、晨会或其他活动中当着一群学生/教职工的面发言时，要把那些“有效”的方法再次投入使用。

工具包19：融入当地社区

作为年轻教师，我对课堂以外的事情没有太多想法。我所能做的就是专注于自己改作业、做计划以及去教学。我几乎没有踏出过自己的部门，更别说花时间去探索当地的其他学校了。你可能会惊讶地发现，有很多与你一起工作的经验丰富的同事，还没有对其课堂或部门以外的天地做进一步的探索！

现在，作为学校职业持续发展的领导者，我认为在整个学校进行职业持续发展讲习会是有必要的。这使同事们可以互相参观课堂，观摩体验学校其他教师的优秀课堂实践。我认为这种做法还可以扩展到学校以外。你只需浏览我的网页www.TeacherToolkit.me就能知道，作为教师分享想法并与他人合作的一种方式，社交媒体对我来说是多么的重要。

你学校所处的社区是一个非常特别的地方——毕竟它是你的学生们生活的地方！随着经验（和年龄）的增长，你会意识到人口、政治、财政、住房、社会流动性、种族、年龄和性别对当地社区和学校有多么大的影响。这些因素可以决定学校招生、学校资助协议以及你的学校和附近学校的正常发展。

学校必须努力与当地社区和其他学校建立联系。本节的目的在于为你提供一些想法，使你开始行动。

工具包19：融入当地社区

- 参加当地的展览会、节日庆祝和嘉年华。
- 花一个晚上或周末对当地做一番探索。强烈建议你这么做！
- 你的学校可能有供社团使用的健身设施，或者在晚上为当地社区提供信息技术课、艺术、戏剧、体育、语言等课程。为什么不找一些你感兴趣的活动并加入其中呢？比如尊巴舞、羽毛球、空手道……凡是你能说出来的，我都在放学后的校园里见过。这是了解当地社区成员的好方法。
- 参加学校的家长教师会（PTA）和问答之夜。
- 自愿协助学校的夏日博览会。
- 自愿在午餐时间值守。如果你的学校跟我工作过的一所学校一样，位于当地主干道的附近，周围全是商店、咖啡馆和各种企业，那你可以在午餐时间去学校门口值守。教师的出现有助于为热闹公路旁的学生提供一个安全的环境，也能向商店老板展示学校风度。我真的很喜欢做这样的工作。我之前从未当众和这么多人谈论过自己的学生——还有时间可以去商店只看不买地逛一小会儿，享受片刻的悠闲时光！

工具包20：与其他学校进行协作

· 邀请当地另一所学校的同事来你的学校或课堂，分享一下共同的兴趣。可以是学校之间的足球比赛，也可以是当地的社会活动，如教学会议或网上交流活动。

· 邀请当地另一所学校的同事到你的学校分享优秀实践。可以是一个地方部门交流意见的部门论坛，也可以是一个把志同道合的教师聚集起来讨论学科专业技能的绝佳机会。

· 访问当地其他学校，分享他们的最佳实践。我强烈建议每位教师去其他学校进行学习，每年至少一次！

· 与当地学校建立辅导和指导联系。这可以利用课程研究以及IRIS Connect听课来实现。

· 参与合作长期项目，如学校之间的大规模合唱活动，或需要利用彼此资源和设施的课程项目。

· 在另一所当地学校交一个对事严格的朋友。定期互发电子邮件、分享想法。每学期见一次面……

· 带领你的学校参加当地校际比赛，无论是体育、艺术、国际象棋还是公开演讲比赛。这是观察其他学校与其他教师以及和当地社区成员见面交流的好机会。

关于协作的最后一点说明

会协作的同事善于分享并与他人合作，以实现自我的发展，以及与其他教师的协同发展，并提高学校的水准。这些同事活跃在我们自己的学校里、当地的社区里，但也无需止步于这些范围。当地的协作群体不一定是教师；还可以利用其他行业的专业技能来支持你为学生所做的工作。

点一点鼠标，我就可以向世界各地的数百名教师寻求任何帮助，包括求职建议、简历校对、一些处理困难和微妙情况的建议、关于学校文件的综合反馈，或是一些我在凌晨3点梦到的乱七八糟的想法！相信我，这个在社交媒体上由数百名教师构成的社群中，总会有某个人在世界的某个地方，时刻准备着回答你的问题！这些善于协作的同事甚至可能就在你家附近，随时准备着回答你的问题。

如果你不能在校门紧闭的学校里得到这种合作，社交媒体以及围绕社群建立的关系网可以很好地进行替代。欢迎来到维特鲁威式的教学！

关注推特

推特名称：@schooltruth

真实姓名：Fiona Miller

她的工作是什么？记者及学校董事会成员。

专业方向？致力于学校和教育体系改革运动。

为什么要关注她？Miller在1997年大选后曾为唐宁街布莱尔夫妇工作。她与人共同创建了“当地学校网络”（Local Schools Network），并积极参与全国学校政策的制定。她认为我们可以“改善并且实现优秀的公共服务，同时保持它们的包容性并使其牢牢扎根于当地社区，对所服务的人们负责”。

CHAPTER 5

ASPIRATIONAL
如何缩小学生之间的差距

我始终保持积极进取，
坚韧不拔。在经历过挫折、
政治干预、裁员之后，
我还是年复一年地和老师、
同学们一起在这里工作着。

把心思放在课堂上

我妻子总跟我说，成功是自己创造的。她说得对。教育是一项辉煌的事业，虽然充满艰辛，但绝对值得。别的我不知道，我只知道这份工作适合我，也对我的学生有益。

在当今的大环境下，如果你的从教时间达到了5年以上，那就有理由小小地庆祝一下。我从教之初就把教育当成了我一生的事业。直到今天，一切还都不错！我把教育看作事业，但我不确定其他人是否也是这样。自20世纪90年代初我开始从教以来，世界已经发生了翻天覆地的变化；互联网和社交媒体时代的到来，使世界变得越来越小。我们比以往任何时候都有更多的机会去看世界，与世界各地志同道合的人、学校和课堂建立联系！当然，这也改变了我们对自己能做成什么事情的看法。与此同时，可能我们的抱负也已经发生了变化。

18岁进入大学开始攻读教师培训学位时，我就知道自己正在迈入一个能让今后生活充满快乐的事业。然而，20年过去了，我感到疲惫不堪，展望未来发现自己的职业生涯才走了不到一半，离退休还有很远，我无法预知20年后教学会变成什么样！我没有对目前的工作感到不满，也并不害怕改变。我所说的这些都是工作繁重的教师将要面临的处境。

教学总是要求颇高，令人疲惫。过去的10年里，对数据的关注、不断提高的期望以及学校对商业模式的追捧，都对这一行业的文化造成了巨大冲击。不过，我始终保持积极进取、坚韧不拔。在经历过挫折、政治干预、裁员之后，我还是年复一年地和老师、同学们一起在这里工作着。我觉得自己还算成功，我的智慧锦囊里藏着多年来对教学计划、晨会和课堂教学的思索。

要成为维特鲁威式的教师，你需要积极进取来渡过难关，从而更上一层楼！

把心思放在课堂上

无论你处于教学生涯的哪个阶段，都要把心思放在课堂上。教学并非适合每一个人，但如果你正在读这本书，那它一定是适合你的。我们的学生需要我们，我们的同事也需要我们。如果你能成功度过成长的阶段，那你无疑是一个坚韧不拔的人。现在是时候掌握教学智慧、创造力和协作性艺术，从而在这个社会上最好的、最不可或缺的职业上取得成功了。

我们要少说废话，这很重要；我们的重点是上好课，带好学生。我们要时刻提醒自己，教学绝不仅仅是在课堂上灌输知识和学科技能。我们是启蒙者，我们为每个学生带去希望和梦想，我们有义务尽可能长久地把心思放在课堂上！

本章包括哪些内容

你会了解怎样在充满挑战的时刻保持进取心。

- 我将讨论如何在课程、评估和考核目标不断变化的情况下，持续高效地工作。
- 我将一一介绍你在担任中层领导之前可能会担任的职位。
- 我将提供一些建议，帮你思考和反思担任中层领导对你有什么要求。

- 我将讨论有进取心的教师所面临的挑战，也就是怎么平衡增加的工作量和持续的高质量课堂教学。
- 最后，我将介绍如何管理团队、部门和其他教职工。所有的内容都在这儿了。维特鲁威式的教师马上就要练成啦！

教学是一项了不起的事业。专注于课堂是一项挑战，不过一旦你掌握了课堂实践的艺术，并在繁重的工作环境中形成自己的教学法，你便会得到丰厚的回报。如果你能忽略那些无关紧要的事，把心思放在重要的事情上，那么你就又向中层领导迈进了一步，如果这正是你所期待的事情的话。不是每个人都适合当领导，但是领导他人以及在更大的层面上（在你的教室之外）关怀学生的快乐是妙不可言的。要积极进取，成功是自己创造的！

缩小学生之间的差距

“缩小差距”——确保所有学生在学校生活的各个方面取得进步。

一旦能持续稳定地进行出色的课堂教学，你就能更加了解学校的情况。你所扮演的角色也将会超出课堂教学本身，达到更深层次的协作，并且你会发现自己能应对那些自己没有直接教过的学生。

下面是过去20年里我在课堂上尝试并验证过的最佳策略。大多数都能用于所有学生，而且我也推荐用到所有学生身上，我还会具体强调一些自己长期使用的差异化策略，用于帮助贫困家庭的儿童。此外，你还要清楚哪些策略对你的学校和你的学生是切实有效的。

1. 严格跟踪你的课堂数据，以此为你的课程计划提供参考

2. 如果可以的话，定期与学生交流成绩，特别是在学校的整个评价期限之外 这能确保在你的课堂实践和学习环境中，评价成为例行程序。

不言而喻，定期反馈进步情况，能促进自我评估和自我评价。

3. 为课内外有干预需求的学生制定额外的干预措施 可以是午餐时进行简单的15分钟学习活动，也可以是放学后做一些其他的安排来吸引学生参加。每次关照两到三个孩子即可，不要给自己太大负担。

4. 向学生教区负责人以及家长/监护人传达你的计划 你需要身边的人支持你做的决定，还需要和其他人协作鼓励学生前行。

5. 向学校里的专业部门寻求支持 例如，像英语作为附加语言（EAL）和特殊教育需求（SEN）这样的部门。这些学科领域拥有大量的专业知识，一定要去向他们请教。你可能会发现一个资料宝库，它能帮你做计划。要是更幸运的话，甚至还会有人自愿来帮你！

6. 有情感和/或行为干预需求时，寻求特殊干预 大多数教师不具备对学生进行特殊干预的专业知识。如果你认为这种外部的支持能帮助到学生，使他们在你的课堂上取得进步的话，不妨向别人请教。

7. 看看最近的一些项目，比如Aimhigher和The Brilliant Club 这些项目旨在提高弱势青少年群体的进取心，让更多的人能接受高等教育。一定要在课堂上激励学生，并形成惯例。你要使出浑身解数去教所有的学生。绝对不可以松懈！

你可以做出改变的主要领域

这一节余下的部分，我想谈一些有效的课堂策略，用于缩小学生之间的成绩差距，从而让所有的学生都能够积极进取。这一节的内容都够单独写一本书了，在此我只想就你教过的学生和你没有教过的学生，先简单谈谈。

家长/监护人的参与

尽你所能让父母和监护人跟你站在同一条战线上，让他们一起参与到孩子的教育中，家长的参与是提高学生成绩的一个重要因素。大多数教师和学校都遇到过不肯配合的家长和监护人。这种情况大多发生在那些低收入家庭的孩子身上。打破不思进取、对教育漠不关心的家庭习惯是孩子成功的根本。你不能单纯指望每个学年开一次家长会就能解决这些问题。这是远远不够的！为特定群体成立家长论坛，效果可能会喜忧参半，但只要组织得当也可以卓有成效。

教学质量

教学质量对学习效果的影响最大。不需要国际研究结果来告诉我们，作为课堂教学的亲身实践者，这一点我们都知道。因此，有一套自己的教学方法很重要。对于有严重学习困难或学习障碍的学生，需要有一位坚定的、有决心的、始终如一的好教师来帮助他们缩小学习上的差距。学校必须指导教师使用特定的教学方法，特别是要有针对最弱势学生的策略。简单地改变教学的方式和调整工作计划，通常学生的学习不会有特别大的提高，也不一定会缩小差距。你要做的是利用有效的教学技能专门对成绩差距进行干预。

在英国，有四分之一的儿童在贫困中成长，贫困对这些孩子的教育质量和人生成就的影响是非常深远的。贫富儿童之间的学识差距在他们小时候（22个月）就已经显现。

——儿童及青少年英才和成果服务中心

团队协作

没有人是一座孤岛，教师亦是如此！

光凭自己是成不了事的，我强烈建议你向学校里的专业教师寻求帮助。如果能遇到经常待在你的教室里的助教（这在中学里很少见），那你就应该定期与他们碰面讨论教学计划，这样你就可以确定对于单独的学生应该使用什么样的策略和资源。

给予教师有力的支持是缩小成绩差距最有效的办法。你有多少次收到了学生的个人教育计划（IEP）却没有花足够的时间去阅读它的细节？我将为你提供一些学习/教学策略方面的建议，能让你了解对成绩不佳的学生应该做些什么。通常情况下，他们并不是不努力，只是知识的大门还没有向他们敞开罢了……

其中还包括一些实例——这些例子可能不涉及你所教的学科，但能给你提供一些想法——可能是一些用于处理读写任务的结构化的口语和听力方法，以及一系列关于源语及目的语的阅读和写作策略。

尽管这些支持大部分是一对一的辅导，无法在忙碌的课堂上实现，但是你至少可以尝试学校的特殊教育需求（SEN）或英语作为附加语言（EAL）部门所提倡的一些策略，并指导学生进行一些小规模的活动。

语言与读写能力

“你可以每天早上醉醺醺地走进教室，穿着一个星期都没换过的脏鞋，头发乱得像鸟窝一样，然后花大半课堂时间跟孩子们吹嘘你有多棒；但是，如果你以奉献和严谨的精神来批改他们的作业，你的学生会为你欢呼！”这是菲尔·比德尔（Phil Beadle）在《怎样教学》（*How to Teach*）一书中提到的。

学生们在小学早期对语言和读写技能的掌握，是他们达到课程目标并在以后的学习生活中取得良好进步的基础。学习如何阅读是所有学生最紧要的目标，但在中学，学习的重点将从怎样阅读转移到怎样学习上。作为教师，制定一系列策略，吸引学生战胜学习路上的拦路虎是至关重要的。

与其加快步伐，不如试试放慢脚步。与其布置在规定的时间内完成各种问题或段落之类的典型任务，不如试试“慢慢写”的做法，这是大卫·迪道（David Didau）在《读写能力的秘密》（*The Secret of Literacy*）中提出的一种写作技巧。这种技巧鼓励学生放慢速度，并“带着爱和关注去对待每个单词、句子和段落”。

学习行为

如果你没有遵循自己的学习行为原则，甚至是对最难管教的学生也没有遵循原则，那你就是在伤害自己的同事。

恪守学习行为原则非常重要，同时还要确保你课上的原则与整个学校的原则相一致。如果我们想要提高行为表现的标准，缩小差距，提高最差学生的读写水平，我们必须在整个学校的校纪、读写能力和学生支持方面统一标准。学校不是特立独行之人的独唱舞台……

直接教学

我非常喜欢使用直接教学。虽然我不是这种教育法方面的专家，但我一向提倡教学的透明性，其实我更习惯称之为“吸引力”。直接教学是指教师以“最简原则”向学生发出指令。

约翰·贝利（John Bayley）曾对我说过：“要密切关注主要行为”，对于这一点，我一直谨记于心。这个策略完全可以应用于课堂上发生的任何事情。例如，指示。不要让指示因为学生随意提出的问题而变得模糊不清。聚焦于重要的事情，聚焦于你的指示以及你要求学生做的事情。当这种技巧被用于需要额外支持的学生身上时，其作用不可小觑。

替代性教具

让来自贫困家庭的学生像其他孩子一样融入课堂环境是非常重要的。

通常情况下，干预可能需要使用替代性的教具，但如果学生对附加的教具没有迫切的需求，我也不会强行要求他们这么做。只有他们有特定的学习需求，需要这些教具来支持学习时，才能使用这种方法。不然，可以试着使用教室里现成的教具：学生！利用你的座位表和学生数据，把贫困学生与本地学生安排在一起，这些本地学生要么是可以帮助、激励贫困生学习的，要么是能够让贫困生感到自己受欢迎的。

快乐的学生学得最好！

学生安全

教师如何掌握所需信息，以确保所有孩子都能安全地学习？教学突然变得更加复杂了，不是吗？如果你欢迎一个贫困家庭的学生加入你的辅导小组或学科课堂，你会有什么感觉，你会做些什么？他们来之前你应该收集一些什么样的背景资料？他们上完第一堂课后你应该做些什么？

- **安全保障**　对于所有的新教师（其实是每一位教师）来说，充分了解学校的保护程序和儿童保护措施至关重要。这会培养你作为一名专业人士的韧性，不仅能保护学生，还能帮助自己。
- **特殊教育需求**　这一直是学校里充满吸引力的领域，全职任课教师几乎没有时间去真正地了解这些特殊领域里所发生的事情。为什么不用半个学期定期去这个部门看看发生了什么呢？与特殊教育需求统筹主任谈谈，你会获得许多关于学生本身、关于他们所处的挑战性生活环境的信息。可以请求主任定期为你提供新的信息。

假设有一个孩子被诊断出患了某种疾病，他可能会提出特殊的教育需求并要求学校提供相应的支持。从孩子进入教室的那一刻起，你就需要密切关注他。这种特殊关照是每天、每周、每月还是每学期都需要的呢？学校和家庭之间的沟通，或是在不乐观的情况下与警察或社会服务机构之间的沟通是至关重要的。你和其他一些同事可能需要得到专门的支持或培训，如果真的有必要这么做，你肯定会在学生到来之前收到通知。

行动建议20：改善你的教学方法

保持自己高度的进取心，是你能采取的最有效的方法。改善你的教学进程和教学方法，能够最大限度地提高来自贫困家庭儿童的学习成效。你不能照搬以前的教学模式，对于那些需要额外支持的学生来说尤其如此。进行认知性思考。简单地改变你教学的方式，不管是通过信息技术，还是通过教学工作计划，效率都是很低的。能对学生产生最大影响的是你本人。成功缩小差距的学校能帮助教师让所有学生取得良好的学习成果。这需要校内专家在校内实施广泛而持续的职业发展规划。如果你需要帮助的话，不如今天就去和同事谈一谈，一起为此做些什么吧！

承担额外的学校职责

你是谁？

你是做什么的？

你的目标是什么？

这三个简单而又深刻的问题从职业的角度是最难回答的。看看这些年来你的回答及其背后依据是怎么变化的。本节主要讲的是随着你在职业生涯中不断进步，你需要承担更多的学校责任。是时候成为维特鲁威式的教师了。是时候使自己满怀进取之心了。那么，接下来要怎么做呢？

额外的学校职责

在你教学生涯成长阶段的某个时刻，不管你是否有所期待，总会有额外的角色或责任降临到你身上。这可能是（也可能不是）升职带来的，承担这些责任并不一定非要成为中层领导，但这肯定是部门或学校的职责。

行动建议21：慎重做每一次选择

把教育目标定得高一点是没错的，但要确保你已经做好准备去成为教育的领导者。不管你采取什么样的方式前进，这无疑会迫使你把一半的心思放到课堂以外，因为你需要越来越多地把时间放在与学校其他教师的协作上，如此一来，你留给学生的时间会越来越少。积极进取是一种良好的品质，但作为领导者，你要确保自己所做的任何决定都经过了深思熟虑。

一位智者曾对我说："在面临选择的情况下，要在两者之中选择最难的那一个。这是唯一的成长之路。"

做一名骑士

在许多学校都需要有人当"骑士"——自愿承担额外的无偿工作；在与他人的合作中，代表其部门为整个学校的项目提供帮助。

在这里我并不是要阻止你这样做，因为有时候这些自愿性的角色是理想的测验方式，看你是否有能力在全职任课教师基本工作量的基础上，再接受额外的工作量。然而，作为"骑士"不仅需要一定程度的专长、知识和兴趣，还需要参加会议、完成文书工作并汇报各部门的信息。我的建议是：

额外的学校职责

- **临时的部门角色**
- **协调员角色**：例如，信息技术协调员、英才协调员、读写协调员、计算协调员等。
- **体育活动协调员**：例如，当地社区体育协调员、运动日协调员和固定设施协调员。
- **第1年新教师的导师**：管理第1年新教师的活动，帮助教师入职培训及帮助同事融入学校。
- **改进协调员**：例如，爱丁堡公爵奖（DofE）协调员或活动周协调员。
- **指导员和辅导员**：为新来的年轻教师提供支持。
- **过渡期主管**：小学和中学之间的联结点。
- **志愿者角色**：对教师进行培训，使其可以在引入新的方案、软件时为其他教师提供指导的志愿者。
- **教牧主任**：例如，支持学生进步和行为表现的年级助理主任。
- **社区联系人**：与其他学校或关键阶段开展合作的教师。
- **图书管理员助理**：为学生资料的工作提供支持；时常为维持学生礼仪和提升学术价值提供帮助。

- 自愿去做自己真正感兴趣的事情，并把它做好，而不是什么都不做或是答应去做自己毫无兴趣的事。如果被迫扮演一个你毫无兴趣的角色，不如直接拒绝。
- 搞清楚需要承担的责任。

我曾被要求担任两个额外的角色，而这两个角色与我的本职工作并不相关；对于一个中层领导来说，这是一项突如其来的责任。这两个角色分别是“健康与安全代表”和“科学、技术、工程及数学协调员”，负责为整个学校在科学领域争取专业地位。这两个角色的要求都与设计技术负责人的工作范畴不谋而合，当时我看了看身边的人，除了我之外没有其他人举手要求担任这两个角色。

尽管我很讨厌这些额外的（而且也不是很有趣的）任务，但回过头看，这些工作在一定程度上锻炼了我的领导能力，帮助我在几年后晋升成了高层领导。我了解了很多错综复杂的事。

- 会议管理
- 查看议程、会议记录和乏味的方针政策
- 委托、提名以及得体的自荐艺术
- 协作的艺术
- 提升自己的进取心

任何人承担需要其他同事给予帮助的额外责任时，都必须具备以上技能。

什么时候晋升

首先，我想提一条忠告……

我认为，在担任任何学校的额外角色之前，你应该先精于自己的课堂实践。

在我遇到的情况中，许多同事都是因为一些非自然的原因而获得了机会。

学校原因

- 没有其他人可用。
- 学校需要填补职位空缺。
- 需要有人来顶替请病假或休产假的人。

个人原因

- 渴望升职。
- 被金钱驱使。
- 被权力驱使。

在学校担任新的角色之前，先问问自己，担任这个角色是否属于上述情况。其中有些情况成为影响因素也没关系（例如，学校职位出现空缺）。但在做决定之前先问问自己以下问题。

我想担任新角色的主要原因是什么

- 是想寻求新的知识/挑战吗？
- 是因为学校真的有职位空缺，真的有理由申请吗？
- 是因为它是通往未来的跳板吗？
- 是因为我是那个工作/学校的最佳人选吗？

还有其他促使我做出改变的影响因素吗

- 是照顾孩子的个人使命感吗？
- 是因为上班的路程吗？
- 是因为同事不好相处吗？
- 是因为无聊所以需要新的挑战吗？

无论如何你都要心存感激，自己现在有一份工作，而且还有寻求新挑战的机会。

@TeacherToolkit

从新教师到中层领导

本节将通过介绍中层领导的工作以及一些你可以胜任的角色，带领你在职业生涯上再进一步。

如果你在课堂教学上很成功，那么接下来你很有可能会担任中层领导的角色。这样的角色要承担全校性的职责。你需要对其他教职工和学生负责，这项工作能让你收获很多，但随之而来的还有高风险！你不再孑然一身，只对自己的课堂和自己的结果负责。以往对你进行评估的是你的部门主任，但现在对你进行评估的可能是系主任或高层领导成员，而你要对其他人进行评估。

积极进取的领导

吉尔·贝里（Jill Berry）曾是我的领导，多年来她不仅亲自帮助和激励我，还在网上帮助和激励其他人。她使我立志向高层领导晋升，并使我反思自己的课堂实践以及我在学校的领导能力。

别人为什么会让你领导

在最近的一次教学会议上，前校长、教育博士生吉尔•贝里以“别人为什么会让你领导”为题，为积极进取的领导们进行了一次关于领导能力的演讲。她的主旨问题来源于史蒂夫·蒙比（Steve Munby），前美国国家学校领导学院首席执行官，英国教师中心（CfBT）教育信托基金首席执行官。

贝里在演讲中说道：“到底什么是领导能力呢？一方面领导力极其复杂，但另一方面又非常简单。领导能力就是从你所领导的每一个人身上获得最好的产出，要真正去尝试在每个人身上获得最好的产出。”

作为领导，你将面临许多挑战，这些挑战可能来自那些有能力的人，他们可能会和你持有不同的意见！那么，你要如何从他们身上获得最好的结果呢？就像贝里所说的，“有些教职工可能不如你那么有韧性和责任感。他们可能会害怕改变、有抵抗情绪、容易自满、争强好胜、喜欢争辩。但当你成为领导者时，决不能放弃他们，要帮助他们应对恐惧。你不能放弃你所领导的任何人，就像你从不放弃你的学生一样”。

领导力其实就是沟通和处理人际关系：

1. 你是那种有亲和力的领导吗？

2. 即使处于最困难的境地，你也能使别人镇定下来吗？即使在你自己都无法镇定的情况下，你还能激发他们的信任和信心吗？

3. 即使在波涛汹涌时，你也能给他人带来稳定和安全感吗？

4. 你是否正直？你能坚持自己的核心价值观吗，特别是在它们经受考验的时刻？

5. 即使政府对现行方针政策频繁提出令人不快的举措和改变时，你也能保持积极乐观吗？

6. 你还记得一直以来的目标吗？你还记得你从教的初心吗？当你已经成为领导者的时候，希望它还能激励你前行。大多数人从教是因为他们想改变孩子们的生活。希望你想成为领导者的初心也是出于这一点。升职给了你为学生和同事们的生活做出更多改变的机会。

7. 不要忘了什么才是最重要的。

贝里在演讲中还引用了学校和学院领导协会(ASCL)前秘书长约翰·邓福德（John Dunford）的话，邓福德说所有的领导都应该坚持“4个H”。

1. 希望（Hope）

2. 人道（Humanity）

3. 谦逊（Humility）

4. 幽默（Humour）

领导者应是坚强的——能够对同事负责，能够激励和支持同事——但他们也需要善良，有同情心。领导力不仅关乎处世之道，更关乎为人之道。

以上内容改编自吉尔·贝里于2015年4月1日在伦敦教学会议上的演讲。

惊涛骇浪方能造就最好的水手。

——吉尔·贝里

中层领导角色

领导同事

成为一名年轻的中层领导，让我感到动力十足。回过头看，那些年无疑是我迄今为止的教学生涯中最充实的一段岁月！我为什么这么高兴呢？主要是因为自己的教学实践变得更有影响力了，并且我在课堂之外的更大环境中对其他同事也产生了影响。

以下是我对中层领导的一些建议。

- 在教学和学习中起到引领作用
- 引领自身的职业发展
- 促进其他教职工的发展
- 解决其他教职工问题——不管是追究其他员工的责任，还是在出

现问题时收拾残局

- 了解数据
- 制定干预措施和途径
- 成为学科专家——在知识、技能和理解方面做到最好
- 管理预算
- 培养自己的领导风格
- 塑造未来
- 发展自己并与他人合作
- 管理组织（或你的小组）
- 确立问责制

领导教学、学习以及学生的进步

中层领导（包括辅助人员）的基本角色是：在课程范围内工作，或者直接与学生进行日常交流。不管是哪种角色，你很快就会明白，时机就是一切。当你成为中层领导后，对学生的评价综述或干预对你和你的团队来说都是至关重要的。

无论你担任的是什么角色，都与以下几点有着密不可分的关系。

- 教学和学习的质量
- 你的组织能力如何
- 你是如何制定、监督和评估行动计划的

对所有中层领导的最大挑战

我认为所有中层领导面临的最大挑战是：

- 要在基层平衡友谊和分歧
- 要注重团队合作
- 要有一定程度的责任感，以提高其管理范围内学生的学习水平和

教师的教学水平

- 即使要平衡因为担任中层领导而增加的工作量，也要保证自己的教学质量保持在典范水平

前瞻性计划

前瞻性计划是中层领导工作的重要组成部分，你要问问自己以下问题。

1. **时间表**　即将展开的时间安排应当满足教师的需求，还是应当满足学生的需求？
2. **课程计划**　你是否对目前为每个年级组/关键阶段提供的课程计划进行了检查？
3. **工作计划**　目前正在接受指导、评估和审查的工作计划有哪些？这些工作计划是由谁制定的？什么时候制定的？
4. **听课**　你是否可以利用额外的（可以不与学生保持联系的）时间与所在部门的同事完成三人一组的听课？
5. **教学**　如何提高自己的教学水平？哪些部分是需要改进的？
6. **个人发展计划**　你的个人发展计划中有哪些领导技能？你的发展领域是什么？
7. **反馈**　从表面上看，你的部门是什么样的？学生们对此怎么看？

升职不是一件容易的事，但是一定要记住贝里所说的：“惊涛骇浪方能造就最好的水手。”

规划一间新教室需要考虑什么

“挑战：用5万英镑规划一组新的教室和一个部门。”

你打算做什么？为什么要做它？你打算怎么完成？如何向校长证明自

己的决定是正确的？本节的内容是关于设计和建立一个部门——既包含如何构想，也包含如何行动（有关建立部门时与同事协作的建议，可参见本书第四章）。

我非常幸运，能作为新的中层领导，负责在一个全新的学校里建立一个部门。这所新学校没有任何设施，它建在一所要拆除、改造，然后进行部分翻新的大学里。即使你没有机会做这样一件事，这些建议也适用于所有新的中层领导。

我在这个部门工作的8年中，随着学校各个区域的建造、再建、拆除和重建，我对部门进行了三次重建。据估计，我可能花了50万英镑购置设备、机械和文具。意识到我决定购入的基础设施和机械可能会持续25年或更久，这让我感到兴奋的同时，也感受到了挑战性。在写本节时，我所建立的部门仍然存在，距离它初建已经15年了。

在整个过程中我取得了许多教训，在本节中我想给大家提供一些想法和建议。你应该考虑的问题是：

- 支出和预算
- 健康和安全
- 规划许可
- 与建筑师打交道
- 学生运动
- 固定装置、配件和家具
- 选择要保留/丢弃的东西
- 障碍清单

在你开始之前

开始之前，你必须考虑两个要点：

学校的精神和使命宣言。学校的发展方向是什么？它希望为每一位毕业的学生实现什么？

你的愿景和价值观。你对自己的班级和部门的个人愿景和价值观是什么？成为领导者不仅关乎你所做的事，同样关乎你是什么样的人。

你必须清楚你想让学校看起来是什么样。准备好与所有员工、家长和学生进行沟通。

——《潜在的领导建议》，史蒂芬·德鲁（Stephen Drew）（@StephenDrew72），

2012年12月在SLTeachMeet会议上的讲话

1. 支出与预算

用5万英镑设计一个新教室。你首先要做什么？

- 桌椅等基本设施将花费近1.5万英镑。
- 一个学年内所有上你的课的学生的钢笔、文具和练习簿的费用约为5000英镑。

还剩下3万英镑，你打算干什么？

这会因学科和职责范围而有所不同。目前，你有一个里面摆满了桌椅和文具的空教室，除了窗户和门外，别无其他。

请列出你要为每间教室买的五样东西，并把图片发到TeacherToolkit这个推特账号。

（1）

（2）

（3）

（4）

（5）

2. 健康与安全

你与建筑师和校长针对计划进行了一次会议，发现某些门窗（或机械，如果你教的是实践科目的话）的位置设计错了，不符合健康和安全的要求！不幸的是，除了在学年开始之前把其中一些物品搬到别处外，你别无选择。你的预算要减去1万英镑了，实在令人沮丧！

你会怎么做？你将如何处理？你必须改变哪些决定？又将如何与团队沟通？平静下来之后，你将如何向校长反馈？

3. 规划许可

作为一名任课教师和中层领导，我的建议是，在你职业生涯的这个阶段，实际上你对此不需要了解太多，除非对你的职业发展至关重要，否则我觉得不必在意。

但是，这是一件令人着迷的事情，如果你曾经参与到一座全新建筑的设计中，就需要了解一些规划法规，才能满足某些设计决策的要求。例如，教室门的位置、抽气口或电源插座的高度。尤其是与建筑公司一起进行项目建设的领导团队，更要了解这些东西。

4. 与建筑师打交道

在过去20年中所有与我合作的建筑师中，没有一位曾经当过老师。他们都会告诉你他们已经为数百所学校工作过，充分了解教师的需求，但是，当1500名学生进入教学楼之后的效果，往往并不能达到建筑师的预想。

因此，你要花大量时间参与计划的每一个阶段以做出关键决定。那些潜在的障碍需要教师来发现——例如，橱柜、灯或入口的位置不正确，这将使空间比原本需要的更拥挤。

这些简单的决定对于你自己和学生的生活至关重要。它会影响学生的行为表现，因此设计的心理与设计决策同样重要。

5. 学生运动

在长达一代人的时间里，学校的设计很差，许多教师都在艰苦的环境中教学。值得庆幸的是，最近的政府项目和资金为学校注入了新的活力，并促进了学生数量的增加。不仅在课堂上，课外区域也已经成为支持学校精神和每个学生学习的重要因素。因此，行为和动机应该得到改善。

考虑到这一点，如果你有幸能重新设计教室或自己的部门，请仔细考虑：

- 人流量
- 学生坐在哪里完成他们的作业
- 他们在哪里完成实践活动
- 你（教师）在所有这些活动中处在哪个位置

不要忘记最后一个不起眼的因素，每个教师都能决定自己的讲桌方向！我进过很多教室，看到教师在桌子前工作，桌子抵着墙，教师背对着学生。如果你是这样，请立即把桌子转过来！上课时讲桌面对学生，这一点非常重要。

6. 固定装置、配件和设备

小小的细节可以让一切变得不同。不要低估教室里电灯开关位置的重要性，也不要忽略门把手或门的打开方式的重要性。便捷的操作会让教师和学生更加快乐，这就相当于让上课更有成效。这些细节大部分都是你无法掌控的，但是如果你有幸能设计自己的教室，一定要仔细考虑自己的需求以及你能如何影响做出的决定。

7. 选择

设计硕士学位的一个项目要求学习色彩心理学，它为我打开了一个全新的世界，一个在教室里展开探索的世界。我对自己设计的紫色食品技术教室有着美好的回忆。回想起来，都是色彩缤纷的！

关于颜色在教育中的作用，有大量的学术研究。例如，颜色在儿童发育的早期阶段极为重要。永远不要在学校忽略这一重点。不幸的是，许多中学出于营销的目的而采用清冷的色调，通常还要配上非常传统的制服，而制服的颜色范围被供应商严格限制了！

值得庆幸的是，许多学校的领导者已经意识到新鲜、明亮、开放和通风的空间对激发学生及其学习的重要性。

8. 障碍清单

目前，我们拿到了一套钥匙，可以在周五下午5点搬进新楼，学生们将在下周一早上到达！还有4000多个问题悬而未决。3个月后，仍然有1000多个问题没有得到解决。这些问题五花八门。例如，安装扶手可以让学生更安全；挖掘地面，在无法正常使用的卫生间的地板下重新安装管道。清单上还有很多这样的事。

每所学校都会有人负责这张清单。重要的是，你的工作是作为中层领导，密切注意要完成的工作，定期拍摄照片并与你的顶头上司和有关人员沟通问题，包括未完成的或不符合标准的工作。

行动建议22：在工作中保持进取心

如果你在整个职业生涯中都没有机会参与到新建建筑的工作，那也没关系。尽管我在教学的第3年就有机会重新设计了几间教室，但直到从教的第20年才开始参与新建学校的工作！无论你会遇到什么机遇，在任何一所学校工作保持进取心都是至关重要的。不仅是为了让你自己在上班时更有动力，更重要的是为你的学生创造更舒适的学习环境。

工具包21：学校应聘的注意事项

在过去的20年中，我已经记不清自己向多少个学校提交过求职申请，也记不清自己面试过多少位教师。

本节我将分享我的5分钟面试计划。该计划是根据我以往求职的经历，经过深刻反思而制定的。接着，我将详细阐述找工作、面试过程以及你可能会遇到的各种情况，包括遇到内部竞争对手的情况。

5分钟面试计划

- **关键因素**　　你是否清楚要找什么工作？对于你看到的招聘职位，申请时间合适吗？如果合适，找出所有关于这份工作的关键因素及要求，以及有关学校的一些信息，以便确定这份工作是否适合你。工作应聘截止到什么时候？
- **用人要求说明**　　一旦做完关键因素的调查，你现在必须完成自己的应聘准备，并查看用人要求上的说明。体系完备的学校对此非常讲究，因为他们必须坚持机会均等，并且要遵循法律程序来确保他们履行了自己的招聘准则。如果你不符合用人要求，那么你入围的可能性就很小。

- **你能为学校提供什么**　在申请过程中，要体现出你已经考虑过自己能为学校提供什么。在辅助说明中予以陈述，附在你的个人情况说明上。
- **关键信息**　做完这些之后，你需要找到一些关键信息，例如“英国教育标准局”的信息以及学校的发展计划（如果可以找到的话）。可以在网上找找最能描述学校情况及其整体表现的相关数据。如果能收集到这些信息，就表明你正在朝着中层领导的方向努力。
- **仔细检查**　你会意外地发现很多求职信存在语法错误、修改划线以及很多其他错误。反复阅读你的求职信，直到实在读不下去了，然后再交给其他人读读！仔细检查你的辅助说明中是否已经包括最重要的事项，并按照用人要求进行检查。
- **辅助说明**　我的首要建议是你辅助说明的第一段要吸引人，让看你求职信的人真的希望亲自与你见面！你的求职信和工作经历能体现很多东西。对这些信息的解释留到面试的时候再说。初选小组将根据你的教育和工作经历做出决定。但是你的陈述和书面申请的质量通常可以成为成败的关键点。入围的话你就有机会详细阐述专家组认为相关的要点。

5分钟面试计划

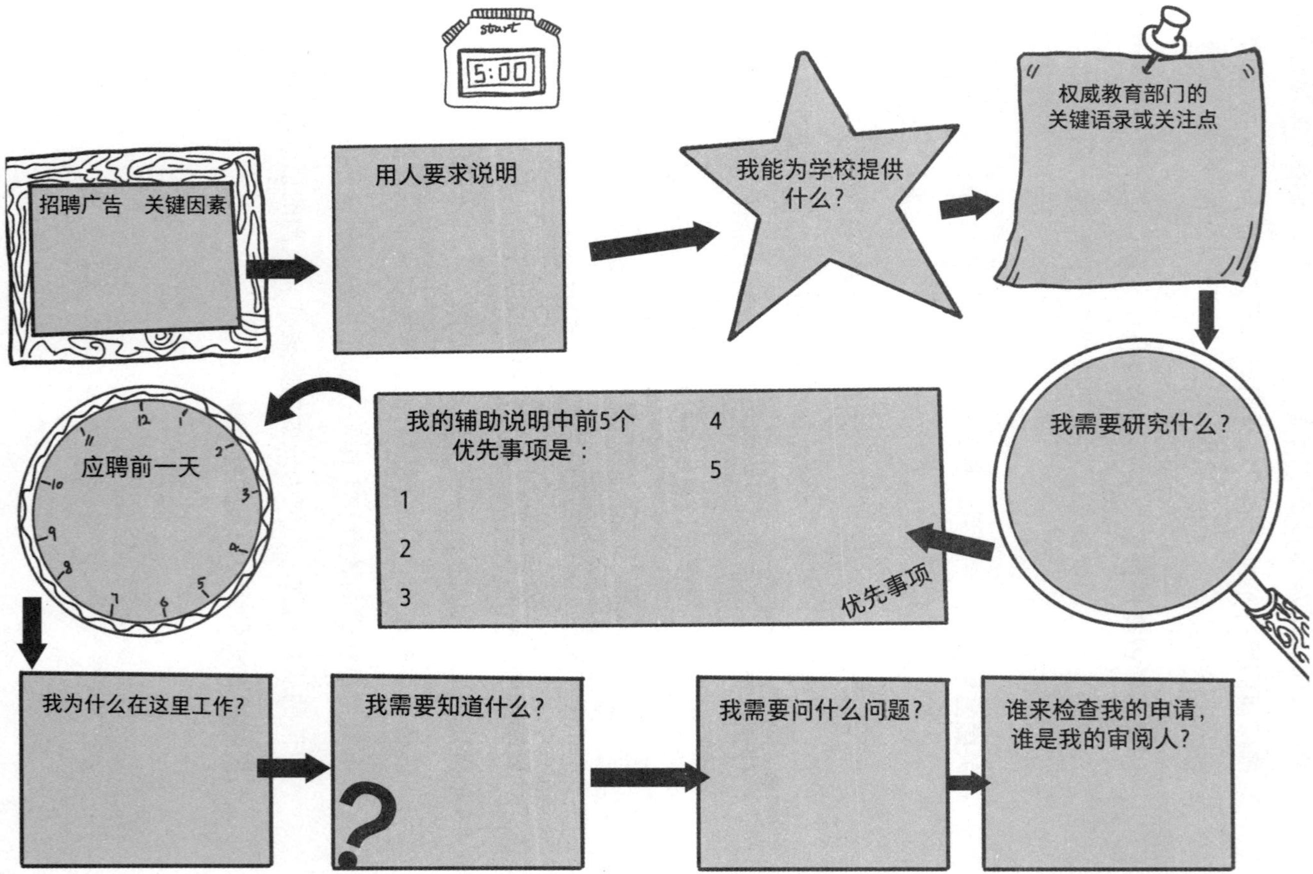
start
5:00
招聘广告 关键因素
用人要求说明
我能为学校提供什么？
权威教育部门的关键语录或关注点
我需要研究什么？
我的辅助说明中前5个优先事项是：
1
2
3
4
5
优先事项
应聘前一天
我为什么在这里工作？
我需要知道什么？
我需要问什么问题？
谁来检查我的申请，谁是我的审阅人？

面试

不要把所有的希望寄托在这次面试上，这样会适得其反。我觉得最好的方法是把这个过程当作职业发展的练习。如果你把面试看作一种培训机会，那么你会更加享受这次体验，并且会更加自信，甚至可能找到工作！（我知道这一点，因为我成功了7次！）

在任何时候，如果你被通知参加面试，那你一只脚已经踏进了门。现在该计划你的下一步了。

工具包21：学校应聘的注意事项

- 在面试前，提前做好计划。
- 尽早到达。你永远不会因为早到受损失，但你肯定会因迟到而受损失。早到一点绝没什么害处。
- 提前思考一下你为什么要在那所学校工作。
- 面试小组可能会问你的个人发展领域是什么，因此你要非常仔细地考虑这一点。
- 在面试当天，考虑一下你需要了解的信息——不仅是在面试过程中，还可能是在参观校园与学生交谈时、与同事会面时，尤其是你在学校自由走动时。
- 提前考虑一下，当你可以自由地在学校闲逛时，你首先要去哪里，哪些信息对你的面试有帮助？
- 你可以问什么问题，问（或不问）这些问题重要吗？不要觉得只有提出问题才可以展示自我，但是至少准备一个问题也不失为一个好主意。
- 做好准备——有两次工作面试都只给我一天多的时间做准备，然而我还是得到了一份工作！大多数情况下，你会收到很多通知。因此，你将有足够的时间准备要穿的衣服，计划面试和听课以及面试的其他方面，例如自己的作品及介绍。

· 睡眠——无论面试是一天还是两天，都应该早点入睡！第二天你会惊讶地发现，坐在桌子另一边的面试者之间的差别有多大。

从求职到面试

1. 在线研究。使用社交媒体进行研究并获得支持，考虑一下参观面试的学校。

2. 设计你的求职信，确保包含所有要求的必备内容。

3. 与别人交谈。如果你对事情拿不准的话，与自己的同事以及未来的上司谈谈。

4. 在求职信上投入时间。多花点时间写申请。写完后，如果看不出来问题，让其他人帮忙检查一下。

5. 校对、拼写检查，再校对、再拼写检查。

6. 不要错过最后期限！

7. 耐心等待。不要打电话给学校。如果你入围了，只要你输入了正确的电子邮件地址和联系电话，就会得到通知。

8. 你已入围！加油！

9. 先去一趟学校。计划好路线、穿什么、早上吃什么。这可能看起来有点笨，但却是至关重要的准备。

10. 做好准备。检查行程安排、衣服和必需品：电话、钱包、钥匙、公文包等。

11. 早点睡觉。定两个闹钟。

12. 早点出门！穿上最漂亮的衣服，享受整个过程。微笑着和对方握手。仔细听名字，并抓住每个机会进行眼神交流。

遇到内部竞争对手

你已经在所有同事面前展示过了，并且已经给学生上过课了！但是你可能仍然无法得到这个工作。这简直令人胃绞痛！

你到了学校后，发现有一个内部候选人比你更了解学校！这也非常令人伤心！

这两种经历我都有过，可以肯定的是，面试是为了选出当天表现得最合适（而不是最好）的候选人。面试是为了让教师符合用人要求，让任命小组在任命的过程中保持公平。不幸的是，有时它可能是基于一次性的表现。

面试问题的优秀模板

由萨普兰•吉尔（Sapuran Gill）发表，参见推特@ssgill76。

情况

任务 → 为你的答案设置背景。

行动 → 说明你做了什么，如何做以及为什么做。

结果 → 描述你完成了什么，学到了什么。

关注推特

推特名称：@kennypieper

真实姓名：Kenny Pieper

他的工作是什么？任课教师。

研究方向？他是苏格兰的一位英语教师，在博客上写了很多书评，倡导“只想变得比昨天更好”。我认为这是一个很好的理念！

为什么要关注他？Pieper的博客是：http://justtryingtobebetter.net，他还是Pedagoo的管理员，这是一个不断发展的社群，让教师能相互支持、鼓励和分享创新有效的教育方法。

访问他的网站：http://Pedagoo.org

面试之后

你已经被录用了，接下来要做什么

1. 庆祝！快去庆祝吧，这是挺难得的事。

2. 不要太激动！你还有要完成的事呢。

3. 为将接替你的角色/班级/辅导组的人准备一份交接清单。

4. 在离开现在的学校之前，开始考虑需要做的“大事”，例如打包、回收、准备搬家、道别。

5. 开始为新工作做准备。你可以用一天的时间（带薪，但需要确定一下，并询问你是否可以去）参观你的新学校。

6. 准备一个简单的需求清单。记住，你在新学校要拜访的教师会很忙，而且肯定不会像你那么兴奋。安排时间与主要的教师会面。

7. 在去学校之前花时间休息一下——通常是在学校休息日。

8. 慢慢来。倾听，长时间倾听。支持……然后挑战自我。

没被录用的话，接下来要做什么？

1. 振作起来！等时机成熟自然会成功的。

2. 寻求面试小组的详细反馈。找一个安静的地方写下要点。

3. 你有权获得反馈。好学校会让你感到你获得了巨大的启发性反馈，你仍然想去那所学校工作。涟漪（口碑）效应可以传播数英里！

4. 快速回到你的日常工作中。不要闷闷不乐，还不是时候。

5. 整合面试中的所有行动要点和反馈，与你的直属上司/导师讨论，并解决关键问题。

6. 寻找新的招聘广告。慢慢来，不要什么都应聘！

7. 为下一次申请认真做准备，不要变得太激进，做自己就好。

8. 对工作保持渴望。将渴望变成热情，而不是绝望。想要成为维特鲁威式教师需要具备下面这些：有韧性、有智慧、敢创新、懂得协作、有进取心。

行动建议23：提升自己的求职竞争力

做想做的工作很重要，但不要过分执着于这个想法。如果你确实有能力胜任一份新工作，那么你应该已经碰到当前职位的极限了；跟同事多互动，与其他给你支持和鼓励的人交谈。

与同事建立联系，持续关注就业市场，密切关注要申请的工作。我最后的一条建议是：当你有竞争力的时候再去应聘工作。

工具包22：管理其他教职工

想想你当教师时的直属上司，谁启发了你？谁没有？为什么？是什么促使你成为中层领导者？你将如何支持和激励你部门的同事？

当领导收获很多，但要求也很多。在维特鲁威式的风格中，你的工作无穷无尽，你还要对为你工作的人负责。这部分是关于在准备管理别人时，你自己首先要做到积极进取。我将重点介绍如何成为一个优秀的中层领导，如何做好管理、评估以及如何进行重要但是困难的对话。

自我检查

在管理他人之前，请先反思自己。对你的领导和管理风格进行全方位的评估，与具有批判精神的朋友一起进行。还记得你与直属上司之间不愉快的经历吗？你将如何避免对你管理的教职工犯下同样的错误？

在一定程度上，所有的中层领导者都应该了解自我评估，赢得自主权和改善学校的策略。毕竟，你将会是项目主管，要负责计划和实施团队中的变更事项。有时，你可能需要通过咨询和审查来制定政策，并根据严格的战略性财务计划制定明智的决策。作为中层领导，我负责我们部门每年约1万到1.5万英镑的预算管理。很容易做出欠妥的选择！

你需要制定策略，用以处理自己团队中的绩效管理和人员问题，还需要能够创造性地思考，以预测并解决问题。尽管你经常听到这些话，但真正掌握它们却是另一回事。

各级负责管理

要诚实、公正、透明！

我一直很喜欢当直接管理者。我永远不会说自己是最好相处的教师/领导，但我认为自己在管理关系中是诚实、公正和透明的。如果你以这些原则进行领导，即使是遇到困难的情况，也始终能确保满足学生的需要。

什么能成就一个好的中层领导

能够做出明智的决定

有动力

能够创造性地思考并解决问题

拥有极佳的反思精神

能够建立有效的系统和结构

能够在适当的时候进行授权

知道自己还有很多东西要学习

关心全校的进步

善与他人协作

组织能力强

能给同事安排合适的工作量

懂得优先排序

要专业

评估

评估应该是一个支持性和发展性的过程，旨在确保所有工作人员都拥有有效履行职责所需的技能和帮助。这一过程应该公开、透明而公平，并以理据和机会均等为基础。如果做得好，表明全校已建立了强大而具有支持性的系统和结构。作为领导，你必须对其他人进行逐级管理，并首先确保你自己遵守学校的规定；其次，也是最重要的一点是，你不仅要对教职员工负责，还要支持他们的职业发展。一定要好好把握。

处理困难的谈话

这是学校领导工作的一部分，他们将在某个时刻面临不得不进行的困难谈话。

这些谈话很困难，但领导要努力使谈话变得更容易。在晋升之前，没有中层领导接受过处理困难谈话的正式培训。因此，有必要完善这方面的培训。

要充分处理困难的谈话，就必须从学生和工作开始。如果这项工作没有完成，那么学生就会遭殃。如果从教职工开始，那么对话可能会成为“个人/性格”问题，而不是按照期望标准的任务/工作/角色问题。

说到棘手的人事问题时，有两种情况：他们要么做不到，要么不去做。如果是前者的话，那就是能力问题，也就是需要进行培训（或领导者开展一个改进的评估过程）。如果是后者，那就是纪律问题，我们需要妥善处理，否则学生会遭殃。

——英帝国官佐勋章获得者保罗·萨顿（Paul Sutton），格雷格市立学院

工具包22：管理其他教职工

在管理其他教职工时，经常需要处理困难的谈话，下面是一些应对的方法。

1. 早一点进行对话，而不是晚一点 我们常常推迟困难的对话，因为我们知道这会不容易，并且可能会消耗我们的精力和情感。虽然有些事情没必要着急，但拖延只会使情况变得更糟。这些谈话要私下以专业和恰当的方式进行。

2. 坚持事实 仔细陈述导致你发起这次谈话的行为表现。梳理清楚事实，说明该行为对他人的影响，例如，对学生、同事或你自己的影响，但要明确现实与感知之间的区别。确保对方意识到为什么必须要改变行为表现。手头要常备《教师标准》和学校规定。如果你需要从中引述，在他人回答之前给其留出足够的时间阅读详细信息。但愿不需要详细到这种程度，因为最初的谈话通常就能纠正大多数情况。

3. 关注未来 讨论一下未来什么会发生改变。根据谈话的性质，这可能是需要执行的具体程序，或者仅仅是某人说到做到的口头承诺。

4. 表示尊重 无论问题多么严重，请始终确保尊重他人。你只是对行为有异议，而不是针对这个人本身。给教职工时间来消化、回应和反思。

5. 留出时间 即使问题很清楚而且必须解决，也要聆听别人的意见。当你处理一个问题时，也是向其他人展示尊重的过程。

6. 严格控制自己的情绪 不要让情绪打败自己。以不合理的方式提出正当的关切只会造成更多的问题。要专业，没人喜欢情绪化！

7. 反思 事后想想如何做得更好，然后继续前进。注意不要在脑海中一遍又一遍回放谈话，想你本来应该说的话和不该说的话。这可能会让人筋疲力尽。接受已经发生的，继续向前。再见到那个同事时，有时只需要接着上次的话稍微聊几句，或者点个头就可以了。

行动建议24：建立评估关系

考虑一下你期待从评估者那里得到什么评价。缺少什么？需要做什么？他们在处理文件吗？你呢？对于制定、同意和商讨目标及任务，他们是支持你还是反对你？当你做评估人的时候，你自己要进行这些反馈。

建立评估者/被评估者的关系，找出他们的职业动机和个人兴趣。考虑到不同的地点，远离你的主场到一个中立的地方，甚至在他们的教室或办公室里开会。远离电脑，（仅仅）专注于记录所有行为。关注他们，保持眼神交流，注意倾听。

写在最后

这本书凝聚了我对教育事业的终生热爱之情。从实习教师到中层领导，从高级领导再到校长。出色的教学并不复杂，它就是把简单的事做好，维特鲁威式教学就是待在课堂上，度过正式退休之前的时间。我们需要做的是互相支持，尤其是要帮助新入职的教师在工作中“站稳脚跟”。这需要加大对从教前及任职期间的教师培训的投入。除此之外，我相信本书讨论的优秀教学中的五个特质将使新教师具备工作所需的技能，以战胜重重困难。

如果你已经工作了5年，并选择继续任教，那么你就可以继续改变成千上万人的人生。这本书是我对自己课堂的核心——教学——的探索，希望它能为你所用！

欢迎加入维特鲁威式的教学和世界上最好的工作之一！以#VitruvianTeaching（维特鲁威式教学）为标签，把你的想法告诉我吧！

如需获取5分钟课程计划系列教案、教学视频和课堂管理图表等拓展资源，请登录www.teachertoolkit.co.uk在线学习或下载。

致　谢

感谢我的父亲向我展示了很多有趣的设计理念。

这本书的内容要献给我的妻子和儿子，没有他们我不可能写出这本书。

感谢霍莉·加德纳、艾米丽·威尔逊、马库斯·杜克、珍·朱利安、波莉·诺顿为本书所做的工作。感谢以前和现在的校长们在20多年中对我的支持和鼓励。感谢史蒂芬·蒂尔尼和马克·希利带给我的乐趣和建议。

感谢以下人员的贡献：阿姆贾德·阿里、亚历克斯·阿瑟顿、肖基·巴卡尔、约翰·贝利、吉尔·贝里、罗伊·布拉奇福德、罗布·坎贝尔、苏·考利、保罗·迪克斯、切里尔·德拉布尔、斯蒂芬·德鲁、南希·盖奇、萨普兰·吉尔、特蕾西·格里菲斯、贝丝·凯利、黛布拉·基德、杰克逊·奥古涅米、马特·奥列里、简·曼佐恩、佩普斯·麦克雷、汤姆·谢林顿、贝妮塔·西蒙斯、蕾哈娜·尚克斯、保罗·萨顿、大卫·韦斯顿以及@DisIdealist。

这本书为所有被欺负过的教师而写，为那些被迫离职的教师而写，也为许许多多在从教前5年内离开教育行业的教师而写。希望它能吸引你们回到教室！